OPPOSITION

Schattenblitz

Jennifer L. Armentrout

OPPOSITION

Schattenblitz

Aus dem Englischen von Anja Malich

CARLSEN

Außerdem von Jennifer L. Armentrout im Carlsen Verlag:

Obsidian. Schattendunkel
Onyx. Schattenschimmer
Opal. Schattenglanz
Origin. Schattenfunke
Opposition. Schattenblitz

Oblivion. Lichtflüstern
Oblivion. Lichtflimmern
Oblivion. Lichtflackern

Revenge. Sternensturm

MIX
Papier aus verantwortungsvollen Quellen
FSC® C014496
FSC www.fsc.org

Veröffentlicht im Carlsen Verlag
Januar 2019

Originalverlag: Entangled Publishing, LLC
Originaltitel: »Opposition. A Lux Novel, Book Five«

Umschlagfotografien: Trevillion Images © Mark Owen; iStockphoto.com © Vectorig
Umschlaggestaltung und -typografie: formlabor
Corporate Design Taschenbuch: bell étage
Satz: Dörlemann Satz, Lemförde
ISBN 978-3-551-31771-1

Für alle Leser, die irgendwann einmal zufällig über Obsidian gestolpert sind und sich gedacht haben: Aliens auf der Highschool? Warum eigentlich nicht? Ich habe schon seltsamere Dinge gelesen. Und die Katy, Daemon und wer sonst noch so dazugehört dann genauso lieb gewonnen haben wie ich. Dieses Buch ist für euch. Danke.

Kapitel 1

Katy

Früher hatte ich mir für den unwahrscheinlichen Fall, dass ich den Weltuntergang miterleben würde, immer vorgenommen aufs Dach unseres Hauses zu steigen und so laut wie nur irgend möglich »It's the End of the World as We Know It (And I Feel Fine)« von R.E.M. zu grölen. Leider ist das echte Leben dann selten so cool.

Es geschah vor unseren Augen – die Welt, wie wir sie kannten, ging gerade unter und ich fühlte mich alles andere als »fine«. Und cool schon gar nicht.

Ich öffnete die Augen und schob langsam den dünnen weißen Vorhang zur Seite. Dann blickte ich hinaus, über die Veranda und die Lichtung hinweg in den dichten Wald, der Lucs Blockhaus umgab. Es lag außerhalb von Coeur d'Alene, einer Stadt in Idaho, die ich kaum aussprechen, geschweige denn buchstabieren konnte.

Die Lichtung war leer. Kein flackerndes weißes Licht schimmerte durch die Bäume. Dort war niemand. Falsch. Dort war *nichts*. Kein Vogel zwitscherte oder flatterte von Ast zu Ast. Kein Rascheln irgendeines Waldbewohners war zu hören. Nicht einmal das leise Summen von Insekten. Es war so ruhig und still, dass mir kalte Schauer über den Rücken liefen.

Ich starrte in den Wald hinein und heftete den Blick auf die Stelle, an der ich Daemon zum letzten Mal gesehen hatte. Der Schmerz saß tief und meldete sich pochend in meiner Brust. Der Abend, an dem wir auf dem Sofa eingeschlafen waren, kam mir ewig lang her vor, dabei waren gerade einmal achtundvierzig Stunden vergangen, seit ich überhitzt und von Daemons wahrer Erscheinungsform geblendet aufgewacht war. Er war nicht in der Lage gewesen, sie zu kontrollieren, doch wahrscheinlich hätte es auch nichts geändert, wenn wir gewusst hätten, was es zu bedeuten hatte.

Viele andere seiner Spezies, Hunderte – wenn nicht Tausende – Lux, waren auf die Erde gekommen und Daemon … er war fort, genau wie Dee und Dawson, seine Schwester und sein Bruder, während wir nach wie vor hier waren, in Lucs Blockhaus.

Ich spürte einen Druck auf der Brust, als würden mir mit einem Schraubstock Herz und Lungen zusammengepresst.

Immer wieder musste ich an Sergeant Dashers Warnung denken. Ich hatte wirklich geglaubt, er und Daedalus wären vollkommen übergeschnappt, doch sie hatten richtiggelegen.

O Mann, sie hatten *so* richtiggelegen.

Die Lux waren gekommen, wovor Daedalus gewarnt und worauf sie sich vorbereitet hatten, und Daemon … der Druck auf der Brust wurde so stark, dass er mir den Atem raubte. Ich kniff die Augen zusammen. Ich hatte keine Ahnung, warum er mit ihnen gegangen war und warum ich weder von ihm noch von seiner Familie etwas gehört hatte. Sein Verschwinden ließ mich verängstigt und ratlos zurück und lag wie ein Schatten über jedem Moment, den ich wach war, und selbst die kurze Zeit, die ich geschlafen hatte, war nicht frei davon gewesen.

Auf welcher Seite stand Daemon? Sergeant Dasher hatte mir diese Frage einst gestellt, als ich in der allzu realen Area 51 festgehalten worden war, und ich konnte mir noch immer nicht eingestehen, dass ich die Antwort jetzt wusste.

In den letzten beiden Tagen waren weitere Lux vom Himmel

gefallen. Wie ein endloser Sternschnuppenregen waren immer mehr gekommen und dann –

»Nichts.«

Ich schlug die Augen auf und der Vorhang glitt aus meinen Fingern, bis er wieder gerade hinunterhing. »Verzieh dich aus meinem Kopf.«

»Ich kann nichts dafür«, erwiderte Archer, der auf dem Sofa saß. »Du denkst dermaßen laut, dass ich das Gefühl habe, ich müsste mich in die nächste Ecke setzen und mich vor- und zurückwiegend Daemons Namen vor mich hin flüstern.«

Meine Haut kribbelte vor Unbehagen, dabei konnte ich noch so sehr versuchen meine Gedanken, Sorgen und Ängste für mich zu behalten, es war zwecklos, da nicht nur einer, sondern sogar zwei Origins im Haus waren. Ihre nette kleine Gabe, Gedanken zu lesen, konnte einem ganz schön auf den Geist gehen.

Wieder zog ich den Vorhang ein Stück zurück und suchte den Wald ab. »Noch immer kein Lux?«

»Nein. In den letzten fünf Stunden ist kein einziges Licht mehr zu Boden gerauscht.« Archer klang so erschöpft, wie ich mich fühlte. Auch er hatte nicht viel geschlafen. Während ich unsere Umgebung nicht aus den Augen lassen konnte, hatte er die ganze Zeit die Fernsehnachrichten verfolgt. Auf Kanälen aus aller Welt war unaufhörlich über das »Phänomen« berichtet worden.

»Ein paar Sender behaupten, es handele sich um einen gewaltigen Meteoritenschauer.«

Ich schnaubte verächtlich.

»Jetzt noch irgendetwas vertuschen zu wollen ist zwecklos.« Archer seufzte ermattet und er hatte Recht.

Was in Las Vegas geschehen war – was wir angerichtet hatten –, war gefilmt und binnen Stunden übers Internet verbreitet worden. Zwar waren die Videos am Tag nach der Zerstörung wieder aus dem Netz verschwunden, doch der Schaden war bereits angerichtet. Angefangen bei den Aufnahmen, die vom Pressehubschrauber aus gemacht worden waren, bevor Daedalus ihn abgeschossen hatte, bis hin zu den Leuten, die alles mit ihren Handykameras gefilmt hatten – die Wahrheit ließ sich nicht leugnen. Doch im Internet geschahen manchmal seltsame Dinge. Während einige Leute in ihren Blogs den Weltuntergang beschworen, war das Ereignis für andere ein Anreiz, kreativ zu werden. Anscheinend war es bereits zu einem Meme geworden.

Ein unglaublich fotogener, leuchtender Alien als viraler Hit.

Genauer gesagt handelte es sich um Daemon in seiner wahren Erscheinungsform. Auch wenn die menschlichen Züge nicht mehr zu erkennen waren, wusste ich, dass er es war. Er wäre megastolz darauf, wenn er es sehen könnte, aber ich hatte –

»Hör auf«, sagte Archer beschwichtigend. »Wir haben keine Ahnung, was Daemon oder die anderen im Moment treiben und warum. Sie werden wiederkommen.«

Ich wandte mich vom Fenster ab und drehte mich zu Archer um. Das sandfarbene Haar trug er militärisch kurz geschoren. Er war groß, hatte breite Schultern und sah aus wie jemand, der zuschlagen konnte, wenn es darauf ankam, und ich wusste, dass er es auch tat.

Archer konnte geradezu tödlich sein.

Als ich ihm in Area 51 zum ersten Mal begegnet war, hatte ich ihn für einen normalen Soldaten gehalten. Erst später, gemeinsam mit Daemon, hatten wir herausgefunden, dass er Lucs

Mann bei Daedalus und, genau wie Luc, ein Origin, das Kind eines männlichen Lux und eines weiblichen Hybriden, war.

Unwillkürlich ballten sich meine Hände zu Fäusten. »Kannst du es dir wirklich vorstellen? Dass sie zurückkommen?«

Amethystfarbene Augen bewegten sich vom Fernseher zu mir. »Etwas anderes kann ich mir im Moment nicht vorstellen. Etwas anderes können wir uns alle im Moment nicht vorstellen.«

Beruhigend klang es nicht gerade.

»Tut mir leid«, sagte er und verriet damit, dass er meine Gedanken abermals belauscht hatte. Er nickte in Richtung Fernseher, bevor ich eine Chance hatte auszuflippen. »Irgendetwas geht da vor sich. Warum sollten so viele Lux auf die Erde kommen und dann einfach wieder in der Versenkung verschwinden?«

Das war die Frage des Jahres.

»Ich glaube, das ist ziemlich offensichtlich«, sagte eine Stimme aus dem Flur. Ich drehte mich um und sah Luc das Wohnzimmer betreten – groß und feingliedrig, das braune Haar im Nacken zu einem Pferdeschwanz zusammengebunden. Luc war jünger als wir, vierzehn oder fünfzehn, aber er war wie ein frühreifer Mafia-Boss und zeitweise angsteinflößender als Archer. »Und du weißt genau, was ich meine«, fügte er, den Blick auf Archer gerichtet, hinzu.

Während sich Archer und Luc einen erbitterten Kampf lieferten, wer dem Blick des anderen länger standhielt, was sie in den letzten zwei Tagen oft getan hatten, ließ ich mich auf der Lehne eines Sessels in der Nähe des Fensters nieder. »Würdest du das bitte für alle im Raum hörbar erklären?«

Luc hatte etwas Jungenhaftes an sich, sein Gesicht war noch immer ein wenig kindlich rund. Gleichzeitig blitzten seine violetten Augen so weise, dass sie ihn alles andere als kindlich wirken ließen.

Mit verschränkten Armen lehnte er sich gegen den Türrahmen. »Sie planen. Hecken eine Strategie aus. Warten ab.«

Das klang nicht gut, überraschte mich allerdings nicht. Ich spürte plötzlich ein Ziehen zwischen den Schläfen. Archer blickte ohne ein weiteres Wort wieder auf den Fernseher.

»Warum sollten sie sonst herkommen?«, fuhr Luc fort und blickte, den Kopf zur Seite geneigt, auf den zugezogenen Vorhang vor dem Fenster neben mir. »Ich bin mir sicher, dass es ihnen nicht darum geht, Hände zu schütteln und Babys zu knuddeln. Sie sind aus einem bestimmten Grund hier und es ist kein guter.«

»Daedalus hat eine Invasion von ihnen schon immer befürchtet.« Archer setzte sich zurück und legte die Hände auf den Knien zusammen. »Die ganze Sache mit den Origins ist nur deshalb entstanden. Immerhin haben sich die Lux in der Vergangenheit nicht gerade dadurch hervorgetan, freundlich mit anderen intelligenten Lebensformen umgegangen zu sein. Aber warum ausgerechnet jetzt?«

Ich rieb mir die schmerzenden Schläfen. Ich hatte Dr. Roth nicht geglaubt, als er behauptet hatte, die Lux selbst hätten den Krieg mit den Arum verschuldet – einen Krieg, der ihrer beider Planeten zerstört hatte. Und Sergeant Dasher und Nancy Husher, das Superbiest an Daedalus' Spitze, hatte ich für abartige Freaks gehalten.

Ich hatte mich geirrt.

Und Daemon ebenfalls.

Luc hob eine Augenbraue und lachte heiser. »Na ja, ich weiß nicht. Vielleicht hat es mit dem öffentlichen Spektakel zu tun, das wir in Las Vegas hingelegt haben. Wir wussten, dass es hier

Spitzel gab, Lux, die nicht besonders gut auf Menschen zu sprechen waren. Wie sie mit den anderen Lux, die bis dahin nicht auf diesem Planeten waren, in Kontakt getreten sind, weiß ich nicht, aber ist das wirklich wichtig? Es war jedenfalls der perfekte Moment für den Auftritt.«

Ich verengte die Augen. »Du hast gesagt, du fändest es super.«

»Ich finde viel super. Atomwaffen, kalorienfreie Limonaden, Jeanswesten …«, antwortete er. »Das bedeutet aber nicht, dass man deshalb die Menschheit auslöschen sollte oder dass Diätdrinks gut schmecken oder dass du sofort zum nächsten Walmart rennen musst, um dir eine Jeansweste zu kaufen. Ihr dürft mich nicht so genau nehmen.«

Ich verdrehte die Augen so sehr, dass sie mir fast aus dem Kopf fielen. »Was hätten wir denn sonst tun sollen? Wenn Daemon und die anderen nicht aus der Deckung gekommen wären, hätte Daedalus uns wieder festgesetzt.«

Keiner der Jungs antwortete, doch die Worte hingen unausgesprochen in der Luft. Wieder festzusitzen wäre superätzend gewesen, aber wenigstens wären Paris, Ash und Andrew dann noch am Leben. Genauso wie die unschuldigen Menschen, die gestorben waren, als die Sache den Bach runterging.

Doch daran ließ sich jetzt nichts mehr ändern. Die Zeit konnte für kurze Zeit angehalten werden, doch niemand konnte sie zurückdrehen und Dinge rückwirkend ändern. Was passiert war, war passiert, und Daemon hatte diese Entscheidung getroffen, um uns alle zu beschützen. Ich würde es nicht zulassen, dass er jetzt zum Sünden-Alien gemacht wurde.

»Du siehst erschöpft aus«, stellte Archer fest und es dauerte einen Moment, bis ich merkte, dass er mich meinte.

Luc musterte mich ebenfalls mit seinen beunruhigenden Augen. »Nein, du siehst sogar beschissen aus.«

Vielen Dank auch.

Archer ging nicht darauf ein. »Ich glaube, du solltest versuchen zu schlafen. Wenigstens ein bisschen. Wenn etwas passiert, wecken wir dich.«

»Nein.« Ich schüttelte den Kopf, für den Fall, dass die verbale Ablehnung nicht ausreichte. »Ich fühle mich gut.« In Wahrheit war ich weit davon entfernt, mich gut zu fühlen. Ehrlich gesagt war ich kurz davor, mich in die nächste Ecke zurückzuziehen und mich vor- und zurückzuwiegen, doch ich konnte jetzt nicht schlappmachen und schlafen konnte ich auch nicht. Nicht, solange Daemon irgendwo dort draußen war, und nicht, wenn die ganze Welt kurz davor war … verdammt, ja, zur Dystopie zu werden, wie die Welt in den Büchern, die ich immer gelesen hatte.

Bücher. Seufz. Wie sehr ich sie vermisste.

Archer blickte finster drein, was ihn ein wenig unheimlich aussehen ließ, aber bevor er mich zusammenfalten konnte, drückte sich Luc vom Türrahmen ab und sagte: »Ich glaube, sie sollte unbedingt mal mit Beth reden.«

Überrascht blickte ich in Richtung der Treppe im Flur. Ich hatte vor einer Weile nach Beth gesehen und sie hatte geschlafen. Wie fast immer. Ich war beinahe neidisch darauf, wie sie das alles hier verschlafen konnte.

»Warum?«, fragte ich. »Ist sie wach?«

Luc schlenderte durchs Wohnzimmer. »Ich glaube, ihr beide müsst euch mal von Frau zu Frau unterhalten.«

Seufzend ließ ich die Schultern hängen. »Luc, ich glaube nicht, dass unser Verhältnis zueinander jetzt oberste Priorität hat.«

»Nein?« Er ließ sich neben Archer aufs Sofa fallen und legte die Füße auf dem davorstehenden Tischchen ab. »Was tust du denn die ganze Zeit, außer aus dem Fenster zu starren und auf die passende Gelegenheit zu warten, dich an uns vorbei in den Wald zu schleichen, um nach Daemon zu suchen, wo du dann aber wahrscheinlich von einem Puma gefressen wirst?«

Zornig warf ich meinen Pferdeschwanz über die Schulter zurück. »Erstens würde ich sicher nicht von einem Puma gefressen werden. Und zweitens tue ich dann wenigstens etwas, anstatt nur dumm rumzusitzen.«

Archer seufzte.

Worauf Luc mich breit anlächelte. »Fangt ihr jetzt wieder an zu streiten?« Er blickte in Archers versteinerte Miene. »Ich finde es immer lustig, wie ihr aufeinander herumhackt. Wie Mutter und Vater bei einer ehelichen Auseinandersetzung. Am besten verstecke ich mich in meinem Zimmer, damit es noch authentischer wird. Vielleicht sollte ich eine Tür zuschlagen oder –«

»Halt die Klappe, Luc«, brummte Archer und sah dann grimmig zu mir. »Das Thema hatten wir jetzt wirklich oft genug. Sich auf die Suche zu machen ist alles andere als schlau. Sie sind zu viele und wir wissen nicht, ob –«

»Daemon überhaupt einer von ihnen ist!«, rief ich und sprang wutschnaubend auf. »Er *ist* nicht einer von ihnen geworden. Und Dee und Dawson auch nicht. Ich habe keine Ahnung, was passiert ist.« Meine Stimme versagte und ich hatte plötzlich einen Kloß im Hals. »Aber das würden sie nicht tun. *Er* würde es nicht tun.«

Archer beugte sich mit blitzenden Augen vor. »Das kannst du gar nicht wissen. Wir auch nicht.«

»Du hast gerade noch behauptet, sie kämen wieder!«, fauchte ich ihn an.

Anstatt zu antworten, richtete er den Blick auf den Fernseher und ich fühlte mich in dem bestätigt, was ich tief in mir drinnen bereits wusste. Archer rechnete nicht damit, dass Daemon oder einer von den anderen je wiederkäme.

Ich presste die Lippen aufeinander und schüttelte den Kopf so schnell, dass mein Pferdeschwanz hin- und herpeitschte. Dann verschwand ich mit großen Schritten in Richtung Tür, bevor wir uns wieder knietief in dem Streit verfransten.

»Wohin gehst du?«, wollte Archer wissen.

Ich widerstand der Versuchung, ihm den Mittelfinger zu zeigen. »Ich habe anscheinend ein Gespräch von Frau zu Frau mit Beth zu führen.«

»Gute Idee«, kommentierte Luc.

Ohne darauf einzugehen, stapfte ich die Treppe hinauf. Ich hasste es, herumzusitzen und nichts zu tun. Ich hasste es, dass jedes Mal, wenn ich die Haustür öffnete, Luc oder Archer neben mir standen, um mich zurückzuhalten. Und was ich am allermeisten hasste, war die Tatsache, dass sie in der Lage waren, mich zurückzuhalten.

Ich mochte zum Hybriden mutiert und noch so viele besondere Lux-Fähigkeiten haben, aber sie waren Origins und konnten mich von hier nach Kalifornien kicken, wenn es drauf ankam.

In der oberen Etage war es dunkel und still. Ich konnte nicht sagen, warum, doch ich fühlte mich nicht wohl hier. Jedes Mal, wenn ich heraufkam und den langen schmalen Flur entlangging, stellten sich mir die Nackenhaare auf.

Am ersten Abend hatten Beth und Dawson das letzte Zimmer auf der rechten Seite in Beschlag genommen und dort hatte sich Beth nun verkrochen, seit … seit er gegangen war. Ich kannte sie nicht sehr gut, aber ich wusste, dass sie bei Daedalus viel durchgemacht hatte. Außerdem hielt ich sie nicht für die allerstabilste unter den Hybriden, was allerdings nicht ihre Schuld war. Dennoch machte sie mir, auch wenn ich es nicht gern zugab, manchmal Angst.

Vor der Tür blieb ich stehen und klopfte an, anstatt in den Raum hineinzuplatzen.

»Ja?«, hörte ich sie mit dünner, näselnder Stimme sagen.

Kurz hielt ich inne, während ich die Tür öffnete. Beth hörte sich fürchterlich an, und als ich sie erblickte, stellte ich fest, dass sie genauso schlecht aussah, wie sie klang. Inmitten von Decken saß sie mit dunklen Ringen unter den Augen am Kopfende des Bettes. Ihr ausgemergeltes Gesicht war blass und wirkte spitz, das Haar war ungewaschen und ungekämmt. Ich versuchte nicht allzu tief einzuatmen, denn in dem Raum roch es nach Schweiß und Erbrochenem.

Entsetzt blieb ich vor ihrem Bett stehen. »Bist du krank?«

Ihr glasiger Blick driftete von mir zu der Tür des angrenzenden Badezimmers. Es konnte gar nicht sein. Hybride – wir konnten nicht krank werden. Weder eine normale Erkältung noch der gefährlichste Krebs konnte uns etwas anhaben. Genau wie die Lux waren wir immun gegen alles, was es an Krankheiten gab. Aber Beth? Nein, sie sah nicht gut aus.

Mir wurde immer unbehaglicher zu Mute und jeder Muskel in meinem Körper spannte sich an. »Beth?«

Sie wandte den Blick wieder in meine Richtung, ohne mich jedoch richtig anzusehen. »Ist Dawson zurück?«

Es versetzte mir einen fast physisch schmerzhaften Stich. Die beiden hatten so viel durchgemacht, mehr als Daemon und ich, und das … Mein Gott, es war nicht fair. »Nein, er ist noch nicht wieder da, aber was ist mit dir? Du siehst krank aus.«

Sie legte eine schmale, blasse Hand an ihren Hals und schluckte. »Ich fühle mich nicht besonders gut.«

Ich war mir nicht sicher, wie schlecht es ihr ging, und fürchtete mich fast davor, es herauszufinden. »Was ist los?«

Sie hob eine Schulter und es sah aus, als wäre bereits diese Bewegung anstrengend für sie. »Mach dir keine Sorgen«, sagte sie leise und griff nach dem Rand der Decke. »Es ist nichts Schlimmes. Wenn Dawson zurück ist, wird alles wieder gut sein.« Abermals driftete ihr Blick fort von mir. Sie ließ die Decke los und strich sich mit der Hand über ihren zugedeckten Bauch: »Uns wird es wieder gut gehen, wenn Dawson zurück ist.«

»Uns …?« Ich riss die Augen auf und konnte nicht weitersprechen, weil ich den Mund nicht mehr zubekam.

Ungläubig starrte ich auf ihre Hand und beobachtete schockiert, wie sie sie langsam und gleichmäßig über den Bauch kreisen ließ.

O nein, verdammt noch mal, nein, nein, nein.

Ich beugte mich vor und hielt dann inne. »Beth, bist du … bist du schwanger?«

Sie lehnte den Kopf gegen die Wand und kniff die Augen zu. »Wir hätten besser aufpassen sollen.«

Meine Knie wurden plötzlich weich. Ihr Schlafbedürfnis. Die Erschöpfung. Jetzt ergab alles einen Sinn. Beth war schwanger, auch wenn ich mich im ersten Moment – total idiotisch – fragte, wie es dazu hatte kommen können. Dann setzte mein Verstand jedoch wieder ein und ich hätte am liebsten geschrien: *Wo hattet ihr die Kondome?* Auch wenn die Frage jetzt irgendwie hinfällig war.

Sofort sah ich das Bild von Micah vor mir, dem kleinen Jungen, der uns geholfen hatte Daedalus zu entkommen. Micah, der allein mit den Gedanken anderen das Genick brechen und Gehirne zu Brei werden lassen konnte.

Heilige Alien-Babys, und so einen hatte sie im Bauch? So ein Zombie-Kid – unheimlich, gefährlich und hochgradig tödlich? Klar, auch Archer und Luc waren wahrscheinlich einst solche kleinen Monster gewesen, aber beruhigend war das nicht, denn die jüngsten Origins, die Daedalus hervorgebracht hatte, waren ein ganz anderes Kaliber als Lucs und Archers Generation.

Und auch Luc und Archer waren mir immer noch irgendwie unheimlich.

»Du guckst mich an, als wärst du sauer«, sagte sie mit leiser Stimme.

Ich zwang mich zu einem Lächeln, auch wenn ich mir sicher war, dass es ziemlich bescheuert aussah.

»Nein, ich bin nur überrascht.«

Langsam hoben sich ihre Mundwinkel. »Ja, das waren wir auch. Der Zeitpunkt ist echt ungünstig, nicht wahr?«

Ha. Das war die Untertreibung des Jahrhunderts.

Während ich sie weiter anstarrte, schwand das Lächeln wieder aus ihrem Gesicht. Ich hatte keine Ahnung, was ich zu ihr sagen sollte. Glückwunsch? Das kam mir irgendwie falsch vor, aber es nicht zu sagen erschien mir auch nicht richtig. Wussten sie überhaupt von den Origins, von den vielen Kids, die Daedalus züchtete?

Und würde dieses Baby wie Micah sein?

O Mann, hatten wir nicht schon genug Sorgen? Meine Brust zog sich zusammen und ich fürchtete eine Panikattacke zu bekommen. »Wie … wie weit bist du?«

»Im vierten Monat«, antwortete sie und schluckte sichtbar.

Ich musste mich setzen.

Verdammt, ich brauchte jemand Erwachsenen.

Plötzlich spukten Bilder von schmutzigen Windeln und kleinen, vor Wut geröteten Gesichtern in meinem Kopf herum.

Würde es ein einziges Kind werden oder würden es drei? Die Frage hatten wir uns bei den Origins noch nie gestellt, aber die Lux kamen immer im Dreierpack.

Ach du heilige Scheiße, *drei* Babys?

Beth sah mich abermals an und irgendetwas in ihren Augen ließ mich erschaudern. Während sie sich vorbeugte, ließ sie die Hand ruhig auf ihrem Bauch liegen. »Sie werden nicht mehr dieselben sein, wenn sie wiederkommen, stimmt's?«

»Was?«

»Sie«, wiederholte sie. »Dawson, Daemon und Dee. Sie werden nicht als dieselben zurückkommen, oder?«

Wie benommen ging ich ungefähr eine halbe Stunde später wieder hinunter. Luc und Archer waren nach wie vor im Wohnzimmer. Beide saßen auf dem Sofa und schauten Nachrichten. Als ich den Raum betrat, blickte Luc auf, während Archer aussah, als hätte ihm jemand an einer sehr unangenehmen Stelle einen Stock hineingerammt.

Mir war sofort alles klar.

»Ihr beide wusstet über Beth Bescheid?« Als sie mich ausdruckslos ansahen, hätte ich ihnen am liebsten die Faust ins Gesicht gerammt. »Und niemand ist auf die Idee gekommen, mir davon zu erzählen?«

Archer zuckte mit den Schultern. »Wir haben gehofft, dass es kein Thema wird.«

»O Mann.« Kein Thema werden? Als wäre es nichts, mit einem Alien-Hybrid-Baby schwanger zu sein? Als würde es – ich weiß nicht – von selbst wieder vergehen? Ich ließ mich in den Sessel fallen und vergrub das Gesicht in den Händen. Was käme als Nächstes? Jetzt mal im Ernst. »Sie kriegt ein Kind.«

»Das passiert, wenn man ungeschützten Geschlechtsverkehr

hat«, witzelte Luc. »Aber ich bin froh, dass ihr beide miteinander geredet habt, denn wenn ich eins nicht wollte, dann, diese Nachricht zu überbringen.«

»In ihr wächst eins dieser Grusel-Babys heran«, fuhr ich fort und strich mir mit den Fingerspitzen über die Stirn. »Sie wird ein Baby bekommen und Dawson ist nicht einmal da und um uns herum bricht unterdessen die Welt zusammen.«

»Sie ist erst im vierten Monat.« Archer räusperte sich. »Jetzt lass uns mal nicht in Panik verfallen.«

»Panik?«, flüsterte ich. Mein Kopf schmerzte immer mehr. »Sie braucht jetzt bestimmte Dinge wie, keine Ahnung, einen Arzt, um sicherzugehen, dass mit der Schwangerschaft alles in Ordnung ist. Sie braucht besondere Vitamine, Essen und wahrscheinlich viel Schokolade und saure Gurken und –«

»Das können wir ihr besorgen«, erwiderte Archer. Ich blickte erstaunt zu ihm auf. »Außer den Arzt, natürlich. Wenn ihr jemand Blut abnimmt, könnte es, gerade im Moment, schwierig werden.«

Ich sah ihn an. »Warte mal. Meine Mom –«

»Nein.« Ruckartig drehte sich Luc zu mir um. »Du darfst auf keinen Fall Kontakt zu deiner Mutter aufnehmen.«

In mir spannte sich alles an. »Sie würde uns helfen. Zumindest könnte sie uns grob einweisen, was wir für Beth tun müssen.« Die Idee hatte sich in meinem Kopf festgesetzt. Aber ich machte mir nichts vor. Dabei spielte keine unerhebliche Rolle, dass ich sie sehen wollte. Ich *musste* sie sehen.

»Wir wissen doch schon, was Beth braucht. Es sei denn, deine Mutter hat Insiderinformationen, wie man mit schwangeren Hybriden umgeht, ansonsten wird sie uns nicht viel mehr sagen können als Google.« Luc nahm die Füße vom Tisch und ließ sie schwer zu Boden fallen. »Es ist gefährlich, mit deiner

Mutter in Kontakt zu treten. Vielleicht wird ihr Telefon abgehört. Es ist zu gefährlich, für sie und für uns.«

»Glaubst du wirklich, dass sich Daedalus zurzeit überhaupt um uns schert?«

»Willst du es etwa riskieren?«, fragte Archer zurück und sah mich provozierend an. »Willst du uns alle in Gefahr bringen, Beth eingeschlossen, weil du darauf hoffst, dass sie mit anderen Dingen beschäftigt sind? Willst du das deiner Mutter antun?«

Ich hielt den Mund fest geschlossen und funkelte ihn böse an. Mein Wille zu kämpfen aber schrumpfte wie ein Ballon, aus dem die Luft entwich. Nein. Nein, ich würde es nicht riskieren. Ich würde es weder uns noch meiner Mom antun. Tränen stiegen mir in die Augen und ich zwang mich tief Luft zu holen.

»Ich arbeite an einer Idee, wie wir hoffentlich das Nancy-Problem lösen können«, verkündete Luc. Ich hatte ihn allerdings lediglich an der hohen Kunst des Rumsitzens arbeiten sehen.

»Okay«, sagte ich mit heiserer Stimme und verdrängte meinen Kopfschmerz und die in mir aufsteigende Panik. Ich musste mich zusammenreißen, auch wenn die dunkle Ecke immer mehr lockte. »Beth braucht ein paar Dinge.«

Archer nickte. »Das stimmt.«

Weniger als eine Stunde später übergab Luc uns eine Liste, die er mit Hilfe des Internets zusammengestellt hatte. Ich fühlte mich wie in einer trashigen Aufklärungssendung.

Am liebsten hätte ich angefangen zu lachen, als ich den gefalteten Zettel in die hintere Tasche meiner Jeans schob, doch dann hätte ich wahrscheinlich nicht mehr aufhören können.

Luc blieb mit Beth im Blockhaus zurück für den Fall … ja, für den Fall, dass etwas noch Schlimmeres geschah. Ich hingegen begleitete Archer. Vor allem, weil ich das dringende Bedürfnis hatte, mal rauszukommen. Auf jeden Fall aber hatte ich damit das Gefühl, etwas zu tun, und vielleicht – vielleicht bekämen wir in der Stadt irgendwelche Hinweise, wohin Daemon und seine Geschwister verschwunden waren.

Mein Haar hatte ich aufgedreht und unter einer Baseballkappe versteckt, die den Großteil meines Gesichts verbarg, so dass es fast unmöglich war, mich zu erkennen. Ich wusste nicht, ob es überhaupt ein Thema war, aber ich wollte kein Risiko eingehen.

Es war später Nachmittag und die Luft draußen war so frisch, dass ich dankbar war ein langärmeliges weites Hemd von Daemon übergezogen zu haben. Durch den starken Tannenduft in der Luft hindurch nahm ich seinen einzigartigen erdig herben Geruch wahr.

Meine Unterlippe zitterte, als ich auf der Beifahrerseite in den Wagen stieg, und ich hatte Mühe, mich anzuschnallen. Archer warf mir einen kurzen Blick zu und ich zwang mich, nicht mehr an Daemon zu denken, an überhaupt nichts mehr zu denken, was Archer nicht wissen sollte. Allerdings blieb dann kaum etwas übrig.

Deshalb dachte ich an bauchtanzende Füchse in Baströcken.

Archer schnaubte. »Du bist komisch.«

»Und du hast kein Benehmen.« Ich beugte mich vor und blickte angestrengt aus dem Fenster, während wir die Ausfahrt hinabfuhren. Ich suchte zwischen den Bäumen nach etwas Verdächtigem, doch da war nichts.

»Ich habe es dir doch schon gesagt. Manchmal ist es schwer, es nicht zu tun.« Am Ende des Schotterwegs bremste er ab und schaute prüfend in beide Richtungen, bevor er auf die Straße einbog. »Glaub mir. Es gibt Zeiten, in denen ich mir wünschte, die Gedanken von Menschen nicht lesen zu können.«

»Die letzten beiden Tage, in denen du mit mir da festgesessen hast, gehörten wahrscheinlich dazu.«

»Willst du es wirklich wissen? Du warst gar nicht schlecht.« Als ich die Augenbrauen hob, sah er mich an. »Du hast dich gut zusammengerissen.«

Im ersten Moment wusste ich nicht, wie ich darauf reagieren sollte, denn seit der Lux-Invasion hatte ich ständig das Gefühl, im nächsten Moment zusammenzubrechen. Und ich war mir nicht sicher, warum es nicht auch geschah. Noch vor einem Jahr wäre ich hundertprozentig durchgedreht und aus besagter dunkler Ecke nicht mehr rausgekommen, doch ich war nicht mehr dieselbe wie zu der Zeit, als ich an Daemons Tür geklopft hatte.

Wahrscheinlich würde ich nie mehr dieselbe sein.

Insbesondere während ich bei Daedalus festgehalten worden war, hatte ich viel mitgemacht. Ich mochte nicht einmal mehr daran denken, was ich dort erlebt hatte, aber die Zeit mit Daemon und selbst die Monate bei Daedalus hatten mich stärker gemacht. Zumindest redete ich mir das gern ein.

»Ich muss mich zusammenreißen«, sagte ich schließlich und umschlang mich selbst, während ich auf die vorbeirauschenden Tannen starrte, bis ich nur noch verschwommene Äste mit Nadeln wahrnahm. »Weil ich weiß, dass Daemon auch nicht durchgedreht ist, als ich … als ich nicht da war. Deshalb darf ich es jetzt auch nicht tun.«

»Aber –«

»Machst du dir Sorgen wegen Dee?«, schnitt ich ihm das Wort ab und war plötzlich wieder in der Lage, mich voll auf ihn zu konzentrieren.

Ein Muskel in seinem Kiefer zuckte mehrfach, doch er antwortete nicht. Während wir uns Coeur d'Alene, der größten Stadt in Idaho, näherten, konnte ich mich des Gedankens nicht erwehren, dass ich jetzt eigentlich etwas ganz anderes tun sollte. Dass ich tun sollte, was Daemon für mich getan hatte.

Er hatte versucht zu mir zu gelangen, als ich gefangen war.

»Das war etwas anderes«, mischte sich Archer in meine Gedanken ein, während er zum nächstbesten Supermarkt abbog. »Er wusste, worauf er sich einließ. Du nicht.«

»Ach ja?«, fragte ich, während er den Wagen auf einem Parkplatz in der Nähe des Eingangs abstellte. »Er hatte vielleicht eine Ahnung, aber ich glaube nicht, dass er es wirklich wusste. Trotzdem hat er es getan. Er war mutig.«

Archer sah mich lange an, bevor er den Schlüssel aus dem Zündschloss zog. »Und du bist auch mutig, aber du bist nicht dumm. Zumindest hoffe ich, dass du das weiterhin unter Beweis stellst.« Er öffnete die Fahrertür. »Bleib in meiner Nähe.«

Ich schnitt ihm eine Grimasse, folgte ihm aber hinaus. Der Parkplatz war ziemlich voll und ich fragte mich, ob sich die Leute wohl für die bevorstehende Apokalypse rüsteten. In den Nachrichten hatten sie von Ausschreitungen in vielen Großstädten in Folge der »Meteoriteneinschläge« gesprochen. Die Polizei und das Militär hatten dem ein Ende gesetzt, doch nicht ohne Grund gab es die Fernsehsendung *Preppers – Bereit für den Weltuntergang*. Coeur d'Alene schien von den Geschehnissen fast unberührt, obwohl so viele Lux in den nahe gelegenen Wäldern gelandet waren.

Abgesehen davon, dass alle Leute im Supermarkt ihre Wagen mit haltbaren Lebensmitteln und Wasserflaschen füllten. Obwohl ich den Blick gesenkt hielt, während ich die Liste herauszog und Archer nach einem Korb griff, fiel mir unwillkürlich auf, dass niemand Toilettenpapier einpackte.

Das wäre das Erste, was ich mir schnappen würde, wenn das Ende der Welt nahte.

Ich hielt mich dicht neben Archer, als wir uns auf den Weg in die Drogerieabteilung machten, wo wir begannen die endlosen Reihen brauner Flaschen mit gelben Deckeln abzusuchen.

Seufzend blickte ich auf die Liste. »Warum können die das nicht alphabetisch sortieren?«

»Das wäre zu einfach.« Sein Arm versperrte mir die Sicht und er nahm ein Fläschchen in die Hand. »Eisen brauchen wir, oder?«

»Stimmt.« Ich griff nach der Dose, auf der *Folsäure* stand, auch wenn ich keine Ahnung hatte, was Folsäure war und welche Wirkung sie hatte.

Archer kniete sich nieder. »Und die Antwort auf deine Frage von eben lautet ja.«

»Hä?«

Er blickte zu mir auf. »Du hast gefragt, ob ich mir um Dee Sorgen mache, und das tue ich.

Ich umfasste die Dose mit der Folsäure fester und holte tief Luft. »Du magst sie, habe ich Recht?«

»Ja.« Er wandte sich den größeren Dosen mit den Schwangerschaftsvitaminen zu. »Obwohl Daemon ihr Bruder ist.«

Ich blickte auf ihn hinab und lächelte ein wenig, zum ersten Mal seit die Lux –

Das Krachen, wie ein Donner in Überschalllautstärke, kam aus dem Nichts und erschütterte die Regale mit den Tabletten. Vor Schreck wich ich einen Schritt zurück.

Archer richtete sich schnell auf und ließ den Blick über den vollen Supermarkt schweifen. Die Leute waren mitten im Gang stehen geblieben, einige hielten die Einkaufswagen fest umklammert, andere hatten sie losgelassen und sie rollten langsam mit knirschenden Rädern davon.

»Was war das denn?«, fragte eine Frau einen Mann, der neben

ihr stand. Sie drehte sich um und hob ein kleines Mädchen hoch, das höchstens drei Jahre alt war. Während sie die Kleine an sich drückte, drehte sie sich mit aschfahlem Gesicht um. »Was war das – ?«

Abermals schallte es krachend durch das Geschäft. Jemand schrie. Flaschen und Gläser fielen aus den Regalen. Schritte donnerten über den Linoleumboden. Das Herz pochte mir bis zum Hals, als ich mich in Richtung Eingang drehte. Auf dem Parkplatz leuchtete etwas auf, als würde ein Blitz in den Boden einschlagen.

»Verdammt«, fluchte Archer.

Die kleinen Härchen auf meinen Armen stellten sich auf, als ich ans Ende des Gangs hastete und dabei nicht einmal vorgab den Kopf gesenkt zu halten.

Kurz war es still, dann donnerte es wieder und wieder, und die immer zahlreicheren gleißenden Lichtstrahlen, die einer nach dem anderen den Parkplatz erhellten, fuhren mir bis in die Knochen. Die Schaufenster bekamen Risse und die Schreie … die Schreie wurden lauter und panischer, während die Scheiben zerbarsten und die Scherben in Richtung der Kassen geschleudert wurden.

Die hellen Lichtstrahlen auf dem Parkplatz verformten sich zu Armen und Beinen. Die langen, geschmeidigen, rötlich leuchtenden Körper, die entstanden, ähnelten Daemons, waren aber dunkler, fast blutrot.

»O nein«, flüsterte ich und das Fläschchen mit den Tabletten glitt mir aus der Hand. Es fiel zu Boden.

Sie waren überall, Dutzende. Lux.

Kapitel 2

Katy

Einen Moment lang waren alle, auch ich selbst, wie erstarrt, als wäre die Zeit stehengeblieben. Dabei wusste ich, dass es nicht so war.

Die Gestalten auf dem Parkplatz drehten sich um, reckten und bogen die Hälse. Sie bewegten sich geschmeidig, fast wie Schlangen. Es sah unnatürlich aus, ganz anders als bei den Lux, die schon jahrelang auf der Erde lebten.

Ein roter Truck parkte mit quietschenden Reifen aus. Der Auspuff qualmte und es roch nach verbranntem Gummi. Er schleuderte herum, als wollte der Fahrer durch die Lux hindurchpflügen.

»O nein«, flüsterte ich und mein Herz begann wie wild zu pochen.

Archer griff nach meiner Hand. »Wir müssen raus hier.«

Doch ich war noch immer wie erstarrt und konnte auf einmal nachvollziehen, warum Leute bei Verkehrsunfällen gafften. Ich wusste, was geschehen würde, und auch, dass es etwas war, das ich nicht sehen wollte, dennoch konnte ich nicht wegschauen.

Eine der Gestalten trat vor und die Konturen des Körpers begannen leuchtend rot zu pulsieren, als sie den glühenden Arm hob. Der Truck machte einen Ruck nach vorne. Der Schatten des Mannes hinter dem Steuer und der einer wesentlich kleineren Person neben ihm würden mir für immer im Gedächtnis bleiben.

Helles, rötliches Licht kroch den Arm des Lux hinab und

seine Hand sprühte Funken. Im nächsten Moment zuckte ein Blitz durch die Luft und es roch nach verbranntem Ozon. Der Blitz – abgefeuert direkt aus der Quelle in ihrer wohl reinsten Form – schlug in den Truck ein.

Die Explosion, als er zu einem Feuerball wurde und im hohen Bogen in die benachbarte Fahrzeugreihe geschleudert wurde, brachte den Supermarkt zum Beben. Er landete auf dem Dach, und während sich die Räder ziellos weiterdrehten, loderten die Flammen in einem wahren Inferno durch die zerborstene Windschutzscheibe.

Chaos brach aus. Schreie durchschnitten die Stille und Leute flohen aus dem Eingang des Supermarktes. Wie eine wild gewordene Herde rammten sie Einkaufswagen und andere Leute. Einige waren bereits auf allen vieren und die immer lauter werdenden Schreie mischten sich mit dem Weinen kleiner Kinder.

Man konnte kaum blinzeln, bis die Lux auch schon den Supermarkt geentert und sich überall verteilt hatten. Archer zerrte mich um ein Regal herum und drückte mich gegen die scharfen Kanten. Ein Teenager rannte an uns vorbei und mir fiel nur auf, wie rot sein Haar war – scharlachrot –, bis ich merkte, dass es nicht die Haarfarbe, sondern Blut war. Am Duschgelregal wurde er in den Rücken getroffen. Mit dem Gesicht zuerst ging er zu Boden und blieb reglos liegen. Aus einem Loch in seinem Rücken, dessen Ränder angesengt waren, stieg Rauch auf.

»O Gott«, keuchte ich und mein Magen drehte sich um.

Archer starrte mit weit aufgerissenen Augen und zuckenden Nasenflügeln auf den Jungen. »Das ist übel.«

Vorsichtig bewegte ich mich ein Stück vor und lugte am Ende des Ganges um die Ecke. Als ich die Frau sah, die noch vor wenigen Minuten das kleine Mädchen an sich gedrückt hatte, rutschte mir das Herz in die Hose.

Sie stand mit vor Angst weit geöffnetem Mund wie erstarrt vor einem Lux. Das Mädchen hockte zusammengekauert vor einem Regal mit Taschenbüchern und wiegte sich schluchzend vor und zurück. Es dauerte einen Moment, bis ich den Grund dafür sah. »Daddy! Daddy!«

Der Mann lag in einer Blutlache vor ihr.

Knisternd rauschte Energie über meinen Körper und übertrug sich auch auf Archer, als der Lux den Arm ausstreckte und eine Hand auf die Brust der Frau legte.

»Was zum …?«, flüsterte ich.

Die Frau drückte den Rücken durch, als hätte ihr jemand eine Stahlstange in die Wirbelsäule gerammt. Ihre Augen wurden immer größer, die Pupillen weiteten sich. Schimmerndes weißes Licht strömte wie ein Wasserfall von der Hand des Lux über die Frau. An den spitzen High Heels wurde es schwächer und verschwand im Boden. Plötzlich klappte der Kopf der Frau nach hinten und ihr Mund blieb in einem stummen Schrei offen stehen. Als leuchtend weißes Netzwerk wurden die Blutbahnen zuerst auf der Stirn sichtbar, bevor sie sich an den Augen verdichteten und anschließend Wangen und Hals hinabliefen.

Was ging hier vor sich? Ich spürte, wie sich Archer an mich drückte, als der Lux von der heftig zitternden Frau abließ. Das Leuchten aus ihren Blutbahnen schwand und die Haut wurde immer fahler, während das Licht, das den Lux umgab, wie ein Herzschlag pulsierte. Alles geschah gleichzeitig – die Haut der Frau schrumpfte zusammen, als würde sie innerhalb von Sekunden um Jahrzehnte gealtert sein, während der Lux seine Form veränderte. Die Frau sank zu Boden, als wäre das Leben aus ihr herausgesaugt worden. Während sie mit grauer Haut und nicht mehr wiederzuerkennenden Zügen einknickte wie ein

Blatt Papier, hörte der Lux auf zu leuchten und erschien in neuer Form.

Als perfektes Abbild der Frau stand er vor uns, mitsamt der gebräunten Haut und der kleinen, wohlgeformten Nase. Das hellbraune Haar fiel locker über die nackten Schultern, nur die Augen … sie leuchteten so unnatürlich blau, als hätte man zwei geschliffene Saphire in das Gesicht gesetzt. Augen genau wie Ashs und Andrews.

Sie verleiben sich die DNA ein, um sich zu assimilieren. Ich nahm Archers Stimme in meinem Kopf wahr. *Superschnell. Das habe ich noch nie erlebt und nicht einmal gewusst, dass es überhaupt möglich ist.* Der erschrockene, aber auch ehrfürchtige Unterton war nicht zu überhören.

Wir befanden uns offenbar in einer Lux-Version von *Die Körperfresser kommen* – genauso tödlich und flächendeckend geschah es überall hier im Supermarkt. Wo ich auch hinsah, gingen Menschen zu Boden.

»Wir müssen hier raus.« Archer drückte meine Hand fester und zog mich zurück. »Jetzt.«

»Nein!«, widersprach ich. »Wir –«

»Wir müssen gar nichts außer so schnell wie möglich von hier wegkommen, verdammt noch mal.« Er zerrte mich um die Ecke zurück, bis ich wieder dicht an ihn gedrängt war.

Ich versuchte mich zu wehren, aber er schob mich entschlossen weiter den Gang hinab. »Wir können den Leuten helfen.«

»Können wir nicht«, stieß er zwischen zusammengebissenen Zähnen hervor.

»Du bist ein Origin«, fauchte ich ihn an. »Jetzt könntest du endlich mal zeigen, was in dir steckt, du Superalien-Reagenzglas-Baby, aber du –«

»Haust ab? Ja, verdammt, Alien oder nicht, das sind Dutzende Lux und sie sind megastark.« Er zerrte mich um das Zahnpastaregal herum. In der linken Hand trug er noch immer den Korb mit all den Präparaten für Beth, die ich längst vergessen hatte. »Hast du nicht gerade gesehen, was sie gemacht haben?«

Mit einem Schlag in die Magengrube befreite ich mich aus seinem Griff. »Sie bringen Leute um! Und wir könnten denen helfen.«

Archer beugte sich vor. Sein Gesicht war vor Wut verzerrt. »Kein Lux dieser Welt kann sich so leicht DNA einverleiben. Die hier sind stärker. Wir müssen zusehen, dass wir hier wegkommen, wieder zum Blockhaus kommen und dann –«

Ein Schrei ließ mich herumwirbeln und ich sah den Lux, der jetzt in der Haut der Mutter des Mädchens steckte, mit einem spöttischen Lächeln auf die Kleine herabschauen.

Nein. Niemals würde ich das Mädchen alleinlassen. Ich hatte keine Ahnung, was der Lux vorhatte, aber ich bezweifelte, dass er das Mutterdasein ausprobieren wollte. Ich blickte zu Archer, der leise vor sich hin fluchte.

»Katy«, warnte er und stellte den Korb ab. »Tu's nicht.«

Zu spät. Ich war bereits unterwegs, meine Arme und Beine pulsierten vor Kraft, während ich den Gang entlang in den vorderen Bereich des Supermarktes raste. Abermals war ein Donnern zu hören und der Parkplatz leuchtete hell auf, als weitere Lux landeten, immer mehr. Dabei donnerte und krachte es, bis ich glaubte, mein Herz würde implodieren.

Ich sauste um das Ende des Ganges herum und kam rutschend vor dem Regal mit den Taschenbüchern zum Stehen.

Der Lux, der vor dem kleinen Mädchen stand, erstarrte und drehte den Kopf in meine Richtung. Blitzende Augen sahen mich an. Rosarote Lippen öffneten sich. Der Blick war arktisch kalt. Nichts Menschliches lag darin, nicht ein Funke Mitleid, nur kühle Berechnung.

In dem kurzen Moment, in dem sich unsere Blicke trafen, wusste ich, dass dies Anfang und Ende gleichzeitig waren. Die Lux-Invasion hatte wirklich begonnen.

Ich schluckte den eisigen Schrecken hinunter, hechtete vor und schnappte mir von hinten das Mädchen. Ihr Kreischen fuhr mir in die Knochen, wild schlug sie um sich und trat mir gegen das Bein. Ich schlang die Arme um sie und hielt sie so fest wie möglich, während ich mit ihr zurückwich.

Der Lux richtete sich auf und begann wie eine Fontäne zu sprühen. Funken knisterten auf seinen Armen. Er starrte mich an, als könnte er in mich hineinsehen. Gleichzeitig lernte er offenbar in schwindelerregendem Tempo unsere Sprache, denn die Worte, die seine Zunge bildeten, waren Englisch. »Was bist du?«

Mist. Mist. Mist.

Zwei Dinge wurden mir ziemlich schnell klar. Der Lux spürte, dass mich mehr als menschliche Nächstenliebe antrieb, und dass es nichts Gutes verhieß, bemerkte ich, als er beim Zurückweichen die Hand hob. Außerdem wurde mir bewusst, dass er keine Ahnung hatte, was ein Hybrid war.

Die Kleine wand sich in meinen Armen und es gelang ihr, einen Arm zu befreien. Sie holte aus und schlug mir die Baseballkappe vom Kopf. Mein Haar fiel über meine Schultern auf meinen Rücken. Der Lux trat vor und fletschte die Zähne.

Gar kein gutes Zeichen.

Mit dem um sich schlagenden und schreienden Kind hatte ich alle Hände voll zu tun und ich wusste, dass es Zeit für den Rückzug war. Schnell drehte ich mich um und flüchtete mit ihm in einen Gang. Hinter der nächsten Ecke lagen Brötchen auf dem Boden, die ich aus dem Weg schießen musste, und es roch stark nach verbranntem Fleisch und Plastik. Abrupt blieb ich stehen. Hoppla.

Überall sah ich nackte Aliens.

Selbst wenn ich kein Hybrid gewesen wäre und nicht gewusst hätte, dass man an den Augen erkennen konnte, ob jemand ein Undercover-Alien war, wäre es nicht schwer gewesen, diese Lux zu erkennen. Offenbar hatten sie keinerlei Schamgefühl, obwohl sie splitterfasernackt waren.

Verblüfft stellte ich fest, dass ich mehr menschliches Fleisch sah, als mir lieb war, doch als ich mich umdrehte und Archer auf mich zukam, wurde mir etwas noch viel Schlimmeres bewusst.

Wir waren umzingelt.

»Bist du nun zufrieden?«, stieß Archer zwischen zusammengepressten Lippen hervor und seine amethystfarbenen Augen blitzten.

Mindestens sechs Lux starrten uns an und versuchten herauszufinden, wer wir waren. Drei von ihnen hatten eine menschliche Erscheinungsform angenommen und standen neben den gekrümmten Überresten derjenigen, in deren Haut sie geschlüpft waren. Die anderen drei waren in ihrer wahren Erscheinungsform. Ihre Körper leuchteten in einem rötlich weißen Licht. Von hinten näherte sich der Lux in der Haut der Mutter des kleinen Mädchens, mit dem ich schon Bekanntschaft gemacht hatte.

Keiner von ihnen sah aus, als würde er mit uns Freundschaft schließen wollen.

Mein Herz hämmerte gegen meinen Brustkorb, als ich mich langsam niederkniete und in das tränennasse Gesicht des Mädchens blickte. »Wenn ich dich loslasse, dann rennst du«, flüsterte ich. »Du rennst, so schnell du kannst, und bleibst nicht stehen.«

Ich war mir nicht sicher, ob die Kleine mich verstand, und konnte nur beten, dass es so war. Seufzend atmete ich aus, stellte sie auf den Boden und schob sie noch in Richtung der Lücke zwischen zwei Gängen. Sie enttäuschte mich nicht. Schnell drehte sie sich um und rannte darauf zu. Während ich noch wünschte, mehr für sie tun zu können, erhob ich mich.

Einer der leuchtenden Lux bewegte sich auf mich zu, blieb dann aber stehen und neigte den Kopf zur Seite. Die anderen, sowohl in menschlicher als auch in wahrer Erscheinungsform, blickten alle auf den Lux, dem ich das Kind entrissen hatte.

Das wird übel enden. Archers Stimme drängte sich in meinen Kopf. *Ist es zu viel verlangt, dass du rennst, wenn ich es dir sage?*

Ich holte tief Luft. *Ich werde dich nicht allein hier zurücklassen.*

Einer seiner Mundwinkel hob sich. *Das hab ich mir schon gedacht. Lass uns in die Offensive gehen. Bahne dir einen Weg nach vorn.*

Während meiner Zeit bei Daedalus hatte ich gelernt nicht nur mit menschlichen Mitteln zu kämpfen, sondern auch mit der Quelle. In Las Vegas hatte ich dann angewendet, was ich gelernt hatte, weshalb ich einerseits recht zuversichtlich war es mit den Besten von ihnen aufnehmen zu können, andererseits jagte es mir einen eiskalten Schauer über den Rücken.

Ohne Vorwarnung legte Archer los.

Er machte einen Schritt nach vorn und holte gleichzeitig mit dem Arm aus. Pure Energie lief daran hinab und schoss mit Wucht aus seiner Hand. Sie traf den Lux mitten in die Brust, was ihn aus seiner menschlichen Form und in die Glastüren vor der Abteilung mit den Milchprodukten katapultierte. Verpackungen zerbarsten und Milch floss in Strömen über den Boden.

Ein leuchtender Lux schoss auf Archer zu, der seinerseits herumwirbelte und eine nackte Frau anvisierte. Ich rief die Quelle auf.

Das Licht, das meinen Arm hinabrauschte, war lange nicht so intensiv wie Archers, aber es erfüllte seinen Zweck. Im hohen Bogen schoss es über den Gang und traf den Lux in die Schulter. Er wurde herumgewirbelt.

Gerade wollte ich ihm einen weiteren Energiestoß versetzen, als ich selbst einen flammenden Schmerz in der Schulter spürte. Ehe ich mich's versah, war ich bereits auf den Knien und Rauch stieg aus meiner linken Schulter auf. Vorsichtig tastete ich sie ab, während ich mich zwang wieder aufzustehen. Als ich die Hand zurückzog, war sie rot.

Ich drehte mich um und hätte fast die gewaltige Faust eines jungen, männlichen Lux in menschlicher Erscheinungsform ins Gesicht bekommen. Ich strauchelte und stolperte mehrere Schritte, fing mich dann aber und hob das Knie. Die Luft um mich herum war elektrisch aufgeladen, als ich meinen Fuß an einer Stelle platzierte, die ich auf keinen Fall von nahem betrachten wollte.

Der Lux krümmte sich.

Grimmig grinsend packte ich ihn an seinem braunen Schopf, und da er gerade dabei war, die Erscheinungsform zu wechseln, konnte ich mir gleichzeitig die Hände wärmen, während ich ihm mein Knie in die Nase rammte. Knochen knackten, aber ich wusste, dass er damit noch nicht dauerhaft außer Gefecht gesetzt war.

Und ich wusste, was zu tun war.

Archer feuerte ein weiteres Geschoss ab, während ich erneut die Quelle aufrief. Sie floss meinen Arm herab und ergoss sich über den Kopf des Lux, als dieser ihn hob. Seine Augen glühten wie weiße Himmelskörper.

Im nächsten Moment wurde ich jedoch zurückgeschleudert, als wäre ein Auto in mich hineingerast. Die Luft knisterte elektrisch aufgeladen, als ich hart mit dem Rücken auf dem Boden aufschlug und einen Moment lang nur verblüfft auf die rissige, schwankende Schicht fluoreszierenden Lichts über mir starren konnte.

Autsch! Das tat weh.

Ächzend rollte ich auf die Seite und kniff die Augen zusammen. Der Lux lag, mehrere Meter von mir entfernt, ebenfalls auf dem Rücken. Während ich mich mühsam hochrappelte, sah ich aus dem Augenwinkel, wie Archer einen Lux mit Schwung in die Tiefkühlabteilung schleuderte.

Dann drehte er sich zu mir um, und als er feststellte, dass ich auf den Beinen war, nickte er.

Durch die ausgelaufenen Eispackungen hindurch tat sich ein Fluchtweg auf. Wenn auch nicht sehr deutlich, denn überall lagen flackernde Lux auf dem Boden, angezählt, aber nicht k. o.

Eine Explosion, irgendwo in dem Geschäft, brachte die hohen Regale zum Schwanken. Die Türen der Tiefkühlschränke zerbarsten und die Glasscherben regneten dicht hinter uns nieder, während Archer und ich den Gang entlangliefen. Schließlich rutschten wir noch über den glatten Boden vor der Bäckerei und hatten den Eingang erreicht. Um uns herum hasteten die Leute blutig und unter Schock stehend auf die zerbrochenen Schaufenster zu.

Als ich den Parkplatz und die dahinterstehenden Gebäude sah, rutschte mir das Herz in die Hose. In dicken Wolken stieg Rauch über den orangeroten Flammen auf. Ein Stromleitungsmast war auf eine Reihe Autos gestürzt, deren Dächer jetzt eingedrückt waren. In der Ferne heulten Sirenen. Ein Wagen preschte über den Parkplatz in ein anderes Fahrzeug hinein. Metall schepperte und gab nach.

»Es ist apokalyptisch«, murmelte Archer.

Ich musste schlucken. »Fehlen nur noch die Zombies.«

Er blickte auf mich herab, hob die Brauen und war gerade dabei, den Mund zu öffnen, als schwallartig ein Teil der Snack-Abteilung auf uns niederging.

Chips und Brezeln flogen durch die Luft, dazwischen Erdnusslocken und Folienfetzen. Prasselnd regnete alles auf uns herab und landete auf dem Boden. In der Mitte der Regale prangte jetzt ein Loch.

»Lass uns zusehen, dass wir wegkommen«, drängte Archer noch einmal und dieses Mal widersprach ich nicht.

Ich sparte mir meine Worte für die nächste Auseinandersetzung, denn ich wusste, dass Archer, sobald wir wieder im Blockhaus waren, wenn wir es je bis dorthin schafften, darauf drängen würde, so schnell wie möglich Idaho zu verlassen. Ich hatte kapiert, dass es im Supermarkt nicht mehr sicher war, und wenn er wegwollte, dann meinetwegen. Angesichts von Beths Zustand wäre es schlau, das alles so weit wie möglich hinter uns zu lassen, doch ich würde hier niemals ohne Daemon weggehen.

Das konnte er vergessen.

Wir jagten an einer demolierten Kasse vorbei. Archer war vor mir, als ich abrupt stehen blieb. Jeder Muskel in meinem Körper spannte sich an, weil ich ein intensives Prickeln im Nacken spürte.

Meine Knie wurden weich und die Luft wich mir aus den Lungen. Das Prickeln war warm und vertraut und hatte mir in den letzten beiden Tagen sehr gefehlt. Mein Herz schlug auf Hochtouren und brachte das Blut in meinen Adern zum Kochen.

Daemon.

Langsam und unsicher drehte ich mich um, als würde ich mich auf Treibsand bewegen, und ließ den Blick durch das zerstörte Geschäft wandern. Licht blitzte pulsierend zwischen den ruinierten Regalen auf. Die Zeit schien fast stillzustehen und die Luft wurde immer stickiger, bis ich kaum noch atmen konnte. Benommen und allzu hoffnungsvoll, während die Gefühle mich übermannten, schritt ich wieder tiefer in das Geschäft hinein und auf die Lichter zu.

»Katy!« Archers Stimme drang von den zerborstenen Türen zu mir. »Was tust du?«

Als ich an einem umgestürzten Ständer mit Süßigkeiten vorbeikam, wurde ich schneller. Tüten knirschten unter meinen Füßen. Mein Mund war staubtrocken und ich sah nur noch verschwommen. Der brennende Schmerz an meiner Schulter war fast vergessen.

Wind kam auf und blies mir das Haar ins Gesicht. Ich wusste nicht, woher er kam, aber ich ging immer weiter, bis ich den Anfang des Ganges mit dem Salzgebäck erreicht hatte.

Ich trat ein wenig zur Seite, nur ein kleines Stück, um den Gang vollständig einsehen zu können. Mir blieb das Herz stehen. Meine gesamte Welt kam zum Stillstand.

»Verdammt!«, rief Archer und seine Stimme klang jetzt näher. »Nein!«

Doch es war zu spät.

Ich sah *ihn.*

Und *er* sah mich.

Er stand dort in seiner wahren Erscheinungsform und strahlte so hell wie ein Diamant. Äußerlich unterschied er sich nicht von den anderen Lux, doch in jeder einzelnen Zelle meines Körpers spürte ich, dass er es war. Alle Zellen, die mich zu dem gemacht hatten, was ich war, erwachten zum Leben und riefen nach ihm. Er war noch immer das wunderbarste Wesen, das mir je begegnet war. Groß und leuchtend wie tausend Sonnen stand er vor mir und seine Konturen schimmerten hellrot.

Genau im selben Moment wie ich ging er einen Schritt nach vorn und ich nahm durch unsere besondere Verbindung Kontakt zu ihm auf. Sie bestand, seit er mich geheilt hatte. Für immer.

Daemon?, rief ich ihm zu.

Er war verschwunden, bewegte sich zu schnell, als dass ich hätte sehen können, wohin.

»Kat!«, brüllte Archer. Gleichzeitig war ich mir sicher meinen Namen in einer tieferen, sanfteren Stimme zu hören, die meinen Magen zum Flattern brachte und bei der sich mir das Herz zusammenzog.

Ein warmer Schauer lief mir über den Rücken, und als ich mich umdrehte und den Kopf hob, blickte ich in faszinierend smaragdgrüne Augen und ein Gesicht mit hohen Wangenknochen, das, egal zu welcher Jahreszeit, immer gebräunt zu sein schien. Dunkles Haar fiel über ebenso dunkle Augenbrauen.

Volle Lippen hoben sich an den Mundwinkeln.

Es war nicht Daemon.

Es war Dawson, der, gut eineinhalb Köpfe größer als ich, auf mich herabschaute. Kurz meinte ich, so etwas wie Reue in seinen Augen zu erkennen, aber vielleicht war es auch nur Wunschdenken. Licht breitete sich hinter seinen Pupillen aus und färbte die gesamten Augäpfel weiß. Knisternd bahnte sich die Energie in dünnen, zackigen Linien einen Weg über seine Wangen.

Plötzlich blitzte es hell auf, eine Hitzewelle schien mir den Boden unter den Füßen wegzuziehen und danach nahm ich nichts mehr wahr.

Kapitel 3

Daemon

Ständig Stimmen in meiner eigenen Sprache zu hören und dazu noch ein Dutzend verschiedener menschlicher Sprachen brachte meine Schläfen zum Pochen. Die Worte. Die Sätze. Die Drohungen. Die Versprechen. Das gottverdammte unaufhörliche Plappern meiner frisch eingetroffenen, ziemlich stark erweiterten Familie, sobald einer von ihnen etwas entdeckte, was er oder sie noch nicht kannte, und das geschah ungefähr alle fünf Sekunden.

Oh! Ein Mixer.

Oh! Ein Auto.

Oh! Menschen bluten so leicht und sind ganz schön zerbrechlich.

Ja, sobald sie nur die Augen aufschlugen, sahen sie etwas zum allerersten Mal. Wie sie ehrfürchtig an Geräten und mit der menschlichen Anatomie spielten, wirkten sie fast kindlich, gleichzeitig ein bisschen debil.

Doch die Neuankömmlinge waren die kältesten Typen, die mir je begegnet waren.

In den letzten achtundvierzig Stunden hatten buchstäblich Tausende meiner Spezies die Erde zum ersten Mal betreten und ich kam mir vor wie in einem riesigen Bienenstock. Wir waren alle miteinander verbunden, befanden uns auf derselben Wellenlänge, wie kleine Arbeitsbienen für die Königin.

Wer auch immer das sein mochte.

Zwischenzeitlich war es überwältigend, wie die Bedürfnisse, Wünsche und Sehnsüchte von Tausenden im Kopf jedes einzelnen Lux gebündelt wurden. Macht übernehmen. Kontrollieren. Herrschen. Dominieren. Unterwerfen. Ein wenig besser wurde es nur, wenn ich mich in menschlicher Erscheinungsform befand. Das schien die Verbindungen zu lockern, zurückzudrehen, allerdings galt das nicht für alle.

Mit großen Schritten ging ich über die gebohnerten Dielen einer verglasten Halle in einer Villa, in der eine ganze Armee hätte unterkommen können, und es wäre noch immer Platz für Gäste gewesen. Als ich meinen Zwillingsbruder Dawson erblickte, sah ich rot. Lässig lehnte er neben einer geschlossenen Flügeltür an der Wand.

Das Kinn gesenkt und mit zusammengezogenen Augenbrauen tippte er konzentriert auf seinem Smartphone herum. Ich hatte den hell erleuchteten Raum bereits halb durchquert – er roch nach Rosen, aber auch ein wenig metallisch nach Blut –, als er den Kopf hob und tief Luft holte. »Hi«, grüßte er. »Da bist du ja. Sie –«

Ich nahm ihm das Telefon aus der Hand, drehte mich um und warf es mit so viel Schwung wie möglich fort. Es flog durch den Raum und zerbarst an der gegenüberliegenden Wand.

»Was soll das, Mann?«, motzte Dawson und fuchtelte wütend mit den Händen in der Luft. »Ich war bei *Candy Crush* schon auf dem neunundsechzigsten Level. Weißt du, wie schwierig das –?«

Ich holte aus und rammte ihm die Faust in seinen Kiefer. Er taumelte rückwärts, bis die Wand ihn stoppte, und hielt sich mit der Hand das Gesicht, während ich eine perverse Befriedigung in mir verspürte.

»Mann!«, brummte er, während er den Kopf hob, ihn zur Seite neigte und die Hand senkte. »Ich habe sie nicht umgebracht. Natürlich nicht.«

Mühsam holte ich Luft und fühlte mich auf einmal so leer wie ein umgekippter Topf Wasser.

»Ich habe gewusst, was ich tat, Daemon.« Er blickte in Richtung der Tür und senkte die Stimme. »Es ging nicht anders.«

Ich schoss vor, packte ihn am Hemdkragen und hob ihn hoch, bis nur noch die Fußspitzen den Boden berührten. Die Begründung reichte mir nicht. »Du bist noch nie in der Lage gewesen, die Quelle richtig zu kontrollieren. Warum zum Teufel sollte es jetzt plötzlich anders sein?«

Seine Pupillen begannen weiß zu glühen. Er zwang seine Arme zwischen meine, drückte sie auseinander und befreite sich. »Ich hatte keine Wahl.«

»Ja, sicher.« Ich trat um ihn herum und entfernte mich bewusst von ihm, bevor ich ihn noch durch eine Mauer und vor einen Panzer geschleudert hätte.

Dawson drehte sich um und ich spürte seinen glühenden Blick auf dem Rücken. »Lern du erst mal selbst, dich zu kontrollieren.«

Ich blieb vor der geschlossenen Tür stehen und sah ihn über die Schulter hinweg an.

Er schüttelte den Kopf. »Es tut –«

»Sag's nicht«, warnte ich.

Kurz kniff Dawson die Augen zusammen, und als er sie wieder öffnete, starrte er fast verzweifelt auf die geschlossene Tür. »Wie lange noch?«, flüsterte er.

In dem Moment bekam ich echt Angst. Es war zu viel für ihn. Ich wusste, dass er mit seinen Kräften am Ende war und sich in einer blöden Lage befand. Er hatte wirklich keine andere Wahl gehabt. »Ich weiß nicht, denn …«

Mehr musste ich nicht sagen; ich sah, dass er verstanden hatte. »Dee …«

Unsere Blicke trafen sich. Es gab nichts mehr hinzuzufügen. Ich blickte wieder nach vorn und stieß die Flügeltür auf. Das Pochen in meinem Schädel wurde stärker, als ich das große, runde Büro betrat.

Darin befanden sich mehrere Neuankömmlinge, doch meine Aufmerksamkeit galt vor allem demjenigen, der mit dem Rücken zu mir saß, demjenigen, zu dem wir uns sofort hingezogen gefühlt hatten, als sie am Blockhaus erschienen waren.

Er saß in einem Ledersessel und blickte auf einen großen Flachbildschirm an der Wand. Ein lokaler Fernsehsender zeigte Bilder aus dem Stadtzentrum von Coeur d'Alene. Der Ort war ein vollkommen anderer als noch vor drei Tagen. Rauch stieg jetzt aus den Gebäuden auf und im Westen färbten Feuer den Himmel rot wie bei einem glühenden Sonnenuntergang. Die Straßen waren total verwüstet. Es sah aus wie im Krieg.

»Guck sie dir an«, sagte er und seine Stimme hatte einen seltsam schwingenden Tonfall in der für ihn neuen Sprache. »Wie sie so ziellos über den Boden huschen.«

Für mich sah es aus, als würde die Hälfte der Menschen einen Elektromarkt plündern.

»Sie sind so hilflos und unorganisiert. So minderwertig.« Er lachte dröhnend, fast war es ansteckend. »Diesen Planeten werden wir mit links unterwerfen können, so leicht war's noch nie.«

Noch immer erstaunte es mich, wie sie sich die ganze Zeit, für mehrere Generationen seit der Zerstörung unseres eigenen Planeten, irgendwo dort draußen in einem gottverdammten Universum verkrochen hatten, in dem das Leben anscheinend lange nicht so angenehm war wie auf der Erde.

Fast verwundert schüttelte er den Kopf, als durch die Stadt rollende Panzer auf dem Bildschirm erschienen. Er lachte abermals. »Sie sind nicht in der Lage, sich selbst zu verteidigen.«

Eine groß gewachsene Frau mit roten Haaren, die einen engen schwarzen Rock und eine weiße Bluse trug, räusperte sich. Sie hieß Sadi, was ich passend fand – Sadi, die Sadistin.

Ihr schien es nichts auszumachen, denn in der kurzen Zeit, seit ich sie kannte, hatte sie ihrem Spitznamen alle Ehre gemacht, und darüber hinaus wusste ich über sie nur noch, dass sie mir ständig auf den Hintern starrte.

»Aber Waffen haben sie«, sagte sie.

»Nicht genug, meine Liebe. Vergleichbares geschieht in mehreren Großstädten in jedem Staat, in jedem einzelnen Land. Lass ihnen die Waffen. Wir werden vielleicht einige wenige verlieren, aber insgesamt werden die Verluste bei dieser Operation kaum ins Gewicht fallen.« Er drehte sich mit dem Sessel herum und unwillkürlich spannte sich meine Nackenmuskulatur an. Die menschliche Erscheinungsform, für die er sich entschieden hatte, war ein gepflegter Typ Anfang vierzig mit dunkelbraunem, ordentlich gescheiteltem Haar und perfekten, strahlend weißen Zähnen.

Der Mann war der Bürgermeister der Stadt gewesen und der Lux ließ sich gern mit dem Namen des Toten ansprechen: Rolland Slone. Ziemlich befremdlich. »Unser Ziel werden wir trotzdem erreichen, stimmt's, Daemon Black?«

Ich erwiderte seinen Blick. »Ich glaube tatsächlich nicht, dass sie in der Lage sein werden, euch zu stoppen.«

»Natürlich nicht.« Er legte die Finger unter sein Kinn. »Wie ich höre, hast du etwas mitgebracht?«

Er formulierte es als Frage, obwohl er die Antwort bereits kannte. Ich nickte.

Sadi drehte sich zu mir um und ihre blaugrünen Augen leuchteten neugierig. An der Wand verlagerte ein weiterer Neuankömmling sein Gewicht.

»Ein weibliches Wesen?«, fragte Sadi, die gemerkt haben musste, welches Bild ich kurz im Kopf gehabt hatte.

»Als ich das letzte Mal nachgesehen habe, war sie es jedenfalls.« Sadi sah mich warnend an und ich lächelte. »Bei dir hingegen bin ich mir immer noch nicht so ganz sicher, ob diesbezüglich alles ganz richtig sitzt.«

Sadi strich sich über die Taille. »Möchtest du es überprüfen?«

Ich grinste. »Nee, danke, geht schon.«

Rolland lachte glucksend und schlug die Beine übereinander. »Dieses weibliche Wesen. Sie ist aber nicht wirklich ein Mensch, oder?«

Sadi wandte sich ab, als ich den Kopf schüttelte. Ein Muskel oder ein Nerv oder etwas anderes Nerviges begann unter meinem Auge zu zucken. »Nein, ist sie nicht.«

Er hatte die Hände im Schoß gefaltet. »Was genau ist sie?«

»Eine Mutantin«, antwortete Dee, die mit wehenden dunklen Locken den Raum betrat und Rolland mit einem zuckersüßen Lächeln im Gesicht ansah. »Sie wurde von meinem Bruder mutiert.«

»Von welchem?«, erkundigte sich Rolland.

»Von dem da.« Dee deutete nickend in meine Richtung und stemmte die Hände in die Hüften. »Er hat sie vor ungefähr einem Jahr geheilt. Sie ist ein Hybrid.«

Rollands Blick ging wieder zu mir. »Hast du versucht das vor uns zu verbergen, Daemon?«

»Habe ich je wirklich eine Chance gehabt, diese Frage zu beantworten?«

»Auch wieder wahr«, murmelte Rolland und musterte mich eingehend. »Du bist ein Buch mit sieben Siegeln, Daemon. Ganz anders als deine charmante Schwester hier.«

Ich verschränkte die Arme und zuckte mit den Schultern.

»Ich fühle mich eigentlich eher wie ein Buch, in dem alles offengelegt ist.«

»Von uns allen war er immer derjenige, der am wenigsten mit Menschen anfangen konnte«, sagte Dee.

Rolland hob die Augenbrauen. »Außer mit diesem Mädchen wahrscheinlich.«

»Außer mit ihr.« Dee sah sich offenbar in der Rolle meiner persönlichen Sprecherin. »Daemon hat sie geliebt.«

»Geliebt?« Sadi hüstelte überraschend zart. »Wie …«, sie schien nach dem richtigen Wort zu suchen, »schwach?«

Angespannt murmelte ich: »Die Betonung liegt auf *hat*.«

»Erklär mir, was es mit dem Heilen und Mutieren auf sich hat«, verlangte Rolland und beugte sich vor.

Ich erwartete, dass Dee sich wieder einschalten würde, doch dieses Mal hielt sie sich offenbar freiwillig zurück. »Sie ist sehr schwer verletzt worden und ich habe sie geheilt, ohne zu wissen, dass ich sie damit mutieren würde. Dabei sind auch einige meiner Fähigkeiten auf sie übergegangen und wir waren von dem Moment an miteinander verbunden.«

»Warum wolltest du sie heilen?«, hakte er neugierig nach.

Dee schnaubte verächtlich. »Ich glaube, es war nicht gerade eine *Kopf*entscheidung, wenn du verstehst, was ich meine.«

Während ich mich total beherrschen musste, um Dee nicht einen tödlichen Blick zuzuwerfen, sah mich Rolland einen Moment lang an, bevor er anfing zu lächeln, als hätte er nicht nur verstanden, was Dee meinte, sondern jetzt noch mehr darüber wissen wollte.

»Interessant«, murmelte Sadi und warf ihre kupferfarbene Haarpracht über die Schultern zurück. »Wie eng ist die Verbindung zwischen euch beiden?«

Ich verlagerte mein Gewicht und blickte zu dem Lux, der

noch immer schweigend an der Wand lehnte. »Sie stirbt; ich sterbe. Ist das eng genug?«

Rolland bekam große Augen. »Oh, das ist aber nicht gut … für dich.«

»Stimmt«, antwortete ich und zog das Wort extrem lang.

Sadi bewegte langsam die Lippen. »Und fühlt sie auch, was du fühlst? Und umgekehrt?«

»Das funktioniert nur, wenn es eine sehr schwere Verletzung ist«, antwortete ich tonlos.

Sadi sah Rolland an und ich wusste, dass sie miteinander kommunizierten. Ihre Worte gingen im Stimmengewirr der anderen verloren, aber als ich sah, wie eifrig Sadi auf einmal wirkte, ballte ich die Hände unwillkürlich zu Fäusten.

Ich traute ihr nicht.

Dem Schweigsamen an der Wand allerdings auch nicht.

»Du musst ihr nicht trauen«, sagte Rolland breit lächelnd. »Wichtig ist nur, dass wir euch vertrauen können.«

Dee stellte sich aufrechter hin. »Uns kann man trauen.«

»Ich weiß.« Er neigte den Kopf auf die andere Seite. »Und dann war da noch was, stimmt's? Und es konnte fliehen?«

Dee war jetzt wieder ganz die Speichelleckerin und nickte, während sie sich in einen Sessel setzte oder sich vielmehr darauf drapierte. »Ein Origin, der Abkomme eines männlichen Lux und eines weiblichen Hybriden. Ich hoffe, dass wir ihn nicht umbringen müssen. Irgendwie finde ich ihn nämlich süß.«

»Interessant.« Rolland blickte Sadi an und wieder merkte ich, dass sie sich heimlich verständigten.

Er erhob sich und knöpfte sein beigefarbenes Jackett zu. »Es gibt vieles, was wir nicht wissen. Diese Hybride sind uns vollkommen neu«, sagte er und ich musste fast lachen. Wenn man bedachte, dass sie angeblich noch nie auf der Erde gewesen waren, wussten sie schon ziemlich viel darüber, fand ich. Es steckte mehr dahinter und ich musste herausfinden, was oder vielmehr wer dieses »mehr« war. Offenbar hatte jemand von hier für sie gearbeitet. Ich musste es wissen. »Wir bauen auf dich und deine Familie, und natürlich auf andere wie euch, um uns in solchen Situationen zu helfen.«

Ich nickte kurz und Dee ebenso.

»So, und jetzt habe ich zu tun.« Er trat um den Eichentisch herum und auch der Lux an der Wand entfernte sich endlich von derselben. »Meine Bürger treffen und sie beruhigen.«

Überrascht hakte ich nach. »Sie beruhigen?«

Als Rolland mit Sadi und dem Schweigsamen im Gefolge an mir vorbeiging, lächelte er einmal mehr breit. »Wir sehen uns später, Daemon.«

Die Flügeltür schloss sich hinter ihnen und unterstrich, dass ich nicht in alles eingeweiht wurde. Eine Menge blieb mir verborgen.

Seufzend wandte ich mich Dee zu und es versetzte mir einen Stich. Ich erkannte sie kaum wieder.

Sie blickte auf und unsere Blicke trafen sich.

»Du solltest doch bei ihr bleiben«, sagte ich.

Sie zuckte mit den Schultern. »Die geht so schnell nirgends hin. Dawson hat sie ordentlich ausgeknockt, glaube ich.«

Sofort wurde ich unruhig. »Dann ist im Moment niemand bei ihr?«

»Ich weiß es nicht.« Stirnrunzelnd betrachtete sie ihre Fingernägel. »Und ehrlich gesagt interessiert es mich auch nicht.«

Ich starrte sie nur an, während unerhörte Worte über meine Lippen drängten, doch ich zwang sie wieder hinunter. »Ich habe mich gewundert, dass du Beth gar nicht erwähnt hast.«

Sie hob eine Augenbraue. »Beth ist schwach – schwächer als

Katy. Sie würde wahrscheinlich sofort wegrennen, wenn sie uns sieht, und dann stolpern und sich dabei selbst umbringen, was auch Dawsons Tod bedeuten würde. Ich glaube, um Dawsons willen müssen wir sie geheim halten.«

»Du willst Rolland anlügen?«

»Haben wir ihn nicht bereits angelogen? Natürlich muss Dawson dieses kleine Geheimnis gut verbergen, genau wie du es getan hast und ich auch. Sie wissen nichts von Beth und wussten bis vor kurzem auch nichts von Kat.«

Ich spürte plötzlich einen Druck auf der Brust, den ich mit Gewalt loszuwerden versuchte, während ich Dee skeptisch musterte. »Wenn du meinst.«

»Ja, das meine ich«, antwortete sie kühl.

Es gab nichts mehr zu sagen, deshalb wandte ich mich in Richtung Tür.

»Du gehst zu ihr.«

Ich blieb stehen, drehte mich aber nicht um. »Und?«

»Warum tust du das?«, fragte sie.

»Wenn ihre Wunde zu eitern beginnt und sie stirbt, dann weißt du ja, was mir blüht.«

Dees hohes Lachen erinnerte mich an die Eiszapfen, die im letzten Winter vom Dach der Terrasse gefallen waren. »Seit wann eitern Wunden bei Hybriden?«

»Hybride erkälten sich nicht und bekommen keinen Krebs, aber wer weiß schon, wie ihr Körper auf eine Brandwunde reagiert? Du etwa?«

»Das stimmt, aber …«

Ich stemmte die Hände in die Hüften. »Was willst du mir sagen?«

Sie spitzte die Lippen. »Das Schlimmste, was passieren kann, ist doch, dass ihr der Arm abfault.«

Ungläubig sah ich sie an.

Lachend warf sie den Kopf in den Nacken und klatschte in die Hände. »Du solltest dein Gesicht sehen. Ich will damit nur sagen, dass ich den Eindruck habe, es gibt noch einen anderen Grund, weshalb du sie sehen willst.«

Jetzt zuckte kein Muskel mehr unter meinem Auge, sondern in meinem Kiefer. »Du hast vorhin richtiggelegen.«

Fragend sah sie mich an. »Hä?«

Ich lächelte, so wie ich vor Ewigkeiten zum letzten Mal gelächelt hatte. »Dass es keine Kopfentscheidung war.«

»Igitt!« Sie rümpfte die Nase. »Schon gut, mehr will ich gar nicht wissen. Und tschüss.«

Ich blinzelte ihr zu, drehte mich um und verließ den Raum. Dawson war nicht mehr in der verglasten Halle und es gefiel mir gar nicht, dass ich weder wusste, wo er war, noch, was er tat. Es konnte nichts Gutes bedeuten, aber mir fehlte in dem Moment die Hirnmasse, um mich damit zu befassen, zusätzlich zu dem, was mich oben erwartete.

Ich hatte sie nicht hierhergebracht.

Dawson war es gewesen, und obwohl ich nicht dabei gewesen war, als er sie hochgetragen hatte, wusste ich, auch ohne zu fragen, wo sie sich befand. Dritter Stock. Letztes Zimmer auf der rechten Seite.

Im Treppenhaus hingen gerahmte Fotos des echten Rolland Slone und seiner Familie: eine hübsche blonde Frau und zwei Kinder unter zehn Jahren. Die Frau und die Kinder waren mir bislang nicht begegnet. Das Glas vor dem letzten Foto auf dem Treppenabsatz im zweiten Stock war gesprungen und mit getrocknetem Blut verklebt.

Ich ging weiter. Schneller, als ich es beabsichtigte. Doch die oberen Etagen waren nahezu leer, und während ich in die große

Halle mit den Gemälden an den waldgrünen Wänden hinabblickte, auf denen die rund um die Stadt gelegenen Seen abgebildet waren, wurde das Stimmengewirr immer leiser, bis ich fast das Gefühl hatte, ich hätte es mir eingebildet. Fast.

Ich fuhr mir mit der Hand durchs Haar und atmete hörbar aus, was zu einem leisen Fluchen wurde, sobald ich die letzte Tür erblickt hatte.

Sie stand einen Spalt offen.

Hatte Dee sie offen gelassen? Möglich. Ich ließ den Arm sinken und eilte darauf zu. Als ich die Hand nach der Klinke ausstreckte und sie aufschob, hämmerte mein Herz gegen die Rippen. Unnatürlich helles Licht fiel in den Flur.

Ein Lux war in ihrem Zimmer und hatte sich über das Bett gebeugt, so dass die Sicht auf sie versperrt war.

Mein Kopf war plötzlich wie leergefegt.

Kapitel 4

Daemon

Die Ränder meines Sichtfeldes flackerten rot, als ich wie eine wild gewordene Kobra durch den Raum schoss, der Lux mich wahrnahm und sich aufrichtete. Beim Umdrehen verwandelte er sich in seine menschliche Erscheinungsform – in einen Mann Anfang zwanzig. Ich glaube, er ließ sich Quincy nennen. Nicht dass mich sein Name irgendwie interessiert hätte.

»Du solltest nicht –«

Meine Faust traf ihn direkt unterhalb der Rippen und er krümmte sich. Kurz bevor er auf dem Bett gelandet wäre, packte ich ihn an den Schultern und schleuderte ihn zur Seite.

Quincy flog mit so viel Schwung gegen die Wand, dass die gerahmten Bilder schepperten. Seine blauen Augen leuchteten weiß, doch das konnte mich nicht davon abhalten, ihn abermals an den Schultern zu packen und ihn noch einmal gegen die Wand zu schleudern.

»Was wolltest du hier?«, fauchte ich ihm ins Gesicht.

Quincy entblößte die Zähne. »Das muss ich dir nicht beantworten.«

»Wenn du nicht erleben willst, wie es sich anfühlt, wenn dir die menschliche Haut streifenweise abgezogen wird«, erwiderte ich und meine Finger gruben sich in sein Shirt, »dann wirst du es tun.«

Er lachte. »Du kannst mir keine Angst einjagen.«

Wut kochte in mir hoch, aber auch Frust und tausend andere Gefühle. Nichts wollte ich mehr, als diesen Typen daran teilhaben zu lassen. »Ach nein? Da wäre ich mir nicht so sicher. Wenn du dich ihr noch einmal näherst oder sie auch nur ansiehst oder in ihre Richtung atmest, dann bringe ich dich um.«

»Warum?« Er blickte über meine Schulter hinweg auf das Bett und ich zog ihn am Kinn zu mir, damit er mir in die Augen sehen musste. Seine Silhouette verschwamm an den Rändern. »Beschützt du sie etwa? Ich spüre, dass sie kein normaler Mensch ist, aber eine von uns ist sie auch nicht.«

»Das spielt hier keine Rolle.« Die Haut spannte sich über seinen Knochen.

Er befreite sich aus dem Griff und lehnte sich lachend mit dem Kopf gegen die Wand. »Du bist schon zu lange unter Menschen. Das ist es. Du bist *zu* menschlich. Und du glaubst, dass ich das nicht sehe? Dass die anderen es nicht bemerkt haben?«

Meine Lippen verzogen sich zu einem kalten Lächeln. »Du musst ziemlich blöd sein, wenn du glaubst, dass ich, nur weil ich auf der Erde aufgewachsen bin, davor zurückschrecke, dich umzubringen. Halt dich von ihr und meiner Familie fern.«

Quincy schluckte, als sich unsere Blicke trafen. Was auch immer er in meinen Augen sah, ließ ihn den Rückzug antreten. Während mein Lächeln breiter wurde, hörten seine Pupillen auf zu leuchten. »Das werde ich Rolland erzählen«, stieß er zwischen den Zähnen hervor.

Ich tätschelte seine Wange. »Tu das.«

Er zögerte einen Moment, doch dann drückte er sich von der Wand ab und verließ mit großen Schritten den Raum, ohne sich noch einmal nach dem Bett umzusehen. Ohne es auch nur zu versuchen. Er hatte dazugelernt. Ich machte eine Geste mit der Hand und sah zu, wie sich die Tür langsam schloss. Als der Schlüssel umgedreht wurde, ging es mir durch Mark und Bein. In einem Haus voller Lux war das Versperren von Türen zwecklos, aber es war eine *menschliche* Angewohnheit.

Ich schloss die Augen und rieb mir mit den Händen übers Gesicht. Plötzlich fühlte ich mich total ausgebrannt. Vielleicht war es nicht die allerschlauste Idee gewesen herzukommen, aber ich hätte gar nicht anders gekonnt. Von dem Moment an, als ich das Haus betreten hatte, war ich von diesem Raum magisch angezogen worden, so stark wie von meinen eigenen Leuten.

Ich durfte ihren Namen nicht einmal *denken*.

Meine Fassade bröckelte bedenklich und ich versuchte nicht nachzudenken, doch als ich mich zu dem Bett umdrehte, war es wie ein Schlag in die Magengrube. Ich konnte mich weder rühren noch atmen. Wie bestellt und nicht abgeholt stand ich da. Seit ich sie zum letzten Mal gesehen hatte, waren erst zwei Tage vergangen und doch kam es mir vor wie eine halbe Ewigkeit.

Und es war eine Ewigkeit gewesen – in einer anderen Welt mit einer anderen Zukunft.

Während ich sie ansah, fühlte ich mich daran erinnert, wie ich in Area 51 angekommen war und sie nach Monaten der Trennung schlafend wiedergesehen hatte. Danach war vieles anders gewesen – sogar noch besser. Fast musste ich lachen, dass es sich für sie günstig ausgewirkt hatte, unter Daedalus' Fuchtel gewesen zu sein, aber so war es.

Sie lag auf dem Rücken und es war offenkundig, dass derjenige, der sie hier raufgebracht hatte – und es war nicht Dawson gewesen –, nicht sonderlich fürsorglich gewesen war. Sie war einfach auf das Bett geworfen worden wie ein Sack schmutziger Wäsche. Und wahrscheinlich musste man dankbar sein, dass sie auf einem Bett und nicht auf dem Boden gelandet war.

Sie trug noch ihre Turnschuhe. Ein Bein war angewinkelt und lag unter dem anderen. Die Knie ihrer Jeans hatten Blutflecken. Ihr rechter Ellbogen war abgespreizt, der andere Arm lag auf ihrem Bauch. Das Oversize-Shirt – *mein* Shirt – war hochgerutscht und gab den Blick auf ein Stück helle Haut frei. Unwillkürlich ballte ich die Hände zu Fäusten, so fest, dass die Knöchel wehtaten.

Was hatte Quincy in dem Zimmer gemacht? War er neugierig gewesen? Wahrscheinlich hatte er noch nie zuvor einen Hybriden gesehen oder erlebt. Im Vergleich zu diesen frisch eingetroffenen Lux konnte Coco, der neugierige Affe, wirklich einpacken. Aber war es noch etwas anderes?

Verdammt. Ich mochte mir gar nicht ausmalen, was alles möglich war, denn nichts davon war gut. Wenn Rolland nach wie vor an meiner Anwesenheit gelegen war, würde er sie leben lassen, doch nachdem ich zwei Tage mit ihnen verbracht hatte, wusste ich, dass es schlimmere Dinge gab als den Tod.

Ich stand neben dem Bett, ohne auch nur zu merken, dass ich mich bewegt hatte. Ich sollte nicht hier sein; dies war der letzte Ort, an dem ich sein sollte, doch anstatt auf dem Absatz kehrtzumachen, wie ich es getan hätte, wenn ich auch nur mit zwei funktionierenden Gehirnzellen ausgestattet wäre, setzte ich mich neben sie und konnte den Blick kaum von ihrer Hand abwenden, die etwas über ihrem Bauchnabel lag.

Die Hand so blass, so schmal. So zart, obwohl sie kein normaler Mensch war. Mein Blick wanderte ihren Arm hinauf. Das Shirt war eingerissen und der Stoff über der Schulter angesengt, das Dunkelblau war stellenweise vom Blut noch dunkler geworden.

Ich beugte mich über sie und stützte mich mit der Hand neben ihrer reglosen Hüfte ab. Blut war in die weiße Decke und das Laken gesickert. Kein Wunder, dass ihre Haut so fahl aussah. Mit klopfendem Herzen betrachtete ich ihre langen Haarsträhnen, die sich über das Kissen erstreckten.

Mir juckte es in den Fingern, ihr Haar zu berühren, *sie* zu berühren, doch als mein Blick auf ihren leicht geöffneten Mund fiel, krampfte sich in mir alles zusammen.

Zu viele Erinnerungen prasselten auf mich ein, mit denen ich fertig werden musste, während mein Puls immer schneller schlug. Das Einzige, was das wallende Blut in meinen Adern und die Anspannung in meinem Körper dämpfen konnte, war der leuchtend rote Strich unter ihrem Mundwinkel.

Blut.

Ich zwang mich aufzublicken und rang nach Atem, weil ich einen fiesen violettroten Bluterguss an ihrer Schläfe bemerkte. Als Dawson sie vorübergehend ausgeschaltet hatte, war sie gestürzt und hatte sich den Kopf auf dem Boden aufgeschlagen. Das Geräusch hörte ich noch immer, als ob es mich verspotten wollte. Es verfolgte mich noch immer, wäre vielleicht passender. Es würde mich für immer verfolgen.

Ihre dichten Wimpern rührten sich nicht. Unter ihren Augen hatten sich dunkle Ringe gebildet. Am Haaransatz hatte sie einen weiteren Bluterguss, dennoch war sie die –

Ich dachte den Gedanken nicht zu Ende, schloss die Augen und atmete langsam aus. Aus irgendeinem Grund sah ich plötzlich Archer vor mir, seinen Gesichtsausdruck in dem Moment, als sich unsere Blicke getroffen hatten, kurz nachdem sie zu Boden gegangen war. Inmitten des blutigen Chaos hatte ich einen Moment lang das Gefühl gehabt, die Zeit wäre stehengeblieben. Dann war Archer auf sie zugelaufen und ich … ich hatte sie dort lassen wollen. Ich hatte gewusst, dass ich sie dort lassen musste, aber jemand anders hatte sie schließlich aufgehoben.

Und ich hatte ihn nicht daran gehindert.

Ich öffnete die Augen und sah, wie mein Arm zitterte, als ich ihre rechte Hand hob. Durch die Berührung sprang ein Funke von ihr auf mich über und fuhr durch mich hindurch. Vorsichtig zog ich ihr das Shirt hinunter und strich ihr dabei mit den Fingerknöcheln über den Bauch. Der Kontakt war kurz, aber qualvoll.

Ich streichelte sie weiter und es war, verdammt noch mal, um mich geschehen.

Ich ließ die Finger über ihre kühle Wange gleiten und strich ihr eine Haarsträhne aus dem Gesicht. Ich weiß nicht, wie lange ich dort saß und über die Konturen ihres Gesichts, ihre Lippen fuhr. Ich war mir nicht bewusst, dass ich sie heilte, aber die Wunden verschwanden von ihrer Haut und ich war sicher, dass auch die Blutungen gestoppt waren. Gern hätte ich sie in den Arm genommen und gewaschen, doch das wäre zu viel gewesen.

Vielleicht war es bereits jetzt zu viel. Und dann?

Ihre Wangen nahmen wieder Farbe an, ein hübsches Rosa schlich sich in ihr Gesicht und ich merkte, dass sie bald erwachen würde.

Ich konnte nicht länger bleiben.

Behutsam zog ich ihr die Schuhe aus und schob ihre Beine unter die Decke. Man hätte noch mehr tun können, es *war* noch mehr zu tun, aber es … es musste reichen.

Ich schloss die Augen, senkte den Kopf und atmete ihren süßen, ihren einzigartigen Duft ein, und dann küsste ich sie auf die leicht geöffneten Lippen. Ein unvergleichliches Gefühl rauschte durch mich hindurch und ich musste mich zwingen den Kopf zu heben, mich aufzurichten und sie so schnell wie möglich in Ruhe zu lassen, bevor es zu spät wäre, auch wenn eine dunkle Stimme in mir flüsterte, dass es wahrscheinlich bereits zu spät war.

Es gab hundert verschiedene Möglichkeiten, wie das hier enden konnte, und bei keiner sah ich ein Happy End.

katy

Ich musste mich durch den Nebel der Bewusstlosigkeit hindurchkämpfen und es dauerte eine Weile, bis mein Gehirn wieder online war. Einen Moment lang blieb ich still liegen und wunderte mich, dass ich kaum Schmerzen hatte. Meine Schulter tat ein bisschen weh und hinter den Augen pochte es dumpf ein wenig, aber ich hatte mit Schlimmerem gerechnet.

Verwirrt rief ich mir die entscheidenden Sekunden ins Gedächtnis zurück, bevor ich kopfüber im Land des Vergessens gelandet war. Bevor alles sprichwörtlich den Bach runtergegangen war und überall Lux gewesen waren, die sich die menschliche DNA so rasend schnell einverleibt hatten, dass es erheblichen Schaden bei den Menschen angerichtet und sie letztendlich getötet hatte. Ich hoffte inständig, dass das kleine Mädchen sich hatte retten können, aber wo war es überhaupt sicher gewesen? Sie waren überall und …

Mein Herz klopfte schneller, als ich daran dachte, wie ich Daemon gespürt hatte, ihn in seiner wahren Erscheinungsform gesehen und gewusst hatte, dass auch er mich gesehen hatte, doch dann war er plötzlich nicht mehr da gewesen und … und *Dawson* hatte mich mit Hilfe der Quelle zu Boden geworfen. Warum hatte er das getan? Und viel entscheidender noch: Warum war Daemon nicht zu mir gekommen?

Aus dem hintersten Winkel meines Bewusstseins flüsterte mir eine heimtückische Stimme die Antwort zu. Luc und Archer hatten es vermutet, aber ich wollte einfach nicht glauben, dass sie Recht gehabt hatten und unsere größte Befürchtung wahr geworden war.

Allein daran zu denken, dass Daemon anders geworden sein

könnte, jetzt einer von *denen* war – wer auch immer sie eigentlich genau waren –, verursachte bei mir das Gefühl, mein Herz würde zusammengequetscht.

Ich holte tief Luft, und als ich die Augen blinzelnd wieder öffnete, musste ich gleich noch einmal nach Luft schnappen und fuhr instinktiv so schnell hoch, dass ich das Gefühl hatte, mir würde der Kopf von der Schulter fallen.

Zwei smaragdfarbene Augen, eingerahmt von dichten, dunklen Wimpern, blickten mich an. Sofort fühlte ich mich in den letzten Sommer zurückversetzt, zu dem Morgen, vor dem ich gemerkt hatte, dass Daemon Black nicht wirklich ein Mensch war – als er die Zeit angehalten und einen Lastwagen gestoppt hatte, der mich sonst überfahren hätte. Als ich damals aufgewacht war, hatte ich Dee in die Augen geschaut.

Genau wie jetzt.

Mit angezogenen Beinen saß sie am Fußende, das Kinn hatte sie auf die Knie gelegt. Das dunkle Haar fiel ihr wellig über die Schultern. Bis heute war sie wahrscheinlich das schönste Mädchen, das ich je gesehen hatte, nur Ash konnte mit ihr mithalten, doch Ash … sie war nicht mehr unter uns.

Aber Dee war hier.

Erleichtert ließ ich die Anspannung von mir abfallen und sah sie an, das Mädchen, das meine beste Freundin geworden und es geblieben war, auch nach der Tragödie mit Adam. Dee saß hier und das musste etwas Gutes bedeuten, etwas Wunderbares. Ich richtete mich auf und ließ es zu, dass die Decke auf meine Taille hinabglitt, doch dann hielt ich inne.

Dee sah mich mit großen Augen und ohne zu blinzeln an, genau wie an jenem Morgen, als sie schon einmal an meinem Bett gesessen hatte. Doch irgendetwas war anders.

Meine Kehle war staubtrocken, ich schluckte. »Dee?«

Sie hob eine ihrer perfekt geschwungenen Augenbrauen. »Katy?«

Mir wurde unbehaglich zu Mute, als ich ihre Stimme hörte. Sie klang fremd, kälter und tonlos. Instinktiv näherte ich mich ihr nicht weiter, auch wenn ich mir keinen Reim darauf machen konnte.

»Ich habe mich schon gefragt, ob du jemals aufwachen würdest«, sagte sie. »Du schläfst wie eine Tote.«

Blinzelnd sah ich mich in dem Raum um. Die grünen Wände mit den gerahmten Fotos von atemberaubenden Landschaften kamen mir unbekannt vor. Auch keins der Möbelstücke hatte ich je zuvor gesehen.

Auch Dee kam mir unbekannt vor.

Ich wandte mich von ihr ab, zog die Beine an und versuchte abermals zu schlucken. Dabei starrte ich auf die geschlossene Tür neben einer großen Eichenkommode. »Ich bin … ich bin so durstig.«

»Ach ja?«

Erschrocken über die Schärfe in ihrer Stimme ging mein Blick wieder zu ihr.

»Was ist?« Sie streckte die langen schlanken Beine aus und verdrehte dabei die Augen. »Erwartest du etwa, dass ich jetzt losgehe und dir etwas zu trinken hole?« Sie lachte und ich sah sie mit großen Augen an, weil sie so fremd klang. »Da hast du dich aber geirrt. So schnell verdurstet man nicht.«

Ihr Verhalten erschütterte mich so sehr, dass ich sie nur wortlos anstarren konnte, während sie aufstand und sich mit den Händen über die dunkle Jeans strich. Vielleicht hatte ich im Supermarkt tatsächlich einen Hirnschaden erlitten oder war in einem anderen Universum erwacht, in dem die liebenswürdige Dee zur zickigen Dee geworden war.

Sie sah mich an und die Art, wie sie die Augen zu schmalen Schlitzen verengte, erinnerte mich an die Frau im Supermarkt, nachdem der Lux ihr den Körper geklaut hatte. »Du riechst nach Schweiß und Blut.«

Fassungslos schaute ich sie an.

»Ziemlich eklig.« Sie hielt inne und rümpfte die Nase. »Ich sag's ja nur.«

Okaaay. Ich ließ mich gegen das Brett am Kopfende des Bettes fallen. »Was ist los mit dir?«

»Was soll mit mir los sein?« Dee lachte abermals. »Bei mir ist endlich mal alles in Ordnung.«

Fragend sah ich sie an. »Ich … ich versteh nicht, was du meinst.«

»O doch. Du bist nicht blöd. Und weißt du auch, was du noch nicht bist?«

»Was?«, flüsterte ich.

Dee verzog die Lippen zu einem fiesen, spöttischen Lächeln, das ihr schönes Gesicht verunstaltete. »Du bist nicht –«

Mit erhobener Hand ging sie auf mich los und ich reagierte, ohne nachzudenken. Ich fing ihren Arm ab, bevor ihre Handfläche meine Wange auch nur berühren konnte.

»Du bist nicht schwach«, sagte sie und befreite sich mühelos aus meinem Griff. Sie trat zurück und stemmte die Hände in ihre schmalen Hüften. »Du kannst jetzt weiter dort sitzen und mich blöd anstarren, aber eigentlich haben wir keine Zeit für solche Spielchen, zumal Daemon dich geheilt hat, wie es aussieht.«

Ich war schockiert davon, wie sie mich behandelte, und auch, weil ich nun schon zum zweiten Mal von der Quelle getroffen worden war, was mir wahrscheinlich zu denken geben sollte. Ich senkte den Blick auf meine Hand. Getrocknetes Blut hatte sich in den Linien auf der Innenseite festgesetzt. Ich griff mir an die linke Schulter. Der Stoff meines Shirts war angesengt und die Haut darunter noch empfindlich, aber heil.

Ich hob den Blick. »Er … er war hier?«

»War.«

Das Wort versetzte mir einen so tiefen Stich, dass es plötzlich vorbei war mit der Lethargie. Dee und ihre zickige Art mochten mir gestohlen bleiben, genauso wie die Tatsache, dass ich anscheinend stank. Ich musste Daemon sehen. Ich schlug die Decke zurück und schwang die Beine über die Bettkante. Keine Schuhe, keine Socken. Was zum Teufel? Egal. »Wo ist er jetzt?«

»Ich habe keine Ahnung.« Seufzend hob sie den Vorhang vor dem einzigen Fenster im Raum an und blickte hinaus. »Aber als ich ihn zum letzten Mal gesehen habe, war er auf dem Weg in eins der Schlafzimmer.« Sie ließ den Vorhang aus den Fingern gleiten, und während er gerade hinabfiel, drehte sie sich zu mir um und sah mich mit eiskaltem Lächeln an. »Und er war nicht allein.«

Ich erstarrte.

»Sadi ist ihm gefolgt. Das hat sie sich ziemlich schnell angewöhnt. Wahrscheinlich ist sie gerade dabei, sich an ihn ranzumachen und ihn zu belästigen.« Dee hielt inne und klopfte sich mit einem Finger ans Kinn. »Aber wahrscheinlich kann man es gar nicht wirklich als Belästigung bezeichnen, wenn es dem anderen gefällt.«

In meinem Magen bildeten sich Eisbrocken. »Sadi?«

»Ja. Du kennst sie nicht. Aber ich bin mir sicher, dass sich das bald ändern wird.«

Ich schüttelte den Kopf, während sich alles in mir auflehnte gegen das, was sie anzudeuten versuchte. »Nein, niemals.« Mit wackeligen Beinen stand ich auf. »Ich weiß nicht, was dein Problem ist oder was mit dir los ist, aber so etwas würde Daemon nie tun. Niemals.«

Dee beäugte mich so abfällig, als wäre der Boden, auf dem ich stand, zu schade für mich. »Es ist nicht mehr so wie früher, Katy. Je eher du begreifst, wie der Hase jetzt läuft, desto besser, denn im Moment bist du seine Schwachstelle. Mehr bist du nicht für ihn.« Sie ging einen Schritt auf mich zu, doch ich rührte mich nicht vom Fleck. »Der einzige Grund, weshalb du noch am Leben bist, ist er. Und zwar nicht, weil er dich liebt, das Schiff ist abgefahren. Uns wurden nämlich die Augen geöffnet. Zum Glück.«

Ihre Worte ließen mich zusammenzucken und das Eis in meinem Körper breitete sich aus.

»Es wurde auch Zeit«, fuhr sie fort und neigte den Kopf zur Seite. »Seit du in sein Leben – unser Leben – getreten bist, geht alles schief. Wenn ich dich daraus entfernen könnte, ohne dass es ihn auch das Leben kosten würde, täte ich es auf der Stelle. Mit Vergnügen. Er sieht es genauso. Du bedeutest uns gar nichts mehr, weder uns noch ihm. Für uns bist du nur noch ein Problem, für das wir eine Lösung finden müssen.«

Ich holte tief Luft, was mir aber keine Erleichterung verschaffte. Der Kloß in meinem Hals war so dick, dass ich kaum schlucken konnte. Ich beschloss nichts darauf zu geben, was Dee behauptete. Irgendetwas stimmte nicht mit ihr, das stand fest, denn Daemon liebte mich sehr wohl und würde alles für mich tun. Genau wie ich für ihn, und daran konnte nichts etwas ändern. Das Versprechen, das wir uns in Las Vegas gegeben hatten, mochte rein rechtlich gesehen vielleicht nicht haltbar sein, aber für mich – für *uns* – war es ernst gemeint. Ihre Worte … sie taten trotzdem mehr weh als jeder Messerschnitt.

Dee senkte die Lider und spitzte die Lippen. »Also …?«

Ich öffnete den Mund, aber es dauerte einen Moment, bis ich um den Kloß in meinem Hals herum einen Ton herausbrachte, und meine Stimme klang entsprechend heiser. »Was soll ich dazu sagen?«

Sie zuckte mit den Schultern. »Nichts, aber ich muss dich zu ihm bringen.«

»Zu Daemon?« In mir spannte sich alles an.

»Nein.« Sie kicherte und es klang so locker und leicht, dass sie mich einen Moment lang an Dee, wie ich sie kannte, erinnerte. »Doch nicht zu ihm.«

Als sie dem nichts mehr hinzufügte und ich mich nicht vom Fleck bewegte, schnalzte sie genervt mit der Zunge und packte mich unsanft am Arm. Sie zerrte mich regelrecht aus dem Zimmer und auf den breiten Flur hinaus.

»Komm jetzt«, drängte sie ungeduldig.

Nur mühsam konnte ich mit ihren großen Schritten mithalten. Barfuß, geschwächt und ratlos, wie ich war, fühlte ich mich nur noch wie ein Mensch und nicht mehr wie ein Hybrid. Doch als wir den Treppenabsatz erreichten, hatte sie mir fast den Arm ausgekugelt und meine Schulter begann höllisch zu schmerzen.

»Ich kann allein gehen«, wehrte ich mich. »Du musst mich nicht hinter dir herziehen.« Ich riss mich los und war erfolgreich, aber nur, weil sie es zuließ. »Ich kann …« Mein Blick blieb an dem gerahmten Foto einer adretten Familie hängen. Das Glas war gesprungen und etwas Dunkles, Rostrotes war darauf verschmiert.

Es drehte mir den Magen um.

»Willst du etwa einfach stehen bleiben?« Aus schmalen Augenschlitzen funkelte sie mich an. »Wenn du dich nicht weiterbewegst, werde ich dich die Treppe runterstoßen. Das wird wehtun. Vielleicht brichst du dir das Genick. Immerhin sind es drei Etagen. Irgendjemand würde dich heilen. Vielleicht aber auch nicht, und wir würden dich einfach liegenlassen, am Leben, aber unfähig –«

»Ich verstehe, worauf du hinauswillst«, fauchte ich zurück und atmete tief durch, damit ich nicht versuchte *sie* die Stufen hinunterzustoßen.

»Wie schön«, zwitscherte sie.

Während ich noch versuchte die Freundin, mit der ich vor wenigen Tagen in der Küche Spaghetti gekocht hatte, mit der fiesen Zicke in Einklang zu bringen, mit der ich es jetzt zu tun hatte, fiel mir aus irgendeinem Grund Archer ein. »Was ist eigentlich mit …?« Ich sprach nicht weiter und wahrscheinlich war es eine gute Entscheidung. Sicher war es besser, nichts zu erwähnen, was zu den im Blockhaus Verbliebenen zurückführen würde.

»Archer? Er ist entkommen.« Sie begann die Treppe hinunterzugehen.

Ich starrte auf ihren Rücken und das Herz schlug mir bis zum Hals.

»Ich meine es ernst«, rief sie. »Ich lasse dich, verdammt noch mal, diese Stufen runterstürzen.«

Kurz spielte ich mit dem Gedanken, ihr einen Tritt an den Hinterkopf zu versetzen. Nur der feste Glaube, dass sie von irgendeinem Alien-Insekt gestochen worden sein musste, das ihre Persönlichkeit verändert hatte, und sie deshalb nichts dafür konnte, dass sie so war, hielt mich davon ab.

Während ich die Treppe hinunterging, zwang ich mein Hirn vernünftig zu arbeiten, um meine Umgebung aufzunehmen. Ich befand mich in einem großen Haus, für das der Begriff »Überfluss« noch untertrieben war. Es gab viele Zimmer und

Flure, und als wir die zweite Ebene erreicht hatten, konnte ich in die Eingangshalle hinabsehen, die von einem Kristallleuchter erhellt wurde. Und die Kristalle waren echt.

Unten angekommen konnte ich auch die Lux genauer betrachten, die dort umherliefen, allesamt in menschlicher Erscheinungsform. Keiner von ihnen kam mir bekannt vor. Immerhin hatten diese Lux den Sinn von Kleidern erkannt, aber mir fiel auf, dass es keine weiteren Dreier-Sets gab wie die Blacks. Jeder sah anders aus. Meine Finger waren taub, weil ich die Hände so fest zu Fäusten geballt hatte. Die Lux sahen mich mit dem gleichen Blick an wie Dee. Einige drückten sich von der Wand ab, als wir vorbeigingen, und neigten den Kopf in ihrer seltsamen Art, die an eine Schlange erinnerte. Einer erhob sich von einer ledernen Chaiselongue; alle schienen zwischen Mitte zwanzig und vierzig zu sein, aber wie sollte man wissen, wie alt sie wirklich waren.

Was ich in dem Supermarkt erlebt hatte, war etwas vollkommen anderes gewesen als das, was Daemon und Dee mir über die Lux erklärt hatten. Jene Lux hatten sich vollkommen anders verhalten.

Eine Frau mit hellem Haar, die neben der Chaiselongue stand, schnaubte verächtlich und sah aus, als wollte sie über den schweren Eichentisch hinweg auf meine Schultern springen und mir den Kopf abreißen. So schwer es mir auch fiel, ich zwang mich das Kinn erhoben zu halten, obwohl mein Herz so schnell schlug, dass ich befürchtete mich übergeben zu müssen.

Wir gingen durch eine lange verglaste Halle und die Dunkelheit hinter den Fensterscheiben verriet mir, dass draußen Nacht war. Als wir ungefähr die Mitte erreicht hatten, spürte ich es plötzlich.

Ein warmes Prickeln im Nacken.

Mir blieb fast das Herz stehen. Hinter der Flügeltür war Daemon. Ich war mir sicher, aber unsicher, ob ich mich freuen durfte.

Die Tür öffnete sich, bevor wir sie erreichten, und gab den Blick auf ein Büro frei, wie ich es noch nie in einem Privathaus gesehen hatte. Mein Blick ging zu dem Schreibtisch, der in der Mitte des Raumes stand. Dahinter saß ein Mann und lächelte. Was mich schockierte, war, dass ich ihn gerade erst gesehen hatte.

Er war der Mann auf dem Foto, doch ich wusste, dass er kein Mensch war. Seine Augen leuchteten unnatürlich blau. Als wir eintraten und sich die Tür hinter uns schloss, erhob er sich geschmeidig, doch meine Aufmerksamkeit war schon bald nicht mehr auf ihn gerichtet.

In dem Raum befanden sich weitere Lux, zwei Männer und eine hochgewachsene, rothaarige Schönheit. Sie waren mir egal, denn neben der Rothaarigen, rechts von dem Mann hinter dem Schreibtisch, stand Daemon.

Mein Herz spielte verrückt und Schauer liefen mir über den ganzen Körper. Unsere Blicke trafen sich und ich bekam wieder weiche Knie. So viel kam in mir hoch, als ich auf ihn zuging und meine Zunge seinen Namen bildete, doch meine Stimme versagte. Einen Moment lang sahen wir uns noch an und dann … wandte er sich ab und ich sah ihn nur noch im Profil. Es wirkte ungerührt und kalt. Mit pochendem Herzen starrte ich ihn an.

»Daemon«, sagte ich, und als er nicht reagierte und stattdessen zu dem Mann hinter dem Schreibtisch blickte, als würde … als würde ihn das alles langweilen, versuchte ich es abermals. »Daemon?«

Wie in der Nacht, in der die Lux gekommen waren, antwortete er nicht.

Kapitel 5

Katy

Noch immer starrte ich ihn an, auch wenn mir vollkommen bewusst war, dass alle außer ihm mich beobachteten. Argwöhnisch. Eiskalte Panik ergriff mich. *Nein*. Das konnte nicht wahr sein. *Niemals*.

Bevor ich selbst wusste, was ich tat, hatte ich mich in Bewegung gesetzt. Aus dem Augenwinkel sah ich, wie Dee den Kopf schüttelte und einer der männlichen Lux vortrat, doch ich war von dem inneren Drang getrieben zu beweisen, dass sich meine schlimmsten Ängste in diesem Moment nicht bewahrheiteten.

Immerhin hatte er mich geheilt, doch kam mir in den Sinn, was Dee gesagt und wie sie sich mir gegenüber verhalten hatte. Was wäre, wenn Daemon wie sie geworden war? Wenn er sich in eine kalte, fremde Person verwandelt hatte? Dann hätte er mich nur geheilt, um sicherzustellen, dass es ihm selbst gut ging.

Ich blieb noch immer nicht stehen.

Bitte, dachte ich wieder und wieder. *Bitte. Bitte. Bitte.*

Auf wackeligen Beinen durchquerte ich den langen Raum. Obwohl Daemon mich nicht einmal wahrzunehmen schien, ging ich unbeirrt weiter und legte ihm meine zitternden Hände auf die Brust.

»Daemon?«, flüsterte ich und meine Stimme klang belegt.

Ruckartig drehte er den Kopf und starrte auf mich herab. Noch einmal trafen sich unsere Blicke und kurz sah ich etwas unglaublich Verletzliches in seinen wunderschönen Augen aufblitzen, bevor er mit seinen großen Händen meine Oberarme umfasste. Ich spürte die glühende Hitze, die von ihm ausging, durch den Stoff meines Shirts hindurch auf der Haut und dachte – erwartete –, dass er mich an sich ziehen, dass er mich in den Arm nehmen würde, und auch wenn dann nicht alles in Ordnung gewesen wäre, hätte ich mich doch besser gefühlt.

Daemons Hände verkrampften und ich schnappte unwillkürlich nach Luft.

Seine Augen schillerten leuchtend grün, als er mich anhob und gut dreißig Zentimeter von sich entfernt wieder abstellte.

Ungläubig starrte ich ihn an und in mir zerbrach etwas. »Daemon?«

Wortlos ließ er mich los; Finger für Finger, so kam es mir zumindest vor, ließ er die Hände von meinen Armen gleiten. Dann trat er zurück und wandte seine Aufmerksamkeit wieder dem Mann hinter dem Schreibtisch zu.

»Das ist ja so … unangenehm«, murmelte die Rothaarige mit einem schiefen Grinsen.

Ich blieb wie angewurzelt stehen. Der Stich, den er mir versetzt hatte, bohrte sich immer tiefer und zerstörte mich innerlich, als wäre ich aus Pappmaché.

»Ich fürchte, da hat sich jemand mehr von einem Wiedersehen versprochen«, stellte der Lux hinter dem Schreibtisch fest und klang amüsiert. »Glaubst du nicht auch, Daemon?«

Lässig hob er eine Schulter. »Ich glaube gar nichts.«

Mein Mund öffnete sich, doch ich fand keine Worte. Die Stimme und der Tonfall waren zwar nicht wie bei seiner Schwester, aber sie erinnerten an den Tag, an dem wir uns zum ersten Mal begegnet waren. Damals hatte er sich kaum die Mühe gemacht zu verbergen, wie genervt er war, sich gleichzeitig aber auch ein bisschen tolerant gegeben.

Innerlich war ich ein Wrack.

Zum hundertsten Mal seit die vielen Lux gekommen waren,

musste ich an Sergeant Dashers Frage denken. Auf welcher Seite standen Daemon und seine Familie? Ein eiskalter Schauer lief mir über den Rücken. Unfähig zu begreifen, was ich gerade erlebt hatte, schlang ich die Arme um meinen Körper.

»Und du?«, fragte der Mann. Als niemand antwortete, hakte er nach. »Katy?«

Ich musste ihn ansehen, dabei wäre ich am liebsten im Erdboden versunken. »Was?« Meine Stimme brach schon bei diesem einen Wort, doch das war mir inzwischen egal.

Lächelnd kam der Mann um den Tisch herum. Mein Blick ging zu Daemon, der sich der schönen Rothaarigen zuwandte. »Hast du eine persönlichere Begrüßung erwartet?«, fragte der Typ. »Vielleicht etwas Innigeres?«

Ich hatte keine Ahnung, wie ich darauf antworten sollte. Ich fühlte mich, als säße ich in einem Kaninchenbau fest, während rechts und links Warnschüsse abgegeben wurden. Mein Instinkt sagte mir, dass ich von Raubtieren umgeben war.

Umzingelt.

»Ich weiß nicht, was ich … glauben soll.« Höllisch brennende Tränen stiegen in mir auf.

»Ich kann mir vorstellen, dass dies alles hier ziemlich viel für dich ist. Die ganze Welt, wie du sie kennst, gerät gerade aus den Fugen und du stehst hier und weißt nicht einmal meinen Namen.« Der Mann lächelte so breit, dass ich mich fragte, ob es ihm nicht wehtat. »Du kannst mich Rolland nennen.«

Er streckte mir die Hand entgegen.

Ich senkte den Blick und starrte sie an, ohne danach zu greifen.

Leise in sich hineinlachend drehte sich Rolland um und kehrte zu seinem Schreibtisch zurück. »Du bist also ein Hybrid? Mutiert und so eng mit ihm verbunden, dass der andere auch dran glauben muss, wenn einer von euch stirbt?«

Auf diese Frage war ich nicht vorbereitet und antwortete nicht, blieb aber ruhig.

Er ließ sich auf der Kante des Schreibtisches nieder. »Du bist der erste Hybrid, den ich zu Gesicht bekomme.«

»Sie ist wahrlich nichts Besonderes«, mischte sich die Rothaarige ein. »Offen gesagt ist sie ziemlich unansehnlich, wie ein schmutziges Tier.«

So blöd es auch war, meine Wangen begannen zu glühen, denn ich *war* schmutzig und Daemon hatte gerade bewusst Abstand zwischen uns geschaffen. Mein Stolz – *ich* – war tief verletzt.

Wieder lachte Rolland leise. »Sadi, sie hatte einen schwierigen Tag.«

Als ich den Namen hörte, spannte sich sofort jeder Muskel in meinem Körper an. Das war Sadi? Die Sadi, die versuchte sich an Daemon ranzumachen – meinen Daemon? Ich war verwirrt und verletzt, doch jetzt boxte sich auch noch Zorn zwischen diesen Gefühlen hindurch. Natürlich handelte es sich bei ihr um ein gottverdammtes Model und keine hässliche Schreckschraube.

»Schwieriger Tag hin oder her, ich kann mir nicht vorstellen, dass sie sauber viel besser aussieht.« Sadi blickte zu Daemon auf und legte eine Hand auf seine Brust. »Irgendwie bin ich enttäuscht.«

»Ach ja?«, erwiderte Daemon.

Jedes Haar an meinem Körper stellte sich auf und ich ließ langsam die Arme sinken.

»Jaaa«, schnurrte sie. »Ich glaube wirklich, dass du etwas Besseres verdienst, etwas viel Besseres.« Beim Reden fuhr sie ihm mit einem rot lackierten Fingernagel über Brust und Bauch, bis hinunter zum Knopf seiner Jeans.

O nein und nochmals nein! »Finger weg von ihm.«

Ruckartig drehte sich Sadi zu mir um. »Wie bitte?«

»Ich glaube nicht, dass ich mich unklar ausgedrückt habe.« Ich trat einen Schritt vor. »Aber anscheinend muss ich es trotzdem noch einmal wiederholen. Nimm verdammt noch mal die Finger weg von ihm.«

Sie zog die vollen roten Lippen auf einer Seite hoch. »Du willst mir etwas vorschreiben?«

Im Unterbewusstsein merkte ich, dass Sadi sich nicht bewegte oder sprach wie die anderen Lux. Ihr Gehabe war viel zu menschlich, doch der Gedanke war schnell vergessen, als Daemon ihre Hand wegzog.

»Hör auf damit«, murmelte er, die Stimme zu dem Daemon-typischen aufreizenden Raunen gesenkt.

Ich sah rot.

Die Bilder an der Wand begannen zu scheppern und die Papiere auf dem Schreibtisch flogen auf. Meine Haut kribbelte wie elektrisch aufgeladen. Ich war kurz davor, Beth alle Ehre zu machen, und war beinahe schon auf dem Weg zur Decke, um ihr jede rote Strähne einzeln –

»Und *du* hörst auch auf«, sagte Daemon und das Aufreizende war komplett aus seiner Stimme verschwunden. Stattdessen hatte sie einen warnenden Unterton, der mir sofort den Wind aus den angefressenen Segeln nahm.

Die Bilder schepperten nicht mehr, als ich ihn fassungslos ansah. Ein Schlag ins Gesicht wäre mir lieber gewesen.

»Erstaunlich«, sagte Rolland und betrachtete mich, wie es wahrscheinlich die Wissenschaftler bei Daedalus getan hatten, als sie zum ersten Mal Kontakt mit den Lux gehabt hatten. »Viele seiner Fähigkeiten sind auf dich übergegangen. Erstaunlich, aber auch beunruhigend.«

»Dem muss ich zustimmen«, sagte einer der männlichen Lux.

Rolland neigte den Kopf zur Seite. »Wir sind eine höhere Lebensform und sich so sehr auf jemanden wie dich einzulassen ist … na ja, in gewisser Weise abartig. So etwas wie dich sollte es gar nicht geben. Welche Verletzungen du auch immer erlitten hast, du hättest daran zu Grunde gehen sollen.«

Ein Muskel in Daemons Kiefer begann zu zucken.

»Denn nur die Stärksten überleben. Sagt man das nicht bei euch Menschen? Du warst nicht stark genug, um zu überleben, wenn wir nicht eingegriffen hätten.«

Was für eine bodenlose Frechheit.

»Aber jetzt kann es nicht mehr rückgängig gemacht werden, stimmt's?« Sein Blick ging zu Daemon. »Es gibt so viel, was wir nicht wissen. Wir alle waren zu jung, als unser Planet zerstört wurde und wir über alle Universen verstreut wurden. Hier sind wir noch nie gewesen und anscheinend gibt es einiges, wovon auch unsere Leute, die schon lange auf der Erde leben, nicht gewusst haben.«

Die meisten Lux ahnten nicht, dass es Hybride gab. Daemon auch nicht, bis ich mutiert worden war. Man musste also kein Genie sein, um auf die Idee zu kommen, dass diejenigen, die noch nie zuvor auf der Erde gewesen waren, keinen Schimmer davon hatten. Das brachte mich zu der Frage, ob sie von ihren eigenen wunden Punkten – dem Onyx und den Schutzschildern aus Diamant – wussten? Hatte es solche Dinge in dem Höllenloch, aus dem sie hervorgekrochen waren, auch gegeben? Ich bezweifelte, dass sie über PEP-Waffen verfügten, wie sie die Regierung entwickelt hatte und von denen ein einziger Schuss genügte, um einen Lux ins Jenseits zu befördern.

»Wir sind von Natur aus neugierig. Wusstest du das?«, fragte er und warf dann einen wissenden Blick in Richtung Daemon.

»Sicher wusstest du das. Nicht zuletzt hat er sich genau deshalb zu dir hingezogen gefühlt. Oder war es mehr?«

Daemon presste die Lippen aufeinander, aber wenn das ein Köder gewesen sein sollte, der ihm vorgehalten worden war, schnappte er nicht zu.

»Liebe«, murmelte Rolland lachend.

Dee sah zu Daemon. »Das ist vorbei.«

»Ach ja?«

Einen Moment lang blickte Daemon Rolland schweigend an, bevor er bestätigte: »Es ist vorbei.«

Meine Brust zersprang mit einem so lauten Knall, dass es noch in den Nachbarorten zu hören gewesen sein musste. Mühsam rang ich nach Atem und endlich sah Daemon mich an. Sein Rücken war unnatürlich gerade, als sich unsere Blicke trafen, aber es war, als würde er direkt durch mich hindurchsehen.

»Ich frage mich, ob es wirklich vorbei ist«, überlegte Sadi laut und sah ihn herausfordernd an. Als Daemon nicht darauf reagierte, verzog sie angesäuert das Gesicht.

Wieder stellte sich jedes Haar an meinem Körper auf, wenn auch dieses Mal aus einem ganz anderen Grund, während Rollands Lächeln immer breiter wurde. »Wie gesagt, wir sind neugierige Wesen. Quincy?« Er blickte über die Schulter und kurze Zeit später nickte dieser.

Ungläubig beobachtete ich, wie sich Quincy lässig in Bewegung setzte. Er war nicht so groß wie Daemon, dafür aber breiter, und er ging, als würde er über Wasser laufen. Als er an Daemon vorbeikam, lächelte er ihn spöttisch an.

Ich trat einen Schritt zurück und öffnete und schloss unwillkürlich meine herabhängenden Hände. Ich hatte keine Ahnung, womit ich bei ihnen noch zu rechnen hatte, auch bei Daemon wusste ich es nicht mehr. Der Schrecken saß tief.

Quincy sah aus wie ein Footballspieler und sein Blick war eiskalt. Meine Füße glitten über den kühlen Holzboden und Energie ballte sich in meinem Magen. Mit klopfendem Herzen schaute ich zu Daemon. Unsere Blicke trafen sich, als Quincy vor mir stehen blieb. Seine kantigen Züge waren ausdruckslos. Sein Lächeln, als er den Arm ausstreckte, ließ mich erschaudern. Ich wich zurück und stieß seine Hand weg.

»Fass mich nicht an«, warnte ich und spürte, wie mich eine elektrisch aufgeladene Welle erfasste.

Das Lächeln schwand aus Quincys Gesicht und er kniff die Augen zu schmalen Schlitzen zusammen.

»Was habt ihr vor?«, fragte Daemon.

»Ich bin neugierig«, erklärte Rolland mit unschuldiger Stimme und sah dann Daemon an. »Halt sie fest.«

Mein Blick ging zwischen ihm und Daemon hin und her und mein Mut sank. Einen Moment lang blieb Daemon reglos stehen und starrte Rolland nur an, bevor er sich umdrehte. Ich war wie erstarrt und mein Mund war staubtrocken, als er auf uns zukam.

Er sah Quincy scharf an, während er um mich herumging. Dann packte er mich von hinten an den Oberarmen und zog sie zurück. Ich hatte das Gefühl, mich übergeben zu müssen. Den arroganten Lux vor meiner Nase buchstäblich vollzukotzen.

Als Quincy wieder den Arm ausstreckte und mit seinen kalten Fingern nach meinem Kinn griff, zuckte ich zurück und drückte mich an Daemon, aber ich konnte nicht ausweichen. Daemon war wie eine unbewegliche Mauer.

Quincy senkte den Kopf, so dass wir auf Augenhöhe waren, und Daemon wurde stocksteif hinter mir. Nie hätte ich geglaubt einmal in der Situation zu sein, dass Daemon mich nicht beschützte, sondern es zuließ, dass sich irgendein schmieriger Lux meinem Gesicht näherte. Seit dem Tag an dem See, als er sich mir gegenüber zum ersten Mal geöffnet und mir von seinem Bruder erzählt hatte, war ich mir dessen sicher gewesen.

»Sie fühlt sich anders an«, stellte Quincy fest und ließ die Hände an meinem Hals hinab zu der Stelle gleiten, an der mein Puls kräftig pochte. »Nicht wie andere Menschen. Abgesehen davon, dass wir es spüren, können wir es auch ertasten.« Er hielt inne und blickte zu Daemon auf. Sein Lächeln schwand, während er mit seinen langen, spitzen Fingern meinen Hals umschloss. »Du bist ziemlich wütend.«

»Ach, wirklich?« Daemon hielt meine Arme fester. »Denk daran, was ich dir gesagt habe. Das gilt noch immer.«

»Tatsächlich?« Quincy zögerte und legte dann die andere Hand über meine Brust, auf die gleiche Stelle, die die Lux bei den Menschen im Supermarkt berührt hatten.

Ich spürte ein leichtes Vibrieren in der Wirbelsäule und war mir nicht sicher, ob es von Daemon stammte oder ob ich so stark zitterte. Quincy zog konzentriert die Augenbrauen zusammen und blickte dann zu Rolland. »Es geht nicht«, sagte er. »Ich komme an ihre DNA nicht ran.«

Langsam verstand ich und starrte ihn ungläubig an. O Mann, ich hatte erlebt, wie es den Menschen ergangen war, deren DNA sich ein Lux kurzerhand einverleibt hatte. Er hätte mich getötet! Und Daemon, den ich im Moment allerdings am liebsten in sein Allerheiligstes getreten hätte, ebenfalls. Mit einer glühenden Wut in mir wand ich mich in seinem Griff und versuchte mich zu befreien, weil ich dringend Abstand brauchte, doch er hielt mich nur noch fester, bis mir zornige Tränen in den Augen brannten.

»Das ist eine interessante Entwicklung«, stellte Rolland fest.

»Wozu seid ihr beide noch in der Lage? Wir wissen, dass, wenn einer stirbt, der andere es auch tut. Und sie kann sich anscheinend der Quelle bedienen. Gibt es noch etwas?«

»Sie wird nicht krank. Genau wie wir«, ergänzte Daemon kurz und sachlich. »Und sie ist schnell und stark.«

Ich holte hörbar Luft und fühlte mich auf widerlichste Weise verraten und verkauft.

»Faszinierend, wirklich.« Rolland klatschte in die Hände, als würden wir *Schwanensee* aufführen und nicht einfach vor ihm stehen.

»Und das ist alles?« Sadi gab sich gänzlich unbeeindruckt.

»Ja«, antwortete Daemon, was ich kaum fassen konnte, aber ich zwang mich ruhig zu bleiben.

Ich hielt die Luft an, doch auch Dee widersprach nicht. Beide hatten dreist gelogen, indem sie etwas unterschlagen hatten. Es war nicht alles. Wenn er sich in seiner wahren Erscheinungsform befand, konnten Daemon und ich miteinander kommunizieren, so wie er es mit anderen Lux tat. Auch wenn ich mir nicht sicher war, wie ich es einschätzen sollte, regte sich irgendwo tief in meiner Brust ein Fünkchen Hoffnung. Ich blickte zu Dee, doch sie starrte stur an die Wand, als gäbe es dort etwas Superinteressantes zu sehen.

Was ging hier wirklich vor sich? Dahinter steckte mehr –

Meine Gedanken schweiften ab, bis ich mit Macht in die Wirklichkeit zurückgeholt wurde, als Quincy, der mich nicht einmal ansah, sondern Daemon beäugte, mit der Hand an meiner Brust entlangfuhr, direkt *über* meine Brust fuhr. Eine Schockwelle ging durch mich hindurch, die schnell zu glühendem Zorn und tiefem Ekel wurde. Alles in mir zog sich zusammen.

Plötzlich schlitterte ich über den Holzboden und prallte gegen einen leeren Ledersessel. Geplättet hob ich den Kopf und versuchte durch den Vorhang von Haaren vor meinem Gesicht etwas zu erkennen.

Quincy und Rolland waren noch immer damit beschäftigt, sich gegenseitig anzustarren, und gegenüber von mir blickte Dee nicht mehr stur an die Wand, sondern zu Daemon. In dem Raum war es so still, dass man eine Fliege gähnen gehört hätte.

Bis Daemon explodierte wie eine Flaschenrakete.

DAEMON

Der Zorn schmeckte wie Blut auf meiner Zunge und es war unmöglich, darüber hinwegzusehen oder an etwas anderes zu denken. Ich konnte viel ertragen und mich dazu bringen, einiges zu akzeptieren. Ich war auch geduldig. Doch damit, dass er *sie* auf diese Weise berührte, hatte er nicht nur eine Grenze überschritten, sondern ein riesiges Loch dort hineingesprengt.

Als ich in meine wahre Erscheinungsform wechselte, prasselten die Wünsche und Bedürfnisse der anderen Lux sofort so massiv auf mich ein, dass sie wie ein wilder Zyklon durch meinen Kopf wirbelten, doch mein Zorn überwältigte sie alle. Ich schnappte mir Quincy, kurz bevor er sich ebenfalls verwandeln konnte, und schleuderte ihn quer durch den Raum, dieses Mal jedoch mit deutlich mehr Schwung als beim ersten Mal in ihrem Zimmer.

Grüß mir die Wand.

Ohne seine Form zu verändern, krachte er dagegen. Der Putz bröckelte und begann zu rieseln. Eine weiße Staubwolke bildete sich und Quincy rutschte an der Wand hinab. Das Lustige an den Neuankömmlingen war, dass sie noch nicht mitbekommen hatten, wie schwach sie in ihrer menschlichen Erscheinungsform waren.

Bevor er noch auf dem Boden gelandet war, hatte ich ihn gepackt.

Ich rammte ihm die Faust unters Kinn und genoss das Knacken, als sein Kopf nach hinten klappte. Doch ich war noch lange nicht fertig. Ich zog ihn hoch und schob ihn buchstäblich bis zu den Stützbalken in die Wand hinein.

Dann ließ ich los.

Quincy rauschte zu Boden, wo er gekrümmt liegen blieb und flackerte wie ein zertrampelter Leuchtkäfer. Eine schimmernde blaue Flüssigkeit sickerte aus seinem Hinterkopf, und während ich auf ihn herabblickte und darüber nachdachte, ob ich ihn wie einen Fußball durch das nächste Fenster dreschen sollte, wurde mir bewusst, wie still es in dem Raum war.

Ich ließ Quincy liegen, schlüpfte wieder in meine menschliche Erscheinungsform und drehte mich um. Vielleicht war ich ein bisschen zu weit gegangen, doch daran ließ sich jetzt nichts mehr ändern.

Rolland hob eine Augenbraue. »Aha, dann …«

Keuchend sah ich ihn kurz an und drehte mich dann zu *ihr* um. Sie war aschfahl, hielt sich an einer Sessellehne fest und starrte mich mit weit aufgerissenen Augen an.

Ich suchte ihren Blick und ihr war anzusehen, dass sie nicht wusste, was sie von alldem halten sollte. Sie war verwirrt und verletzt, gleichzeitig strömte die Wut aus ihr heraus und hing so schwer in der Luft, dass sie mir den Hals zuschnürte.

Es dauerte eine Weile, bis ich wieder ruhiger wurde. »Ich habe ihm vorher gesagt, dass er sie nicht anfassen sollte und dass ich ihn umbringen würde, wenn er es täte – und ich halte mich an das, was ich sage.«

Sadi blickte zu Quincy. »Er ist nicht tot.«

»Noch nicht«, versprach ich.

Sadi benetzte sich mit der Zunge ungeduldig die Unterlippe, was sie gierig aussehen ließ. »Warum kümmert es dich eigentlich, ob er sie anfasst oder nicht?«

Dafür gab es endlose Gründe. »Sie gehört mir.« Ich konnte die Messer, die sie mir mit den Augen in den Rücken rammte, förmlich spüren, schaute Sadi aber nicht an. »Und sonst niemandem. So einfach ist das.«

Rolland sah mich eindringlich an und drückte sich dann vom Schreibtisch ab. Er richtete sich auf und klatschte in die Hände. »Okay, alle mal herhören.«

In mir spannte sich jeder einzelne Muskel an, da ich wusste, dass es jetzt unschön werden konnte.

»Du«, er deutete auf einen anderen Lux. »Schaff Quincy aus dem Raum. Und sag mir Bescheid, falls er aufwacht.«

Insgeheim hoffte ich, dass es geschehen würde, damit ich in dem Fall noch einmal nachtreten konnte.

Anschließend blickte Rolland Sadi streng an. »Und du nimmst die junge … Dame hier mit und sorgst dafür, dass sie sich waschen kann und dass sie es *bequem* hat.«

Oh, bitte nicht. Ich öffnete den Mund, doch Sadi war bereits unterwegs. Ihre Augen blitzten bösartig vor Genugtuung. »Selbstverständlich«, sagte sie und lächelte kurz in meine Richtung, während sie leichtfüßig an mir vorbeischwebte. Ich machte einen Schritt nach vorn, um das Fenster für etwas Sinnvolles zu benutzen und sie aufzuhalten.

»Du«, sagte Rolland zu mir, »bleibst hier.« Dann wandte er sich Dee zu. »Es ist spät und ich stelle fest, dass es mich unglaublich hungrig macht, in dieser Erscheinungsform zu sein. Würdest du mir etwas zu essen besorgen?«

Dee zögerte, nickte aber schließlich. Sie drehte sich um und warf mir einen besorgten Blick zu, bevor sie aus dem Raum eilte, um Rollands Wunsch zu erfüllen.

Die Chance, dass jemand meine Faust ins Gesicht bekam, weil ich mit ansehen musste, wie Sadi Katy abführte, standen nicht schlecht. Ich spürte ein Prickeln im Nacken und meine Haut kribbelte, als sich die Tür hinter ihnen schloss und ich mit Rolland und irgendeinem anderen Typen allein war, dessen Namen ich mir gar nicht merken wollte.

Rolland ging gemächlich um den Schreibtisch herum und setzte sich wieder. »Quincy war vorhin ziemlich sauer auf dich. Er meinte, du wärst … auf ihn losgegangen, weil er bei dem … dem Mädchen im Zimmer war.« Er lehnte sich in seinem Stuhl zurück und legte ein Bein über das andere. Dann deutete er auf die beschädigte Wand. »Nicht dass das im Moment noch eine Rolle spielen würde.«

Ich zuckte mit den Schultern. »Ich bin mir sicher, dass er nicht der Einzige ist. Und ich traue Sadi mit Katy nicht.«

Rolland hob die Augenbrauen. »Nein?«

»Nein.«

Er faltete die Hände und betrachtete mich. »Ich hätte eine Frage an dich, Daemon Black, und ich erwarte eine ehrliche Antwort.«

Mein Kiefer schmerzte, weil ich so sehr mit den Zähnen knirschte. Ich sollte jetzt nicht hier sein. Ich sollte sein, wo Sadi im Moment war, dennoch nickte ich.

»Wie gesagt, du bist schwer zu durchschauen. Dein Bruder und deine Schwester nicht, aber du schon.«

»Es gibt Leute, die meinen, ich sei etwas Besonderes.«

Er lachte in sich hinein. »Was bedeutet das Mädchen dir, Daemon? Und wie gesagt, ich erwarte eine ehrliche Antwort.«

Ich ballte die Hände zu Fäusten. Die Uhr tickte. »Sie gehört zu mir.«

»Das sagtest du bereits.«

Ich zwang mich tief einzuatmen. »Sie gehört mir und ist ein Teil von mir. Deshalb ja, sie bedeutet mir viel, aber was ich für sie empfinde, ändert nichts an dem hier, mit dir.« Ich suchte seinen Blick und sah ihn unerschrocken an. »Ich unterstütze, was du tust.«

»Mich?« Er lachte glucksend. »Mich musst du nicht unterstützen. Ich bin nur eine … Arbeitsbiene, wie du auch.«

Aha.

»Liebst du sie noch?«, wechselte er das Thema. »Willst du sie noch?«

Was er fragte, war, ob ich noch *menschliche* Gefühle hatte oder ob ich mich seit ihrer Ankunft genauso in den Schwarm eingefügt hatte wie die anderen. »Ja, ich will sie.«

»Physisch?«

Mein Kiefer schmerzte wie wild, aber ich zwang mich, das Kinn auf und ab zu bewegen.

»Willst du noch mehr als das?«

Ich überlegte mir genau, wie ich darauf reagieren sollte. »Was ich *will*, ist ein Zuhause, wo meine Familie sicher ist, und nur wir können dafür sorgen. Wir stehen an erster Stelle.«

Rolland neigte den Kopf zur Seite, ohne den Blick auch nur eine Sekunde abzuwenden. »Ja, wir stehen an erster Stelle. Und bald wirst du das sichere Zuhause für deine Familie haben. Die Vorbereitungen laufen schon.«

Ich wollte fragen, inwiefern die Vorbereitungen schon liefen, denn alles, was ich von ihnen bislang gesehen hatte, war ziemlich viel unschönes Töten.

Angespanntes Schweigen breitete sich zwischen uns aus und

dann schnippte er mit den Fingern in Richtung Tür. »Geh und tu, was du tun musst, aber bitte wirf Sadi nicht gegen die nächste Wand. Sie ist durchaus zu etwas zu gebrauchen, worauf ich später vielleicht gern noch einmal zurückgreifen würde.«

Genauer wollte ich es gar nicht wissen. Ich drehte mich auf dem Absatz um und entfernte mich.

»Ach, und Daemon?«

Mist. Ich blieb stehen und blickte über die Schulter zurück.

Er hatte dieses verdammte Lächeln im Gesicht, dieses Lächeln, mit dem er sich früher an diesem Tag schon in den regionalen Nachrichten an die Öffentlichkeit gewandt hatte. Als er der Stadt, oder was auch immer noch davon übrig war, mitgeteilt hatte, dass alles gut werden würde, dass die Menschheit die Oberhand behalten würde, und noch einen Haufen anderen Quatsch, der aus seinem Mund tatsächlich ziemlich glaubhaft geklungen hatte.

»Treib es nicht so weit, dass ich es noch bereue, dich nicht gleich auf der Lichtung ausgelöscht zu haben, denn wenn du ein *trataaie* bist«, sagte er und wechselte in unsere Muttersprache, »musst du nicht mich fürchten, sondern den *senitraaie.* Du wirst nicht nur deine Familie verlieren, sondern auch dein Mädchen dort oben wird einen sehr langsamen und qualvollen Tod sterben und der Schrecken in ihren Augen wird das Letzte sein, was du sehen wirst. *Inteliaaie?*«

Steif nickte ich abermals. »Ich bin kein Verräter und ich tue nur, was unser Anführer sagt. Ich hab's verstanden.«

»Gut«, sagte er und hob eine Hand. Eine Fernbedienung flog vom Schreibtisch zu ihm. »Und denk dran, Sadi wird nicht herumgeworfen.«

Nachdem ich mit dieser Sonst-gibt's-Ärger-Warnung entlassen worden war, rannte ich vor dem Büro fast Dee um.

Sie hielt mich fest und ihre Finger gruben sich in meinen Arm. »Was hast du dir nur dabei gedacht?«

»Solltest du ihm nicht einen Mitternachtssnack besorgen?«

Wütend blitzte sie mich an. »Du hättest gerade eben sterben können, als du sie beschützen wolltest.«

Einen Moment lang starrte ich zurück und suchte nach etwas, irgendetwas, doch ich fand nichts. Behutsam löste ich ihre Hand von meinem Arm. »Ich habe für so etwas jetzt keine Zeit.«

»Daemon.«

Ohne mich noch einmal umzudrehen, durchquerte ich den Sitzbereich und stieg dann, zwei Stufen auf einmal nehmend, die Treppe hinauf. Bereits auf dem zweiten Absatz konnte ich das Brüllen aus der zweiten Etage hören.

Oha.

Über mir zerschmetterte etwas und ich raste los wie ein wild gewordener Stier. Die letzte Tür des Flurs hatte ich in einer Sekunde erreicht. Ich stieß sie auf, verschaffte mir einen Überblick und fragte mich, wie ich mich davon abhalten sollte, Sadi gegen die Wand zu katapultieren.

Im Zimmer war niemand, aber es sah aus, als hätte dort ein Tornado gewütet. Der olivgrüne Sessel lag auf der Seite, einer der Holzfüße war abgebrochen. Die weißen Vorhänge hingen nicht mehr an den Stangen. Die schmutzigen, blutbefleckten Kissen waren auf dem Boden verstreut.

Und das Shirt, das sie getragen hatte – mein Shirt –, entdeckte ich zerrissen am Fußende des Bettes. Was zum Teufel?

Mein Blick ging zur Badezimmertür, weil es so klang, als würde ein Körper davon abprallen. Im nächsten Moment schallte ein Kreischen aus dem Raum.

Ich trat die Tür ein und blieb wie angewurzelt stehen. Das

Bad war so geräumig, dass es mit Dusche und Wanne ausgestattet war, allerdings hatte es ebenfalls bessere Tage gesehen. Der Spiegel über dem Doppelwaschbecken war voller Risse. Mehrere Flaschen waren umgefallen und der Inhalt lief aus. Weiße Flüssigkeiten liefen auf dem Boden zu milchigen Lachen zusammen.

Sie stand breitbeinig vor der großen Wanne, das Haar hing ihr zerzaust um das glühende Gesicht. Die grauen Augen blitzten. Blut rann ihr aus der Nase. In der Hand hielt sie eine Glasscherbe.

Und sie trug nur BH und Jeans – einen weißen BH mit kleinen gelben Gänseblümchen darauf. Ihre Brust hob und senkte sich, während sie wütend und empört schnaubte.

Offenbar hatte Sadi das Wort »waschen« vollkommen neu interpretiert.

Mein Blick ging zu Sadi, die nur ungefähr einen Meter von ihr entfernt stand und keuchte. Ihre weiße Bluse war zerrissen. Mehrere Knöpfe waren offen oder fehlten. Ihr normalerweise ordentlich frisiertes Haar sah aus, als hätte sie in einem Windkanal gestanden, aber was das Beste war?

Spuren von Fingernägeln zogen sich über Sadis Gesicht und rötlich blaue Blutrinnsale waren zu sehen. Ich war so wahnsinnig stolz, dass es fast unanständig war.

Das Kätzchen hatte Krallen, und was für welche.

»Sie ist nicht gerade freundlich zu anderen«, japste Sadi. »Deshalb bin ich gerade dabei, an ihrer Einstellung zu arbeiten.«

»Und ich bin gerade dabei, dir das Herz rauszuschneiden, du Miststück.«

Wie beschissen die ganze Situation auch sein mochte, ich konnte mir ein Lächeln nicht verkneifen. »Raus hier.«

Sadi wandte ihren hasserfüllten Blick mir zu. »Ich bin –«

»Raus mit dir, und zwar sofort.« Als Sadi sich nicht rührte, stieß ich sie aus dem Raum. Doch sie fing sich schnell und kam sofort wieder auf uns zu. »Rolland könnte dich heute Nacht noch gebrauchen, und wenn du ihm seinen Wunsch erfüllen willst, würde ich dir empfehlen dich keinen Schritt weiter zu nähern.«

Ihre Nasenflügel bebten und sie bekam vor Wut rote Flecken auf den Wangen, aber sie blieb mit zu Fäusten geballten Händen stehen. Einen Moment lang verharrte sie reglos vor der Tür. Sadi stellte mich tatsächlich auf die Probe.

Ich schlug ihr die Tür vor der Nase zu und fuhr herum. Mein Herz hämmerte wie verrückt, als ich mich wieder zu Katy umdrehte. Sadi war sofort vergessen.

Noch immer stand Katy mit der Scherbe in der Hand vor der großen Wanne und starrte mich an wie ein in die Ecke gedrängtes Tier. In diesem Moment erinnerte sie mich nicht an ein harmloses kleines Kätzchen.

Eher war sie eine ausgewachsene Tigerin, die nach wie vor so aussah, als wollte sie Schaden anrichten. Bei mir. Konnte ich es ihr verübeln?

Je länger wir uns ansahen, desto stärker blinzelte sie und ihre Augen wurden feucht, und das war schlimmer als ein Tritt zwischen die Beine.

Ich saß so tief in der Scheiße. *Wir* saßen so tief in der Scheiße und ich wollte nicht, dass sie hier war. Ich wollte, dass sie weit entfernt von alldem hier war, doch es war zu spät.

Zu spät für uns beide und vielleicht für alle anderen auch.

Ihre Unterlippe zitterte, während sie ihr Gewicht von einem Fuß auf den anderen verlagerte und ihre Zehen in dem ausgeflossenen Conditioner oder dem Shampoo verschwanden. Eine halbe Ewigkeit lang sah ich sie einfach nur an. Eine wilde Collage aus Erinnerungen – von dem Tag, als sie an meine Tür geklopft und mein Leben verändert hatte, bis zu dem Moment, als sie zum ersten Mal die drei Worte ausgesprochen hatte, die mein Leben zu dem machten, was es war – jagte mir durch den Kopf. Doch es waren nicht nur Erinnerungen. Ich wusste, dass ich nicht fühlen sollte, was ich fühlte, aber jede einzelne meiner Zellen verlangte nach ihr. Mein Blut kochte.

Ich wollte sie.

Ich brauchte sie.

Ich liebte sie.

Sie trat einen Schritt zurück und stieß gegen die gekachelte Umrandung der Wanne.

»Kat«, sagte ich und sprach ihren Namen zum ersten Mal seit Tagen wieder aus; ich erlaubte mir ihn nur zu *denken* und in dem Moment war das Siegel in mir gebrochen.

kapitel 6

katy

Die scharfen Kanten der Glasscherbe drückten sich in meine Handfläche und ich starrte Daemon an. Nach allem, was in dem Büro vorgefallen war und danach mit dieser fürchterlichen Frau, rang ich nach Atem und mein Arm wollte nicht mehr aufhören zu zittern. Ich beobachtete, wie er einen Schritt nach vorn machte. Der Blick in seinen weiß glühenden Augen jagte mir Schauer über den Rücken. »Tu's nicht.«

Er verengte die Augen.

Ich war tief verletzt und musste mit Schrecken an all die Dinge denken, die Sadi angeblich mit Daemon vorhatte, und wenn ich danach ging, wie er sich im Büro verhalten hatte, war er durchaus nicht abgeneigt.

Ich kam mir vor wie enthäutet, als läge mein Innerstes bloß. Am liebsten hätte ich auf etwas, auf jemanden eingeschlagen. Tränen brannten mir in der Kehle. »Bist du dir sicher, dass du nicht deiner neuen Freundin hinterherwillst?«

Mittlerweile war nur noch ein schmaler Streifen Grün seiner Augen zu sehen. »Ja, ich bin mir sicher.«

»Das ist mir vorhin aber anders vorgekommen. Ihr beide –«

»Hör auf damit«, brummte er.

In mir wütete es wie ein Taifun. »Wie bitte?«, hakte ich blinzelnd nach. »Wer zum –?«

Daemon, der sich gerade noch auf der anderen Seite des Badezimmers befunden hatte, stand jetzt so dicht vor mir, dass ich instinktiv zur Seite wich und in der glibberigen Masse auf dem Boden ausrutschte.

»Ich *hasse* es, wenn du das tust –«, rief ich schrill.

Er legte die Hände um meine Wangen und in dem Moment, als ich seine Haut auf meiner spürte, setzte mein Hirn komplett aus. Die Scherbe fiel mir aus den Fingern und landete lautlos auf einem flauschigen Vorleger.

Er senkte den Kopf, bis unsere Münder einander so nah waren, dass wir dieselbe Luft atmeten. Es war so ungerecht. Von dem Moment, als er verschwunden war, hatte ich mir nichts sehnlicher gewünscht, als ihn wiederzusehen, ihn zu berühren und zu lieben, und jetzt wusste ich nicht mehr, mit wem ich es zu tun hatte.

Seit der Invasion der Lux ergab nichts mehr einen Sinn.

Er rührte sich nicht vom Fleck. Stattdessen wanderten seine leuchtenden Augen über mein Gesicht, als wollte er jeden Zentimeter von mir in sich aufnehmen. Im nächsten Augenblick wurde es dort warm und das Pochen in meiner Nase, wo das blöde Miststück mich getroffen hatte, verschwand.

Er heilte mich. Wieder einmal. Und das, nachdem er mich von sich fortgestoßen und gesagt hatte, dass er mich einmal geliebt *hatte* – Vergangenheitsform –, und sich mit den übelsten Monstern eingelassen hatte. Ich konnte es nicht ertragen.

»Es ist so falsch«, sagte ich mit brüchiger Stimme. »Alles ist beschissen –«

Daemon küsste mich.

Und zwar keinesfalls behutsam oder zögerlich. Er drückte seinen Mund auf meinen, öffnete entschlossen die Lippen und küsste mich gierig. Ich war so von einem Strudel von Gefühlen ergriffen, dass meine Beine nachgaben. Der tiefe, raue Ton, der aus seiner Kehle heraufdrang, ging mir durch Mark und Bein und mein Magen zog sich zusammen.

Der Hoffnungsschimmer in mir wurde größer, doch Wut und

Verwirrung konnte er noch nicht ganz ausblenden. Daemon neigte den Kopf und seine Hand glitt von meiner Wange bis in den Nacken, wo sich seine Finger in meinem Haar vergruben. Mein Herz pochte wie verrückt. Es war alles zu viel für mich.

Ich schob ihn von mir fort.

»Kätzchen«, murmelte er und nagte an meiner Unterlippe.

Ich erschauderte. »Du –«

»Sie steht noch vor der Tür«, flüsterte er gegen meinen Mund, bevor er mich abermals küsste.

Während seine zweite Hand seitlich an meinem Körper entlangglitt, bis er sie schließlich auf meiner Taille liegen ließ, waren seine Worte einen Moment lang vergessen. Er zog mich an sich und unsere Körper passten perfekt zusammen, ein Gefühl, das erschreckend neu und wunderbar vertraut zugleich war. Der Kuss wurde inniger, bis ich ihn überall schmeckte.

Mit zitternden Händen krallte ich mich im weichen Stoff seines Shirts fest. Mir entwich ein Keuchen. Das Zittern wanderte meine Arme hinauf und breitete sich aus, bis mein gesamter Körper bebte.

»Sie ist weg.« Daemon löste sich von mir und hob den Kopf, doch ich hatte die Augen weiter fest zusammengekniffen. Ich konnte nicht aufhören zu zittern. »Oh, Kätzchen …«

Ich wollte ihm sagen, dass er mich nicht so nennen sollte, wenn dies hier nicht real war, doch es wäre nicht mehr als ein Schluchzen herausgekommen, deshalb hielt ich den Mund. Heulend zusammenzubrechen würde jetzt auch nicht helfen und bei uns waren bereits zu viele Tränen geflossen.

Daemon schlang die Arme um mich, spreizte die Finger über meinen Hinterkopf und drückte meine Wange gegen seine Brust. Er hielt mich so fest, dass ich spürte, wie schnell sein Herz schlug.

»Es tut mir leid«, hauchte er in mein Haar. »Es tut mir so leid, Kätzchen.«

»Bist … bist du es wirklich?« Meine Stimme brach. »Ist das hier real?«

»So real, wie ich nur sein kann.« Seine Stimme war kaum hörbar, nicht mehr als ein heiseres Flüstern, genau wie bei mir. »O Mann, Kat, ich …«

Ich wusste nicht, wohin mit meinen Gefühlen, und krallte mich in seinem Nackenhaar fest. Meine Wangen waren feucht.

»Es tut mir so leid«, wiederholte er und für den Moment schien es alles zu sein, was er sagen konnte. Er drehte sich, bis er mit dem Rücken zur Wand stand. Dann ließ er sich daran hinabgleiten und zog mich zwischen die abgewinkelten Beine an seine feste Brust. »Ich weiß nicht, wie viel ich sagen kann und wie lange ich sie aus meinem Kopf heraushalten kann.«

Sie aus seinem Kopf heraushalten? Ich blinzelte die Tränen fort und öffnete die Augen. »Ich … verstehe nicht, was hier vor sich geht.«

»Ich weiß.« Man sah ihm an, wie sehr er darunter litt. Er presste seine Stirn gegen meine. »Wir sind miteinander verbunden – wir alle. Vom ersten Augenblick an, als sie gekommen sind, waren wir gegenseitig in unseren Köpfen. Ich weiß auch nicht genau, wie es funktioniert. Ich habe so etwas noch nie vorher erlebt. Vielleicht liegt es daran, dass so viele von uns hier sind, aber wenn ich mich in meiner wahren Erscheinungsform befinde, gibt es kein Entrinnen. Es ist nicht allzu schlimm … jetzt gerade nicht. Einige Dinge konnten wir erfolgreich vor ihnen verbergen, davon wissen sie bislang nichts, aber ich weiß nicht, wie lange das noch funktionieren wird.«

»Wir?«, wisperte ich.

Er nickte. »Dawson und ich.«

Ich runzelte die Stirn, weil ich auf Dawson nicht gerade gut zu sprechen war. »Aber er hat mich angegriffen.« Und ich war mir ziemlich sicher, dass er mir dabei den Schädel gebrochen hatte.

Daemons Augen leuchteten inzwischen dunkelgrün. »Ja, und das hat er an seinem Kiefer zu spüren bekommen. Aber er hatte keine Wahl. Einer von denen wollte über dich herfallen und er hat getan, was er getan hat, damit derjenige dich nicht töten konnte.«

»Und dich damit auch nicht.« Ich versuchte es zu begreifen und die Informationen zu verarbeiten. Es war gespielt – alles. »Und was ist mit Dee?«

Daemon senkte die Lider und schüttelte den Kopf.

»Was?« Ich hatte Mühe, Luft zu holen, so enttäuscht war ich. Ihre Worte hatten mir wehgetan, aber für Daemon und Dawson musste es noch schlimmer sein. »Bei ihr … ist es echt?«

»Ja. Sie ist darin aufgegangen. Sie sind wie ein Schwarm.« Wieder schüttelte er den Kopf und an den Zügen um seinen Mund war abzulesen, wie erschöpft er war. »Ich weiß auch nicht, warum Dawson und ich in der Lage sind … eigenständig zu denken, und sie nicht.«

Ich strich mit den Fingerspitzen über seine Wange und spürte die kurzen Stoppeln. »Ich glaube, ich weiß, was es ist.«

Er hob die Augenbrauen.

»Dawson hat Beth«, sagte ich leise und sah ihm in die Augen. »Und du hast mich. Vielleicht ist es das. Wie bei der Mutation auch. Ganz einfach.«

»Du bist überhaupt nicht einfach.«

Ich musste ein wenig lächeln. »Ich hatte so eine Angst«, gab ich nach einer Weile zu. »Als du mit ihnen gegangen bist und ich dich dann wiedergesehen habe, so … so, wie du warst. Da habe ich gedacht, ich hätte dich verloren.« Ich spürte einen Kloß im Hals und es dauerte mehrere Sekunden, bis ich weitersprechen konnte. »Dass ich dich nach allem, was wir durchgemacht haben, doch noch verloren hätte.«

»Du hast mich nicht verloren, Kätzchen. Du könntest mich gar nicht verlieren.« Er drückte mich an sich und seine Lippen berührten meine Wange, als er weitersprach. »Aber ich wollte nicht, dass du hier bist, auch nicht nur in der Nähe. Du bist hier nicht sicher.«

Seine Worte ließen mich ein wenig besser fühlen, doch Angst und Verletzung waren nicht völlig verschwunden und ein bitterer Nachgeschmack blieb. Es gab noch so viel, was ich nicht verstand, Dinge, die offenbar nicht einmal Daemon verstand.

Er nahm meine Hand und legte sie auf seine Brust, direkt über sein Herz. »Hast du wirklich geglaubt, ich hätte dich vergessen?«

Ich senkte das Kinn und konnte mich nur zu gut an seinen kalten Blick erinnern. »Ich wusste nicht, was ich glauben sollte. Du … du hast mich angesehen wie damals, als wir uns zum ersten Mal begegnet sind.«

»Kat.« Er sprach meinen Namen aus wie eine Art Gebet und küsste mich hinter dem Ohr. »Ich habe jede Regel meiner Leute gebrochen, um dich zu heilen und dich bei mir zu behalten. Ich habe dich geheiratet und eine ganze Stadt niedergefackelt, damit du sicher bist. Ich habe für dich *getötet*. Hast du geglaubt, ich könnte je vergessen, was du mir bedeutest? Dass irgendetwas auf dieser Welt – auf irgendeiner Welt – stärker sein könnte als meine Liebe für dich?«

Ein leises Schluchzen kam mir über die Lippen, während ich das Gesicht in der Kuhle zwischen seiner Schulter und seinem

Hals vergrub. Ich hob die Arme und klammerte mich an ihn wie ein anhänglicher Baby-Affe, bis ich spürte, wie er leise gegen meine Wange lachte.

»Du erwürgst mich ja«, sagte er und strich mir mit der flachen Hand über den Rücken. »Ein bisschen.«

»Tut mir leid«, murmelte ich gegen seine Schulter, ließ ihn aber nicht los. Er küsste mich auf den Kopf und mir entwich ein Seufzen. Nach wie vor war nichts in Ordnung. Ganz und gar nicht, aber mit *Daemon* war alles in Ordnung. Er war er selbst und gemeinsam würden wir uns allem stellen können. Wir hatten auch keine andere Wahl. »Was sollen wir jetzt tun?«

Er strich mir das wirre Haar aus dem Gesicht, so dass meine Wange für seine Lippen zugänglich war. »Einfach weiter mitspielen. Es wird Dinge geben, die ich sagen muss, vielleicht sogar tun muss –«

»Verstehe.« Dennoch wurde mir plötzlich wieder ganz anders. So etwas wie die Büroszene wollte ich beim besten Willen nicht noch einmal erleben, doch ich würde es ertragen, wenn es sein musste. Es blieb mir nichts anderes übrig.

»Das hatte ich auch nicht anders erwartet.« Er platzierte einen Kuss auf meinen Mundwinkel. »Auch wenn ich nie gewollt habe, dass du so etwas verstehen musst.« Seine Lippen setzten ihren Weg in Richtung meines Halses fort, was in mir einen wohligen Schauer auslöste. »Wir kommen hier raus, aber ich kann nicht ohne Dee gehen.«

Ich nickte. Ich hätte nie verlangt, dass er sie zurückließ, auch wenn sie sich in ein durchgeknalltes Miststück verwandelt hatte, das offenbar bereit gewesen war mich eine Treppe – oder vielmehr drei – hinunterzustoßen.

»Und nicht, bevor ich weiß, was sie vorhaben«, fügte er hinzu. »Sie planen etwas Großes.«

»Ach nee.« Ich lächelte schwach. »Diese ganze Invasion legt das irgendwie nahe.«

»Klugscheißerin.« Er erwischte mein Ohrläppchen mit den Zähnen, und als er leicht zubiss, elektrisierte es meinen ganzen Körper.

Ich schnappte nach Luft, und als er darauf mit einem Lachen reagierte, fand ich es nicht nur fies, sondern auch total unangemessen. Ich wurde knallrot und wich zurück. »Nur du bringst so etwas in dieser Situation fertig.«

Er hob einen Mundwinkel, während er den Blick über meine Lippen und dann weiter hinab schweifen ließ. »Na ja, du sitzt auf meinem Schoß, nur in Jeans und BH – der außerdem noch ziemlich süß ist –, nachdem du gerade einer anderen gezeigt hast, wo's langgeht. Das finde ich schon ziemlich sexy und es macht mich ganz schön an.«

Die Röte in meinem Gesicht weitete sich bis zur Spitzenkante des BHs aus, weil ich jetzt auch spürte, dass ihn das anmachte. »Du bist doof.«

»Und du bist schön.«

»Ich stinke«, murmelte ich.

Daemon lachte heiser. »Dagegen weiß ich etwas. Ich meine, was das angeht, bin ich *wirklich* sehr gut.«

»O Mann, ist das jetzt ernst gemeint?«

»He, du behauptest doch immer, mir gehe es nur um Tuchfühlung.« Ich starrte ihn an und er hielt inne. »Na ja, wahrscheinlich hast du Recht. Aber ohne Tuch ist noch besser.« Er fuhr mit den Händen meine nackten Arme hinauf, worauf sich dort eine zarte Gänsehaut bildete.

Ich legte den Kopf in den Nacken. »Aber abgesehen von der offensichtlichen Tatsache, dass du stirbst, wenn ich sterbe, glauben die anderen Lux, du willst mich um dich haben, weil du …?«

»Weil ich einfach auf wilden, animalischen Sex mit dir stehe?«, schlug er vor.

Ich spitzte die Lippen.

»Ja, vielleicht.« Seine Lippen berührten beim Sprechen meinen Mund, während seine Hände auf meinen Hüften ruhten. »Auch wenn ich ehrlich gesagt bezweifle, dass sie nach der Szene im Büro glauben, dass du dafür noch zur Verfügung stehst.«

»Jetzt stehe ich dafür jedenfalls *nicht* zur Verfügung, du Idiot.«

Er hob eine Augenbraue. »Ich wette, das könnte ich ändern.«

»Daemon.« Ich legte meine Hände auf seine Schultern. »Ich glaube, wir sollten uns wirklich auf wichtigere Dinge konzentrieren.« Und davon gab es genug. »Wissen sie von Beth und der …?«

»Sie wissen weder von ihr noch von Luc. Und wir müssen dafür sorgen, dass es so bleibt.« Er ließ die Hände auf meinem Rücken bis zum Rand des BHs hinaufgleiten.

»Aber sie wissen, wer Archer ist.« Zwei Finger schoben sich unter den BH und ich musste mir auf die Lippen beißen. »Beth ist schwanger.«

Er senkte den Kopf über meine nackte Schulter. »Ich weiß.«

Erstaunt sah ich ihn an. »Was?« Er antwortete nicht, weil er zu beschäftigt damit war, meine Schulter *abzulecken* – wow. Ich griff ihm ins Haar und zog seinen Kopf daran hoch. »Und das hast du mir nicht erzählt?«

Er umschloss meinen Mund mit einem glühenden, leidenschaftlichen Kuss, der mich fast vergessen ließ, worüber wir sprachen und wo wir waren. Seine Küsse hatten diese magische Fähigkeit. »Ich hatte keine Gelegenheit dazu.« Er bewegte den kleinen Finger unter einen der Träger des BHs und zog ihn ein Stück nach außen. »Du erinnerst dich? Eine verdammte Alien-Invasion. Überall.«

»Ach ja, genau.« Ich senkte die Lider, weil er inzwischen mit den Lippen am Träger meines BHs zugange war. Doch das ungute Gefühl blieb. »Beth ging es nicht gut. Ich weiß nicht, ob es normal ist oder nicht. Aber deshalb … deshalb waren wir im Supermarkt. Wir wollten Sachen für sie besorgen.«

»Archer hätte niemals zulassen dürfen, dass du das Haus verlässt.« Ruckartig hob Daemon den Kopf und blickte in Richtung der geschlossenen Badezimmertür. Seine Pupillen blitzten wie Diamanten. »Es kommt jemand.«

Ich erstarrte in seinen Armen und das Herz klopfte mir bis zum Hals.

Er wandte sich wieder mir zu, legte seine Hand um meine Wange und küsste mich abermals so innig, dass es mir die Sinne verdrehte, und so wild, dass ich wimmerte, als er sich von mir löste. Ich wimmerte tatsächlich. »Tu so, als wärst du stinksauer auf mich. Kämpf gegen mich an.«

Noch immer benommen von dem letzten Kuss starrte ich ihn an. »Was?«

Plötzlich lag ich auf dem Rücken, gefährlich dicht neben der Glasscherbe und mitten in dem Conditioner-Shampoo-Gemisch. Daemon war über mir, drückte mir die Hände auf den Boden und hatte ein Bein zwischen meine geschoben.

Mir wurde ganz anders. »Was zum –?«

Er senkte den Kopf und flüsterte: »Tu so, als wäre ich Sadi.«

In dem Fall bestand die Gefahr, dass ich wieder nach der Scherbe griff.

Ich kniff die Augen zusammen, doch in dem Moment wurde die Badezimmertür aufgerissen und ein Lux – der schweigsame aus dem Büro – trat ein. Ich wurde rot, teilweise, weil ich nur halb angezogen war, aber auch, weil ich mir vorstellte, was für einen Eindruck wir wohl gerade machten.

»Ist alles in Ordnung?«, fragte er in diesem seltsam schwingenden Tonfall.

»Ich verbringe nur ein bisschen Zeit zu zweit mit ihr«, antwortete Daemon und ich konnte kaum fassen, wie anders seine Stimme plötzlich klang. Sie hatte jetzt wieder diesen fiesen, verächtlichen Unterton, dass es mir sofort im Knie zuckte. Ich war kurz davor, es ihm in einen bestimmten Körperteil zu rammen.

Hinter Daemon sah ich den Lux den Kopf zur Seite neigen. »Sieht nicht gerade so aus, als würde es besonders gut laufen.«

»Na ja …« Er grinste. »Es wäre einfacher, wenn sie nicht so aufgebracht wäre. Stimmt's?«, fragte er an mich gewandt. »Aber ist schon in Ordnung. Ich mag es, wie sie *versucht* zu kämpfen.«

»Versucht?«, fauchte ich und meine Finger ballten sich zu Fäusten. »Ich werde –«

»Sei still«, murmelte er gelangweilt. Und dann biss er mir blitzschnell abermals ins Ohr, so dass der Lux es sehen konnte. Ich musste mir auf die Lippen beißen, um nicht laut aufzuschreien und ihm wirklich ins Allerheiligste zu treten.

Dafür würde er später so was von bezahlen müssen.

Daemon gab sich Mühe, mich gierig anzustarren, als wäre ich seine Lieblingsspeise, dann blickte er zu dem anderen Lux auf. »Ein bisschen Privatsphäre? Oder hast du vor zuzugucken?«

Als ich sah, wie das Gesicht des Lux aufleuchtete, drehte es mir den Magen um. »So gern ich das tun würde, ich kann leider nicht bleiben. Dieses Mal jedenfalls.«

Igitt, wie eklig war das denn? Ich wand ein Bein unter Daemon heraus und trat ihm mit der Ferse in die Wade, zur Strafe, weil er das Gespräch in diese Richtung gelenkt hatte.

»Autsch.« Er sah mich vorwurfsvoll an.

Mein Mund zuckte. Schon besser.

»Rolland wollte nur sichergehen, dass alles in Ordnung ist«, sagte der Lux und ließ seine kühlen, blitzenden Augen über gewisse Regionen meines Körpers schweifen, was mir mehr als unangenehm war.

Daemon veränderte seine Position und versperrte damit beiläufig die Sicht auf den größten Teil von mir. »Ist das alles?«

»Nein«, antwortete der Lux. »Rolland möchte, dass du morgen an der Pressekonferenz teilnimmst. Und er will, dass du das Mädchen mitbringst.«

Pressekonferenz? Und ich sollte mit? O Mann … ein kalter Schauer lief mir über den Rücken. Das alles hörte sich gar nicht gut an.

Daemon grinste durchaus überzeugend. »Klingt gut.«

Der Lux zögerte kurz, nickte dann aber. Nach einem weiteren, viel zu langen Blick in meine Richtung verließ er das Badezimmer. »Viel Spaß noch.«

Eine gute Minute nachdem der Lux gegangen war, sagte niemand von uns etwas. Schließlich sah Daemon mich an.

Ich holte tief Luft. »Das verheißt nichts Gutes.«

»Finde ich auch.«

Ich fuhr mir mit der Zunge über die Lippen. »Glaubst du, Rolland weiß, dass du nur so tust?«

»Nein.« Er klang absolut sicher. »Ich habe sehr gut aufgepasst.«

»Und was glaubst du, was sie vorhaben?«

Er schüttelte den Kopf und ihm fielen Haare in die Augen. »Er hat heute schon eine Presseerklärung abgegeben. Er gibt sich als Bürgermeister aus …«

Daemon sprach den Satz nicht zu Ende, ließ mich aber los und richtete sich auf. Sein abwesender Blick verriet mir, dass er das Gleiche dachte wie ich. Ich setzte mich ebenfalls auf und umarmte mich selbst. Er drehte den Kopf und unsere Blicke trafen sich.

»Glaubst du das wirklich?«, fragte ich. »Dass er sich als Bürgermeister ausgibt und damit …« Von innen heraus daran arbeitet, die Macht zu übernehmen. »Was ist, wenn es noch mehr gibt wie ihn? Lux, die in die Körper wichtiger Leute geschlüpft sind?«

Leise fluchend fuhr er sich mit beiden Händen durchs Haar. »Ich hätte es gleich erkennen müssen. Ich meine, ich habe verstanden, dass er sich dafür ausgibt, aber ich habe nicht weitergedacht. Einige Leute töten sie, ohne sie sich einzuverleiben, aber auf bestimmte Leute haben sie es abgesehen. Die gleiche Altersgruppe. Alt genug, um …«

»Familien zu haben«, flüsterte ich. Und das war sogar noch schlimmer als nur Leute in Machtpositionen, denn wenn sie sich für Mütter, Väter und Lehrer ausgaben, waren sie überall und niemand konnte sie erkennen, selbst wenn es Zeugen gäbe. Berichte von Lux, die Körper klauten, würden die Entwicklung nicht aufhalten können.

Ich sah Daemon an.

Die Lux befanden sich schon seit Jahrzehnten auf diesem Planeten und niemand wusste davon.

»Funktioniert der Fernseher hier?«, erkundigte ich mich.

»Ich glaube schon.«

»Wir sollten ihn mal einschalten.«

Daemon half mir auf und rieb mir die Arme, damit ich die Gänsehaut loswurde. »Geh duschen, ich besorg dir in der Zwischenzeit etwas zum Anziehen.«

Zögernd blickte ich zur Tür. Bei dem Gedanken, mich auszuziehen, wenn ein Haufen Lux in der Nähe war, die mit dem Begriff »Privatsphäre« nichts anfangen konnten, wurde mir kotzübel.

Daemon senkte den Kopf und streifte mit den Lippen über

meinen Mund. »Ich passe auf, dass hier niemand reinkommt. Du bist in Sicherheit.«

Du bist in Sicherheit.

Ich konnte den Tag kaum erwarten, an dem ich diese vier Worte nicht mehr würde hören müssen. Mit geschlossenen Augen reckte ich mich und küsste ihn sanft. »Gut.«

Er zog mich kurz an sich und machte sich dann auf den Weg zur Tür, allerdings nicht ohne noch einmal stehen zu bleiben. Er blickte über die Schulter zurück und ließ den Blick über mich wandern, was meine kalte Haut sofort erwärmte. »Kätzchen?«

»Ja?«

Seine Augen leuchteten wunderschön hell und klar, als sich unsere Blicke einen langen Moment trafen. »Ich liebe dich.«

Kapitel 7

Katy

Der Fernseher lief leise, als ich in ein Handtuch gewickelt aus dem Badezimmer trat.

Daemon blickte auf, senkte die Lider dann aber gleich wieder, um mich vom Kopf bis zu den jetzt sauberen Füßen zu betrachten. »Hallooo.«

Was er gerade angeschaut hatte, die Nachrichten, schien vorübergehend vergessen. Ich hatte keine Nachrichten mehr gesehen, seit ich das Blockhaus verlassen hatte.

»Komm her.« Er saß auf der Bettkante und streckte einen Arm aus.

Der Raum war wieder in den Zustand gebracht worden, in dem er sich befunden hatte, bevor zwischen Sadi und mir die Fetzen geflogen waren. Nur die Vorhänge und der Stuhl lagen noch am Boden. Die Bettwäsche hingegen war frisch.

Ich hielt das Handtuch am Knoten fest und tappte zum Bett. Gerade wollte ich mich neben Daemon setzen, als er einen Arm um meine Taille schlang und mich zu sich auf den Schoß zog. Im Raum war es kühl, doch seine Körperwärme übertrug sich sofort auf mich. Er war wie eine wandelnde Heizdecke.

Im Fernsehen blickte ein silberhaariger Nachrichtensprecher ernst in die Kamera. Im rechten Teil des Bildschirms liefen die Liveaufnahmen eines Partnersenders aus Los Angeles. Gefilmt wurde anscheinend aus einem über die betroffene Region kreisenden Hubschrauber. Die Bilder der qualmenden Gebäude, des stockenden Verkehrs auf den großen Durchgangsstraßen und der vielen Menschen, die sich auf den Straßen drängten, verhießen nichts Gutes. Anschließend wurde zu einem Live-Stream aus New York gewechselt, wo sich ein ähnliches Bild bot.

»Diversen Quellen zufolge hatten die Unruhen in Las Vegas ihren Ursprung. Wir versuchen dies gerade zu bestätigen.« Mit besorgter Miene und Stimme fuhr der Nachrichtensprecher fort. »Inzwischen kann man davon ausgehen, dass es sich bei dem vermeintlichen Meteoritenschauer vor drei Tagen nicht um einen Meteoriten handelte, sondern …« Er räusperte sich und die nächsten Worte schienen ihm schwerzufallen. »Sondern um den Beginn einer groß angelegten … außerirdischen Invasion.«

»Ich glaube, er hat sich an dem Wort ›außerirdischen‹ verschluckt«, kommentierte Daemon trocken.

Ich nickte. Der Sprecher sah aus, als könnte er selbst nicht glauben, was er gerade im Fernsehen gesagt hatte.

Er blickte auf die Zettel vor sich und schüttelte langsam den Kopf. »Wir hoffen, dass uns Dr. Kapur in Kürze noch von neuen Erkenntnissen, was die … Biologie und die mögliche Motivation angeht, berichten kann. Was wir im Moment mit Gewissheit sagen können, ist nur, dass auf die Masseninvasion eine relativ ruhige Phase folgte, bevor«, angespannt blickte er auf, »ein strategisch zielgerichteter Angriff überall auf der Welt, in allen bedeutenden Städten, durchgeführt wurde. Es gibt noch keine zuverlässigen Zahlen, aber es ist davon auszugehen, dass es in den betroffenen Gebieten und der unmittelbaren Umgebung zahlreiche Tote gibt.«

Ich erschauderte angesichts der unheimlichen Tragweite der Invasion. Trotz dessen, was ich war und was ich im letzten Jahr erlebt hatte, konnte ich kaum fassen, was hier vor sich ging. Es war nicht mehr nur *meine* Welt, die sich dadurch verändert hatte. Die Welt aller hatte sich verändert.

Daemon zog mich fester an sich, während er weiter auf den Bildschirm blickte. Er sagte nichts, weil es einer jener Momente war, in denen Worte nicht ausreichten, um zu beschreiben, was wir beide fühlten.

Der Nachrichtensprecher hielt die Zettel in seiner Hand fest umklammert. »Wir wissen, dass mehrere Stunden lang in den Städten gewütet worden ist, die … die außerirdischen Angreifer seitdem aber nicht mehr gesichtet wurden.«

Ich blickte zu Daemon und sah einen Muskel in seinem Kiefer zucken. Ich hatte eine Ahnung, warum keine Lux mehr gesichtet wurden. Sie befanden sich nicht mehr in ihrer wahren Erscheinungsform.

»Darüber hinaus gibt es eine weitere äußerst erschütternde und … und, ja, erschreckende Entwicklung, die sich kaum in Worte fassen lässt. Es sei darauf hingewiesen, dass die folgenden Bilder für jüngere Zuschauer nicht geeignet sind.« Er wandte den Blick von der Kamera ab und nickte. »Das Video wurde uns von einem Zuschauer in der Gegend von Miami, Florida, geschickt. Offenbar wurde es im Verlauf des gestrigen Tages mit einer Smartphone-Kamera gedreht, während des Angriffs.«

Die wackelige Aufnahme war erst klein rechts neben dem Sprecher zu sehen, bevor sie wenig später als Vollbild über den Bildschirm flimmerte. Ich traute meinen Augen nicht.

Derjenige, der die Szene gefilmt hatte, schien sich hinter der Längsseite eines Autos versteckt zu haben. Ein Lux im Glühwurm-Modus jagte einen Mann, der wie Anfang zwanzig aussah. Die Bewegungen des Lux, als er den Mann gegen einen verwaisten Stadtbus drückte, waren fließend, wie in Form gegossenes Wasser. Er legte ihm eine glühend weiße Hand auf die Brust und dem Typen war der Schrecken ins Gesicht geschrieben.

Ich wusste, was geschehen würde.

»O nein, o nein, o nein«, stammelte die Person hinter der Kamera, wer auch immer es sein mochte, immer wieder, während sich der Lux die DNA des Mannes zügig einverleibte und dessen Aussehen und sonstige Merkmale annahm, bis von dem Menschen nicht mehr als eine leere, auf dem Boden zusammengesunkene Hülle übrig war.

Das Video begann stärker zu wackeln und man merkte, dass die Person mit der Kamera nur noch darauf bedacht war, so schnell wie möglich vom Ort des Geschehens zu fliehen.

Als der Nachrichtensprecher nach dem Video wieder auf dem Bildschirm zu sehen war, wirkte er um zehn Jahre gealtert. »Am Morgen erwarten wir die Pressekonferenz des Präsidenten der Vereinigten Staaten. Offenbar werden auch viele weitere Regierungsvertreter in den belagerten Städten im Laufe des Tages noch Erklärungen abgeben.«

»Wie machen sie das nur?«, fragte ich.

Daemon wusste, worauf meine Frage abzielte. »Als wir auf der Erde eintrafen und Daedalus uns unter die Fittiche genommen hat, wurden auch wir eingegliedert oder assimiliert, wie sie sagen.« Er ließ die Hände an meinen Armen hinabgleiten und umfasste meine kalten Finger. »Wir wurden mit einem Menschen zusammengebracht – wir drei gemeinsam –, immer wieder. Über mehrere Monate, und als wir uns schließlich in unsere menschliche Erscheinungsform verwandelten, sahen wir aus wie er, hatten sein dunkles Haar, seine Hautfarbe und seine Gesichtszüge. Er war für uns wie eine Art Erzeuger, aber er ist dabei nicht gestorben. Soweit ich weiß, jedenfalls nicht. Nachdem wir in die Welt rausgeschickt wurden, zusammen mit … Matthew und den Thompsons, haben wir ihn nie mehr wiedergesehen.«

Nie zuvor hatte Daemon so genau von seiner Vergangenheit erzählt, aber sobald ich mir ausmalte, wie es ausgesehen haben mochte, wenn drei kleine Alien-Kinder über einen gewissen Zeitraum die DNA eines Menschen übernahmen, bekam ich Kopfschmerzen. Wie um alles in der Welt hatte Daedalus Menschen dazu gebracht, sich dafür zur Verfügung zu stellen?

»Diese Lux tun also das Gleiche, was ihr auch getan habt, nur schneller – zu schnell?«, fragte ich.

Er nickte. »Sie tun genau, was uns *beigebracht* wurde.« Er hob unsere beiden Hände an die Lippen und drückte einen Kuss auf meine Fingerknöchel. »Es ist seltsam. Sie wissen so viel, zu viel, dafür, dass sie noch nie hier waren, aber einiges wissen sie auch nicht. Trotzdem muss irgendjemand von hier sie vorbereitet haben.«

»Sadi?«

Er hob die Augenbrauen.

»Wahrscheinlich nicht sie allein, aber ist es dir denn nicht aufgefallen? Sie bewegt sich nicht wie die anderen Neuankömmlinge und redet auch nicht wie sie«, erklärte ich. »Sie ist viel menschlicher. Ich glaube, sie ist vorher schon hier gewesen.«

Er zog die Mundwinkel nach unten. »Das ist mir nicht aufgefallen, aber ich versuche auch, mich von ihr fernzuhalten. Sie ist mir ein bisschen zu … schwierig.«

Sofort stieg wieder Wut in mir auf und brannte sich ihren Weg durch meinen Körper. »Ich mag sie gar nicht.«

»Ich weiß.« Er küsste mich auf die Wange und hob mich behutsam von seinem Schoß. Ich schwankte ein wenig, als ich wieder auf den Füßen stand, was mir einen besorgten Blick von ihm einbrachte. »Du musst dich ausruhen. Uns bleiben noch ein paar Stunden, bis die Sonne aufgeht und die Pressekonferenz stattfindet.«

Ich verschränkte die Arme vor der Brust. »Warum will er uns eigentlich dabeihaben?«

»Das weiß ich auch nicht. Rolland sagt, dass er mich nicht durchschauen kann, aber ich durchschaue ihn auch nicht.« Daemon griff hinter sich nach einem langen Shirt. »Das habe ich für dich zum Schlafen gefunden.«

Es war ein Männershirt und ich versuchte nicht daran zu denken, woher es kam, als ich es annahm und es mir über den Kopf zog. Als ich mich aus dem Handtuch geschält hatte, reichte es mir fast bis zu den Knien.

»Ich bleibe bei dir.« Er erhob sich und blickte in Richtung Tür. »Ich glaube nicht, dass das irgendwie verdächtig wirkt.«

Nicht, wenn sie glaubten, dass Daemon und ich es wild miteinander trieben. Ich errötete, auch wenn es albern war, deshalb verlegen zu werden, aber die Lux betrachteten mich offenbar als Daemons Eigentum und sonst nichts.

Diese Tatsache machte mich so wahnsinnig, dass meine Haut kribbelte und mir schlecht wurde.

Ich stieg ins Bett und legte mich auf die Seite. Daemon eilte durch den Raum und prüfte Türen und Fenster, auch wenn wir beide wussten, dass es sinnlos war. Schließlich schaltete er noch den Fernseher aus. Als er sich auf dem Bett niederließ, merkte ich, wie sich die Matratze hinter mir senkte. Ein Arm schob sich über meine Taille und zog mich an seinen warmen Körper.

Er strich mir die Haare hinters Ohr und ich spürte seinen Atem an der Schläfe. Als ich seine Lippen auf meiner Haut spürte, schloss ich die Augen. »Wir sind schon in schlimmeren Situationen gewesen«, flüsterte er. »Hier kommen wir auch wieder raus.«

Hatte es wirklich schon schlimmer um uns gestanden? Bei Daedalus hatten wir zumindest gewusst, dass sie uns lebendig haben wollten. Zwar damit wir schreckliche Dinge für sie taten, aber irgendwie war es ein besseres Gefühl. Bei den Lux wusste ich tief in meinem Inneren, dass es ihnen total egal wäre, wenn wir morgen tot wären.

Ich war mir ziemlich sicher, dass das auch Daemon klar war.

»Wir müssen raus hier.« Ich starrte in die Dunkelheit. »Morgen, wenn sie uns mit nach draußen nehmen, ist die perfekte Gelegenheit.«

Daemon antwortete nicht und nach einer Weile kniff ich die Augen zu. Morgen böte sich für uns vielleicht die einzige Chance, hier rauszukommen, aber es gab ein großes Problem, das Daemon davon abhalten würde.

Und das war Dee.

DAEMON

Dawson wirkte genauso nervös wie ich, während ich vor dem Raum wachte, in dem Kat schlief. Es überraschte mich nicht, dass er in den frühen Morgenstunden zu mir kam, als die meisten Lux, wenn nicht alle, noch schliefen, ohne auch nur auf den Gedanken zu kommen, jemand könnte versuchen sie zu erledigen.

Die Leute hielten mich immer für arrogant, doch im Vergleich zu diesen Lux war das echt gar nichts.

Die Idee, sie im Schlaf auszuschalten, war uns am ersten Morgen gekommen, nachdem wir festgestellt hatten, dass sie alle schliefen wie Babys, doch keiner von uns wäre letztendlich so blöd. Auch wenn wir einige erwischen würden, auf dem Gelände hielten sich mehr als zwei Dutzend von ihnen auf und wir würden nicht nur unser eigenes Leben riskieren.

»Wie geht es ihr?«, fragte Dawson leise und deutete auf die geschlossene Tür.

»Sie ist endlich eingeschlafen.« Ich lehnte mich gegen die Wand und blickte zum Ende des Flurs. Hier oben war sonst niemand einquartiert, auch Dee nicht, dennoch musste man auf der Hut sein.

»Es tut mir wirklich leid. Das weiß sie, oder?« Dawson fuhr sich mit der Hand durchs Haar und zog eine Grimasse. »Ich verdanke ihr alles und –«

»Sie weiß es.« Ich verlagerte mein Gewicht. »Hast du eine Ahnung, warum sie mit Archer im Supermarkt war? Anscheinend wollten sie Sachen für Beth besorgen, wegen der Schwangerschaft.«

Er wurde blass.

»Es ging ihr wohl nicht so gut, keine Ahnung, ob das normal ist oder irgendwie besorgniserregend.« Ich musste an die freakigen Kids in Area 51 denken, hielt es aber nicht für den richtigen Zeitpunkt, Dawson zu fragen, ob er von ihnen wusste, und ihn damit erst recht nervös zu machen. »Kat ist sich auch nicht sicher. Niemand von uns kennt sich wirklich mit Schwangerschaften aus.«

Er kniff die Augen zusammen und blies Luft aus. »Ich weiß, dass wir nicht ohne Dee hier wegkönnen, aber …«

Aber wie lange sollte Dawson noch von Beth getrennt sein, die er liebte und die von ihm schwanger war? Sie brauchte ihn jetzt mehr als alles andere.

Wie lange würde ich es noch aushalten?

Bevor man Kat hierhergebracht hatte, war ich bereit gewesen zu bleiben, um herauszufinden, wer die Neuankömmlinge anführte und was er oder sie letztendlich vorhatte, weil ich wusste, dass Kat bei Luc und Archer in Sicherheit war. Auch wenn ich schrecklich darunter gelitten hatte, nicht bei ihr zu sein, und es mich wahnsinnig gemacht hatte, nicht einmal an sie denken zu können, aus Angst, die anderen würden es mitbekommen.

Aber jetzt?

Zum Teufel mit den Lux.

Zum Teufel mit der Menschheit.

Ich wollte, dass Kat hier rauskam. Jede einzelne Zelle meines Körpers verlangte danach, sie zu beschützen, obwohl mir klar war, dass sie dazu auch sehr gut allein in der Lage war, aber ich wollte, dass sie weg von hier war. Am liebsten würde ich sie in Luftpolsterfolie einwickeln, wenn das nicht so verdammt unheimlich und auch ungünstig wäre, denn ich hatte die schreckliche Angewohnheit, das blöde Zeug platzen zu lassen, bis keine einzige Blase mehr übrig blieb.

Ich wollte sie hier rausbekommen, aber ich konnte es nicht. Wie konnten wir Dee hier zurücklassen? Wir mussten den Einfluss der Neuankömmlinge auf sie irgendwie durchbrechen, doch keiner von uns hatte eine Lösung parat. Und was würde Kat und mich erwarten? Welche Zukunft stand Dawson, Bethany und … und ihrem Baby bevor?

Ich wusste es nicht.

Als ich Dawson erzählt hatte, dass es Beth nicht gut ging, hatten sich sofort dunkle Sorgenringe unter seinen Augen gebildet, deshalb fragte ich mich, ob es nicht besser gewesen wäre, es für mich zu behalten.

Ich stieß mich von der Wand ab, legte eine Hand auf Dawsons Schulter und drückte sie. Unsere Blicke trafen sich und ich hatte das Gefühl, mein Brustkorb würde von einem Schraubstock zusammengedrückt. Ich dachte nicht zum ersten Mal darüber nach. Seit ich erfahren hatte, dass Kat hierhergebracht würde, hatte es mich im Unterbewusstsein nicht mehr losgelassen. Und ich wusste, dass es Dawson nun genauso ging.

Er erschauderte und legte eine Hand auf meine Schulter. »Ich halte es nicht mehr lange aus.«

Das bedeutete, früher oder später würde er abhauen, um wieder bei Beth zu sein, ob mit unserer Schwester oder ohne sie.

»Ich weiß.« Ein physischer Schmerz durchfuhr mich bei dem Gedanken, Dee bei diesen Typen zurückzulassen, mit denen ich mich alles andere als verbunden fühlte.

Dawson nickte, ließ den Arm sinken und trat einen Schritt zurück. »Es ist echt ätzend.«

Ich lachte verbittert und blickte zu der geschlossenen Tür. »Kannst du hier einen Moment Wache schieben, während ich ihr etwas zum Anziehen besorge?«

»Klar.«

Ich ließ Dawson stehen und ging zu dem Zimmer, aus dem auch Dee schon Kleidung stibitzt hatte. In dem Raum herrschte Chaos. Das Bett war zerstört, Kommoden waren umgekippt und der Inhalt lag überall verstreut. Auf dem Weg zu dem begehbaren Kleiderschrank stieg ich über Parfumflakons und gerahmte Bilder. Ich schaute die Fächer nach etwas durch, was Kat passen könnte, und merkte schnell, dass ich nicht viel Auswahl hatte. Die ursprüngliche Bewohnerin des Hauses war anscheinend eine sehr zierliche Frau gewesen, die, der Größe und dem Schnitt ihrer Kleidung nach zu urteilen, wahrscheinlich nie einen Doppel-Cheeseburger aß.

Ich nahm ein elegantes blaues Glitzerkleid heraus. Es hatte einen hüfthohen Schlitz und trotz unserer widrigen Lage stellte ich mir Kat sofort darin vor.

Und anschließend stellte ich mir Kat vor, nachdem sie das Kleid ausgezogen hatte.

Es zeigte sofort Wirkung.

Na super. Dieses Bild würde ich jetzt den ganzen Morgen im Kopf haben – mit allen Konsequenzen. Genau das konnte ich jetzt gebrauchen.

Zu guter Letzt fand ich eine weiße Hose, die aussah, als könnte sie ihr passen, und dazu einen kurzärmeligen schwarzen Pullover. Auch ein Paar Ballerinas in ihrer Größe ließen sich auftreiben. Nachdem ich alles zusammengesammelt hatte und mich mit den Sachen im Arm auf den Weg zurück durch das Zimmer machte, fiel mein Blick zufällig auf den Nachttisch neben dem Bett.

Ich blieb überrascht stehen.

Die Schubladen waren aufgezogen. Eine war voller *Sexspielzeuge.* O Mann, bei dem Bürgermeister und seiner Frau war es offenbar ganz schön heiß hergegangen. In der obersten Schublade befanden sich weitere … interessante Dinge. Darunter auch eine schwarze Schachtel mit Kondomen.

Nicht dass es wirklich nötig wäre, aber …

Ich nahm eine Handvoll und schob sie in die hintere Tasche meiner Jeans.

Vorbereitet zu sein konnte nicht schaden.

In mich hineinlächelnd eilte ich zur Tür und dann zurück zu Dawson.

»Wieso grinst du so blöd?«, fragte er.

»Tu ich das?«

Er sah mich mit einem vielsagenden Blick an. »Brauchst du noch Hilfe?« Als ich den Kopf schüttelte, begann er sich zu entfernen, blieb dann aber noch einmal stehen. »Rolland will, dass du heute bei der Pressekonferenz dabei bist?«

Ich hatte die freie Hand bereits auf dem Türknauf, als ich nickte. »Kat soll auch dabei sein.«

Dawson runzelte die Stirn.

»Wir müssen mit allem rechnen«, sagte ich zu ihm.

Er holte tief Luft und nickte, bevor er sich endgültig entfernte. Ich schlüpfte in das Zimmer und war überrascht, Kat aufrecht im Bett sitzen zu sehen. Das luftgetrocknete Haar fiel ihr wellig über Schultern und Arme.

»Ist alles in Ordnung?« Sie rieb sich mit den Händen die Augen.

»Ja, ich habe dir ein paar Sachen zum Anziehen besorgt.« Als sie daraufhin die Arme sinken ließ, die Decke zurückschlug und sich erhob, konnte ich sie einen Moment lang nur anstarren. Mein Herz schlug wie verrückt.

Manchmal – und es geschah ohne Vorankündigung – haute mich die Tatsache, dass sie zu *mir* gehörte und ich zu *ihr*, noch immer um. Und dies war einer dieser Momente.

Ich gab ihr die gestohlenen Klamotten. »Für dich«, sagte ich wie ein Idiot.

Ein müdes Lächeln erschien auf ihrem Gesicht, als sie mir die Kleidung abnahm. »Danke.«

Ich betrachtete sie, wie sie an mir vorbeiging und im Badezimmer verschwand. Das Wasser wurde angeschaltet und ich blieb reglos stehen. Es war viel zu früh, sie hätte noch länger schlafen können, aber egoistisch, wie ich nun mal sein konnte, freute ich mich, dass sie wach war.

Wie ärgerlich, dass ich ihr nicht beim Umziehen zusehen konnte. Das hätte mir echt einen Boost gegeben. Doch dann öffnete sich die Tür und ich stand noch immer mitten im Raum, als sie heraustrat.

Ich hatte Glück: Die Hose, die ich ihr mitgebracht hatte, passte nicht wirklich.

Sie war ungefähr eine Größe zu klein und saß an ihrem wohlgeformten Hintern knatscheng, was mir ziemlich gut gefiel.

Kat merkte, dass ich sie anstarrte, und verdrehte die Augen. »Wie gut, dass sie dehnbar ist.«

»So unpassend es auch sein mag, ich habe gerade ziemlich unanständige Gedanken«, gab ich zu.

Sie verschränkte die Arme unter der Brust und lenkte damit die Aufmerksamkeit auf eine andere Körperregion, die mich ein ganz kleines bisschen faszinierte. »Das überrascht mich nicht wirklich.«

»Ich dachte nur, ich sag's mal.«

Als sie an mir vorbeiging und sich dann vorbeugte, um die Schuhe auf den Boden zu stellen, bekam ich ziemlich viel zu sehen und mein Verstand setzte aus. Vielleicht war ich zu erschöpft und mir fehlte in der Stille des anbrechenden Tages die Kraft, die Prioritäten richtig zu setzen. Vielleicht hatte es auch etwas mit dem Kleid zu tun, das ich in dem Schrank entdeckt hatte, oder mit dem ganzen Zeug in der Schublade. Oder aber ich war letzten Endes einfach nur ein Kerl und hatte, egal in welcher Situation, nichts als Sex im Kopf. Auf jeden Fall setzte mein Verstand aus, was regelmäßig geschah, wenn ich mit ihr zusammen war.

Ich schnappte sie mir und hob sie mit einem Arm hoch. Als ich sie an mich drückte und meine Hand in ihrem Haar vergrub, entwich ihr ein überraschter Laut. Ich drückte meinen Mund auf ihren.

Ich küsste sie gierig, nahm alles, was ich konnte, in mir auf, ihren Geschmack, ihre Zunge und jeden auch noch so leisen Laut, den sie gegen meine Lippen hauchte. Im Hinterkopf wusste ich, dass ich es nicht tun sollte. Verdammt, wir sollten an einem Plan arbeiten, daran, wie es weiterging, aber es war mir egal.

Ich wollte sie, wie immer.

Nachdem ich sie wieder auf die Füße gestellt hatte, küsste ich mir einen Weg über ihre Wange, bis ich am Ohrläppchen angelangt war, während ich gleichzeitig meine Finger unter ihren Pullover schob. Ihre Haut war warm und weich wie Seide. Ich löste mich ein wenig von ihr, zog ihr den Pullover über den Kopf und ließ ihn auf den Boden fallen.

Ich küsste einen weiteren Pfad ihren Hals hinab und schließlich küsste ich jedes einzelne kleine Gänseblümchen. An einigen hielt ich mich länger auf als an anderen. Dann drehte ich sie um und mir stockte der Atem.

Die Narben.

Ein tiefer, unnatürlich klingender Laut entwich meiner Kehle.

»Daemon?« Sie blickte über die Schulter.

Ich schluckte. »Es ist ... schon gut.«

Aber nichts war gut.

Ich fand es schrecklich, die Narben zu sehen, auch wenn sie nur noch hellrosa Erhebungen waren, aber sie würden mich immer an den Schmerz erinnern, den sie hatte ertragen müssen, und daran, wie hilflos ich mich gefühlt hatte. Finstere Zeiten.

Ich berührte sie mit den Lippen leicht an der Schulter und senkte den Kopf dann weiter hinab, um ehrfürchtig einen Kuss auf jede einzelne Narbe zu platzieren. Wie sehr wünschte ich mir, sie damit verschwinden lassen zu können, die Erinnerung an die ganze verdammte Sache auszulöschen. Während ich mit den Lippen zu ihrem Nacken wanderte, schloss ich die Augen und schwor mir, auch vor den schrecklichsten Dingen nicht haltzumachen, um sie zu schützen, wenn es sein musste.

Denn ihr Körper sollte keine weitere Narbe mehr bekommen.

Nicht eine einzige.

Mit zitternden Fingern öffnete ich die winzigen Haken an ihrem BH und schob die Träger an den Armen herab. Als ich mich aufrichtete und meinen Körper an ihren presste, holte sie tief Luft.

Ich griff um sie herum an den kleinen runden Knopf an ihrer Hose und knabberte mit den Zähnen an ihrem Ohrläppchen, während ich ihn öffnete. Ich liebte dieses Ohrläppchen, und die Laute, die sie von sich gab, brachten mein Blut in Wallung.

»Ich kann nicht anders, wenn ich in deiner Nähe bin«, flüsterte ich in ihr Ohr. »Aber ich glaube, das weißt du schon.«

Ihr Hinterkopf lag auf meiner Brust, während ich die Hände an ihrem Körper hinaufgleiten ließ. Sie biss sich auf die Unterlippe. Ich spürte meinen Puls in jedem Teil meines Körpers und hätte gern alles viel langsamer erlebt, jeden Zentimeter von ihr gewürdigt, doch Lust und Liebe trieben mich.

Die Zeit war allerdings ohnehin nicht auf unserer Seite. Später würde ich dafür sorgen, dass wir Zeit hätten. Verdammt, für alle Zeit der Welt würde ich sorgen, mindestens drei Monate am Stück bräuchten wir nur für uns, allein, zu zweit.

Ich drehte sie um, hob sie hoch und setzte sie aufs Bett, wo ich sie sofort so heiß und innig zu küssen begann, dass ich weiche Knie bekam. Als ich mich von ihr löste, sah ich, wie ihre Augen weiß glühten, und wusste, dass meine genauso aussahen, wie sich auch unsere Herztöne glichen. Während ich sie aus der verdammt engen weißen Hose herausschälte, war ich kurz davor, die Kontrolle zu verlieren. Fragend blickte ich zu ihr auf.

»Was ist?« Ihre sich rötenden Wangen sahen umwerfend schön aus. »Du hast mir keine Unterwäsche besorgt. Und um ehrlich zu sein, würde ich die von anderen Leuten auch nicht tragen.«

Ich ließ die Hände über ihre Waden gleiten. »Damit habe ich kein Problem. Rein gar keins. Absolut nicht. Nie gehabt und werde es auch nie haben. Verstehst du?«

Sie lachte leise. »Ich glaube ja.«

»Bist du sicher?« Ich küsste sie in der Kniekehle und musste grinsen, als ihr Bein zuckte. »Dann könntest du sie ja immer weglassen.«

»Das muss nun auch nicht sein.«

Ich lachte leise in mich hinein und entfernte mich kurz ein Stück vom Bett, um mich schneller auszuziehen, als ich es je zuvor getan hatte. Sie senkte den Blick und schnappte nach Luft, während ihre Augen noch heller zu leuchten begannen. Ich musste lächeln und empfand plötzlich einen unbändigen Stolz. »Gefällt dir, was du siehst?«

Sie sah mich an. »Was glaubst du?«

»Ich glaube, es gefällt dir sehr.«

Ihr Brustkorb hob sich, während sie tief Luft holte. »Aber wir haben nichts, um zu verhüten, und wenn ich daran denke, dass ich fast ohnmächtig geworden wäre, als ich von Beths Schwangerschaft gehört habe, glaube ich, das wäre wichtig.«

»Ich habe was.« Ich angelte nach meiner Jeans und zog eins der Tütchen daraus hervor. Während ich zu ihr auf dem Bett schaute, wie sie dort saß und auf mich, nur auf mich, wartete, war ich mir seltsamerweise kurzzeitig nicht mehr sicher, wie man es überzog.

Zum Glück hielt das Gefühl nicht lange an.

»O Mann«, sagte sie mit gespielter Verzweiflung und lehnte sich auf dem Bett zurück. Sie sah aus wie eine Göttin. »Irgendwie hast du eine besondere Gabe, wenn es darum geht, Kondome parat zu haben. Im Ernst. Sie fallen anscheinend vom Himmel, wenn du in der Nähe bist.«

Ihr zuzwinkernd riss ich die Verpackung an einer Ecke mit den Zähnen auf. »Es ist eine Gabe, die ich mit großem Verantwortungsbewusstsein einsetze, Kätzchen.«

Sie grinste, und wie sie mich mit halb gesenkten Lidern anschaute, sah sie so sexy aus, dass sie mich wahnsinnig machte und ich die Dinge, für die ich mir später richtig viel Zeit nehmen würde, und das nicht nur einmal, sondern immer wieder, heute einfach ausließ. Ich legte mich auf sie und öffnete den Mund, wahrscheinlich um etwas unfassbar und unverhohlen Schmutziges von mir zu geben, doch plötzlich war, was auch immer ich sagen wollte, nicht mehr da.

Kat umfasste mein Kinn und zog mich zu sich herab, um mich zu küssen, bis ich vollends glühte – es gab nichts Schöneres. Ich war fasziniert, absolut hingerissen, wie ein einziges Wort, ein Blick, eine Berührung oder auch ein zärtlicher Kuss mich immer wieder daran erinnern konnte, dass ich ihr hoffnungslos ausgeliefert war.

Danach wurde weder geredet noch gedacht. Mein Mund war überall. Unsere Hände ständig in Bewegung. Ich merkte, dass sie bereit war, und sobald wir uns wieder küssten, hatte ich das Gefühl abzuheben. Wie eins bewegten wir uns und hielten uns fest an den Händen, als ich den Kopf hob und in graue Augen blickte, in denen weiße Sprenkel aufblitzten.

Ich verliebte mich noch einmal ganz neu.

Flackerndes Licht tanzte über die Wände, unsere Herzen schlugen im Tandem. Die Beine fest um meinen Körper geklammert presste sie sich an mich. Ihren Schrei schluckte ich mit einem Kuss und ein gewaltiger Strudel an Sinneseindrücken rauschte durch meinen Körper.

Ich weiß nicht, wie viel Zeit vergangen war, doch während ich sie noch an mich drückte und sie mit jedem Teil von mir umhüllte, so dass kein Blatt mehr zwischen uns passte, schloss ich irgendwann die Augen. Und auch wenn um uns herum die Kacke noch so sehr am Dampfen war, für mich war die Welt in dem Moment in Ordnung.

Kapitel 8

Katy

Während mich der Lux – derselbe, der am Abend zuvor im Badezimmer erschienen war, um nach Daemon und mir zu sehen – von dem Hummer fortführte, in den Daemon und Dawson gemeinsam mit Dee einsteigen sollten, hielt ich die Lippen fest aufeinandergepresst.

Die Fahrzeuge waren von Polizei flankiert, was an sich während eines Krieges oder einer Alien-Invasion nicht überraschte, doch in diesem Fall bemerkte ich bei jedem Beamten, der nicht gerade Sonnenbrille trug, leuchtende Lux-Augen.

Na klar.

Als ich sah, dass der Lux mit mir die schwarze Limousine mit den getönten Scheiben ansteuerte, zog sich mein Magen zusammen. Ich wagte einen kurzen Blick über die Schulter zurück und sah Daemon noch immer neben dem Hummer stehen. Sein Blick verriet mir, dass nicht viel fehlte und er hätte die Maske fallengelassen, um die Autos anderweitig zu verwenden – was allerdings gar keine gute Idee gewesen wäre.

Ich schüttelte nur den Kopf und eilte dann zu der geöffneten Wagentür. Der Lux schob mich nicht gerade sanft hinein. Während ich mich noch aufrichtete und mir das Haar aus dem Gesicht wischte, setzte er sich neben mich.

Uns gegenüber saßen Rolland und das Miststück Sadi, deren Wange wieder makellos aussah. Die blöden Lux und ihre Heilkunst. Mein Handabdruck auf ihrem Gesicht wäre mir deutlich lieber gewesen als dieses zuckersüße Lächeln, mit dem sie mich ansah.

Die Tür wurde geschlossen und ich hatte das Gefühl, ein Sargdeckel würde zufallen.

Rolland, der die Beine übereinandergeschlagen und die Hände im Schoß gefaltet hatte, wirkte in seinem dunkelblauen Anzug wie ein echter Politiker. Sadi trug wie am Vortag ein Nadelstreifenkostüm, das Haar war streng hochgesteckt. Auf eine unheimliche, künstliche Art sahen sie perfekt aus.

Ich spürte einen dünnen Schweißfilm auf meiner Haut, während ich aus dem Fenster schaute und mich fragte, wie schnell ich die Quelle aufrufen und aus dem Fenster springen könnte, wenn ich fliehen müsste.

»Du fragst dich wahrscheinlich, warum du mit uns fährst«, begann Rolland.

Ich wandte mich vom Fenster ab und seinen leuchtend blauen Augen zu. In seinem kalten Blick war nicht ein bisschen Menschlichkeit zu sehen. »In der Tat.«

Langsam verzog er das Gesicht zu einem Lächeln. »Ich bin neugierig mehr über euch herauszufinden, Katy Swartz. Über dich und Daemon. Er fühlt sich physisch extrem stark zu dir hingezogen. Was empfindest du für ihn?«

Die Limousine setzte sich in Bewegung und ich entschied, dass es wohl am besten wäre, Rolland gegenüber so ehrlich wie möglich zu sein. Keiner von uns konnte sagen, wie viel er wirklich über uns wusste, was Dee oder ihre Brüder versehentlich preisgegeben hatten.

»Ich fühle mich auch sehr zu ihm hingezogen«, sagte ich und dachte daran, wie wir den frühen Morgen verbracht hatten. Das war ja *so was* von nicht gelogen.

»Aber gestern Abend hast du dich gegen ihn gewehrt.« Rolland nickte in Richtung des schweigsamen Lux neben mir. »Wie kam es dazu?«

»Mir hat nicht gefallen, wie er mich im Büro behandelt hat.« Auch das war die Wahrheit.

»Du liebst ihn«, stellte Sadi fest, aber es klang, als wäre jemanden zu lieben so erstrebenswert wie vor einen Bus zu laufen.

Ich holte tief Luft und nickte. »Ja, das tue ich.«

»Und glaubst du, dass er dich auch liebt?« Rolland zog seine Krawatte zurecht.

»Bislang ja, aber …« Ich drückte mir einige Tränen aus den Augen, was nicht besonders schwer war, wenn ich daran dachte, wie er sich benommen hatte, bevor ich wusste, was hier los war. Es schmerzte noch immer wie der Stich einer Hornisse. »Aber jetzt bin ich mir nicht mehr sicher. Was er gesagt hat und … wie er sich danach verhalten hat.« Ich tat so, als würde es mich schütteln. Oscarreif. »Ich weiß gar nichts mehr.«

Einen Moment lang war es still, dann begann Rolland lauthals zu lachen.

Damit hatte ich nicht gerechnet.

»Du bist ja niedlich«, sagte er schließlich.

Hä?

Er lachte leise weiter. »Jetzt sitzt du hier so klein und brav, aber vor ein paar Stunden hat Sadi deinetwegen noch ordentlich geblutet.«

So bitterböse, wie sie mich anfunkelte, wartete Sadi nur darauf, sich zu rächen. Ich ballte die Hände im Schoß zu Fäusten und hätte gern *Mach doch* geschrien. Noch lieber hätte ich mich auf sie gestürzt und ihr den schmalen Hals umgedreht.

»Im Büro hast du vor mir gestanden und mühelos die Quelle aufgerufen und jetzt sitzt du mir gegenüber wie ein kleines, schüchternes Mädchen«, fuhr Rolland fort, während er sich zurücklehnte und die Beine ausstreckte, bis seine Wade meine berührte.

Ich wurde stocksteif.

Sein Lächeln hingegen wurde breiter. »Ich wollte es nur erwähnt haben.«

Die Limousine fuhr durch ein Schlagloch und ich stieß gegen den schweigsamen Lux neben mir. Ich fühlte mich wie eine Maus, die von einer Katze gejagt wurde. Einer sehr großen und hungrigen Katze. Mein Herz hämmerte in der Brust. Vielleicht sollte ich meine Dankesrede für den Oscar doch noch nicht ausformulieren. »Okay.«

»Ich will mehr über den Origin wissen, der mit dir im Supermarkt war«, verlangte er. »Wer ist er?«

Ich antwortete nicht.

Amüsiert lächelnd schüttelte er den Kopf und sah den Lux neben mir an. Bevor ich noch Luft holen konnte, spürte ich, wie sich Finger in meinen Hals gruben, die mir die Kehle zudrückten. Meine Augen wurden riesengroß und Panik stieg in mir auf. Anscheinend hatte ich meinen letzten Atemzug bereits getan.

Rolland beugte sich vor und legte beide Hände auf meine Knie. »Es kann ganz leicht sein, ich will doch auch nicht, dass es schmutzig wird. Du musst nur meine Fragen beantworten.«

Ich versuchte die Hand des Lux von meinem Hals zu lösen, doch er begann seine Erscheinungsform zu ändern und es wurde sengend heiß auf meiner Haut, sein Licht blendete mich.

»Und wenn du möchtest, dass Daemon am Leben bleibt, dann sollte dir dein eigenes Leben ebenfalls lieb sein«, verkündete Rolland, als würde er mir erzählen, was es zum Abendessen gäbe. »Okay?«

Ich nickte, so gut es ging.

Der Lux ließ mich los und sein Licht erlosch. Er lehnte sich neben mir im Sitz zurück und zog ruhig seine Ärmel zurecht.

Rolland rührte sich nicht. Noch immer lagen seine Hände auf meinen Knien, was mich so sehr anwiderte, dass es mich schüttelte.

»Wer war er?«

Was ich im Begriff zu tun war, fiel mir mehr als schwer, aber es ging nicht nur um mich. Daemon mochte sicher sein, solange ich meinen eigenen Hintern rettete, dennoch bestand die Gefahr, dass ich damit Archer und wer weiß wen noch ins offene Messer laufen ließ.

»Er heißt Archer. Seinen Nachnamen weiß ich nicht. Vielleicht hat er gar keinen.« Meine Haut kribbelte.

»Und wie hast du ihn kennengelernt?«, wollte Rolland wissen. Während er sich zurücklehnte, wechselte Sadi von dem Platz neben ihm an meine Seite.

Jeder Muskel in meinem Körper spannte sich an, als jetzt ihre anstatt Rollands Hand mein Knie umfasste. »Lüg uns nicht an, Katy.« Sie lehnte sich zu mir herüber, bis ihr Mund direkt an meinem Ohr war. »Wir wissen mehr, als du glaubst.«

»Weil du die ganze Zeit hier gewesen bist?«, fragte ich.

Sie lachte leise. »Wie clever du bist.« Ihre spitzen Nägel bohrten sich durch den dünnen Stoff meiner Hose. »Nun komm schon, nicht so schüchtern.«

Ich holte kurz Luft. »Ich habe ihn bei Daedalus kennengelernt.«

»Und was bitte schön ist Daedalus?«, fragte Rolland.

So gern ich auch von Sadi abgerückt wäre, ich blieb reglos sitzen. »Das ist eine Gruppe, die zur Regierung gehört und daran arbeitet, Lux einzugliedern. Sie begleiten sie, beobachten sie –«

»Kontrollieren sie?«

»Bis zu einem gewissen Grad ja.« Sadi streckte einen Arm

hinter mir aus und beugte sich dann vor, so dass sie mir überhaupt keinen Raum mehr ließ. »Sie haben Experimente gemacht.« Während ich ihnen von Daedalus erzählte, musste ich gegen den Drang ankämpfen, ihr mit den Fingern das Gesicht zu zerkratzen.

Rolland hörte mir aufmerksam zu, während die Limousine weiterfuhr. »Danke für deine Offenheit, Katy, allerdings wäre ich auch sehr enttäuscht gewesen, wenn du gelogen hättest.«

»Und wir hätten es gemerkt.« Sadis Hand befand sich jetzt irgendwo in der Gegend meines Bauchnabels. »Wir wissen nämlich von ihren netten, kleinen Waffen und dem Onyx. Sie sind für uns trotzdem nicht harmlos, aber es hilft zu wissen, dass es sie gibt. Weil wir uns auf sie vorbereiten werden.«

Verwirrt schaute ich zwischen Sadi und Rolland hin und her. Er streckte die Arme auf der Rückenlehne aus und schien sich sichtlich wohlzufühlen. »Wir hatten Leute hier, die uns geholfen haben. Das wirst du inzwischen sicher gemerkt haben.«

Meine Brust war plötzlich wie zugeschnürt und das Herz rutschte mir in die Hose. »Sie zum Beispiel?«

Sadis heiseres Lachen ließ mir die Haare zu Berge stehen. »Ja, ich zum Beispiel und Leute wie dein Archer. Ach, und von wem hattest du uns noch nicht erzählt?«

Mir stockte der Atem.

»Tss, tss, tss«, machte Rolland leise. »Verschweigst du uns etwas oder jemanden, Katy?«

»O ja, das tut sie.« Sadi fuhr mit einem Finger meinen Arm hinauf, was sofort eine Gänsehaut nach sich zog. »Ich glaube, er heißt Luc.«

Mist.

»Aber das ist noch nicht alles.« Sadi sah Rolland an.

Er grinste. »Natürlich nicht.«

Sadi ließ den Finger an meinem Kieferknochen entlanggleiten. »Da wären auch noch Beth … und das Baby.«

»Ojemine«, murmelte Rolland.

Ich starrte ihn an und mein Kopf weigerte sich auf die Wendung, die das Gespräch genommen hatte, einzugehen.

Er klopfte mit den Fingern auf die Rückenlehne. »Habt ihr wirklich alle geglaubt, dass wir ohne Einladung hergekommen sind? Dass die Menschen, mit ihrer geballten Intelligenz und all den Entwicklungen, nicht letztendlich die Quelle ihrer eigenen Zerstörung sein würden?«

»Schon allein ein Serum nach Prometheus zu benennen?« Ich spürte Sadis Atem auf meiner Wange. »Bekommt ihr jetzt nicht genau das, was der Name verheißt?«

Denn in der griechischen Mythologie hatte Prometheus Menschen aus Lehm geschaffen und ihnen Feuer gegeben, womit er sich den Göttern widersetzt hatte, was der Beginn der Zivilisation war. Letztendlich wurde er für seine eigene Genialität bestraft.

Genau wie Daedalus, flüsterte Sadis Stimme durch meine sich überschlagenden Gedanken hindurch.

Entsetzt drehte ich mich langsam zu ihr um. Ihre leuchtend blauen Augen, sie waren nicht echt. Es waren Kontaktlinsen. Genau wie Archer seine Augen vor uns verborgen und wie die eines Menschen hatte aussehen lassen. Sadi hatte es umgekehrt gemacht und trug Linsen, die sie aussehen ließen, als gehörte sie zu den Lux.

Doch dem war nicht so.

Sie war ein Origin.

Das bedeutete, sie hatte nicht nur meine Gedanken die ganze Zeit lesen können, sondern Dawsons und Daemons auch, und zwar in beiden Erscheinungsformen.

»Ja«, flüsterte sie und ihre Lippen streiften meine Wange, was mir einen kalten Schauer über den Rücken jagte. »Ihr seid alle so was von geliefert.«

Ich bekam Platzangst in der Limousine. »Warum?«, stieß ich hervor, weil es das Einzige war, was ich denken konnte.

»Warum wir es dir erzählen?« Rolland hob lässig die Arme. »Oder warum wir dir Fragen stellen? Ganz einfach, wir haben nichts rausgekriegt. Die beiden Brüder waren clever, selbst in ihrer menschlichen Erscheinungsform haben sie nichts gedacht.«

»Sie sehen außerordentlich gut aus, und auch wenn es selten vorkommt, dass jemand gut aussieht und intelligent ist«, sagte Sadi und lachte, als sie sah, wie mir die Kinnlade hinunterfiel, »hatte ich meine Zweifel daran, dass ihre Köpfe *ganz* leer waren.«

»Ab und zu konnte Sadi doch etwas aufschnappen – kleine Gedankenschnipsel, die uns misstrauisch werden ließen, wie ehrlich sie wirklich zu uns waren«, erklärte jetzt wieder Rolland. »Aber wir konnten einfach nicht herausfinden, warum sich die beiden unserer Sache gegenüber so reserviert verhielten, wo doch ihre Schwester so schnell zu überzeugen gewesen war. Doch dann tauchtest du auf.«

Sadi tippte mir mit dem Fingernagel auf die Nase. »Was für ein Glück für uns.«

»Du bist die Antwort. Weil du mutiert bist, bist du unwiederbringlich mit Daemon verbunden.«

»Und nun wussten wir auch, dass Dawson etwas vor uns verbirgt«, fügte Sadi hinzu. »Oder jemanden. Und das ist Beth.«

»Wir können also davon ausgehen, dass es dort draußen noch mehr Lux gibt, die wie Daemon und Dawson in einer Weise mit Menschen verbunden sind, dass es für uns zum Problem werden kann. Es ist ja nicht so, dass ihr vier einzigartig seid. Es muss noch mehr geben und darum geht es heute.«

Mist. Mist. Mist.

Sadi kicherte.

»Wir müssen die armen kleinen Menschen beruhigen, ihnen versichern, dass ihre Politiker, ihre Anführer sie beschützen werden, aber du und ich, ja, wir wissen, dass das nicht wirklich passieren wird.« Er lächelte sein süffisantes Lächeln. »Gleichzeitig müssen wir jedem Lux dort draußen, der auf die Idee kommt, unsere Sache nicht unterstützen zu wollen, ein klares Signal senden, wer hier das Sagen hat.«

Der Puls in meinem Hals fühlte sich an wie ein Kolibri, der versuchte sich mit dem Schnabel einen Weg nach draußen zu hacken. »Und das sind wir? Ein Signal?«

»Sehr gut geschlussfolgert«, antwortete Rolland, während die Limousine scharf nach rechts abbog.

»Sie will wissen, was sie tun sollen«, schaltete sich Sadi ein und ich warf ihr einen finsteren Blick zu. Sie tätschelte meine Wange.

Er zuckte mit den Schultern.

»Unter den Zuschauern werden sich auch Lux befinden und selbst über den Fernsehbildschirm oder die anderen Kanäle, auf denen es übertragen wird, wird den Menschen sofort klar sein, wer wir sind«, erklärte sie. »Wir werden die Brüder direkt in das offene Messer laufen lassen, das du vorhin befürchtet hast. Wir werden sie als Lux entlarven.«

Heilige Scheiße.

»Das wird zwei Dinge bewirken.« Rolland beugte sich wieder vor. »Wenn die Menschen eindeutig erkennen, dass die Lux aussehen wie sie und dass es somit Menschen gibt, die täglich neben einigen von ihnen arbeiten, wird Panik ausbrechen.«

Was es ihnen leichter machen würde, die Kontrolle zu übernehmen.

»Genau«, murmelte Sadi und fuhr mit dem Finger über meine Unterlippe.

»Und es sendet ein eindeutiges Signal an die Lux, dass wir niemanden tolerieren, der sich auch nur im Entferntesten gegen uns auflehnt.« Das Lächeln schwand aus Rollands Gesicht und seine Pupillen begannen zu leuchten. »Wie gesagt, damit bewirken wir zwei Dinge.«

O Gott. Es würde eine gigantische Panik auslösen. Auch wenn zunächst nur ein kleiner Prozentsatz die Bilder sähe, würde sich die Nachricht rasend schnell verbreiten. Wenn es dort draußen Lux wie Daemon und Dawson gab, würde sie die Botschaft erreichen.

Irgendetwas musste ich doch tun können.

»Du kannst nichts tun«, sagte Sadi, die meine Gedanken las.

Doch es gab etwas.

Sie legte den Kopf in den Nacken und begann zu lachen, während ich anfing mir Leute beim Twerken vorzustellen – alle Insassen der Limousine. Der schweigsame Lux. Rolland. Sadi. Alle vorgebeugt und den Hintern hin und her schwingend wie die letzten Idioten.

Sadi zog sich stirnrunzelnd zurück. »Was machst du –?«

Ich drehte mich auf dem Sitz und handelte, ohne viel nachzudenken, ließ mich einfach von meinem Instinkt leiten. Es war megariskant, aber ich musste verhindern, dass sie ihr Ziel erreichten.

Sadi brüllte etwas, während ich die Quelle tief aus meinem Inneren aufrief. Der schweigsame Lux drückte mir mit der Hand den Hals zu, doch die Energie lief bereits meinen Arm hinab und sauste durch die Luft, nachdem ich sie freigelassen hatte.

Mir war die Luft abgeschnürt und ich konnte nicht mehr atmen, doch das Energiegeschoss hatte sein Ziel getroffen und sich direkt in den Hinterkopf des Fahrers gebohrt. Die Limousine scherte scharf nach rechts aus und wurde immer schneller, als der Fahrer über dem Lenkrad zusammenbrach. Der Wagen hob mit zwei Rädern von der Straße ab und hatte, während der Griff um meinen Hals noch fester wurde, im nächsten Moment gar keinen Kontakt mehr zum Boden.

Kapitel 9

Daemon

Das alles gefiel mir gar nicht. Es war schlimm genug, dass Kat in einem anderen Wagen saß, aber dass ich sie mit Sadi und Rolland allein lassen musste, kotzte mich so sehr an, dass ich am liebsten jemandem meine Faust in den Hinterkopf gerammt hätte.

Dee saß vorn neben einem der Neuankömmlinge. Sie trug einen Hosenanzug und sah darin aus wie ein Abklatsch von Sadi. O Mann, bei dem Anblick rollten sich mir die Zehennägel auf. Es gab mindestens hundert Dinge, die mir daran nicht gefielen, und für jedes einzelne hätte ich mich am liebsten selbst geschlagen.

Ich war in der Laune dafür.

Insbesondere nach der vollkommenen Zufriedenheit, die ich heute Morgen mit Kat erlebt hatte, war es ein tiefer Absturz. Die Zeit, die ich mit ihr verbracht hatte, kam mir unendlich weit weg vor. Verzweiflung kam in mir auf. Der Geschmack ihrer Lippen erschien mir wie etwas Vergangenes. Daran zu denken war bitter und tat weh, aber ich konnte nicht anders.

Mein Bruder sah mich lange von der Seite an, bevor er wieder aus dem Fenster schaute. Jeder Muskel seines Körpers war angespannt.

Der Bürgermeister lebte am Arsch der Welt und es waren noch immer mindestens acht Kilometer bis in die Stadt. Zu gern hätte ich dem Typen hinter dem Lenkrad verklickert, dass er verdammt noch mal Gas geben sollte.

Plötzlich bremste der Polizeiwagen vor uns abrupt ab und ich wurde nach vorn geschleudert, weil der Hummer das Gleiche tat. Leise fluchend fing ich mich an der Lehne des Beifahrersitzes ab.

»Was ist los?«, fragte Dee stirnrunzelnd. »Wir sollten nicht anhalten.«

Vor uns scherte ein schwarzes Auto plötzlich nach links aus. Was ich im nächsten Moment sah, brachte mein Herz zum Stocken und vor Entsetzen drehte sich mir der Magen um.

Die Limousine, in der Kat saß, war auf die rechte Spur geraten und hob mit zwei Rädern vom Boden ab. Sie streifte einen Polizisten auf einem Motorrad, das daraufhin ins Schleudern und vor ein anderes geriet. Der Fahrer änderte seine Erscheinungsform eine Sekunde zu spät und prallte gegen die Windschutzscheibe des schwarzen Autos. Die Limousine flog unterdessen einige Meter durch die Luft, bevor sie auf dem Dach liegenblieb. Metall schepperte und knirschte.

»Anhalten!«, rief Dawson.

Ich hatte die Hand bereits am Türgriff, als der Hummer schlingernd zum Stehen kam. Während ich ausstieg, überlegte ich nicht einen Moment, wie es wohl für die zehn bis fünfzehn Lux aussehen mochte, die jetzt ebenfalls aus ihren Wagen sprangen. Es war mir egal.

Ich drängte mich an einem Uniformierten vorbei und rannte zu dem Wrack der Limousine. Ich wusste nur, dass Kat am Leben war, weil ich selbst noch atmete, doch das bedeutete nicht viel. Vielleicht war sie schwer verletzt und bei der Vorstellung bekam ich weiche Knie.

Dawson und Dee waren mir dicht auf den Fersen, als ich um den entstellten, flackernden Körper des Lux herumlief, der auf dem Motorrad gesessen hatte.

In der Limousine leuchtete ein gleißend weißes Licht auf.

Ich blieb wie angewurzelt stehen.

Die hintere Tür barst aus dem Wagen heraus und sauste so rasend schnell über die Straße, dass sie einen Lux in Polizeiuniform regelrecht *zwei*teilte – frei nach dem Motto »aus eins mach zwei« Lux, allerdings zwei ziemlich lädierte.

»Ach du Scheiße«, murmelte Dawson.

Kaum hatten diese Worte seinen Mund verlassen, als auch schon eine blau-weiß-rot leuchtende Gestalt den gleichen Weg wie die Tür nahm, über die Straße schoss und in eine Tanne krachte. Der alte Baum schwankte. Nadeln regneten herab und die verschwommene Gestalt landete mit dem Gesicht zuerst auf dem Boden.

Sadi.

Ungläubig blickte ich zu der Limo zurück, aus der sich jetzt eine zarte, kleine Hand über den Asphalt bewegte, gefolgt von einem schmalen Arm, der in einem kurzärmeligen schwarzen Pullover steckte.

Kat hievte sich aus der Öffnung in dem Wagen, wo einst die Tür gewesen war. Mühsam rappelte sie sich hoch und wischte sich die langen Haare aus dem Gesicht. Blut tropfte ihr aus dem Mund und ihr rechtes Hosenbein war am Oberschenkel aufgerissen und blutdurchtränkt.

Ich rannte schon auf sie zu, als mich drei Worte innehalten ließen.

Während weißes Licht, das an den Rändern rot schimmerte, an ihren Armen herabrauschte, sah sie mich an und holte tief Luft. »Sie wissen Bescheid.«

Dawson fluchte, als wir beide begriffen, was sie gesagt hatte. Dee rief etwas, als ich bereits meine menschliche Erscheinungsform verließ. Es war wie eine Jacke auszuziehen. Der Spaß war vorbei. Das Einzige, woran ich denken konnte, war, dass ich all jene, die mir etwas bedeuteten, hier rausholen musste.

Ich wirbelte herum und feuerte mit der Quelle auf den Fahrer, bevor er auch nur den Hauch einer Chance hatte, selbst den Lux raushängen zu lassen.

Wir waren nicht leicht zu töten. Wie außerirdische Stehaufmännchen kamen wir immer wieder hoch und waren erneut da. Uns musste man komplett lahmlegen, um uns zu erledigen. Ähnlich wie Zombies – ein Vergleich, der Kat gefallen hätte. Entweder man schlug ihnen den Kopf ab oder man traf sie ins Herz. Meistens musste man die Quelle öfter einsetzen.

Der Fahrer kam wieder auf die Beine und holte aus, um seinerseits eine Wunderkugel abzusetzen, doch ich traf ihn abermals und dann noch einmal, direkt über der Brust.

Das sollte ihn erledigen.

Weißes Licht hüllte den Fahrer ein und pulsierte in seinen Adern, bevor er vollständig erlosch und in sich zusammensackte wie eine dünne Papiertüte.

Dawson ließ eine Menge aufgestauter Aggressionen raus, als er auf einen Lux in Uniform losging. Kat hatte sich erneut der Limousine zugewandt, hob die Arme und drehte den kopfüber liegenden Wagen wieder auf die Räder.

W-o-w.

Der große schweigsame Lux stieg eilig aus dem Wagen und ich rannte auf ihn zu. Unterwegs wich ich einem Geschoss aus, blieb aber abrupt stehen, als ich sah, wie Kats Haare von ihren Schultern abhoben. Die Luft um sie herum knisterte wie elektrisch aufgeladen.

Sie feuerte aus ihrer Hand ab, traf den Lux und katapultierte ihn in die Höhe. Doch sie war noch nicht fertig und feuerte immer weiter, bis er rücklings auf die Motorhaube krachte. Eine schimmernde, weißliche Lache bildete sich unter der reglosen Gestalt.

In mir begann es zu kribbeln, als ich das sah.

Mit glühenden Augen hastete Kat auf mich zu. Sie sah aus wie eine Göttin – eine Rachegöttin.

Wenn wir uns nicht mitten im Kampf befänden, würde ich dich glatt unter dem nächsten Baum nehmen.

Einer ihrer Mundwinkel hob sich. *Du bist so ein – Achtung, hinter dir!* Ich wirbelte herum und packte den Lux am Arm.

Trataaie, beschimpfte er mich als Verräter.

Nenn mich doch, wie du willst. Ich drehte mich zur Seite, packte ihn und warf ihn wie ein Frisbee durch die Luft. Er landete an einem Telefonmast. Holz splitterte. Kabel rissen und Funken stoben auf.

Kat jagte an mir vorbei und feuerte auf einen Neuankömmling, der es auf Dawson abgesehen hatte, während dieser zwei andere erledigte. Ihr Gegner wirbelte herum und griff sich kreischend an die Schulter, bevor er auf sie losging.

Doch meine Kat ließ sich nicht kleinkriegen.

In letzter Sekunde drehte sie sich zur Seite und rammte ihr Knie zwischen seine Beine, bevor sie auf seinen gesenkten Kopf einschlug. Die Quelle entlud sich knisternd aus ihren Handflächen und rauschte an dem Lux hinab, der zu Boden ging wie nach einem Kopfschuss aus nächster Nähe.

Noch einer weniger.

Sie war großartig.

Sadi hatte sich unterdessen am Straßenrand aufgerappelt und taumelte vorwärts. Sie stützte sich auf der Motorhaube eines Polizeiwagens ab.

Mit entschlossener Miene im blassen Gesicht stapfte Kat auf sie zu. Unterwegs hob sie eine zerbeulte Autotür auf und schwang sie wie einen Baseballschläger. Die Tür traf Sadi an der Brust. Sie wurde von dem Polizeiwagen fortgeschleudert und landete auf einem Knie.

»Der war dafür, dass du so ein fieses Miststück bist!« Kat rammte Sadi die Tür in den Rücken, dass sie nach vorn gestoßen wurde. »Und der dafür, dass du offenbar geglaubt hast mich einfach so anfassen zu dürfen.« Der letzte Schlag kam von vorn und katapultierte Sadis Kopf ins Übermorgen. »Und der dafür, dass du es gewagt hast, Daemons Namen nur auszusprechen.«

Sadi fiel mit angewinkelten Beinen nach hinten und Kat holte tief Luft, bevor sie sich mir zuwandte.

Mensch, Kätzchen, du bist der Wahnsinn, fast unheimlich, aber auch ziemlich sexy.

Sie pfefferte die Tür zu Boden. »Ich glaube nicht, dass sie tot ist.«

Sie sieht aber tot aus.

Kat verzog den Mund. »Sie ist ein Origin. Ich weiß nicht einmal, wie man sie tötet, aber ich würde es zu gern herausfinden.«

Bevor ich diese Bekenntnis verarbeiten konnte, kam ein Lux vom Ende unserer kleinen Wagenkolonne angerannt und wollte anscheinend auch an unserem fantastischen Fight teilnehmen. Ich trat einen Schritt zurück, sah mich um, und als ich die perfekte Waffe entdeckte, rief ich die Quelle auf.

Eine gewaltige Welle brach aus mir heraus, riss den Asphalt auf und warf den Polizeiwagen auf die Seite. Als die Energie die Tannen am Straßenrand erreichte, gingen die Sirenen los. Zwei Bäume begannen heftig zu schwanken und stürzten um. Dicke Wurzeln, an denen Erde klebte, ragten ins Leere und der Geruch von schwerem, feuchtem Boden hing in der Luft.

Runter mit euch! Kaum hatte ich die Worte ausgesendet, lagen Kat und Dawson auch schon flach auf dem Boden.

Die Tannen sausten über die Straße und sammelten auf dem Weg alle möglichen glühenden Gestalten ein, was sie kurz wie eine gigantische Wäscheleine aussehen ließ, bevor sie die Gestalten in den dichten Baumbestand auf der anderen Straßenseite schleuderten.

Ich ließ die Arme hängen, um die Verspannung aus meinen Schultern zu schütteln, und trat vor. Einige sahen aus wie auf der Windschutzscheibe zerdrückte Käfer in einer schimmernden Lache. Sie würden so bald nicht wieder aufstehen, andere hingegen schon.

Während Kat sich wieder aufrichtete, zeigte sie auf die Limousine, aus der Rolland gerade hervorkroch. Er befand sich noch in seiner menschlichen Erscheinungsform. »Tötet sie!«, rief er und wiederholte die Worte dann in unserer Muttersprache.

Mindestens sieben von ihnen standen noch und ich wusste, dass es nicht gut für uns aussah, als ich auf Dawson und Kat zuhastete. Wir konnten ihnen wehtun und den ein oder anderen ausschalten, aber es waren immer noch viele übrig. Zu viele.

Dee stand die ganze Zeit reglos da, ohne sich zu beteiligen. Sie half weder uns noch ihnen. Sie stand einfach nur mit zu Fäusten geballten Händen am Straßenrand und beobachtete, wie die verbleibenden Lux uns umzingelten. Ich streckte die Hand nach ihr aus. Sie musste zu uns kommen. Anders ging es nicht. Egal wie stark andere Anziehungskräfte auch sein mochten, wir waren ihre wahre Familie.

Doch sie rührte sich nicht, während die anderen näher kamen.

Dee?

Sie sah mich an, schüttelte den Kopf und trat einen Schritt zurück. Ich konnte es kaum glauben und spürte einen ungeheuren Druck auf der Brust, während ich sie anstarrte. Es konnte nicht sein, dass sie sich so entschied. Das ging einfach nicht.

Die Lux kamen näher.

Das sieht schlecht aus, hörte ich Dawsons Stimme leise in meinem Kopf. *Sehr schlecht.*

Er hatte Recht, aber wir würden nicht so einfach aufgeben. Fest umfasste ich Kats Hand und sie drückte zurück, worauf Licht meinen Arm hinaufpulsierte. Ich zog sie näher zu mir und Dawson stellte sich vor sie. Keiner von uns zweifelte daran, dass sie es auch allein schaffen würde. Doch letztendlich waren wir stärker als sie. Wir konnten mehr Schläge verkraften und hatten eindeutig einige davon zu –

Etwas, das wie ein ganzer Schwarm Vögel mit Riesenschwingen klang, rauschte auf den Wald um uns herum hinab. Wir drehten uns danach um, genau wie die anderen Lux auch, und erblickten sechs große Hubschrauber.

Als sie sich der Straße näherten, neigten sie sich. Bei allen bis auf einen war die Tür bereits geöffnet. Die des letzten wurde ebenfalls aufgeschoben, als er zu kreisen begann.

Ich hatte einige Male den Film *Black Hawk Down* gesehen. Deshalb wusste ich, was jetzt geschehen würde.

Seile, die bis zur Straße hinunterreichten, wurden herausgeworfen. Im nächsten Moment waren bereits Soldaten in den Öffnungen der Hubschrauber zu sehen. Sie waren einheitlich schwarz gekleidet und ihre Gesichter unter einem Helm mit Visier verborgen. Einige kletterten an den Seilen herab. Andere knieten sich auf den Rand und richteten Waffen aus, die wie tragbare Flugabwehrraketen aussahen.

Die gleichen Waffen hatten auch die Soldaten auf dem Rücken, die die Straße hinuntergerannt kamen – PEP-Waffen, »Pulsed Energy Projectiles«. Waffen, die für Lux, Hybride und Origins tödlich waren.

Verdammt.

Jeder einzelne Körperteil tat mir weh. Innerhalb von Sekunden verschärfte sich die Situation von *scheiße* zu *superscheiße.* Wir waren ja so was von geliefert.

Daemon und Dawson schlüpften in ihre menschliche Erscheinungsform und drängten mich an den zerstörten Polizeiwagen, während immer mehr Soldaten um uns herum landeten. Wir hatten keine Chance. Nicht bei der Anzahl an bewaffneten Kämpfern, die förmlich auf uns herabregnete.

Als einer der Lux ausholte und eine Energiewelle in Richtung des nächsten Hubschraubers aussandte, drückte Daemon meine Hand noch fester als zuvor. Das Geschoss schlug knapp unterhalb des Rotors ein. Funken flogen, während der Hubschrauber scharf abdrehte, außer Kontrolle geriet und schlingernd in die Tannen stürzte. Die Erde bebte so stark von der Wucht des Aufpralls und die brennende Maschine verströmte so viel Hitze, dass ich mich noch weiter hinter dem Polizeiwagen verkroch.

Ein Soldat ging auf ein Knie und hob seine Waffe. Am Ende des Laufs wurde erst ein blaues Flackern sichtbar und dann schoss ein Licht daraus hervor, das dem der Quelle ähnelte, allerdings leuchtend blau schimmerte. Es traf den Lux und er ging in Flammen auf, als wäre er vom Blitz getroffen worden. Einen Moment lang loderte es intensiv rötlich weiß, dann fiel der Lux hintenüber. Und als er immer schwächer zu leuchten begann, wurde klar, dass kein Leben mehr in ihm war.

Und jetzt brach die Hölle los.

PEP-Impulse strahlten über die Straße, gleichzeitig Licht aus der Quelle. Auf beiden Seiten gingen schnell Leute zu Boden, fielen reihenweise um wie Dominosteine.

»O Mann«, grummelte Daemon und schob mich zur Seite.

Ein verirrter Strahl schlug in den Polizeiwagen ein und ich fiel gegen Dawson, der mich vorn um den Wagen herumstieß, immer weiter, aber ich stemmte die Fersen in den Boden und versuchte Daemon nicht aus den Augen zu lassen.

Blaues und weißes Licht blitzte über seiner Silhouette auf, während er sich einen Weg zwischen den verlassenen Autos hindurchbahnte.

»Dee!«, rief er.

Ich hielt nach ihr Ausschau und entdeckte sie ein Stück weiter die Straße hinauf, nicht weit entfernt von dem eilig die Flucht ergreifenden Rolland. Daemon war auf dem Weg zu ihr und wich dabei immer wieder knapp Lichtgeschossen aus. Kurz blieb mir das Herz stehen, als ein PEP-Strahl nur wenige Zentimeter vor seinen Füßen einschlug.

»Daemon!« Ich wollte zu ihm, wurde aber von Dawson zurückgehalten.

»Du rennst in den sicheren Tod!« Dawson zog mich entschlossen an seine Brust, und als ich mich wehrte, hob er mich einfach in die Luft.

Ich zerrte an seinen Unterarmen und trat um mich. »Lass mich los!«

Dawson schleppte mich an den Straßenrand, während Daemon über ein Auto sprang und auf seine Schwester zustürmte. Dawson drehte sich um. An der Limousine leuchteten gleißend helle Lichtblitze auf.

»O nein«, murmelte Dawson an meinem Ohr. »Sieh dir das an.« Einen Moment lang konnten wir beide nur starren. Er stellte mich auf die Füße und lockerte den Griff. So makaber es auch sein mochte, wir waren beide gleichermaßen fasziniert.

Ein Lux nach dem anderen stürmte los und wurde kurz darauf von einem PEP-Geschoss der Soldaten niedergestreckt, die eine fast undurchdringliche Linie gebildet hatten.

Die Lux nahmen die Waffe natürlich wahr, schienen aber nicht zu begreifen, dass ein einziger Treffer für sie tödlich war. Meinetwegen sollten sie den Soldaten jedoch ruhig alle in die Arme laufen. Nur zu.

Zwei Soldaten rannten jedoch mitten auf der Straße zwischen den Autos hindurch und verfolgten die Lux, die anscheinend wenigstens ein bisschen Verstand hatten und flohen.

Einer der Soldaten lief direkt auf Daemon zu, der Dee inzwischen erreicht hatte, sie an den Schultern festhielt und schüttelte. Am Straßenrand, viel zu nahe bei ihnen, stand Rolland. Es konnte nur in der Katastrophe enden.

Ich hatte nur noch eins im Sinn. Ich musste zu Daemon.

Mit voller Wucht trat ich Dawson auf den Fuß. Er war so erschrocken, dass er mich tatsächlich losließ und ich frei war. Während ich am Straßenrand entlangrannte, hörte ich ihn bei jedem Schritt fluchen. Schmerz fuhr mir ins Bein, als ich zwischen einem Hummer und einem Polizeiwagen hindurchhastete.

Der Soldat ließ sich auf einem Knie nieder und richtete die Waffe aus.

Direkt vor ihm riss sich Dee mit verzerrtem Gesicht von ihrem Bruder los. »Nein!«

»Bitte –« Er griff abermals nach ihr.

»Nein. Du kapierst es nicht!« Sie stieß ihn fort und er verlor das Gleichgewicht – eher weil er so schockiert und weniger weil sie so stark war. »Endlich *leide* ich nicht mehr. Endlich habe ich keine *Angst* mehr. Ich will es.«

Blaues Licht pulsierte am Ende des Gewehrlaufs, aber ich konnte die Quelle nicht mehr aufrufen. Ich war leer, alle. Doch ich sammelte meine letzten Kräfte und war mehr als willens für einen Nahkampf.

Ich war nur noch einen Meter von dem knienden Soldaten entfernt, als mir ein anderer Soldat unvermittelt den Weg abschnitt. Da ich so plötzlich stehen blieb, geriet ich ins Straucheln und fiel auf den Hintern.

Im nächsten Moment hatte ich den Lauf der PEP-Waffe im Gesicht.

»Nicht bewegen«, befahl eine durch den Helm gedämpfte Stimme.

Blaues Licht schoss aus der anderen Waffe und ich schrie vor Schreck auf. Daemon fuhr herum und schob sich schützend vor Dee, doch sie ließ es auch dieses Mal nicht zu. Der PEP-Strahl schnitt durch die Autos hindurch, den ganzen Weg bis zu der Stelle, wo Daemon und Dee standen, und traf sein Ziel in die Brust.

Hinter ihnen ging Rolland rücklings zu Boden. Dabei wechselte er immer wieder in die menschliche Erscheinungsform und stöhnte laut auf, als sein Kopf auf dem Asphalt aufschlug. Das Leuchten, von dem er umgeben war, pulsierte noch einmal, dann tat sich nichts mehr.

Der Soldat hatte nicht auf Daemon gezielt, der jetzt mit großen Augen dastand und fassungslos nach Luft schnappte.

Dee zögerte einen Moment, drehte sich dann aber um, wurde zu Licht und verschwand zwischen den dichten Tannen. Dort, wo sie entlanglief, leuchteten die Baumstämme bläulich.

Daemon begann sich umzudrehen, um hinter ihr herzurennen, hielt aber inne, als er mich sah. Aus dem Augenwinkel bemerkte ich, wie Dawson zu der Stelle geführt wurde, an der ich noch immer saß.

»Ich habe dir gesagt, dass du bei mir bleiben sollst«, stieß er zwischen zusammengebissenen Zähnen hervor, ohne den Soldaten aus den Augen zu lassen, der seine Waffe auf mich gerichtet hatte.

»*Du* hast ja anscheinend alles richtig gemacht«, fauchte ich zurück.

Der andere Soldat hatte inzwischen Daemon am Wickel und trieb ihn in unsere Richtung. Als er auf unserer Höhe war, beugte er sich langsam hinab.

»Stillgestanden«, bellte der Soldat.

Daemon ging weiter und sein Zorn war nicht zu übersehen. Er gab dem Soldaten unmissverständlich zu verstehen, dass er nur versuchen sollte ihn aufzuhalten. Der Finger am Abzug zuckte, als Daemon seine Hände unter meine Achseln schob und mich hochzog. Schützend legte er die Arme um mich und verdeckte mich fast vollständig mit seinem Körper.

Ein Muskel pochte in Dawsons Kiefer. »Ach du Scheiße.«

Rotorblätter schnitten durch die Luft und im nächsten Moment erschien ein weiterer schwarzer Hubschrauber über den Tannenspitzen und landete mitten auf der Straße, nur wenige Meter von uns entfernt. Wind blies mein Haar unter Daemons Arm hervor, während ich mich fester an ihn presste.

Erschöpft und geplättet, ausgewrungen wie ein Schwamm, wusste ich, dass wir erledigt waren. Alle drei. Wenn sie das Feuer eröffneten, wäre es vorbei. Mir wurde übel. Ich wollte die Augen schließen, aber das kam mir feige vor.

Ein metallisches Knirschen war zu hören und die Tür des Hubschraubers wurde aufgeschoben, was nach und nach den Blick auf die darin kniende Person freigab. Sie starrte uns an. Und wartete. Wie immer.

Nancy Husher.

Kapitel 10

Daemon

Es gab Momente in meinem Leben, in denen ich mir allen Ernstes nicht vorstellen konnte, dass alles noch beschissener werden könnte, als es bereits war. Der Moment, in dem mir klar wurde, dass Dee tatsächlich diesen verdammten Lux-Zirkus weiter mitmachen wollte, war so einer gewesen.

Doch jedes Mal wurde ich aufs Neue belehrt, wie falsch ich damit lag.

Nancy starrte mit finsteren Augen auf uns herab, nichts regte sich in ihrem vollkommen ausdruckslosen Gesicht.

Dawson fluchte und begann sich zu verwandeln, doch Nancy fing an zu sprechen, bevor er etwas anrichten konnte, das unweigerlich in Explosionen und allgemeinem Chaos geendet hätte.

»Wenn ihr überleben wollt«, sagte sie scharf, »dann steigt ihr jetzt in diesen Hubschrauber. Auf der Stelle.«

Uns blieb wirklich nicht viel anderes übrig. Entweder wir würden von einer ihrer Waffen niedergestreckt werden, weil wir uns wehrten, oder wir taten, was sie von uns verlangte. Und dann? Wir hatten die Wahl zwischen Pest und Cholera. Allerdings starben wir bei der ersten Option höchstwahrscheinlich sofort, bei der zweiten wohl erst später. Später gab uns wenigstens noch die Möglichkeit, nach einem Weg zu suchen, um aus der neuesten Misere herauszukommen.

Ich warf Dawson einen Blick zu, der zu sagen versuchte *Mach dich locker.* Einen Moment lang fürchtete ich, er würde sich einen Teufel darum scheren, aber schließlich straffte er doch die Schultern und schwang sich in den Hubschrauber.

Ich wandte mich Kat zu und bemerkte die Panik in ihren grauen Augen – sie war nicht nur erschöpft und hatte Schmerzen, sondern jetzt auch noch Angst. Es tat mir weh, sie so zu sehen und zu wissen, dass ich im Moment nichts daran ändern konnte.

Ich beugte mich vor und streifte mit dem Mund leicht über ihre Lippen. »Alles wird gut.«

Kat nickte.

»Wie entzückend«, kommentierte Nancy.

Zornig funkelte ich sie an. »Weißt du noch, wie es das letzte Mal endete, als du glaubtest uns unter Kontrolle zu haben?«

Kurz verzog sie verärgert das ansonsten reglose Gesicht. »Glaub mir. Das habe ich nicht vergessen.«

»Gut«, brummte ich, während ich Kat zu Dawson hinaufhob. Er zog sie in den Hubschrauber und als Letzter schwang ich mich selbst hinein, dicht neben Nancy. Sie rückte jedoch ein Stück von mir ab und ließ sich auf einer Bank nieder, bevor sie mich wieder ansah. »Aber dieses Mal wird es anders enden«, warnte ich.

»Ach ja?«

Ich näherte mich ihrem Gesicht und sagte gerade laut genug, dass nur sie es durch den Lärm des Rotors hindurch hören konnte: »Ja, weil ich dieses Mal dafür sorgen werde, dass du es nicht überlebst.«

Nancy wurde stocksteif, während ich mich abwandte und Kat von Dawson übernahm, sagte aber nichts. Stattdessen legte sie den Kopf in den Nacken und schloss die Augen. Die Frau war noch viel abgebrühter als ich.

Ich zog Kat an mich und setzte mich mit ihr. Dawson nahm auf ihrer anderen Seite Platz. Zwei weitere Soldaten sprangen hinein und ließen sich neben Nancy auf der Bank nieder. Einer von ihnen lehnte sich zurück und bedeutete dem Piloten loszufliegen.

Als der Hubschrauber abhob, kniff Kat die Augen zusammen. Krampfhaft hielt sie sich an meinem Shirt fest und es schüttelte sie. Sie flog ohnehin nicht gerade gern und in diesem Ding zu sitzen war für sie wahrscheinlich fast unerträglich.

Während ich den Blick auf Nancy und ihre Minions gerichtet hielt, hob ich Kat mit dem Gesicht zu mir auf meinen Schoß. Ich schlang die Arme um sie und legte eine Hand in ihren Nacken. Dann drückte ich sie an mich, bis ich spürte, wie unsere Herzen direkt gegeneinanderschlugen.

Einer der Soldaten klemmte sich seine Waffe zwischen die Beine und nahm den Helm ab. Er fuhr sich mit den Händen durch das dunkelblonde Haar und massierte seinen Hals, bevor er die Augen öffnete.

Amethystfarbene Augen.

Ein Origin.

Offenbar eine von Nancys erfolgreichen Züchtungen, so wie Archer und Luc. Ich hatte vorher keinen blassen Schimmer gehabt, was er war, aber bei Archer war es auch nicht anders gewesen. Genauso wenig bei Luc. Bei ihm hatte ich allerdings von Anfang an das Gefühl gehabt, dass er irgendwie anders war, hatte es aber nie benennen können. Und Sadi hatte sich für mich wie ein Lux angefühlt.

Darin bestand wahrscheinlich eine weitere Gabe der Origin: sich perfekt anpassen zu können, auch wenn es nur vorgetäuscht war. Es gab viel, was ich nicht über sie wusste. Im Moment war es mir allerdings auch herzlich egal.

Ich senkte den Kopf, ohne jedoch die drei auf der gegenüberliegenden Bank aus den Augen zu lassen, und flüsterte Kat etwas ins Ohr. Ich redete irgendeinen Schwachsinn. Über die letzte *Ghost Adventures*-Folge, die ich gesehen hatte, und dass ich mir die verlassene psychiatrische Anstalt eines Tages gern mal anschauen würde. Ich erzählte ihr davon, wie ich Adam glaubhaft gemacht hatte, ich hätte eines Nachts, während ich nach Arum Ausschau gehalten hatte, den *Mothman* gesehen, und schließlich erinnerte ich sie daran, dass wir uns Gizmo- und Gremlin-Outfits besorgen sollten, da in einem Monat Halloween wäre. Ich redete über alles und nichts, um sie davon abzulenken, dass wir uns in der Luft aufhielten und wer weiß wohin unterwegs waren. Bis zu einem gewissen Grad funktionierte es. Ihr Herz schlug ein wenig langsamer und sie hielt sich nicht mehr ganz so verkrampft an mir fest.

Abgesehen von dem, was ich Kat ins Ohr sagte, sprach niemand. Allerdings hätte man außer von seinen direkten Nachbarn ohnehin kaum etwas verstehen können. Das Dröhnen des Hubschraubers vibrierte durch unsere Körper, als säßen wir in einer Stahltrommel.

Ich hatte keine Ahnung, wie lange wir bereits flogen. Vielleicht war ungefähr eine Stunde vergangen, als sich der Hubschrauber plötzlich zur Seite neigte. Ich war mir fast sicher, Kat leise beten zu hören. Zu jeder anderen Zeit hätte ich gelacht, doch in dem Moment war mir nicht danach zu Mute.

Was erwartete uns jetzt? Würden wir gefangen genommen werden? Als ich sah, wie Nancy die Augen öffnete und sich über die schwarze Hose strich, bezweifelte ich, dass sie uns am Leben lassen wollte. Sie mochte noch so besessen davon sein, Lux und Hybride zu züchten, um die perfekte Spezies zu erschaffen, mit uns hatte sie ein ziemlich fettes Hühnchen zu rupfen. Immerhin waren wir abgehauen, hatten zahlreiche Soldaten erledigt, waren daran beteiligt gewesen, eine ganze Stadt zu zerstören, und hatten zur Schau gestellt, wer wir waren, bevor die anderen Lux kamen.

Verdammt, womöglich waren sie genau deshalb zu dem Zeitpunkt erschienen.

Wenn Nancy uns allerdings wirklich hätte umbringen wollen, hätte sie auf der Straße außerhalb von Coeur d'Alene leichtes Spiel gehabt. Ich hatte also keinen Schimmer, was sie vorhatte.

Der Hubschrauber landete und sofort wurden die Türen aufgeschoben. Als sich Kat vorbeugte, konnte ich den ersten Blick nach draußen werfen. Alles, was ich sah, war ein hoher Maschendrahtzaun und dahinter, in der Ferne, graue Berge. Die Rocky Mountains vielleicht?

Einer der Soldaten stieg aus und bedeutete uns, ihm zu folgen. Als Erster ging Dawson, dann Kat, die wir zwischen uns behielten. Als ich wieder festen Boden unter den Füßen hatte, griff ich nach ihrer Hand. Ich sah mich um, und was ich sah, gefiel mir gar nicht.

Es war nicht zu übersehen, dass wir uns auf einem Militärstützpunkt befanden. Er musste riesig sein, denn so weit das Auge reichte, sah man nichts als reihenweise Bunker, Flugzeuge, Panzer und andere beträchtliche Hindernisse, wenn es darum ging, einen Fluchtplan auszuhecken. Vor uns stand ein großes, u-förmiges Gebäude.

Und eine ganze Horde Soldaten.

Einige trugen Tarnanzüge, andere waren schwarz gekleidet, wie die Soldaten auf der Straße. Ich hatte das Gefühl, das waren die besonders ausgebildeten.

»Willkommen auf der Malmstrom Air Force Base«, sagte Nancy, während sie an uns vorbeistakste und uns anwies ihr zu folgen. Ich rechnete damit, dass die Soldaten Nancy salutieren würden. Doch nichts dergleichen geschah. »Der gesamte Luftwaffenstützpunkt ist abgeriegelt. Niemand kommt hier rein oder raus, auch die Lux nicht«, erklärte sie.

Zornig funkelte ich sie von hinten an.

Diese Frau hätte echt einen Schuss in den Hinterkopf verdient. Nicht nur, weil sie Kat so mies behandelte, auch wegen Dawson, wegen Beth und ich weiß nicht, bei wem sie noch ihre Gifthände im Spiel gehabt hatte.

Ich war nicht scharf darauf, anderer Leute Leben auszulöschen, nicht einmal, wenn es sich um jemanden wie sie handelte. Dennoch konnte ich es kaum abwarten, ihr alles zehnfach heimzuzahlen.

»Warum sind wir hierhergebracht worden?«, wollte Dawson wissen.

Nancy wurde schneller. »Ihr werdet feststellen, dass man hier auf eure Spezies eingerichtet ist.«

Das bedeutete, dass der Stützpunkt mit schmerzhaftem Onyx und Diamant ausgestattet war, ganz zu schweigen von zahlreichen anderen kleinen Nettigkeiten, die sich Daedalus im Laufe der Jahre ausgedacht hatte.

»Das beantwortet meine Frage nicht«, erwiderte Dawson.

Nancy blieb vor einer stählernen Flügeltür stehen. Natürlich gingen wir nicht durch den Haupteingang. Als sie sich zu uns umdrehte, sah ich etwas in ihren dunklen Augen, das ich noch nie zuvor bei ihr gesehen hatte.

Ich sah Angst.

Was zum …?

Die Stahltür öffnete sich mit einem metallischen Schleifen und gab nach und nach den Blick auf einen hell erleuchteten Tunnel frei, in dessen Mitte eine Person stand. Sie hatte die Hände in die Taschen einer ausgewaschenen, zerrissenen Jeans geschoben.

Kat wich überrascht zurück und stieß gegen mich.

»Es wurde aber auch Zeit, dass ihr endlich kommt. Mir wurde

langsam langweilig.« Luc wippte auf den Absätzen seiner Stiefel vor und zurück und grinste breit. »Aber es fehlt jemand, oder, Nancy?«

Nancy wurde stocksteif und holte tief durch die Nase Luft. »Dee ist bei den Lux geblieben. Sie haben sie unter ihrer Kontrolle.«

Das Lächeln in Lucs Gesicht schwand. »Okay, das ist ungünstig.«

»Ungünstig« beschrieb es nicht einmal ansatzweise, aber abgesehen davon hatte ich keine Ahnung, was ich von alldem halten sollte. Kopfschüttelnd starrte ich Luc an. »Was zum Teufel geht hier vor sich?«

Er hob eine Augenbraue. »Wie wäre es zuerst einmal mit einem Dankeschön? Immerhin hab ich euch den Arsch gerettet, oder? Ich finde wirklich, dafür könntet ihr euch mal bedanken. Und krieg ich vielleicht eine Umarmung? Irgendwie fühle ich mich gerade danach.«

»Wo ist Beth?« Dawson trat vor und schien zu vergessen, dass Nancy neben ihm stand. Allerdings war es ihm wohl auch egal. »Bitte sag mir, dass sie nicht –«

»Beruhige dich«, unterbrach Luc ihn und zog die Hand aus der Tasche. »Es geht ihr gut. Sie ist hier. Ich bin mir sicher, einer dieser hilfsbereiten … Leute hier«, er deutete auf die Soldaten in Tarnanzügen, die vor der Tür standen, »von denen ich beim besten Willen nicht weiß, was überhaupt ihre Aufgabe ist, dich zu ihr bringen kann.«

Dawson wollte sich gerade umdrehen, als einer der Soldaten vortrat. Ich packte meinen Bruder an der Schulter. »Warte kurz«, ging ich dazwischen, bevor er blindlings abhauen konnte. »Was zum Teufel treibst du hier mit *ihr*, Luc?«

Lucs Lächeln kehrte zurück. »Alles paletti, Daemon. Kein

Grund auszurasten. Ihr seid hier in Sicherheit und sie wird uns keine Probleme bereiten, oder?«, fragte er an Nancy gewandt, die die Lippen fest aufeinandergepresst hatte.

Sie sah aus, als hätte ihr gerade jemand etwas extrem Unbequemes durch eine sehr unangenehme Öffnung geschoben.

Es beruhigte mich nicht, dass ihre Antwort ausblieb, doch selbst wenn sie Nein gesagt hätte, wäre ich nicht überzeugt gewesen. Ich rührte mich nicht vom Fleck. Kat auch nicht, nur Dawson war kurz davor, uns stehenzulassen.

Seufzend hob Luc die Arme. »Leute, das ist weder eine Falle noch ein Test oder eine Übung. Archer ist auch hier. Er wartet übrigens auf uns und ich will euch gern alles erklären, aber definitiv nicht hier. Zumal ich gerade ein Lunchpaket mit Schinken, Käse und Crackern ergattert habe, das ich jetzt gern zu mir nehmen würde.«

Ungläubig sah ich ihn an.

»Was denn? In dem Paket sind sogar Oreo-Kekse zum Nachtisch«, sagte er. »Echt supi.«

»Meine Güte, du hattest *so* viel Potenzial«, murmelte Nancy.

Luc sah sie mit seinen violetten Augen an und sprach so leise, dass es kaum hörbar war. »Und du raubst mir langsam den letzten Nerv und ich glaube nicht, dass du das wirklich willst, oder?«

Nancy wurde bleich wie eine frisch getünchte Wand. Ich schaute zu Kat zurück, um herauszufinden, ob sie es ebenfalls bemerkt hatte. In ihren weit aufgerissenen Augen sah ich, dass es so war.

Noch immer zögerte ich.

»Und eine Capri-Sonne«, fügte Luc hinzu. »Multivitamin. So ein Lunchpaket ist echt der Hammer.«

O Mann, egal was ich von jetzt an zu tun entschied, es würde riskant sein und ich wusste nicht, woran ich bei Luc war. Das wusste wohl niemand. Allerdings hatten wir mal wieder nicht wirklich eine Wahl.

Eindringlich sah ich Luc an. »Ich schwöre, wenn du uns verarschst, dann –«

»Machst du mich alle, bringst mich um, beförderst mich ins Jenseits?«, schnitt er mir das Wort ab. »Schon verstanden. Auch wenn ich nicht gerade besorgt wirke, ich bin es. Also, können wir uns jetzt langsam mal alle in Bewegung setzen?«

Kurz holte ich Luft, dann ließ ich meinen Bruder los. Der Soldat wartete, bis Dawson zu ihm aufgeschlossen hatte. Nancy trat zur Seite, um die beiden durchzulassen. Auch wenn es mir nicht gefiel, Dawson ging es nur um eins – um Bethany. Er drehte sich nicht mehr um, kein einziges Mal.

Genauso wenig wie sich Dee umgedreht hatte.

Der Gedanke an sie zog mich sofort wieder runter und seufzend streckte ich die Hand nach Kat aus. Sie war bereits neben mir und schob ihre Finger zwischen meine.

»Okay«, sagte ich. »Dann los.«

Luc klatschte in die Hände und machte auf dem Absatz kehrt. Wir gingen durch den Tunnel und bogen an der Stelle, an der Dawson nach links verschwunden war, nach rechts ab. Ich fühlte mich an Area 51 erinnert. Breite Gänge. Reihenweise geschlossene Türen. Ein fremdartiger, antiseptischer Geruch.

In gewisser Hinsicht befanden wir uns jetzt in einer besseren Situation als mit den Neuankömmlingen. Diesen Feind kannten wir zumindest.

Luc drückte mit dem Knie eine weitere Doppeltür auf und hielt einen Flügel mit der Hand offen. Nancy betrat den Raum als Erste, und wie Luc angekündigt hatte, lag am Ende eines langen Tisches ein Lunchpaket. Auf der anderen Seite saß Archer. Er hatte die Füße auf die Tischplatte gelegt und die Arme hinter dem Kopf verschränkt.

Als sich die Tür hinter uns schloss und außer Nancy niemand mit reingekommen war, wusste ich, dass irgendetwas im Busch war. Zuvor war die Frau immer mit einer ganzen Entourage unterwegs gewesen.

»Bei dir ist alles in Ordnung«, stammelte Katy, während sie sich von mir löste und um den Tisch herum zu Archer humpelte. »Ich habe mir solche Sorgen gemacht.«

Er zog die langen Beine vom Tisch und stand auf. Im nächsten Moment war Katy in seinen Armen verschwunden. »Ich hab dir doch gesagt, dass du bleiben sollst, wo du bist, aber du wolltest ja nicht auf mich hören.« Über ihren Kopf hinweg sah er mich an. »Ich habe ihr gesagt, dass sie sich nicht rühren soll.«

»Und warum hab ich keine Umarmung gekriegt?«, fragte Luc schmollend.

Niemand beachtete ihn.

»Tut mir leid«, war Kats gedämpfte Stimme zu hören. »Ich konnte nicht anders.«

»Das verstehe ich. Aber verdammt noch mal, es hätte auch schiefgehen können«, erwiderte Archer. »Es hätte echt das Ende bedeuten können, und wer würde dann mit mir in ein *Olive Garden* gehen, damit ich endlich dieses ›ultraleckere Brot‹ probieren kann?«

Kat lachte, aber es klang matt und erstickt.

Ich stand einfach da und versuchte mir einzureden, dass meine Hitzewallungen auf ein Verdauungsproblem zurückzuführen waren und nicht darauf, dass ich eifersüchtig war. Sicher nicht, denn Archer würde mir niemals das Wasser reichen können.

Aber musste er sie so lange umarmen? Und so fest? Was sollte das, verdammt?

Archer blickte mit seinen amethystfarbenen Augen zu mir herüber. *Ja, irgendwie schon.*

Ich schaute finster zurück. *Ich mag dich noch immer nicht.*

Grinsend ließ er Kat los und griff nach einem Stuhl. »Du siehst aus, als würdest du gleich umkippen. Setz dich lieber.«

Sichtbar erschöpft ließ sich Kat auf einen der metallenen Klappstühle fallen. »Was geht hier vor sich, Jungs? Warum seid ihr hier und warum mit *ihr*?«

Archer setzte sich ebenfalls wieder, blickte aber zu mir. »Wo ist Dee?«

Während ich zu Kat ging und mich neben sie setzte, konnte ich förmlich spüren, wie die Anspannung im Raum stieg. Ich nahm ein beunruhigendes Zucken in Archers Zügen wahr, das sich um seine Augen herum festsetzte. »Sie …« Ich schüttelte den Kopf, weil ich nicht wusste, wie ich erklären sollte, was mit ihr geschehen war.

Er presste die Hände auf dem Tisch zusammen. »Es ist aber nicht so, dass es sie *nicht mehr gibt*, oder?«

»Doch«, schaltete sich Kat ein, »aber sie ist nicht mehr dieselbe. Es sieht so aus, als hätte sie das Team gewechselt.«

Archer öffnete den Mund, schloss ihn aber wieder, ohne etwas zu sagen, und lehnte sich zurück. Ich war mir nicht sicher, wie viel sie wussten, aber ich konnte ihnen unmöglich Details erzählen, solange ich mir nicht darüber im Klaren war, was zum Teufel hier eigentlich gespielt wurde.

Ich schaute zu Luc und hob eine Augenbraue, während er einen Cracker mit Käse und Schinken belegte. »Was ist los?«

»Nancy wird artig sein«, sagte er und richtete den Käse mittig auf dem Cracker aus.

Sie hatte neben Luc Platz genommen und sah aus, als würde sie am liebsten um sich schlagen. Unsere Blicke trafen sich.

»Glaub mir, wenn ich im Moment eine Wahl hätte, wärt ihr alle tot.«

»Tss, tss, tss, das ist aber gar nicht artig«, tadelte Luc und schob sich den voll beladenen Cracker in den Mund.

Ich beugte mich vor. »Was hindert dich daran, uns zu töten, Nancy?«

»Ich sag nur so viel: Jeder hat eine Achillesferse und ich habe ihre gefunden.« Luc machte sich daran, einen weiteren Cracker zu belegen. »Es ist nicht schön. Und auch nichts, worauf ich stolz sein kann, aber na ja.«

Das brachte uns auch nicht viel weiter.

Kat rückte näher an den Tisch heran. »Wie kommt es eigentlich, dass ihr jetzt hier zusammen seid?«

»Ich habe es bis zum Blockhaus zurück geschafft. Und nachdem ich Luc erzählt hatte, was im Supermarkt geschehen war, haben wir beschlossen abzuhauen«, berichtete Archer. »Aber bis wir so weit waren, stand Daedalus schon vor der Tür.«

Nancy presste die Lippen aufeinander.

»Sie dachte, sie hätte uns im Sack.« Luc platzierte einen Mini-Oreo auf seinem Schinken-Käse-Cracker, es war einfach nur eklig. »Aber –«

»Du hast gesagt, du würdest dich darum kümmern«, sagte Kat und blickte zu der schweigsamen Nancy. »Einen Weg, mit Daedalus umzugehen. Hast du was gefunden?«

»Ich bin sehr gut vernetzt«, antwortete Luc mit vollem Mund. »Als sie die Tür eingetreten haben und Nancy hereinmarschiert kam, als wäre sie das Mega-Schreckgespenst höchstpersönlich, habe ich ihr bewiesen, *wie* gut vernetzt ich bin.«

»Und wie?«, fragte ich, ohne Nancy aus den Augen zu lassen.

»Wie gesagt, jeder hat seine Achillesferse. Bei Nancy ist sie ziemlich offensichtlich.« Luc stach den Strohhalm in die Capri-

Sonne. »Es gibt nur eine einzige Sache auf der ganzen Welt, die ihr wichtig ist und für die sie ihre gesamte Familie vor einen Panzer werfen würde – wenn sie überhaupt eine Familie hat, denn eigentlich bin ich mir ziemlich sicher, dass sie aus einem Ei geschlüpft ist –, und das sind diese Origin-Kids.«

»Origin-Kids?«, wiederholte ich.

»Micah und Co.?«, hakte Kat nach.

Luc nickte. »Genau die.«

»Das Lustige ist, dass die meisten Hybride und die älteren Origins, diejenigen, die sich mit ihr auf den Weg gemacht haben, um euch wieder einzusammeln, nicht besonders angetan davon sind, wie Daedalus sie behandelt.« Archer lächelte, doch es wirkte gequält. »Diejenigen, die sich loyal verhalten haben, na ja …«

»Schweine«, fauchte Nancy. »Wisst ihr, wie lange es gedauert hat, sich etwas so Loyales und Erprobtes aufzubauen –?«

»Etwas?«, fragte Kat laut. »Genau das ist so abartig an Ihnen. Man kann nicht *etwas* zu Hybriden und Origins sagen. Sie sprechen von lebendigen Personen.«

»Das verstehst du nicht«, antwortete Nancy und blickte Kat finster an. »Weil du nie etwas erschaffen hast.«

»Aber Sie? Wenn man zwei Personen zwingt Kinder zu zeugen, um sie ihnen dann zu entreißen, dann würde ich das nicht ›erschaffen‹ nennen.« Wütend presste Kat die Lippen aufeinander. »Sie sind nicht ihre Mutter. Sie sind für sie ein Monster und sonst gar nichts.«

Nancys Gesicht zuckte, als hätte sie Schmerzen.

»Auf jeden Fall bedeuten sie ihr viel und ich weiß, wo sie im Moment sind«, erklärte Luc und aß seinen letzten Cracker. »Sag ihnen, was die hohen Tiere von dir verlangt haben, Süße.«

Sie umklammerte die Tischplatte. »Nach der Lux-Invasion wurde ich angewiesen das Daedalus-Projekt abzuwickeln.«

»Abwickeln?«, stammelte Kat. Ich wusste bereits, was Nancy damit meinte. Kat wahrscheinlich auch, aber sie wollte es nicht wahrhaben.

»Ich sollte das Programm auflösen, alles vernichten«, erklärte Nancy.

»O Gott«, murmelte Kat.

Ich schloss die Augen. Abwickeln. Alles vernichten. Mit anderen Worten, sie hatte den Befehl von jemand Höherstehendem erhalten, jegliche Hinweise auf das Programm verschwinden zu lassen. »Wollten sie, dass du sie tötest?«

Sie atmete hörbar aus und nickte. »›Glaubhafte Abstreitbarkeit‹ haben sie es genannt. Die Öffentlichkeit sollte nicht erfahren, dass wir nicht nur von außerirdischen Lebensformen gewusst haben, sondern auch jahrzehntelang mit ihnen gearbeitet haben.«

»O Mann.« Ich rieb mir mit der Hand über die Stirn. »Nicht nur die Kids, oder? Auch all die Lux, die freiwillig dort waren? Diejenigen, die Tests an sich durchführen ließen? Und diejenigen, die sich noch nicht euren Standards entsprechend eingegliedert hatten?«

»Ja«, antwortete sie.

»*Die* auszulöschen fiel ihr natürlich nicht schwer. Sie sind entbehrlich, zumindest ihrer Meinung nach. Aber die Origins?« Luc schüttelte langsam den Kopf. »Sie hat es nicht übers Herz gebracht.«

Ich runzelte die Stirn. Hatte die Frau überhaupt ein Herz?

Luc lachte, weil er meinen Gedanken aufgeschnappt hatte. »Nein, Daemon, sie hat kein Herz. Nicht so, wie eine normale Person eine Klasse freakiger und dennoch auf ihre Art bezaubernder Kids lieb gewinnen würde. Aber sie wollte nicht ihre ganze Arbeit vernichtet sehen, deshalb hat sie sie aus Area 51 rausgeholt und gemeint sie gut versteckt zu haben.«

»Doch dem war nicht so?« Kat klemmte sich eine Haarsträhne hinters Ohr.

Er schüttelte den Kopf. »Wie gesagt, ich bin ziemlich gut vernetzt. Ich weiß, wo sie sind, und ich weiß, wie sehr Nancy wieder zu ihnen möchte, wenn all dies vorbei ist – sofern dann überhaupt noch irgendjemand von uns am Leben ist –, um aus den kleinen Freaks große Freaks zu züchten.«

»So wie ich es mit dir getan habe?«, fragte Nancy.

Luc zeigte ihr den Mittelfinger. »Nancy weiß, sobald sie uns auch nur ein Haar krümmt oder uns auf eine Weise anschaut, die mir nicht passt …«

Die lässige Gleichgültigkeit, die er sonst immer an den Tag legte, verschwand aus seinem Gesicht wie eine abfallende Maske. Er beugte sich vor und seine Augen blitzten wie violette Diamanten, während sich Nancy ihm zuwandte.

In dem Moment sah ich einen Luc, der erwachsene Männer dazu bringen konnte, sich in die Hose zu pinkeln, einen Luc, den ich nicht auf dem falschen Fuß erwischen wollte, und einen Luc, dessen Züge sich so weit verzogen, dass er regelrecht unheimlich aussah.

»Sie weiß, dass ich jeden Einzelnen von ihnen im Handumdrehen töten lassen kann«, sagte er halblaut. »Und wenn meine Leute nichts von mir hören, selbst wenn ich es nur nicht rechtzeitig zum Telefon schaffe, werden sie alle sterben. Und dann hat Nancy nichts mehr.«

Ach du Scheiße.

Kat starrte Luc an, als sähe sie ihn zum ersten Mal.

Ich zweifelte nicht eine Sekunde daran, dass Luc dazu in der Lage wäre. So unschön und falsch es auch sein mochte, er würde es tun. Allerdings glaubte ich ohnehin nicht, dass er die Kids je wieder Nancy überlassen würde.

Und ich fragte mich, ob sie wirklich davon ausging. Aber was blieb ihr anderes übrig? »Warum hast du sie nicht einfach umgebracht?«, fragte ich.

»In gewisser Hinsicht brauchen wir sie«, erklärte Archer. »Zumindest brauchen wir die Regierung, einen sicheren Ort, bis … ja, hoffentlich gibt es ein ›bis‹ und es endet nicht im ›für immer‹. Außerdem mussten wir euch da rausholen und wir –«

»So wahnsinnig super, wie wir auch sind«, ging Luc dazwischen und wurde wieder zum nicht ganz so unheimlichen Origin-Mafioso.

Archer sah ihn ausdruckslos an. »Gegen so viele Lux anzukommen würde schwierig werden. Im Moment ist sie das notwendige Übel.«

»Und was für ein Übel«, Luc grinste.

Ich lehnte mich zurück und fuhr mir mit der Hand durchs Haar. Anscheinend hielt Luc Nancy an der kurzen Leine. Tausend Gedanken gingen mir durch den Kopf.

»Und was nun?«, fragte Kat und sofort sah ich wieder zu ihr. »Wir müssen Dee von ihnen loseisen.«

Dafür hätte ich mir sofort ihren Namen auf die Stirn tätowieren lassen.

»Und wir müssen einen Weg finden, um das, was gerade geschieht, zu stoppen –«

Und dafür hätte ich sie am liebsten sofort in den nächsten Schrank eingesperrt, damit sie auf keinen Fall damit loslegen konnte.

»Du musst dich erst einmal ausruhen und wahrscheinlich auch etwas essen«, mischte sich Archer ein und sah mich an. »Das gilt für euch beide und ist jetzt erst einmal wichtiger.«

»Hier geht so einiges ab. Ich bin mir sicher, Nancy wird euch gern Genaueres dazu erzählen, aber nicht jetzt.« Luc streckte sich und tätschelte Nancys Hand wie die eines kleinen Kindes. »Erst einmal muss sie euch nämlich noch etwas anderes erzählen.«

Nancy hob das Kinn.

Ich grinste. »Ich bezweifle, dass sie mir irgendetwas erzählen kann, was mich auch nur im Geringsten interessiert.«

»Na ja.« Luc zog das letzte Wort in die Länge. »Ich glaube, das wird Katy und dich sehr wohl interessieren.«

»Was ist es denn?«, fragte Kat angespannt.

»Sag's ihnen«, triezte er sie, und als Nancy nicht reagierte, wiederholte er befehlend: »Sag ihnen die Wahrheit.«

O Mist. Mir rutschte das Herz bis zu den Fußspitzen. »Die Wahrheit worüber?«

Nancy spitzte die Lippen.

Archer stand auf und verschränkte die Arme, als wollte er Stärke demonstrieren, und mir gefiel gar nicht, worauf das alles hinauszulaufen schien. »Was zum Teufel? Jetzt spuck's schon aus.« Mein Geduldsfaden war zum Zerreißen gespannt.

Nancy holte tief Luft und straffte die Schultern. »Wie ihr wisst, hat Daedalus an diversen Seren gearbeitet, bevor wir in irgendeiner Form erfolgreich waren, und in einigen Fällen …« Sie hielt inne und sah Luc vielsagend an, der daraufhin breit lächelte. »In einigen Fällen haben sich die Seren letztendlich als Misserfolge erwiesen. Da war zum Beispiel das Daedalus-Serum, das unter anderem Beth und Blake bekommen haben.«

Bei dem Namen des Kerls, von dem ich hoffte, er schmorte gerade in irgendeiner besonders unwirtlichen Ecke der Hölle vor sich hin, holte Kat hörbar Luft. Ich hasste es, wenn sein Name in ihrer Gegenwart auch nur erwähnt wurde. Kat hatte ihn getötet, um sich zu verteidigen, aber ich wusste, dass sie noch immer litt unter dem, was sie damals hatte tun müssen.

»Und dann gab es natürlich das Prometheus-Serum«, sagte Nancy und ihre Augen begannen wie die eines Kindes zu leuchten, das den Osterhasen beim Eierverstecken erwischt hatte. »Das Serum, das den Leuten gegeben wurde, die du mutiert hast, Daemon.«

»Du meinst, die Leute, die ich mutieren *musste*?«, forderte ich sie heraus.

»Die *Freiwilligen*, die du mutiert hast, haben das Prometheus-Serum bekommen, genau wie die Hybride, aus denen die neueste Charge Origins gezüchtet wurde«, erklärte sie zu meiner Überraschung.

»Moment«, schaltete sich Kat ein. »Das Serum war doch noch in der Testphase, als wir da waren.«

Luc schüttelte den Kopf. »Was sie eigentlich sagen will, ist, dass die Menschen, die zufällig im Laufe der Jahre mutiert wurden, auch schon testweise das Prometheus-Serum bekommen haben. Nicht solche, wie Daemon sie mutiert hat, sondern Leute wie du und Beth und all die anderen, die von einem Lux geheilt wurden.«

Ich verstand gar nichts mehr. »Dann wurde das Prometheus-Serum zum ersten Mal bei erzwungenen Mutationen getestet, als ich die Leute mutieren musste?«

»Wie gesagt, sie haben sich *freiwillig* gemeldet«, verbesserte mich Nancy.

Ich war kurz davor, ihr freiwillig den Kopf einzutreten. »Okay, sehr interessant, und was habe ich nun davon?«

Zum ersten Mal seit unserem höchst erfreulichen Wiedersehen verzog sich Nancys Mund zu einem Grinsen. »Das Prometheus-Serum funktioniert anders als das Daedalus-Serum. Es verbindet den mutierten Menschen, den Hybriden, nämlich nicht mit dem Lux.«

Ich neigte den Kopf zur Seite. »Aha?«

»Als du Katy geheilt hast und Dr. Michaels sich an uns gewandt hat, nachdem sie krank geworden ist, hat sie nicht das Daedalus-Serum bekommen.«

»Was?«, fragte Kat schockiert. »Er hat aber gesagt –«

»Glaubst du, er hat gewusst, was wir ihm gegeben haben?« Ihre dunklen Augen waren auf Kat gerichtet. »Er hat uns geglaubt und das war's. Er hat das Prometheus-Serum bekommen und das wurde dir dann injiziert.« Nancy schaute wieder zu mir. »Das Gleiche, was die bekommen haben, die du später mutiert hast, Daemon.«

»Nein.« Ich beugte mich vor. »Das kann nicht sein. Als Kat fast erschossen wurde –«

»Ging es dir schlecht. Hast geglaubt, du müsstest sterben? Oh, erspar uns die Sentimentalitäten.« Sie verdrehte die Augen. »Das liegt daran, dass du dich *emotional* mit ihr verbunden fühlst. Du liebst sie.« Sie sprach das Wort mit »l« aus, als wäre es eine Geschlechtskrankheit. »Ja, das ist uns nicht entgangen. Dieses ganze Gefasel vom aufrichtig Wollen und dem echten Verlangen, das angeblich unerlässlich ist.«

»Das ist ja schön für euch, aber ich wäre fast gestorben.«

Sie schüttelte den Kopf. »Du warst geschwächt und hast dich krank gefühlt, aber wenn sie wirklich gestorben wäre, hättest du überlebt. Du hättest dich bald wieder besser gefühlt. Das Leben wäre weitergegangen. So weit ist es bloß nicht gekommen, weil sie offensichtlich von jemand anderem geheilt wurde.«

Kat schnappte nach Luft.

Ich stand auf. Der Boden unter meinen Füßen schien zu schwanken. Ich presste die Knie gegeneinander, weil mich die Nachricht bis ins Mark erschütterte und ich kaum glauben konnte, was ich hörte.

Nancy holte tief Luft. »Eure Leben sind nicht so eng miteinander verbunden, wie ihr es glaubt. Wenn einer von euch stirbt, wird der andere es merken – bis zum letzten Atemzug, bis zum letzten Herzschlag wird er es spüren –, aber er wird weiteratmen und sein Herz wird weiterschlagen.«

Kapitel 11

Katy

Nachdem Nancy diese kleine Bombe hatte platzen lassen, war eigentlich niemandem mehr danach zu Mute, noch irgendetwas dazu zu sagen. Unser Limit an in großer Runde ausdiskutierten Lügengeschichten war endgültig erreicht.

Mein Kopf war nicht mehr aufnahmebereit und drehte sich im Kreis um das, was Nancy gerade behauptet hatte, was aus Dee werden würde, wo meine Mom und meine Freunde waren, ob Luc wirklich die Kontrolle über Nancy hatte und was die Zukunft für uns bereithielt.

Ich war k. o.

Daemon war k. o.

Auf dem Weg zu unserem Zimmer, das Archer uns zeigen sollte, blieb er vor einer Tür stehen, klopfte kurz an und trat dann ein, ohne eine Antwort abzuwarten. Zum Glück bekamen wir nichts zu sehen, was uns ein Leben lang verfolgt hätte.

Am Fußende eines Bettes stand Dawson und in dem Bett, ganz nah bei ihm, saß Beth. Wahrscheinlich unterbrachen wir sie bei etwas, doch als ich das strahlende Lächeln auf Beths Gesicht sah, nachdem Archer zur Seite getreten war und sie uns bemerkt hatte, stolperte ich vor Überraschung über die eigenen Füße.

Daemon sah mich mit erhobenen Brauen an, aber ich hatte nur Augen für Beth. Sie … sie sah so *normal* aus, wie sie im Schneidersitz und mit den Händen im Schoß vor uns saß. Zwar war noch zu erkennen, dass sie erschöpft war. Ihr hübsches Gesicht war zu blass und sie hatte Ringe unter den Augen, aber ihr Blick war klar und konzentriert.

»Ich freue mich wahnsinnig euch zu sehen«, sagte sie und legte eine Hand auf ihren Bauch. »Ich habe mir ja solche Sorgen gemacht.«

»Uns geht es gut«, erwiderte Daemon und blickte zu Dawson. Obwohl wir vor Dawson und Beth standen und ihnen offensichtlich kein Haar gekrümmt worden war, wirkte er angespannt. »Und bei euch? Alles okay?«

Dawson nickte, während er sich neben Beth niederließ. »Ja. Beth hatte hier auf dem Stützpunkt auch schon einen Arzttermin.« Er legte eine Hand auf ihr Knie. »Sah so aus, als hätten sie Erfahrung mit solchen Fällen. Irgendwie komisch, aber für uns ist es gut, denke ich.«

Daemon blickte kurz zu Archer und wandte sich dann an Beth. »Und hat der Arzt dich gut behandelt?«

»Es war eine Ärztin – Dr. Ramsey – und sie war sehr freundlich und hat gesagt, dass … na ja, dass die Schwangerschaft planmäßig voranschreitet. Sie hat mir Ruhe verordnet und ich soll ab jetzt Vitamine nehmen.« Sie deutete auf die Kommode. Darauf standen drei relativ große Gläser, die genauso aussahen wie die, die Archer und ich ihr hatten mitbringen wollen. Sie folgte meinem Blick. »Danke, dass ihr neulich losgefahren seid. Ihr habt viel riskiert. Wieder einmal.«

Ich blinzelte. Im ersten Moment hatte ich gar nicht gemerkt, dass sie mit mir sprach. »Kein Problem«, sagte ich schulterzuckend. »Ich wünschte, wir hätten sie dir besorgen können.«

»Es war sehr wohl ein Problem«, widersprach Dawson. »Du und Archer, ihr hättet …« Er beendete den Satz nicht, als er sah, wie Daemon stocksteif wurde. »Ja, ihr wisst schon, was hätte passieren können.«

»Aber es ist ja nichts Dramatisches passiert, oder?« Archer

lehnte sich gegen die Tür und verschränkte die Arme. »Letzten Endes hat alles geklappt.«

»Wir sind alle hier.« Beth zog die Stirn in Falten und senkte den Kopf. »Na ja, fast alle. Außer Dee. Das … das tut mir leid.« Verstohlen blickte sie zu Daemon auf, der jetzt an die Wand hinter dem Bett starrte.

»Wir holen sie zurück«, sagte ich, und verdammt noch mal, wir mussten es einfach schaffen. Wir mussten nur noch herausfinden, wie.

»Und …« Archer räusperte sich. »Wisst ihr inzwischen, ob es ein Junge oder ein Mädchen wird?«

Der Zeitpunkt für den Themenwechsel hätte passender nicht sein können. Ich hätte schwören können, dass Dawson sogar leicht errötete. »Nein, wissen wir nicht«, sagte er und wandte sich Beth zu. »Aber die Ärztin hat etwas von einem Ultraschall erwähnt?«

»Diese Woche«, sagte Beth und legte die Wange an seine Schulter. »Sie wollen einen Ultraschall machen, aber vielleicht ist es noch zu früh, um es festzustellen.«

Ein Lächeln erschien auf Archers Gesicht. »Wenn es ein Junge wird, solltet ihr ihn Archer nennen.«

Ich kicherte.

Daemon sah Archer an. »Sie sollten ihn Daemon nennen.«

»Daemon 2.0? Ich weiß nicht, ob die Welt dafür bereit ist.« Dawson lachte leise und schüttelte den Kopf. »Ganz ehrlich, bisher haben wir darüber noch nicht ernsthaft nachgedacht.«

»Nein«, stimmte Beth zu. »Aber das müssen wir wohl bald.«

Ihre Blicke trafen sich und es war, als hätten sie alle anderen um sich herum vergessen. Es gab nur noch sie. Ich konnte nachvollziehen, wie verbunden sie sich fühlten. Mir ging es mit

Daemon genauso, aber ich fragte mich, ob wir auch so selig verliebt aussahen wie sie.

»O ja«, bestätigte Archer mit sanfter Stimme.

Wie peinlich.

»Das stimmt«, kommentierte er.

Ich warf ihm einen finsteren Blick über die Schulter hinweg zu und Daemon brummte: »Raus aus ihrem Kopf.«

Archer grinste. »Sorry, ich kann nicht anders.«

Ich verdrehte die Augen, ging aber nicht dazwischen, als die beiden mal wieder aneinandergerieten. Da wir Beth und Dawson lange genug gestört hatten, verließen wir schließlich den Raum und bekamen ein Zimmer zugeteilt, dass mich ziemlich stark an die Unterkünfte in Area 51 erinnerte. So sehr, dass mir unwillkürlich ein kalter Schauer über den Rücken lief.

»Dieser Stützpunkt ist beinahe eine Kleinstadt«, erklärte Archer, der im Türrahmen stehen geblieben war. »Wohnhäuser, eine Schule, Geschäfte und sogar eine medizinische Einrichtung. Eine Etage über uns befindet sich ein Speisesaal. Ich habe euch vorhin noch etwas zum Anziehen besorgt und in die Kommode gelegt.«

Daemon nickte, während er sich in dem Raum umsah, den Blick über den an der Wand angebrachten Fernseher, die Badezimmertür, eine Kommode und einen Schreibtisch aus Metall gleiten ließ.

»Ist es hier wirklich sicher?«, fragte ich und versuchte mit den Fingern durch mein Haar zu kämmen, das mehr an einen Wischmopp als an irgendetwas anderes erinnerte.

»So sicher wie jeder andere Ort im Moment. Alles in allem sicher der beste Ort für Beth.«

Ja, eine medizinische Einrichtung in Reichweite zu haben war jetzt wichtig für sie.

Daemon verschränkte die Arme. »Würde Luc die Kids wirklich umbringen?«

»Luc ist zu allem fähig.«

Ich setzte mich auf die Bettkante und streckte mein schmerzendes Bein aus. Ich konnte mir nicht vorstellen, dass Luc so etwas täte. Nicht dass ich der Meinung war, er wäre dazu nicht in der Lage, aber ich wollte einfach nicht glauben, dass er so etwas tun würde.

»Oder würde er ihr die Kids am Ende wirklich wieder überlassen?«, fragte er weiter.

Archer hob eine Schulter. »Wie gesagt, Luc ist zu allem fähig, insbesondere wenn es darum geht, seinen Willen durchzusetzen. Gut für uns, dass er uns lebendig will.« Er drückte sich vom Türrahmen ab. »Es gibt noch einiges zu besprechen. Ich komme später wieder.«

Als er gerade gehen wollte, fiel mir plötzlich siedend heiß etwas ein. »Warte. Hast du irgendetwas von unseren Sachen mitgebracht?«

Er nickte. »Ich habe alles mitgenommen, was mir wichtig vorkam, auch diese Papiere.«

Diese Papiere. Erleichtert atmete ich aus, ohne überhaupt gemerkt zu haben, dass ich die Luft angehalten hatte. Diese Papiere waren unsere Hochzeitsurkunde und die falschen Ausweise. Auch wenn die Ehe streng genommen nicht legal war, für Daemon und mich galt sie.

»Danke«, sagte ich.

Archer nickte und schloss dann die Tür hinter sich. Ich lauschte, ob sich ein Schüssel im Schloss drehte, und als nichts zu hören war, ließ ich erleichtert die Schultern sinken.

Daemon wandte sich mir zu. »Du hast befürchtet, dass man uns hier einsperren würde, stimmt's?«

Ich schaute ihm in sein markantes Gesicht und blieb an den leichten Schatten hängen, die sich unter seinen Augen gebildet hatten. »Ich weiß wirklich nicht, was ich glauben soll. Ich vertraue Archer und Luc, aber ich habe schon so vielen Leuten vertraut und bin damit baden gegangen. Ich hoffe, das macht mich nicht panisch.«

»Der Gedanke, jemandem zu vertrauen, lässt uns inzwischen wahrscheinlich alle ein bisschen panisch werden.«

Ich beobachtete ihn, wie er im Raum umherging, vor der Kommode stehen blieb und sich den Inhalt ansah, bevor er sich an den Schreibtisch stellte. Er fuhr sich mit den Fingern durch das zerzauste dunkle Haar. Jede Bewegung schien ihn anzustrengen.

Ich wusste, dass er mit den Gedanken bei seiner Schwester war, und fühlte mit ihm. Ich wusste, wie es war, jemanden zu verlieren, den es eigentlich noch gab. Keine Stunde verging, in der ich nicht an meine Mom dachte. »Wir holen Dee zurück. Ich weiß noch nicht, wie, aber wir schaffen es.«

Langsam ließ er die Hand sinken, doch seine Schultern waren angespannt, als er sich zu mir umdrehte. »Wenn wir hier tatsächlich sicher sind, würdest du es dann wirklich aufs Spiel setzen, um dich in ein Schlangennest zu wagen und meine Schwester zu retten?«

»Musst du mir diese Frage wirklich stellen? Du weißt, dass ich es tun würde.«

Daemon kam zu mir. »Ich will nicht, dass du dich in Gefahr begibst.«

»Du glaubst doch nicht, dass ich hierbleibe, wenn du gehst, um sie zu suchen, oder?«

Einer seiner Mundwinkel hob sich und ich war erstaunt, wie tief mich ein einfaches, verhaltenes Lächeln berühren konnte.

»Nein, das habe ich nicht geglaubt und ich würde dich auch nicht hier zurücklassen. Wohin ich gehe, gehst auch du, und umgekehrt. So leicht wirst du mich nicht los.«

»Wie schön, dass wir uns da einig sind.« Vor nicht allzu langer Zeit hätte Daemon noch versucht mich da rauszuhalten, um mich zu beschützen, aber offenbar hatte er gemerkt, dass es nicht besonders gut funktionierte.

Es war das erste Mal seit Tagen, dass wir allein waren und offen miteinander sprachen, und ich erkannte schnell, als ich ihn beobachtete, dass ihn noch etwas anderes als seine Schwester beschäftigte. Doch es gab momentan so viele Baustellen in unserem Leben, dass ich das Gefühl hatte, es wäre wie eine Nadel im Heuhaufen zu suchen.

»Was ist?«, fragte ich.

Unsere Blicke trafen sich und wir sahen uns lange an. Mühsam holte ich Luft. Diese Augen, die so leuchtend und unwirklich grün waren, verfehlten ihre Wirkung nie. Daemon war unvorstellbar schön, doch seine Schönheit reichte tiefer, bis unter die Haut, die ohnehin nicht zu seinem wahren Ich gehörte, und tief in sein Innerstes. Bei unserer ersten Begegnung hatte ich einen anderen Eindruck gehabt, doch inzwischen wusste ich es besser.

Er senkte die dichten Wimpern. »Ich habe nur darüber nachgedacht, was Nancy über das Serum gesagt hat – über uns.«

»Dass wir nicht so miteinander verbunden sind, wie wir geglaubt haben?«

»Ja.«

»Aber das ist gut.« Lächelnd blickte ich zu ihm auf. Ich wusste nicht, was ich anderes denken sollte, als dass es gut sein musste, wenn unsere Leben nicht voneinander abhingen, und dass es zwischen uns nichts änderte. »Ich meine, versteh mich nicht falsch. Ich bin stinksauer, dass Nancy uns angelogen hat, dass sie etwas so Unzuverlässiges an mir getestet hat, aber es ist … es ist in Ordnung. Ich weiß, dass ich mich wehren und die Quelle aufrufen kann, aber du bist stärker als ich. Ich bin das schwächere –«

»Du bist nicht schwach, Kätzchen. Du bist nie schwach gewesen, weder vor noch nach der Mutation.«

»Danke, aber du weißt, was ich meine. Lass uns realistisch sein. Im Kampf kann ich zum Problem werden. Nach einer gewissen Zeit mache ich schlapp. Du nicht.«

»Ich verstehe es.« Wieder fuhr er sich stirnrunzelnd durchs Haar.

Ich sah ihn fragend an. »Und?«

»Es ist nur, dass …« Daemon kniete mit ernster Miene vor mir nieder und legte die Hände auf meine Oberschenkel. »Seit dem Moment, in dem mir bewusst wurde, was es bedeutet, dich geheilt zu haben, oder vielmehr, was ich glaubte, dass es bedeutete, bin ich davon ausgegangen, dass ich keinen Tag mehr ohne dich verbringen müsste. Dass ich mir nie mehr Gedanken darüber machen müsste, wie es ohne dich weiterginge. Das soll nicht irgendein *Romeo und Julia*-Geschwafel werden, aber jetzt weiß ich, dass es möglich ist, und das … das jagt mir eine Scheiß-Angst ein, Kat. Wirklich.«

Ich blinzelte die Tränen weg, die mir in die Augen schossen, und legte die Hände an seine Wangen. Die kurzen Bartstoppeln kitzelten an meinen Daumen. »Die Vorstellung, dass du nicht mehr da sein könntest, macht mir auch Angst.«

Er beugte sich vor und drückte seine Stirn an meine. »Ich weiß, dass es eigentlich eine gute Nachricht ist, und ich weiß auch, dass es dumm ist, so zu denken. Ich sollte eher Angst vor dem Tod an sich haben, aber –«

»Ich weiß.« Ich schloss die Augen und presste meine Lippen auf seinen Mund. »Lass uns einfach nicht vor dem anderen sterben, okay?«

Daemon lachte und es kribbelte an meinen Lippen. »Guter Plan.«

»Du wirst es einfach nicht zulassen, dass mir etwas zustößt«, sagte ich zu ihm und legte die Hände auf seine Schultern, während ich mich zurücklehnte. »Und ich werde nicht zulassen, dass dir etwas zustößt.«

»So kenne ich mein Kätzchen«, murmelte er und musterte mich. »Da wir gerade beim Thema sind, wie fühlst du dich eigentlich?«

»Schlapp. Etwas Süßes wäre jetzt nicht schlecht.« Aus irgendeinem Grund brauchte ich immer Zucker, nachdem ich die Quelle aufgerufen hatte. Das erinnerte mich ein bisschen an Harry Potter.

»Ich werde dafür sorgen, dass Archer dir etwas mitbringt, wenn er zurückkommt.« Daemon erhob sich und setzte sich hinter mir aufs Bett. »Aber für den Moment …«

Er umfasste meine Hüften und zog mich zurück, bis mein Rücken an seiner Brust lehnte.

»Was tust du da?« Als er die rechte Hand auf meinen Oberschenkel gleiten ließ, stockte mir der Atem. »Ah.«

Sein dunkles Lachen rollte durch mich hindurch. »Ob du mir glaubst oder nicht, ich denke nichts Unanständiges.«

Ich drehte den Kopf und sah ihn mit erhobenen Augenbrauen an.

Sein verruchtes, schiefes Grinsen brachte mein Herz zum Schmelzen. »Na ja, neunundneunzig Komma neun Prozent der Zeit denke ich Dinge, von denen du rote Ohren bekämst.«

»Und jetzt gerade nicht?«

Er spitzte die Lippen. »Okay, hundert Prozent, aber ich habe einen total anständigen Grund, weshalb ich dich berühre.«

»Aha.« Ich legte den Kopf an seine Wange, während er mit der Hand über meinen Oberschenkel strich. »Was hast du vor?«

»Mich um dich zu kümmern.«

Die Wärme seiner Finger strahlte in mein Bein aus. »Das musst du nicht. Es ist nur ein Kratzer.«

»Eher eine Fleischwunde, und du humpelst seitdem. Ich hätte es schon im Hubschrauber tun sollen, aber ich war zu sehr damit beschäftigt, dich daran zu hindern, das Cockpit zu stürmen.«

»*So* schlimm war ich gar nicht.« Unwillkürlich lächelte ich ein wenig. »Aber danke dafür. Ich hatte Angst, ich würde dich vollkotzen.«

»Da bin ich ja froh, dass du es nicht getan hast«, antwortete er trocken.

Sobald der dumpfe Schmerz in meinem Oberschenkel nachgelassen hatte und nur noch eine Erinnerung war, begann ich von ihm abzurücken, denn mich zu heilen konnte für ihn sehr anstrengend sein. Doch anstatt es zuzulassen, rutschte er mit mir im Arm vom Bett, und als er festen Boden unter den Füßen hatte, hob er mich hoch.

Ich japste überrascht auf und sah ihn mit großen Augen an. »Hey. Was hast du jetzt vor?«

»Ich kümmere mich noch immer um dich.« Mit gesenkten Lidern bewegte er sich in Richtung Badezimmer, aber die verschmitzt hochgezogenen Mundwinkel entgingen mir nicht. »Ich habe gedacht, eine Dusche würde uns beiden guttun.«

Da hatte er Recht. Wieder einmal war ich voller Blut und Dreck und Daemon ebenso.

Er ging mit mir in ein erstaunlich geräumiges Badezimmer und stellte mich behutsam vor der Dusche ab. Das Bad war nicht so gigantisch wie das im Haus des Bürgermeisters, aber doch größer als normal.

Daemon schaltete eine dezente Beleuchtung ein und bedeutete mir mit dem Finger zu ihm zu kommen, was ich auch tat. Er grinste. »Noch näher.«

Ich trat noch einige Zentimeter vor.

»Heb die Arme.«

Mir lag auf der Zunge, dass ich mich allein ausziehen könne, doch ich war so nervös, dass ich keinen Ton herausbrachte. Ich hob die Arme und er zog mir den zerrissenen Pullover über den Kopf. Dabei achtete er darauf, dass keine Haare mehr darin verfangen waren, bevor er ihn auf den Boden warf. Wortlos öffnete er anschließend den kleinen runden Knopf an meiner Hose und schob sie hinunter.

Ich legte eine Hand auf seine Schulter, um das Gleichgewicht nicht zu verlieren, während ich aus einem Hosenbein stieg. Die Röte breitete sich von den Wangen über meinen gesamten Körper aus. Soviel wir auch gemeinsam erlebt hatten, ich war noch immer scheu. Warum, konnte ich auch nicht so genau sagen, aber vielleicht lag es daran, dass sein Köper so makellos war und meiner im Gegensatz dazu allzu menschlich mit vielen Macken.

Das letzte Kleidungsstück landete auf dem Boden und ich stand splitterfasernackt vor ihm, während er noch komplett angezogen war. Ich verschränkte die Arme und er griff um mich herum, um das Wasser anzuschalten.

Augenblicklich breitete sich warmer Dampf im Badezimmer aus. Als er sich wieder aufrichtete, streiften seine Lippen meine Wange und mir lief ein wohliger Schauer über den Rücken.

Noch nie hatte sich jemand in meiner Gegenwart schneller ausgezogen als Daemon, und ehe ich mich's versah, hatte ich seine straffe Brustmuskulatur vor der Nase. Mein Blick wanderte hinab über sein Sixpack und noch weiter –

Zwei Fingerspitzen am Kinn führten meinen Blick wieder hinauf zu seinen grünen Augen, die mit einem weißen Schimmer unterlegt waren. »He, hier oben spielt die Musik, ich komme mir noch vor wie dein Toyboy.«

Meine Wangen glühten, aber ich lachte. »Na und?«

Zwinkernd zog er den Duschvorhang zurück. »Nach dir.«

Ich hatte noch nie mit jemand anderem zusammen geduscht. Natürlich nicht. Doch selbst wenn ich es schon getan hätte, ich glaube, an eine Dusche mit Daemon Black käme es bei weitem nicht heran.

Meine Hände zitterten, als ich mich unter den heißen Strahl stellte. Im nächsten Moment stand auch er in der Wanne, die mir auf einmal gar nicht mehr so groß vorkam.

Seine Hände waren zärtlich und der Druck kaum spürbar, als er mich herumdrehte und mir der Strahl auf den Rücken trommelte. Stockend atmete ich ein und hob den Kopf. Ich rechnete damit, dass er mich jetzt küssen und etwas tun würde, wovon ich ziemlich sicher weiche Knie bekäme, doch nichts dergleichen geschah.

Unsere Blicke trafen sich und er hob behutsam nasse Haarsträhnen von meinen Schultern. Dann ließ er die Hände leicht über meine Oberarme und weiter über meinen Rücken gleiten.

Er schlang die Arme um mich und zog mich an seine Brust, so dass kein Tropfen Wasser mehr zwischen uns passte. Plötzlich erfasste mich ein Bedürfnis der ganz anderen Art und ich kniff die Augen zusammen. Was ich empfand, ging weit über das Physische hinaus, und dass er mich so fest an sich presste, zeigte mir, dass es ihm genauso ging.

Ich hätte nicht sagen können, wie lange wir so dastanden und uns einfach nur in den Armen hielten, während das Wasser auf uns niederprasselte. Jedenfalls hatte sich zwischen uns etwas so Kraftvolles gebildet, dass man es mit Worten nicht beschreiben konnte.

Als er die Wange auf meinen Kopf legte und es ihm irgendwie gelang, mich noch fester an sich zu drücken, bekam ich doch noch weiche Knie.

O Gott, wie sehr ich Daemon liebte. Ich war so verliebt in ihn wie damals, als mir zum ersten Mal klar geworden war, was dieses Auflodern zu bedeuten hatte, dieser fast elektrische Schock, der mich jedes Mal durchfuhr, wenn wir uns berührten.

Es war schwer, zurückzublicken und sich bewusst zu machen, wie viel Zeit wir damit verschwendet hatten, gegen das zu kämpfen, was zwischen uns stand, uns gegenseitig zu bekämpfen, insbesondere, da die Zukunft womöglich verdammt kurz sein würde, doch damit konnte ich mich jetzt nicht befassen, denn wir waren zusammen. Wie viele Stunden, Tage, Monate oder Jahre uns blieben, spielte keine Rolle; wir würden immer zusammen sein.

So sah wahre Liebe aus, die stärker war als ein ganzer Planet voller durchgedrehter Aliens und die gesamte Regierung.

Lange standen wir eng umschlungen da, bevor wir die Dusche schließlich doch noch dazu benutzten, wofür sie eigentlich da war – sie richtig und *anständig* benutzten. Doch mit Daemon zu duschen war wie … ja, eben, wie mit Daemon zu duschen. Schließlich stiegen wir aus, trockneten uns ab und zogen die Jogginghosen und Oversize-Baumwollshirts an, die bei Daemon gar nicht so viel zu groß waren. Der weiße Stoff spannte an seinen Schultern und bildete jede Erhebung seiner Bauchmuskulatur ab. Meine Haut war hyperempfindlich, auch wenn beim Duschen gar nichts *passiert* war.

Ich nahm einen Kamm und setzte mich aufs Bett, um mein Haar zu entwirren, während Daemon den Fernseher einschaltete und bei einem Nachrichtensender hängenblieb. Er warf die Fernbedienung ans Fußende und setzte sich hinter mich.

»Lass mich das machen«, sagte er und nahm mir den Kamm ab.

Ich verzog das Gesicht, blieb aber still sitzen, als er begann mein Haar durchzukämmen. Kurz blickte ich zum Fernseher, aber dort wurde eine weitere Stadt in Trümmern gezeigt, so dass ich den Blick lieber gleich wieder abwandte. Ich wollte nicht darüber nachdenken, denn ich wusste nicht, wo meine Mom war und wie es meinen Freunden zu Hause in diesen Zeiten erging.

Daemon war erstaunlich geschickt darin, mir die Knoten aus den Haaren zu lösen. »Gibt es eigentlich etwas, was du nicht kannst?«, fragte ich.

Er lachte. »Die Antwort darauf kennst du.«

Ich grinste.

Nachdem er mit meinem Haar fertig war, spürte ich den Kamm auf meinem Lendenwirbel. Fragend sah ich ihn über die Schulter hinweg an. »Was ist?«

Er beugte sich vor und gab mir einen zärtlichen Kuss. Seine feuchten Haarspitzen berührten meine Wangen, als er den Kopf schräg legte und begann mich so leidenschaftlich zu küssen, dass mein Herz schneller schlug.

Ich legte die Hand auf sein Herz und spürte den gleichen Rhythmus wie in meinem. Ich schaute auf, unsere Blicke trafen sich und im nächsten Moment lagen wir beide auf der Seite ausgestreckt auf dem Bett, seine Brust an meinem Rücken.

»Ich habe dich noch nicht fertig geheilt«, sagte er mit rauer Stimme. Seine Finger glitten über eine empfindliche Stelle an meiner Schläfe.

Ich schloss die Augen und ließ ihn gewähren. Offenbar war es ihm ein Bedürfnis. Doch die heilende Wärme verwandelte sich langsam zu etwas anderem, als ich seine Fingerspitzen erst auf meinem Arm und dann unter dem Shirt auf meinem Bauch spürte. Haut auf Haut.

»Du hast ziemlich oft die Quelle aufgerufen.« Seine Hand ruhte jetzt direkt über dem Rand meiner Jogginghose und es dauerte nicht lange, bis sein kleiner Finger den Weg unter den lockeren Bund fand. »Eigentlich müsstest du total k. o. sein.«

Ein weiterer Finger schob sich unter den Bund und ich war mir nicht sicher, ob ich wirklich so k. o. war. Ich nahm nur noch seine Hand wahr – die Schwere und die Wärme, die Stelle, wo sie sich genau befand.

»Kätzchen?«

»Hmmm?«

Seine Stimme war tief und sanft. »Ich wollte nur wissen, ob du mir eingeschlafen bist.«

»Das würde ich nie tun.«

Einen Moment lang schwieg er. »Weißt du, was ich gerade denke?«

Bei ihm wusste man das nie. »Was denn?«

»Ich habe darüber nachgedacht, wo wir hingehen, wenn all dies vorbei ist.« Seine halbe Hand befand sich inzwischen unter meinem Hosenbund. »Was wir machen werden.«

»Hast du eine Idee?«

»Sogar viele.«

Ein wohliger, warmer Schauer wogte durch mich hindurch. »Das hätte ich auch nicht anders erwartet.«

Daemon lachte leise, während er den Daumen langsam unter meinem Bauchnabel kreisen ließ. »Ich habe ans College gedacht.«

»Glaubst du, dass es nach alldem noch Colleges geben wird?«

»Ja.«

Zwei Fingerspitzen wagten sich noch weiter vor und mir stockte der Atem. »Wie kommst du darauf?«

»Ist doch klar.« Er küsste mich auf die Wange. »Wenn ich eins von dir gelernt habe, dann, wie zäh Menschen sind, viel zäher als meine Leute. Egal was passiert, Menschen kämpfen immer weiter. Deshalb kann ich mir nicht vorstellen, dass es irgendwann keine Colleges oder Jobs mehr geben wird.«

Ich verzog die Lippen zu einem verhaltenen Lächeln und beschloss das Spiel mitzuspielen. »College wäre sicher eine gute Sache.«

»Du hast ja schon mal die University of Colorado erwähnt«, sagte er, während seine Finger tiefer hinabkrochen und sich meine unteren Bauchmuskeln zusammenzogen. »Wie wär's damit?«

Ich musste daran denken, wie wir zum ersten Mal über Colleges gesprochen hatten und ich besorgt gewesen war, ob ich ihn auch nicht zu sehr bedrängte. Es schien eine halbe Ewigkeit her zu sein. »Ich fänd's perfekt.«

»Ich bin mir sicher, Dawson und Beth würde es dort auch gefallen.« Er hielt inne. »Und Dee.«

»Ja, bestimmt.« Besonders wenn Archer ebenfalls da wäre, aber dafür musste Dee erst einmal wieder bei klarem Verstand sein. »Vielleicht … vielleicht könnte ich meine Mom dazu bewegen, auch dorthin zu kommen.«

»Klar«, murmelte er und ich biss mir so fest auf die Lippe, dass ich Blut schmeckte, während er erfolgreich sein Knie zwischen meine Beine schob. »Deine Mom muss kommen, wenn wir es endlich tun.«

Meine Augen wurden riesengroß. »Ähm, ich bin mir ja nicht sicher, ob ich meine Mom in dem Moment wirklich dabeihaben möchte.«

Daemons Lachen kitzelte mich. »Immer diese schmutzigen Gedanken, Kätzchen. Ich meine natürlich, dass wir dann richtig heiraten werden. Mit allem Drum und Dran – Brautjungfern, Trauzeugen, weißem Kleid und einer echten Trauung. Einen Empfang wird es natürlich auch geben. Alles eben.«

Ich öffnete den Mund, doch kein Ton kam heraus. Ich konnte nur noch an die Hochzeit denken – wie meine Mom mir in ein märchenhaftes Cinderella-Kleid helfen würde, wie Dee und Lesa neben mir ständen, wie Dawson, Archer und vielleicht sogar Luc Trauzeugen wären. Und ich sah Daemon im Smoking vor mir, und verdammt, das war ein Anblick, den ich unbedingt noch einmal sehen wollte.

Es würden Fotos gemacht und auf dem Empfang gäbe es Schmorbraten. Ein DJ würde fragwürdige Musik spielen und Daemon und ich würden unseren ersten Tanz als Mann und Frau tanzen.

Mein Herz klopfte wie verrückt. Bis zu diesem Moment war mir gar nicht bewusst gewesen, wie sehr ich diese Hochzeit wollte. Ich war eben doch ein richtiges Mädchen, aber dazu stand ich.

»Kätzchen?«

»Das gefällt mir«, flüsterte ich und meine Brust zog sich zusammen. »Darüber zu sprechen, meine ich. Es fühlt sich so normal an. Es fühlt sich an, als hätten wir eine –«

Daemon hatte sich über mich gebeugt und meinen Mund mit einem Kuss eingenommen, der mich bis ins Innerste berührte, jede Zelle entflammte. »Wir haben eine Zukunft«, sagte er.

Als seine Lippen danach zu meinen zurückkehrten und er mich auf den Rücken legte, schaltete sich mein Kopf ab. Der Rest der Welt, alle Sorgen und Ängste schwanden, bis es nur noch uns beide gab. Was er mit seiner Hand tat, war wahnsinnig, und ich hatte das Gefühl, auf einer gigantischen Welle zu reiten. Und als ich wieder unten angekommen war, warf ich *ihn* auf den Rücken.

Daemon sah mich erstaunt an. »Was hast du – ?«

Doch er fügte sich schnell und begann am Rand in dem typischen rötlichen Weiß zu glühen, während er sich mit der Hand in meinem feuchten Haar festkrallte. Bevor er die Lider senkte, sah ich noch, dass seine Augen blitzten wie Rohdiamanten, während seine Miene fast ehrfurchtsvoll war, auch wenn ich selbst keine Ahnung hatte, was ich tat. Doch er schien es zu mögen, was wohl daran lag, dass er mich mochte.

Später lagen wir ausgestreckt auf dem Bett und sahen einander schweigend an. Ich fuhr mit dem Finger über seine Unterlippe und brachte tatsächlich den Mut auf, eine Frage zu stellen, die mich brennend interessierte. »Warum bist du mit ihnen gegangen?«

Seine Augen waren geschlossen, das Gesicht entspannt. »Als sie aus dem Wald kamen, konnte ich alles hören, was sie dachten und was sie wollten. Dawson und Dee ging es genauso. Wir fühlten uns sofort mit ihnen verbunden. Am Anfang war es überwältigend. Ich wollte mit ihnen gehen.« Er hielt inne und öffnete die Augen. Unsere Blicke trafen sich. »In dem Moment war es, als gäbe es nichts außer sie. Sie wurden *alles*.«

Ich konnte es nicht begreifen. »Hörst du sie jetzt auch?«

»Nein. Wenn überhaupt, dann nur als leises Hintergrundgeräusch.« Er machte eine Pause, bevor er weitersprach. »So etwas ist uns nicht unbekannt. Wenn viele von uns zusammen sind, kann es schwierig werden, weil es ein riesiges Netz an Verbindungen ist. Deshalb haben wir uns auch nie gern in der Kolonie aufgehalten. Dort sind dann alle miteinander verbunden, fast als wären wir eins, und man wird in Dinge hineingezogen, mit denen man gar nichts zu tun haben will. Du bist kein Individuum. Du bist ein *Ganzes*. Allerdings wusste ich nicht, wie stark es sein kann, bis sie kamen.«

»Aber du hast erfolgreich dagegen angekämpft«, erinnerte ich ihn, weil er fast klang, als wäre er enttäuscht von sich selbst.

»Das liegt daran, dass ich so viel für dich empfinde. Genauso ist es bei Dawson und natürlich bei jedem anderen Lux, der mit jemand anderem verbunden ist. Dee hingegen …« Er beendete den Satz nicht und schüttelte nur den Kopf. »Die, die da gekommen sind, sie sind anders als der Rest von uns. Ich weiß, jetzt ist es offensichtlich, aber sie … sie sind so kalt. Keinerlei Gefühle oder Mitleid.« Seufzend erschauderte er. »Ich erinnere mich nicht an meine Eltern, aber ich kann einfach nicht glauben, dass sie so gewesen sind. Wir selbst sind wahrscheinlich nicht so, weil wir unter Menschen gelebt haben. Weder Gefühle noch Mitleid zu haben macht sie gefährlich, Kat. Noch gefährlicher, als wir denken.«

Ich fuhr mit dem Daumen an der Unterkante seines Gesichts entlang und er drehte den Kopf, um einen Kuss in meine Handfläche zu setzen. »Aber auch sie müssen irgendwo einen wunden Punkt haben. Jeder Teil des Universums hat irgendwo eine Schwäche.«

Daemon nahm meine Hand und schob seine Finger zwischen meine. »In jeder Kolonie gibt es einen Älteren, der mehr oder weniger über die Gruppe herrscht. Ich bin mir sicher, dass auch unter denen, die jetzt gekommen sind, einer ist, der … der so etwas wie ihr Boss ist. Die Königin im Bienenschwarm. Diese Person zu beseitigen würde das Problem nicht aus der Welt schaffen, aber es würde sie schwächen – ihre Macht gegenüber den anderen Lux.«

Wie Dee.

»Hast du irgendeinen Verdacht, wer oder wo diese Person ist?«, fragte ich.

Er hob einen Mundwinkel. »Nein. Rolland hielt sich da ziemlich bedeckt und jetzt weiß ich auch, warum. Wegen Sadi hat er diese Information lieber für sich behalten. Diese verdammte Sadi. Ich wäre nie darauf gekommen, dass sie ein Origin ist, aber ich glaube, sie ist nicht die Einzige, die sich als Lux ausgibt und unter ihnen lebt.«

Ich runzelte die Stirn. »Wer denn noch?«

»Bis zu dem Tag, als ich deinetwegen aus der Kolonie abgehauen bin, ist es mir nie richtig aufgefallen. Misstrauisch bin ich bei ihm allerdings schon immer gewesen. Irgendetwas an ihm war seltsam, und als ich gegangen bin, hat er echt sonderbare Dinge von sich gegeben. Damals haben sie für mich keinen Sinn ergeben und ich habe mir nicht viel dabei gedacht. Erst als Archer uns offenbart hat, was er ist – du weißt schon, die Augenfarbe.« Er rollte auf den Rücken und atmete langsam aus. »Ethan Smith.«

Ich brauchte einen Moment, bis mir wieder einfiel, wer Ethan Smith war. »Der Ältere aus der Kolonie bei uns zu Hause?«

Er nickte. »Er hat genau die gleichen Augen wie Archer und Luc.«

»Heilige Scheiße«, stieß ich leise hervor, während ich mich

aufsetzte und die Füße unter den Po schob. »Aber wenn er ein Origin ist und die Origins dem Rest der Lux irgendwie geholfen haben herzukommen, bleibt die Frage, warum?«

Daemon sah mich an. »Ja, das ist die große Frage: Warum machen einige Origins gemeinsame Sache mit den Neuankömmlingen?«

Kapitel 12

Daemon

Kat sah aus, als schmerzte ihr Gehirn.

Ich konnte es ihr nicht verdenken. Wir wurden mit so vielen Problemen auf einmal bombardiert, dass ich das Gefühl hatte, ich sollte mir besser eine Football-Ausrüstung zulegen.

Wir lagen nebeneinander im Bett und versuchten uns etwas auszuruhen, bevor Archer zurückkam und wahrscheinlich neue schlechte Nachrichten mitbrachte, doch die Sache mit Ethan ging mir nicht aus dem Kopf.

Ich wusste, dass auch Kat nicht schlief, obwohl sie ruhig in meinen Armen lag. Genau wie mir gingen ihr zu viele Dinge durch den Kopf. Wenn ich an Dee dachte, hatte ich sofort das Bedürfnis, mit dem Gesicht die Wand einzuschlagen, deshalb beschäftigte ich mich lieber damit herauszufinden, was Ethan mit der Invasion der Lux zu tun haben könnte.

Denn das war die alles entscheidende Frage: Was trieb Origins und Lux an zusammenzuarbeiten? Genau das wollte ich von Archer wissen, als er mit einer großen Tüte voller Kleidung wieder in unserem Zimmer erschien. Außerdem warf er Kat einen Schokoriegel zu und ich fragte mich stirnrunzelnd, wie viel er wohl von uns mitbekommen hatte.

Archer hob eine Augenbraue. »Genug, um zu wissen, dass du mir jedes Mal am liebsten den Kopf abschlagen würdest, sobald wir im selben Zimmer sind.«

Ich musste lächeln, während Kat damit beschäftigt war, den Schokoriegel auszupacken, und nur kurz aufblickte. »Was ist?«, fragte sie.

»Nichts«, antwortete ich, während ich bereits in der Tüte wühlte und eine Jeans in meiner Größe darin fand. Es war fast beunruhigend.

»Zurück zu deiner Frage. Über die Origins und Lux.« Archer lehnte sich gegen den Tisch und verschränkte die Arme. »Ich habe ehrlich gesagt keine Ahnung, was ihnen das bringt, abgesehen von der altbewährten Theorie, dass die Weltherrschaft mit vereinten Kräften bla, bla, bla.«

»Das ist ein Klischee«, kommentierte ich.

»Und viel zu offensichtlich«, stimmte er zu.

Ich schaute zu Kat, die den Riegel verschlang und dabei aussah, als würde sie etwas Göttliches erleben und kurz vor ihrem ersten Geschmacksorgasmus stehen. Sofort wünschte ich mir, Archer wäre nicht im Raum.

Sein Lächeln wurde breiter.

Und ich wünschte mir auch, dass er endlich aus meinem Kopf verschwinden würde. »Wusstest du von Ethan?«, fragte ich, um zum Thema zurückzukommen.

Er schüttelte den Kopf. »Wir sind nicht wie ihr freakigen Aliens, bei denen die Gedanken verschmelzen und jeder jederzeit weiß, wo der andere ist.«

»Nach meinem letzten Stand gehört ihr dieser freakigen Alien-Familie sehr wohl an, also …«

Kat brach ein winziges Stück von ihrem Riegel ab und bot es mir an. Kaum hatte ich den Kopf geschüttelt, war es auch schon in ihrem Mund verschwunden. »Du bist Ethan also nie begegnet oder hast von ihm gehört?«, hakte sie nach.

»Es gibt viele Origins, mit denen ich noch nie Kontakt hatte oder die ich nicht mehr gesehen habe, seit wir auf andere Stützpunkte verlegt worden sind. Daedalus hat zahlreiche von ihnen auf der ganzen Welt in sehr einflussreichen Positionen sitzen.

Wenn auch nur einige von ihnen mit den Neuankömmlingen zusammenarbeiten, haben wir ein ernsthaftes Problem.

»Als hätten wir im Moment noch keins«, merkte ich an.

»Ja, schon, aber besonders schwierig wird es dadurch, dass wir Origins uns als Menschen, Lux oder sogar als Hybride ausgeben und eure Gedanken lesen können. Ihr habt euch schon einmal an jemandem die Finger verbrannt, den ihr für einen Lux gehalten habt. Wahrscheinlich sogar zwei Mal, wenn ihr diesen Ethan mitzählt, was es schwierig macht, noch irgendetwas für wahr zu halten, was ihr zu wissen oder sehen glaubt«, stellte Archer fest. »Sagen wir, eine Handvoll Origins, die Politiker, Ärzte oder beim Militär sind, arbeiten tatsächlich mit den Lux zusammen. Sie werden sich zu einem Zirkel zusammenschließen –«

»Also, was tun wir?« Kat rutschte vom Bett und warf das Papier des Schokoriegels in den Müll. »Ich meine, wir können doch nicht einfach den Kopf in den Sand stecken. Irgendetwas muss man doch tun können.«

Archer wirkte auf einmal angespannt. »Es wird auch etwas getan.«

Kat blieb mitten im Raum stehen und man sah ihr an, wie sie zwischen Hoffnung und böser Vorahnung schwankte. »Was denn?«

Archer schaute zu mir und sein Blick verriet, dass es sich mit Worten allein nicht erklären ließ. Seine Anspannung war so deutlich spürbar, dass es nichts Gutes verheißen konnte. »Warum zieht ihr euch nicht schnell an und wir treffen uns unten in der Eingangshalle?«, schlug er vor.

Kat ballte die Hände zu Fäusten. »Was verschweigst du uns?«

»Es ist nicht so, dass ich es euch nicht erzählen will.« Er drückte sich vom Tisch ab und machte sich auf den Weg zur

Tür. »Aber ich denke, dass ihr es mit eigenen Augen sehen müsst, um es zu glauben.«

»Damit machst du es ja gar nicht unnötig spannend.« Ich stand auf und griff an den Bund meiner Jogginghose. Archer stand noch in der Tür und ich hob eine Augenbraue. »Wenn du mich nicht im Adamskostüm bewundern willst, würde ich vorschlagen, dass du jetzt gehst.«

Archer verdrehte die Augen. »Lieber nicht.«

Kat und ich zogen uns schnell um und die Tatsache, dass auch für sie eine Jeans in der Tüte lag, die ihr wie angegossen passte, ließ das allzu vertraute Bedürfnis, Archer eine reinzuhauen, wieder aufleben. Aber ich musste anerkennen, dass sie super und wieder ganz wie sie selbst aussah in der dunklen Jeans und dem dünnen grauen Pullover. Ihr luftgetrocknetes Haar fiel in lockeren Wellen über ihre Schultern und man hätte glauben können, wir würden gemeinsam essen oder ins Kino gehen.

Doch was uns bevorstand, war so weit von diesem Wunschdenken entfernt, dass es einfach nur niederschmetternd war.

Nachdem ich den Knopf meiner Jeans geschlossen hatte, trafen sich unsere Blicke. »Bist du bereit, wofür auch immer?«

Sie nickte. »Auch wenn ich mir nicht sicher bin, ob ich überhaupt sehen möchte, was er uns zeigen will.«

»Das kann ich verstehen. Im Moment ist alles möglich.« Ich blieb vor der verschlossenen Tür stehen und streckte meine Hand nach ihr aus. Sie ergriff sie und ich zog sie zu mir heran, schlang meine Arme um ihre Taille, hob sie hoch und drückte sie fest an mich.

Ihr leises Lachen klingelte in meinen Ohren wie eine äußerst rare Kostbarkeit. »Du zerquetschst mich.«

»Mm-hmm.« Ich stellte sie wieder ab und küsste sie auf die

Stirn. »Egal was passiert, vergiss unsere Pläne nicht.« Es erschien mir wichtig, sie daran zu erinnern.

Das Grau ihrer Augen war warm, als sie zu mir aufschaute. »Die Hochzeitspläne?«

»Genau.« Ich beugte mich zu ihr herab und flüsterte ihr ins Ohr. »Denn wenn wir gleich etwas absolut Erschütterndes zu sehen kriegen, wovon ich ausgehe, werde ich mich einfach darauf konzentrieren, was wir vorhaben, und mir vorstellen, wie ich dein Hochzeitskleid hochhebe und auf die Knie gehe.«

»O Gott«, flüsterte sie, und als ich mich grinsend von ihr löste, waren ihre Wangen knallrot. »Du bist … du bist …«

»Was?«

Sie schüttelte den Kopf und schluckte. »Unglaublich.«

Noch immer grinsend öffnete ich die Tür. »Nach dir, Kätzchen.«

Beim Hinausgehen platzierte ich noch einen liebevollen Klaps auf ihr Hinterteil, der sie herumwirbeln ließ. Vorwurfsvoll sah sie mich an und ich erwiderte ihren Blick vollkommen reuelos. Diese Kleinigkeiten im Leben waren es, die es lebenswert machten.

Archer tat so, als hätte er es nicht bemerkt. Offenbar war ihm doch an bestimmten Teilen seines Körpers gelegen. Wir folgten ihm über den Flur, gingen dann eine Treppe hinunter und einen weiteren Gang hinab, bis wir zu einer gläsernen Flügeltür gelangten, hinter der es aussah wie in einer Kommandozentrale der NASA.

»Was ist das?«, erkundigte ich mich.

»Das, was du vermutest.« Archers Lächeln spiegelte sich nicht in seinen Augen wider, als ich ihn wütend ansah. »Es ist die Kommandozentrale des Stützpunkts. Dort drinnen sind sie mit

Satelliten, Raketen und allen möglichen anderen netten Dingen verbunden.«

Kat rümpfte die Nase, sagte aber nichts.

Archer öffnete die Tür und es überraschte mich nicht, dass Luc uns dort erwartete. Er hatte die Füße übereinandergeschlagen auf einen weißen Empfangstresen gelegt. In der Hand hielt er ein Trinkpäckchen Multivitaminsaft.

Ich schüttelte den Kopf.

Auch Nancy war dort. Mit spitzem Gesicht, als hätte sie etwas Saures im Mund, hatte sie die Arme vor der schmalen Brust verschränkt. Neben ihr stand ein Mann mit stahlgrauen Augen, kurz geschnittenem Haar und in voller Militärmontur, auf der so viele Abzeichen glänzten, dass ich ihn sofort als potenziell problematisch einstufte.

Überhaupt war der Raum voll von Militärleuten, die alle Kopfhörer trugen und vor Computern saßen, was auch immer sie dort taten. Einige schauten zu uns, als wir eintraten. Keiner von ihnen schien überrascht zu sein. Vor Luc hing ein riesiger Bildschirm an der Wand.

Ich blickte zu dem Militärtypen. »Wer ist dieser Idiot?«

Kat sah mich vorwurfsvoll an und Luc drehte sich ruckartig auf seinem Stuhl um und klang, als hätte er sich an seinem eigenen Lachen verschluckt. »O Mann, jetzt weiß ich wieder, warum ich dich mag.«

»Juchei«, murmelte ich.

Nancy sah nicht gerade glücklich aus, als sich der Mann mit breiten Schultern vor uns aufbaute. »Das ist General Jonathan Eaton, der *höchste* Offizier der United States Air Force«, stellte Nancy ihn vor und ihre Worte stachen wie Messerstiche. »Ein wenig Respekt wäre angebracht.«

Ich hob eine Augenbraue. »Klar.«

Ich musste es dem General Wie-auch-immer-er-hieß zeigen. In seinem Blick war nicht ein Funke, nicht ein winziges bisschen Zorn, als er zu sprechen anfing. »Ich weiß, dass Sie keine besonders … hohe Meinung von Regierungsmitgliedern haben«, sagte er, »aber ich kann Ihnen versichern, dass wir Ihnen gegenüber nicht feindlich gesinnt sind.«

»Das wird sich noch zeigen«, erwiderte ich und blickte zu dem großen Bildschirm auf. Wenn ich es richtig deutete, war darauf die Luftbildaufnahme einer Großstadt zu sehen. Ich konnte die Dächer der Wolkenkratzer erkennen und einen blauen Klecks, der vielleicht das Meer war.

»Das ist verständlich«, antwortete er und ich schaute wieder zu ihm. »Ich wollte nur sagen, dass ich nie irgendwelche Probleme mit Ihrer Spezies hatte.«

»Und ich nicht mit Ihrer«, bekräftigte ich. »Jedenfalls nicht, bis Sie uns entführt und angefangen haben grausame Experimente mit uns zu machen, meine Familie auseinandergerissen und überhaupt nur noch Scheiße gebaut haben.«

Nancy bekam rote Flecken im Gesicht, schwieg aber. Ganz anders der General. »Viele von uns wussten nicht genau, was Daedalus tat und wie sie an die Lux und Hybriden herankamen. In Zukunft wird vieles anders laufen.«

»Nicht zuletzt seinetwegen liegt Daedalus jetzt am Boden.« Luc verschränkte die Arme hinter dem Kopf. Ich fragte mich, wo er das Trinkpäckchen gelassen hatte. Sein flüchtiger Blick wanderte zu Nancy und ein abgeklärtes Grinsen erschien auf seinen Lippen. »Ich finde ihn irgendwie cool.«

»Darauf kann ich mir ja was einbilden«, antwortete der General trocken und Archers Husten klang verdächtig nach einem Lachen. »Wir sind vielleicht nicht immer einer Meinung, denken sogar grundsätzlich anders«, sagte er zu mir, »und ich werde auch nicht wiedergutmachen können, was Ihrer Familie oder denen, die Ihnen wichtig sind, angetan wurde.« Er blickte streng in Richtung Nancy. »Aber ich kann Ihnen versichern, diejenigen, die für die eher unschönen Aspekte von Daedalus verantwortlich sind, werden angemessen bestraft.«

Kat sah ihn ungläubig an.

»Moment mal.« Ich stellte mich näher zu ihr – nicht dass ich vorher weit entfernt gewesen wäre, aber jetzt standen wir förmlich an derselben Stelle. »Schön und gut, dass Sie Gefallen an einigen Lux gefunden haben, aber warum um alles in der Welt würden Sie irgendjemandem von uns im Moment trauen? Und warum sollten wir Ihnen trauen?«

Der General hob das Kinn. »Sie gehen sicher nicht davon aus, dass Sie und Ihr Bruder die einzigen Lux sind, die je einen Menschen mutiert haben, der ihnen viel bedeutete. Auch Ihnen muss bewusst sein, dass es viele Lux dort draußen gibt, die alles tun würden, um den oder die Menschen, die ihnen etwas bedeuten, zu beschützen. Ich weiß, dass diese Verbindung stärker ist als der Einfluss derjenigen, die vor kurzem hergekommen sind. Dessen bin ich mir sicher.«

»Warum?«, fragte Kat.

»Weil sich meine Tochter und ihr Mann hier auf dem Stützpunkt befinden«, sagte er und sah mich an. »Und ja, er ist ein Lux.«

Ich spürte, wie Kat zu mir schaute, während ich den General betrachtete. Das war jetzt wirklich das Schockierendste, das ich je gehört hatte. Ich lachte. Ich konnte nicht anders. »Ihre Tochter ist mit einem Lux verheiratet?«

Nancy spitzte die Lippen und ich meinte zu sehen, dass ihre Wangen sichtbar eingefallen waren.

»Sie sind seit fünf Jahren verheiratet«, sagte er und seine dunkelblaue Uniform spannte an den Oberarmen, als er die Arme verschränkte.

»Ihre Tochter ist mit einem Lux verheiratet und Sie haben zugelassen, was Nancy mit ihnen gemacht hat? Und mit uns?« Zorn blitzte in Kats Gesicht auf.

»Wie gesagt, es gab Dinge, von denen wir nichts gewusst haben«, sagte der General mit bekümmerter Miene.

»Das ist keine Entschuldigung«, fauchte sie und ich merkte, dass sie jetzt ihre Krallen ausfahren würde.

Seine Mundwinkel zuckten, als versuchte er zu lächeln. »Sie erinnern mich an meine Tochter.«

Nancy wandte sich ab und ich hätte schwören können, dass sie mit den Augen rollte.

»Ich weiß, dass ich nichts daran ändern kann, was in der Vergangenheit geschehen ist, ich kann lediglich dafür sorgen, dass es nie mehr wieder vorkommt. Und das werde ich.« Er holte tief Luft. »Aber im Moment haben wir es mit einer weltweiten Katastrophe von bisher ungekanntem Ausmaß zu tun. Das ist alles, woran ich zurzeit denken kann.«

»Eine weltweite Katastrophe.« Luc hob eine Augenbraue. »Das klingt so unglaublich dramatisch und als wenn es –« Ein dumpfer Piepton unterbrach ihn. Er griff in seine Tasche und zog sein Handy hervor.

Dann schwang er die Füße vom Tisch und stand mit finsterer Miene auf. »Ich muss los, mich um etwas kümmern.«

Ohne sich noch einmal umzudrehen, eilte er in Richtung Tür. Die freie Hand hatte er zur Faust geballt und ich wurde mit jeder Sekunde unruhiger. Ich hatte Luc noch nie so … so nervös erlebt.

Alles okay, drang Archers Stimme durch meine Gedanken hindurch. *Was ihn gerade beschäftigt, hat nichts mit dem hier zu tun.*

Das klingt jetzt wahrscheinlich paranoid, aber es kann trotzdem nichts Gutes bedeuten, sendete ich zurück.

Der General ist sauber, bekräftigte Archer und suchte meinen Blick. *Und wie gesagt, Lucs Sache hat nichts hiermit zu tun.*

Ich war noch immer nicht hundertprozentig überzeugt, weshalb ich vorsichtshalber den Arm um Kats Schulter legte. Kurz blickte ich zu dem General und Nancy. Ich war mir nicht sicher, was da vor sich ging. »Wo ist der andere?«, erkundigte ich mich. »Sergeant Dasher?«

Nancy wandte sich mir zu. »Er ist tot.«

Ich merkte, wie Kat neben mir erstarrte. »Was ist passiert?«, wollte sie wissen.

»Ein Kampf gegen die Lux vor den Toren von Las Vegas.« Nancy verengte die dunklen Augen zu Schlitzen und sah uns herausfordernd an. »Ihr beide müsstet darüber doch froh sein.«

»Ich kann nicht behaupten, dass es mir schlaflose Nächte bereiten wird.« Ich hielt ihrem Blick stand, bis sie sich wegdrehte. Dasher war zwar kein kompletter Soziopath wie unsere Nancy, auf meiner Todesliste stand er trotzdem.

Zumindest konnte ich hinter seinen Namen jetzt einen Haken setzen.

»General Eaton.« Die Stimme eines Mannes, der neben dem großen Bildschirm stand, drang zu uns herüber. Die Arme hielt er steif seitlich an seinen Körper gepresst. »Es sind noch fünf Minuten.«

Fünf Minuten, bis was passiert?

Ich hatte den Gedanken gerade beendet, als das Bild auf dem Monitor herangezoomt wurde und die Gebäude, die die vollen Straßen säumten, klarer zu erkennen waren. An einigen Stellen sah man allerdings nur grauen Qualm.

»Was ist das?«, fragte Kat, löste sich aus meinem Arm und trat vor.

Ich blickte zu Archer und wusste sofort, dass es das war, was wir uns ansehen sollten. »Was ist da los?«

Der General schritt mitten durch den Raum, vorbei an den Reihen kleinerer Monitore und den Leuten, die etwas in ihre Computer tippten. »Das ist das, was wir tun, um die Invasion zu stoppen.«

Ich wandte den Blick wieder dem großen Bildschirm zu. O Mann, ich hatte wirklich kein gutes Gefühl.

»Vier Minuten«, verkündete ein anderer Typ von vorn.

Wenn Leute runterzuzählen begannen, verhieß das meist Böses. Kat hatte nachgehakt, was es zu bedeuten habe, doch während ich auf die blinkenden Lichter der Stadt starrte, begann eine Ahnung in meinem Kopf Gestalt anzunehmen.

»Was Sie auf dem Bildschirm sehen, ist Los Angeles«, erklärte der General. »Dort ist eine beträchtliche Zahl Lux gelandet, die alle eine menschliche Erscheinungsform angenommen haben, meistens von Regierungsbeamten oder Leuten in anderen einflussreichen Positionen. Sie haben sich flugs die DNA von Menschen einverleibt, die im passenden Alter für eine Familie sind. Wir haben dort unsere Spitzel, die uns auf dem Laufenden halten, aber seit gestern Nacht haben wir komplett die Kontrolle über die Stadt verloren.«

»Oha.« Kat schlang die Arme um ihren Körper, während sie auf den Bildschirm starrte.

»Houston, Chicago und Kansas City sind ebenfalls verloren«, schaltete sich Nancy ein. »Zumindest sind das die Städte, von denen wir es wissen. Die einzige Stadt, die wir noch halten können, ist Washington, aber die Lux versammeln gigantische Truppen in der Umgebung – Alexandria, Arlington, Mount

Rainier und Silver Spring sind fast vollständig unter ihrer Kontrolle.«

Verdammt.

»Wir wissen von keinen Origins in Washington, die sich mit den einfallenden Lux zusammengeschlossen haben«, fügte er hinzu. »Wir hoffen, dass es nicht der Fall ist, aber wir müssen damit rechnen.«

»Drei Minuten.«

Mein Blick blieb am Rücken des Mannes hängen, der die Zeit durchgab. »Was geschieht in drei Minuten?«

Kat drehte sich zu mir um. Sie war blass und ich wusste, dass sie das Gleiche dachte wie ich und dass es nichts Gutes war.

»Wir müssen die Lux mit allen Mitteln aufhalten, und zwar so, dass es möglichst wenig Menschenleben kostet.« Der General hob die Schultern, während er tief Luft holte. »Das schränkt unsere Möglichkeiten natürlich erheblich ein.«

Archer drückte sich von der Wand ab, als rechnete er damit, dass ich ausrasten würde, wenn sich meine Befürchtungen bestätigten.

»Der Präsident der Vereinigten Staaten hat in Absprache mit dem Verteidigungsminister einem EMP-Testangriff auf die Stadt Los Angeles zugestimmt.«

Ungläubig sah ich den General an.

»Ein EMP-Angriff?«, fragte Kat entgeistert.

»Das ist ein als Waffe eingesetzter elektromagnetischer Impuls in Form von mehreren nicht nuklearen E-Bomben«, erklärte er und mir wurde ganz anders. »Sobald die Bombe in knapp hundert Metern Höhe detoniert, funktioniert sie wie eine PEP-Waffe, nur dass ihre Reichweite viel größer ist. Man geht davon aus, dass sie kaum Menschenleben fordern wird. Gefährlich ist sie lediglich für Herzkranke oder Leute mit körperlichen Leiden, die auf einen elektrischen Impuls dieser Stärke reagieren … und für Menschen, die zurzeit künstlich beatmet werden.«

»Zwei Minuten, Flughöhe siebenhundert Fuß«, meldete sich die Stimme am Bildschirm, bevor durch Rauschen hindurch über Funk die genaue Position verkündet wurde.

Archer stand jetzt direkt neben mir.

»Die meisten Menschen werden einen stechenden Schmerz und eine vorübergehende Lähmung spüren«, fuhr er fort, während sich Kat wieder dem Bildschirm zuwandte. »Für Lux, Hybride und Origins innerhalb der Reichweite werden die E-Bomben jedoch sofort tödlich sein.«

Heilige Scheiße.

Ich verstand die Notwendigkeit – sie mussten etwas gegen die Lux unternehmen, die die Erde überrannten –, aber meine Schwester war irgendwo dort draußen, hoffentlich wenigstens nicht in der Nähe von L. A. Sicher gab es allerdings auch dort unschuldige Lux und Hybride und sogar Origins, die keine Ahnung hatten, was da auf sie zurauschte.

»Unschuldige werden dabei sterben, Menschen und Lux«, sagte der General, als könnte er meine Gedanken lesen. »Aber leider muss man einige Opfer in Kauf nehmen, um den Großteil zu retten.«

Als ich mich wieder dem Bildschirm zuwandte, flackerte er ungefähr eine Sekunde lang, bevor alles ruhig wurde. Einmal mehr wurde herangezoomt, nah genug, um die Bewegungen am Boden zu erkennen.

»Aber sie bewirken noch mehr«, sagte Archer ruhig. »Eigentlich wollte man mit den E-Bomben nämlich etwas anderes erreichen.«

Der General nickte. »Ursprünglich wurden sie als Massenvernichtungswaffe entwickelt, die nicht allzu viele Menschenleben fordern würde. Dafür zerstören sie unwiederbringlich jedes elektronische Gerät und jede Energiequelle.«

Heilige Scheiße.

Mehr konnte ich nicht denken.

»Das ist ja alles«, stammelte Kat. »Absolut alles in L. A. – Telefone, Autos, Krankenhäuser, die Medien – alles.«

»Eine Minute, Flughöhe vierhundert Fuß.«

»L. A. wird damit buchstäblich ins Mittelalter zurückkatapultiert werden.« Archer blickte auf den großen Bildschirm. »Ihr werdet jetzt miterleben, wie Geschichte neu geschrieben wird, die dann aber nicht mehr umgeschrieben werden kann.«

»Das könnt ihr nicht machen«, stieß ich hervor.

Kat schüttelte den Kopf. »Nein, das ist unmöglich. Dort sind Menschen, die Strom brauchen – unschuldige Leute, deren Leben einfach beendet wird. Das können Sie nicht –«

»Dafür ist es jetzt sowieso zu spät«, bemerkte Nancy in gereiztem Tonfall. Ihre dunklen Augen funkelten. »Es ist die einzige Möglichkeit, sie zu stoppen. Damit es überhaupt ein Morgen geben kann, in dem die Menschheit sicher ist.«

Ich öffnete den Mund, doch in dem Moment war wieder das Rauschen des Funkgeräts zu hören und es wurde von zwanzig runtergezählt. Es ließ sich nicht mehr aufhalten und geschah direkt vor unseren Augen.

Ich rückte noch näher an Kat heran, ohne den Blick vom Bildschirm abzuwenden. Darauf sah man Autos, die auf dem Freeway unterwegs waren und versuchten die Stadt zu verlassen. Vielleicht saßen darin Lux, gute und schlechte. Auch Menschen mit Herzproblemen könnten darunter sein. Irgendwo auf dem Bildschirm waren Krankenhäuser zu sehen und darin befanden sich Leute, die nicht noch einmal Luft holen würden.

Und dann geschah es.

Kat schlug die Hand vor den Mund, als ein gleißender Lichtblitz das Bild einen Moment lang zum Wackeln brachte, bevor es wieder klar wurde. Alles sah aus wie zuvor, nur bewegten sich die Autos auf dem Freeway nicht mehr. Nichts bewegte sich und …

In der gesamten Stadt war es dunkel geworden.

Kapitel 13
Katy

O Gott, wenn ich mich nicht sofort setzte, würde ich umkippen.

Ich konnte mich nicht von dem Bildschirm losreißen. Nichts geschah. Natürlich nicht. Millionen von Menschen in L. A. waren vorübergehend gelähmt. Und wie viele von ihnen würden nicht mehr auf die Beine kommen? Hunderte? Tausende? Ich konnte nicht begreifen, was ich gerade gesehen hatte.

In dem knackenden, rauschenden Funksender verkündete eine Stimme den erfolgreichen Abwurf der E-Bomben. Niemand im Raum applaudierte. Ich war froh, dass es so war, denn ich war mir sicher, dass es sonst nicht ohne eine Ladung Onyx in Daemons oder meinem Gesicht abgegangen wäre.

»Wir werden jetzt alles auf elektrische Impulse scannen«, informierte uns der Beamte, der vorher den Countdown angesagt hatte. »In zwei Minuten sollte ich die Daten haben.«

General Eaton nickte. »Danke.«

»Die Lux in all ihren Varianten geben ein elektrisches Signal ab«, erklärte Nancy, was ich bereits wusste. Genau deshalb waren PEP-Waffen und diese E-Bomben so gefährlich.

Sie wirkten auf uns wie ein elektrischer Stuhl.

Daemon zog mich an sich. Als ich eine Hand auf seine Brust legte, spürte ich, wie sein Körper vibrierte. Er war genauso aufgebracht wie ich. In mir toste der Zorn so sehr, dass meine Haut kribbelte. Es war schon vorher frustrierend gewesen und ich wusste, dass unsere Möglichkeiten begrenzt waren, aber dies …?

Was gerade geschehen war, war mehr, als dass es Todesopfer

zu beklagen gab. Dieser Tag, welches Datum wir auch immer schrieben, würde ins Buch der Schande eingehen, als der Tag, an dem die Stadt der Engel *einfach aufhörte.* Nichts würde dort mehr funktionieren wie zuvor. Strom, Netzwerke und die komplexe Infrastruktur, die meinen Horizont weit überstieg, das alles gab es nicht mehr.

»Das kann man nicht wieder aufbauen, oder?«, fragte ich und meine Stimme klang hohl.

»Es würde Jahrzehnte, wenn nicht länger, dauern, die Stadt wieder in den Zustand zu bringen, in dem sie vorher war«, antwortete Archer mit versteinerter Miene.

Ich schloss die Augen und war von der Tragweite vollkommen geplättet.

»Es ist keinerlei Aktivität festzustellen«, verkündete der Beamte. »Nicht der kleinste Impuls.«

Daemon schien neben mir erstarrt zu sein und ich drückte die Hand fester auf seine Brust. Wahrscheinlich waren viele Unschuldige umgekommen.

Und dies war erst der Anfang. Dessen war ich mir sicher. Mit weiteren Städten auf der Welt würden sie genauso verfahren, mehr Unschuldige würden sterben und die Welt würde … verdammt, das Leben, wie wir es gekannt hatten, würde es nicht mehr geben und es wäre wie in einem dystopischen Roman. Dieser Gedanke war mir schon früher gekommen, doch jetzt war er wahr geworden.

Ich drehte mich zu General Eaton um. »Sie können das nicht weitermachen.«

Er sah mich aus seinen dunkelgrauen Augen an und ich wusste, dass er dachte: *Wer zum Teufel ist diese Göre, dass sie glaubt mir etwas sagen zu können?* Und vielleicht hatte ich tatsächlich kein Recht darauf. Wenn man das Gesamtbild betrachtete, war ich ein Nichts, eine freakige Laune der Natur, aber ich konnte nicht einfach dabei zusehen und schweigen, während sie die Welt Stadt für Stadt zerstörten.

»Sie zerstören die Lebensgrundlage von Millionen und dabei sind die Leute, die direkt durch den Abwurf der Bomben getötet wurden, noch nicht einmal mitgezählt«, rief ich mit zittriger Stimme. »Sie können das nicht weitermachen.«

»Wir haben uns nicht leichtfertig dazu entschieden. Glauben Sie mir, es stimmt, wenn ich Ihnen sage, dass es uns viele Stunden Schlaf gekostet hat und kosten wird«, antwortete er. »Aber es gibt keinen anderen Weg.«

Daemon verschränkte die Arme vor der Brust. »Was Sie da tun, ist wie Völkermord.«

Darauf sagte niemand etwas, denn was sollte man darauf auch sagen? Es *war* Völkermord, da diese Bomben die meisten Lux auf diesem Planeten vernichten würden.

Archer rieb sich mit der Hand übers Kinn. »Die Frage ist doch, welche Möglichkeiten es sonst gibt. Ihr wisst so gut wie ich, dass es nur noch Wochen dauern wird, bis die Lux den ganzen Planeten kontrollieren, wenn sie nicht gestoppt und die Origins, die mit ihnen zusammenarbeiten, nicht gefasst werden.«

»Vielleicht nicht einmal so lange«, schaltete sich Nancy ein und ließ sich auf einen leeren Stuhl fallen. Ihre Miene war so teilnahmslos wie eh und je, aber ich fragte mich, ob sie befürchtete, ihre kleinen Origins könnten irgendwo in der Nähe einer der Städte, auf die Bomben geworfen würden, versteckt gehalten werden. »Wenn die Origins in die Sache verwickelt sind –«

»Das sind sie«, sagte ich und dachte an Sadi und Ethan Smith. »Einige ja.«

Kühl sah sie mich an. »Dann gibt es wirklich keine andere

Möglichkeit. Die Origins sind als eine perfekte Spezies erschaffen worden, deren kognitive Fähigkeiten weit über die von normalen Menschen hinausgehen. Ein Origin –«

»Wir haben es verstanden«, schnitt Daemon ihr das Wort ab. Seine Augen funkelten wie geschliffene Smaragde. »Wenn ihr Mutter Natur nicht ins Handwerk gepfuscht und diese Origins erschaffen hättet –«

»He«, murmelte Archer. »Direkt neben dir steht einer.«

Daemon beachtete ihn nicht. »Wenn ihr das nicht getan hättet, wären die Lux vielleicht gar nicht gekommen.«

»Das weißt du nicht«, entgegnete Nancy und zog die Schultern hoch. »Sie hätten auch –«

»Was ich weiß, ist, dass sie mit den Neuankömmlingen zusammenarbeiten«, unterbrach Daemon sie abermals. »Und man muss kein Genie sein, um darauf zu kommen, dass die Origins etwas mit der Invasion der Erde zu tun haben. Diesen Mist habt ihr euch zuzuschreiben – Daedalus.«

»Was echt ironisch ist, findet ihr nicht?«, sagte Archer, und als Daemon ihn ausdruckslos ansah, befürchtete ich kurz, er würde die Augen verdrehen. »In der griechischen Mythologie war Dädalus der Vater von Ikarus. Er hat die Flügel gebaut, mit denen Ikarus geflogen ist, aber der blöde Kerl ist der Sonne zu nahe gekommen. Die Flügel sind geschmolzen, er ist abgestürzt und im Meer ertrunken. Seine Erfindung ist ihm also zum Verhängnis geworden. So ähnlich ist es mit Prometheus.«

Daemon sah Archer lange an, bevor er sich wieder Nancy zuwandte. »Wie dem auch sei, egal wie ihr es dreht und wendet, ihr habt Mist gebaut.«

»Und wir versuchen es wieder geradezubiegen«, konterte General Eaton. »Wenn nicht zufällig noch jemand eine Idee hat, auf die wir noch nicht gekommen sind, gibt es keine andere Möglichkeit.«

»Ich weiß es nicht.« Ich presste zwei Finger an die Schläfen. »Jetzt könnten wir echt die Avengers gebrauchen.«

»Quatsch, wir brauchen Loki«, erwiderte Daemon.

General Eaton runzelte die Stirn. »Leider ist das Marvel-Universum nicht real, deshalb …«

Ich begann zu lachen und war kurz davor, hysterisch zu werden und nicht mehr aufhören zu können, doch dann kniff Daemon die Augen zusammen, als hätte er einen Schlag auf den Kopf bekommen.

»Moment mal«, sagte er und fuhr sich mit der Hand durch das zerzauste Haar. »Wir brauchen das Pendant zu Loki.«

»Ich kann dir nicht ganz folgen«, sagte ich.

Er schüttelte den Kopf. »Es gibt jemanden, der die Sache übernehmen könnte, das weiß ich.«

General Eaton neigte den Kopf zur Seite, während Archer Daemon mit zusammengepressten Lippen ansah. Ich wusste, dass er Daemons Gedanken belauschte. Was auch immer er mitbekam, schien ihn nicht gerade zu begeistern.

»Das ist verrückt, Wahnsinn, komplett irre, aber es könnte funktionieren«, flüsterte Archer ehrfürchtig und bestätigte damit meine Vermutung.

Daemon sah ihn mit einem Killerblick an. »Ach, warum erzählst du nicht einfach allen, was ich denke.«

»Oh, nein.« Archer machte eine wegwerfende Geste mit der Hand. »Ich will dir nicht die Schau stehlen.«

»Ich glaube, das hast du bereits getan, also –«

»Nun mach schon«, schaltete ich mich ungeduldig ein. »Erzähl's dem Rest von uns, der im Gedankenlesen nicht so glänzt wie Archer.«

Daemons Lippen verzogen sich zu einer Art Lächeln. »Es gibt etwas, dem die Neuankömmlinge nichts entgegenzusetzen haben.«

»Na, die E-Bomben natürlich«, entgegnete Nancy beharrlich.

Daemons Nasenflügel bebten. »Nein, es gibt etwas, das nicht gleich alles auf der Erde zerstört, was man sich nur erdenken kann.«

Nancy wendete sich ab und richtete den Blick auf den Bildschirm, als würde sie das ganze Gespräch langweilen. Ich überlegte, ob es mir wohl jemand übel nehmen würde, wenn ich ihr mit Schwung einen Tritt in den Hinterkopf versetzte.

»Die Arum«, sagte Daemon.

Ich blinzelte langsam und glaubte, mein Verstand hätte gerade ausgesetzt. »Was?«

»Die Neuankömmlinge wissen von den Arum. So viel habe ich aufgeschnappt, allerdings habe ich noch etwas anderes mitbekommen«, erklärte Daemon. »Sie haben keinerlei Erfahrung mit ihnen.«

»Aber sie wissen von ihnen«, sagte General Eaton. »Das haben Sie selbst gerade gesagt.«

»Ja, aber aus eigener Erfahrung weiß ich, von der Existenz der Arum zu wissen oder etwas über sie erzählt zu bekommen ist etwas ganz anderes, als mit ihnen zu tun zu haben. Und sie haben noch nie einem gegenübergestanden. Die Arum haben sich damals vollzählig von unserem Heimatplaneten auf den Weg zur Erde gemacht, während sich die Lux, um die es jetzt geht, in die entgegengesetzte Richtung gewandt haben. Und selbst wenn sie früher mal einen Arum gesehen haben sollten, sie waren damals noch Kinder.«

Einige der Typen vor den kleinen Monitoren hatten sich auf

ihren Stühlen umgedreht und lauschten aufmerksam, was Daemon zu sagen hatte.

»Als ich zum ersten Mal einem Arum gegenüberstand, wäre ich gestorben, wenn Matthew …« Er holte tief Luft. Außer mir war es vielleicht niemandem aufgefallen, doch ich hatte bemerkt, dass ihm der Gedanke an Matthew noch immer einen Stich versetzte, und es tat mir in der Seele weh. Matthew, der eine Vaterfigur für sie alle gewesen war, hatte sie verraten und ich wusste, dass ihn das so schnell nicht loslassen würde. »Wenn Matthew nicht da gewesen wäre, jemand, der älter und erfahrener mit den Arum war, hätte es mein Ende bedeutet. Auch danach hat es noch ewig gedauert, bis ich den Dreh raushatte, wie man sie in den Griff bekommt.«

»Die Gesetze der Natur haben die Arum geschaffen, um die Lux in Schach zu halten und sie zu bekämpfen«, erklärte Archer aufgekratzt. »Für die Lux sind sie der einzige wahre Feind.«

Ein winziges bisschen Hoffnung keimte in mir auf, auch wenn ich ihr nach wie vor nicht allzu viel Raum zum Wachsen zugestehen wollte. »Aber die Origins wissen sicherlich, wie man mit ihnen zurechtkommt.«

»Das schon, allerdings gibt es nicht Tausende und Abertausende von ihnen«, erwiderte Daemon. »Und gerade deshalb ist es unmöglich, dass die Lux schnell lernen, wie sie sich gegen sie verteidigen müssen. Wahrscheinlich kommen sie nicht einmal auf die Idee, dass die Arum ein Problem darstellen könnten. Die Lux sind nämlich von Natur aus arrogant.«

»Nein, wirklich?«, murmelte ich.

Einer seiner Mundwinkel hob sich zu einem schiefen Grinsen, was ihn mal wieder unglaublich sexy aussehen ließ, während Archer leise in sich hineinlachte.

»Origins sind aber wahrscheinlich noch arroganter«, fuhr

Daemon fort. »Sie sind so arrogant, dass es schon an Dummheit grenzt.«

Archer hörte auf zu lachen.

»Wow. Ich höre förmlich Morgan Freemans Stimme aus dem Off: ›Ihr schwächstes Glied ist bereits hier‹«, kommentierte ich und errötete, als mich mehrere Augenpaare verständnislos ansahen. »Was ist? Das erinnert doch total an *Krieg der Welten*. Ich finde, der Film passt genau zu dieser Situation.«

Das Lächeln, das über Daemons Gesicht huschte, war echt, und wenn er so lächelte, schmolz ich jedes Mal innerlich dahin, und wenn wir noch so tief in der Scheiße saßen – vor allem, weil es so selten vorkam. »Ich liebe es, wie dein Gehirn funktioniert.«

Genau das ist ein Beispiel für die gefühlsduseligen Blicke zwischen euch. Darüber hast du doch in Beths und Dawsons Zimmer nachgedacht. Archers Worte drangen in meinen Kopf und ich zuckte innerlich zusammen. Meine Wangen begannen zu glühen und ich räusperte mich. »Glaubst du, es wird funktionieren?«

»Wie viele Arum sind hier?«, fragte Daemon an den General und an Nancy gewandt.

Was uns im Laufe der Zeit fast am meisten überrascht hatte, war die Tatsache, dass Daedalus mit den Arum zusammenarbeitete, um die Lux in Schach zu halten, aus welchen üblen und schändlichen Beweggründen auch immer.

Nancy spitzte die Lippen. »Wir haben keine genauen Zahlen, anders als bei den assimilierten Lux. Viele Arum haben sich im Dunkeln gehalten, nachdem sie hergekommen sind.«

»Im Dunkeln gehalten?«, hakte ich stirnrunzelnd nach.

»Sie sind untergetaucht«, erklärte General Eaton. »Sind von Stadt zu Stadt gezogen. Es ist verdammt hart, ihre Spuren zu verfolgen.«

»Und Sie haben sich sowieso mehr für uns und unsere irren Fähigkeiten interessiert.« Daemon grinste verächtlich. »Super.«

»Also, von wie vielen wissen wir?«, fragte ich, bevor das Gespräch vollends den Bach runterging.

»Für uns haben einige Hundert gearbeitet«, antwortete Nancy.

»Moment.« Daemon verengte die Augen. »Du sprichst in der Vergangenheit.«

O nein.

General Eaton sah aus, als wäre er kurz davor, aus der Haut zu fahren. »Viele von ihnen sind abgehauen, als die Lux massenweise landeten.«

»Viele?«, schnaubte Nancy und ließ die Hände über ihre Beine gleiten. »Alle. Was nicht wirklich überraschend ist. Sie sind nicht gerade bekannt dafür, loyal zu sein.«

Der winzige Keim der Hoffnung welkte in mir bereits dahin, als Archer das Wort ergriff. »Aber sie sind noch hier, auf diesem Planeten.«

»Und?«, entgegnete Nancy. »Du meinst, du kannst erreichen, dass sie uns helfen?«

Archer lächelte geheimnisvoll. »Nicht ich, aber ich kenne jemanden, der bei jemand anderem noch ziemlich viel gut hat.«

Nancy verdrehte die Augen. »Selbst wenn du sie dazu bringen könntest zu helfen, es würde nichts nützen. Es sind zu viele Lux und sie sind überall und –«

»Dürfte ich vielleicht etwas dazu sagen?«, meldete sich eine Stimme aus der Mitte des Raums. Sie gehörte einer Frau mittleren Alters mit dunkelblondem Haar, das zu einem festen Knoten zusammengebunden war. Sie war aufgestanden und hielt die Hände auf dem Rücken verschränkt.

General Eaton bedeutete ihr zu sprechen.

»Die meisten dieser neu angekommenen Lux sind in den

USA gelandet, die Zahlen in anderen Ländern sind überschaubar. Wir glauben, dass es mit der Anzahl der Lux zu tun hat, die wir bereits bei uns in den Vereinigten Staaten hatten. Wie Sie wissen, haben wir die Bewegungen der letzten zehn Stunden verfolgt. Viele Lux bewegen sich gen Osten, auf Washington zu. Wenn wir mit unseren Vermutungen richtigliegen, sammeln sie sich dort, um sich zu einer Einheit von beträchtlicher Größe zusammenzuschließen«, erklärte sie und sah dabei Daemon und Archer an. »Einige haben sich bereits in Städte integriert, die für uns verloren sind, aber wenn wir in der Lage wären, in Washington zuzuschlagen, könnten wir viele von ihnen erledigen.«

»Und genau das haben wir vor«, sagte General Eaton.

»Aber Sie haben vor, eine Elektro-wie-auch-immer-Bombe auf Washington zu werfen«, mischte ich mich ein und ballte die Hände zu Fäusten.

»Eventuell, wenn die Menge der Lux noch weiter ansteigt, sogar mehrere E-Bomben«, verbesserte Nancy. »So viele, dass der größte Teil von Virginia, Maryland und sogar die Interstate 81 in West Virginia lahmgelegt werden.«

»Verdammt«, fluchte ich leise und kniff die Augen zusammen. Dort lebten meine Mom und meine Freunde. »Was haben Sie mit Städten wie Houston, Chicago und Kansas vor, die bereits verloren sind?«

»In den nächsten vierundzwanzig Stunden werden dort E-Bomben abgeworfen.« General Eaton klang fast mitfühlend. »Diese Städte muss man abschreiben, Miss Swartz. Die meisten Lux haben eine menschliche Erscheinungsform angenommen und jeden Menschen getötet, der sich dazu nicht eignete. In diesen Städten gibt es wenig bis gar keinen Kontakt zu einer vertrauenswürdigen Quelle. Ich kann nur für die Menschen beten, die an diesen Orten noch leben.«

»Okay. Diese Städte sind verloren, aber sonst bislang nichts. Was ist, wenn es uns gelingt, sie zu stoppen?«, fragte Daemon. »Wenn wir das Gleiche erreichen könnten, aber ohne Unschuldige auf beiden Seiten zu töten und ohne die Städte so weit zu zerstören, dass sie unbewohnbar werden?«

Nancy lachte verächtlich und schüttelte ungläubig den Kopf.

»Denken Sie doch mal nach«, schaltete sich Archer wieder ein. »Allein in diesen drei Städten sind Millionen von Menschen heimatlos geworden, von L. A. ganz zu schweigen, und je mehr Bomben ihr abwerft, desto mehr Flüchtlinge wird es geben. Die Vereinigten Staaten würden untergehen.«

Ein Muskel zuckte in General Eatons Kiefer.

»Glauben Sie, darüber haben wir uns keine Gedanken gemacht oder nicht bereits Maßnahmen getroffen? Während wir hier noch reden, laufen bereits die Planungen für ein noch schlimmeres Szenario, als nur die Großstädte zu verlieren. Wir bereiten uns auf einen Totalverlust vor, für den Fall, dass die E-Bomben aus irgendeinem Grund versagen.«

Der General beschrieb die Maßnahmen, die darin bestanden, Computer und andere wertvolle elektronische Geräte in unterirdische Bunker zu bringen, wo auch nicht verderbliche Lebensmittel gelagert waren. Er redete und redete, bis ich fast kotzen musste.

Wenn ich die Neuankömmlinge für eine Katastrophe gehalten hatte, wurde ich eines Besseren belehrt. Jetzt standen wir an der Schwelle zu einem wahren Desaster.

»Wir können die Arum ins Boot holen«, sagte Archer. »Ich weiß, dass wir es können.«

Mein Herz schlug schneller. Wäre es wirklich möglich? Leicht würde es sicher nicht werden und ich konnte es kaum glauben, als General Eaton die magischen Worte sprach: »Wenn Sie die

Arum dazu bringen können, für uns zu kämpfen, dann werden wir noch damit warten, den Gegner vor Washington auszulöschen.«

»Danke.« Fast wäre ich in die Luft gesprungen und hätte den Kerl umarmt. Allerdings war ich froh es nicht getan zu haben, weil es wohl doch ziemlich peinlich gewesen wäre.

»Aber es bleibt nicht viel Zeit, ungefähr sechs Tage, vielleicht sieben, dann werden wir zu den E-Bomben übergehen«, verkündete der General. »Ich werde einige Telefonate führen müssen.«

»Das ist lächerlich.« Nancy erhob sich und fuchtelte mit den Armen in der Luft herum. »Ich kann nicht glauben, dass Sie auch nur darüber nachdenken, *denen* –«

»Sie vergessen Ihre Stellung, Husher. Wie immer«, fuhr General Eaton sie an und richtete sich zu voller Größe auf, was Autorität verströmte. »Ich bin bereit, genau wie der Präsident der Vereinigten Staaten, verschiedene Taktiken zu prüfen.«

Er wies Nancy noch eine Weile weiter in die Schranken. Allerdings hätte ich gedacht, ich würde mich mehr darüber freuen, das zu erleben, stattdessen war es ein einziges Fremdschämen und ich wünschte mir ernsthaft, nicht dabei sein zu müssen.

Daemon hingegen wirkte sichtlich zufrieden, als ich mich neben ihn stellte, während Nancy vorgeführt wurde.

Archer begann die verschiedenen Methoden zu erläutern, mit denen Arum über Lux herfallen und sie in weniger als fünf Sekunden erledigen konnten. Nie hätte ich gedacht, dass Daemon sich für dieses Thema einmal so begeistern könnte.

Nachdem Nancy gegangen war und jetzt wahrscheinlich in irgendeiner Ecke schmollte und überlegte, wie sie sich rächen sollte, begann General Eaton zu telefonieren. In dem Moment meldete sich mein Magen, um lautstark Essensnachschub zu fordern.

Überrascht, dass ich nach all dem, was ich gesehen und gehört hatte, hungrig sein konnte, drückte ich mir die Handballen in den Bauch und lächelte verlegen, als die Jungs auf mich herabblickten. »Tut mir leid.«

Daemons Mundwinkel hoben sich. »Hast du Hunger?«

»Ein bisschen vielleicht.«

»In der Nähe eures Zimmers gibt es einen Speisesaal«, sagte Archer. »Ich dachte, das hätte ich euch gesagt.«

»Wir hatten keine Zeit …« Ich ließ den Satz in der Schwebe und begann mir tanzende nackte Babys vorzustellen, um nicht daran zu denken, *warum* wir keine Zeit gehabt hatten.

Archer hob die Augenbrauen. »Hä?«

Mit glühenden Wangen sah ich Daemon an. Ich musste hier raus, bevor Archer noch eine Peepshow vorgeführt bekam. »Ich glaub, ich hol mir jetzt etwas zu essen.«

»Okay.« Kurz streifte Daemon mit den Lippen meine Stirn. »Wir treffen uns gleich im Zimmer.«

Ohne Archer anzusehen, ließ ich die Jungs in der Kommandozentrale zurück und hastete auf den Gang hinaus. Ich hatte nicht nur das dringende Bedürfnis, etwas zu essen, sondern auch, etwas Normales zu tun. Während ich die verlassene Treppe hinaufstieg und den breiten Gang auf der Wohnetage betrat, überlegte ich, ob ich Dawson und Beth einen kurzen Besuch abstatten sollte. Doch als ich um die Ecke bog, blieb ich überrascht stehen.

An einer Tür nicht weit von Dawsons und Beths Zimmer entfernt erblickte ich Luc, und er war nicht allein. Ein Mädchen, ungefähr in seinem Alter, vielleicht ein Jahr jünger, war bei ihm. Sie war superzierlich und sah sogar neben ihm noch winzig aus. Sie war fast verboten schlank. Ihre Beine, die in Jeans steckten, waren so dünn wie meine Arme. Ihr Haar war wie gesponnenes Gold und überhaupt sah sie mit ihrem herzförmigen, sommersprossigen Gesicht und den schokoladenbraunen Augen unfassbar schön aus.

Und ich kannte sie bereits.

Damals, als Daemon und ich mit … mit Blake zum ersten Mal Luc in seinem Club aufgesucht hatten, war sie auf der Bühne gewesen, wo sie sich so geschmeidig wie eine Tänzerin bewegt hatte, und später, in Lucs Büro, hatte sie den Kopf zur Tür hereingestreckt, worauf er sehr mürrisch reagiert hatte.

Doch jetzt sah sie anders aus.

Unbestreitbar war sie ein außerordentlich hübscher *Mensch*, aber sie hatte dunkle Ringe unter den Augen und ihre Wangenknochen stachen hervor, das Gesicht war ausgemergelt und sie wirkte insgesamt so zerbrechlich, als würde es sie größte Anstrengungen kosten, sich auf den Beinen zu halten.

Dabei hielt Luc sie sogar an den Oberarmen und es sah fast so aus, als würde er sie stützen. Man musste kein Arzt sein, um zu erkennen, dass sie ernsthaft krank war. Und zwar war sie nicht erkältet oder hatte ein bisschen Fieber, es war etwas Schlimmeres.

Etwas, das mich an meinen Vater erinnerte.

Ich biss mir auf die Lippe. Luc schien mich nicht bemerkt zu haben und ließ die Hände an den Armen des Mädchens auf und ab gleiten. »Jetzt ist bald alles wieder in Ordnung«, sagte er zu ihr. »Genau wie ich es dir versprochen habe.«

Sie lächelte matt. »Hast du eine Ahnung, was dort draußen los ist? Ich glaube nicht, dass je wieder irgendetwas in Ordnung sein wird, Luc.«

»Das ist mir im Moment egal«, sagte er in typischer Luc-

Manier. »Weißt du noch, was ich dir über das neue Medikament erzählt habe?«

»Oh, Luc.« Mit ihren knochigen, blassen Händen umfasste sie seine Handgelenke. »Ich glaube, wir sind über den Punkt hinaus, an dem noch irgendetwas wirkt –«

»Sag das nicht.« Er klang ernst und entschlossen. »Es wird wirken. Es muss wirken. Sonst werd ich dem Zeug Beine machen.«

Das Mädchen schien nicht überzeugt zu sein, aber sie lächelte und schlang die Arme um Lucs Taille.

Luc schloss die Augen und atmete mit leicht geöffnetem Mund aus. »Warum gehst du nicht ins Zimmer und ruhst dich ein wenig aus, Nadia?« Er löste sich von ihr und lächelte auf ihren Kopf hinab. »Ich habe noch einige Dinge zu erledigen, dann komme ich. Okay?«

Offenbar hatte er mich doch bemerkt, aber ich hatte kein schlechtes Gewissen. Ich brauchte nur daran zu denken, wie oft er unsere Gedanken belauscht hatte.

Nadia blickte in meine Richtung und musterte mich von unten bis oben. Als sie bei meinem Gesicht angekommen war, sah ich in ihren großen Augen, dass sie mich ebenfalls erkannte. Einen Moment lang zögerte sie, dann verschwand sie in dem Zimmer.

Luc schloss die Tür und sah mich an. Einmal mehr war ich erstaunt, wie viel Weisheit in diesen seltsamen, amethystfarbenen Augen und dem Gesicht lag, was ihn so viel älter aussehen ließ, als er war.

»Wer ist sie?«, fragte ich.

»Du hast gehört, wie ich ihren Namen gesagt habe.«

»Das meine ich nicht.« Ich blickte auf die geschlossene Tür. »Ich kann mich an sie erinnern. Bei unserem ersten Besuch im Club hat sie auf der Bühne getanzt.«

Er neigte den Kopf zur Seite. »Ich habe Leute umgebracht, die sie nur angesehen haben, und du willst wissen, wer sie ist?«

Luc war zu allem fähig, bevor ich auch nur mit der Wimper gezuckt hätte, und er konnte mich gackern lassen wie ein Huhn, wenn er wollte, aber ich musste wissen, in welchem Verhältnis er zu diesem Mädchen stand, und ich bezweifelte ernsthaft, dass er mir blöd kommen würde. Zumindest hoffte ich darauf.

Mit den Händen in den Taschen kam er auf mich zugeschlendert. »Willst du wirklich, dass ich dir von ihr erzähle, nach allem, was du gehört und gesehen hast?«

Ich verschränkte die Arme. »Im Moment würde ich über alles lieber nachdenken als über das, was ich gerade gesehen und gehört habe.«

Lange musterte er mich schweigend, dann lehnte er sich mit einer Schulter an die Wand. »Nadia ist gerade aus Maryland angekommen, genauer gesagt aus Hagerstown. Ich hatte noch bei einigen Leuten etwas gut, als ich hierherkam.«

Offenbar hatte er bei mehr Leuten etwas gut, als ein Spieler Schulden hatte. »Klar.«

Er grinste. »Ich kenne Nadia schon seit Jahren, begegnet sind wir uns bei meinem ersten Besuch im wunderschönen, wilden West Virginia. Sie ist von zu Hause abgehauen – übles Elternhaus, ein Vater, bei dem einem nur schlecht werden kann.«

Bei diesen Worten sah ich sofort das Worst-Case-Szenario vor mir.

»Was du jetzt denkst, entspricht nicht auch nur im Entferntesten der Wahrheit«, sagte Luc barsch. »Keine Sorge. Er hat nur bekommen, was er verdient hat, und zwar auf eine sehr langsame und schmerzhafte Art und Weise.«

Mein Herz setzte einen Schlag aus, als ich das kalte Lächeln auf seinem Gesicht sah. Ich musste nicht einmal fragen, was er getan hatte. Ich wusste Bescheid.

»Sie war jung und lebte auf der Straße, als wir uns trafen, deshalb habe ich sie bei mir aufgenommen. Paris war nicht gerade begeistert. Schließlich ist sie ein Mensch, aber sie hat etwas … ja, Nadia hat etwas Besonderes.« Gedankenversunken blickte er ins Leere.

»Ist sie deine Freundin?«

Luc lachte trocken. »Nein, so viel Glück ist mir leider nicht vergönnt.«

Ich hob die Augenbrauen und konnte nicht anders, als es trotzdem zu denken: Er liebte sie.

Sollte Luc in meinem Kopf unterwegs gewesen sein, zeigte er es nicht. »Vor zweieinhalb Jahren hat sie auf einmal am ganzen Körper blaue Flecke bekommen, war immer schnell müde und konnte kein Essen bei sich behalten. Es ist eine Blutkrankheit mit einem endlos langen Namen, doch letztendlich ist alles bedeutungslos.« Mit stechendem Blick sah er mich an. »Sie ist tödlich.«

Ich schloss die Augen. »Luc, das … es tut mir leid.«

»Das muss es nicht«, sagte er, und als ich die Augen wieder öffnete, wich er ihnen nicht aus. »Dein Vater ist auch gestorben, viele Menschen sterben an Krebs. Das weiß ich. Aber Nadia wird nicht sterben.«

»Für sie wolltest du das Prometheus-Serum, das LH-11.« Ich hatte sofort eins und eins zusammengezählt, als ich sie gesehen hatte. »Luc, sie haben gesagt, dass es nicht immer –«

»Bei *einigen* Krankheiten und *einigen* Krebsarten wirkt es. Sie konnten das Medikament nicht bei jeder einzelnen Krankheit testen«, schnitt er mir das Wort ab und ich schloss den Mund. »So widerwärtig Daedalus auch war, einiges haben sie gut gemacht. Und hoffentlich sammeln sie auch in diesem Fall bei mir Punkte.«

Ich konnte ihn nur zu gut verstehen. Ich kannte das Mädchen nicht, aber nachdem ich selbst jemanden durch Krebs verloren und keinen Kontakt mehr zu meiner Mom hatte, wusste ich, wie schwer solche Verluste waren. Über so etwas kam man nicht hinweg. Es blieb wie ein Schatten, der an einigen Tagen dunkler war als an anderen.

»Ich hoffe, es wirkt«, sagte ich schließlich.

Er nickte kurz und einen Moment später fragte er: »Ihr wollt die Lux also mit Hilfe der Arum bekämpfen?«

Ich blinzelte. »Ist es nicht manchmal langweilig, alles zu wissen?«

Luc lachte glucksend. »Nein, niemals.«

Was sollte man darauf noch sagen?

»Die Arum einzusetzen ist ein verdammtes Himmelfahrtskommando, das weißt du, oder?«

Ich seufzte. »Ja, das weiß ich. Archer meinte, er würde jemanden kennen, der bei jemand anderem noch etwas gut hätte. Ich tippe jetzt einfach mal ganz unverbindlich auf dich.«

Luc lachte abermals, und als er den Kopf gegen die Wand lehnte, sah er aus wie ein Teenager, der vor dem Klassenraum herumlungerte. »Ja, ich habe tatsächlich noch etwas bei einem Arum gut«, bestätigte er und grinste zufrieden. »Und das wäre Hunter.«

Kapitel 14
Daemon

»Hunter?«

Luc seufzte und wiederholte. »Hunter.«

»Der Idiot, der in deinem Club war?« Kat hatte Luc mit in unser Zimmer gebracht und es gefiel mir gar nicht, in welche Richtung sich das hier gerade entwickelte.

»Hmmm.« Luc klopfte sich mit einem Finger auf die Wange und blickte zu Kat, die auf dem Bett saß. »Es waren zwei Idioten da. Er war einer von ihnen. Und du warst –«

»Sehr komisch«, schnitt ich ihm das Wort ab.

»Finde ich auch.« Luc grinste und ließ sich neben Kat fallen. »Kennst du das Sprichwort ›Einem geschenkten Gaul schaut man nicht ins Maul‹?«

Ich verengte die Augen. »Ja, du Groß*maul.*«

»Jungs.« Kat klemmte sich mit beiden Händen die Haare hinter die Ohren. »Was gefällt dir denn nicht an diesem Hunter?«

»Hmm, warte mal.« Ich tat so, als würde ich darüber nachdenken. »Erstens ist er ein Arum.«

Sie verdrehte die grauen Augen. »Und sonst?«

»Muss es denn noch einen anderen Grund geben?« Um bei mir unten durch zu sein, war diese Tatsache mehr als ausreichend.

Luc stieß Kat mit dem Arm an. »Ist doch egal, ob er Hunter mag oder nicht. Ich habe bei ihm noch etwas gut, und wenn jemand weiß, wo unsere geborenen Killer sich im Moment verkrochen haben, dann er.«

»Und wir können ihm vertrauen?«, fragte sie.

Ich schnaubte verächtlich. Einem Arum vertrauen? Ja. Sicher.

Luc beachtete mich nicht. »Mich zu verarschen würde er nicht wagen, dafür hat er zu viel zu verlieren.«

Mir lag etwas ziemlich Unhöfliches auf der Zunge, doch dann war es plötzlich verschwunden und nur noch eine vage Erinnerung. Ich dachte an die Frau, die ich mit ihm im Club gesehen hatte – sie war ein Mensch und ich war mir fast sicher, dass sie zusammen waren.

Bei dem Gedanken musste ich mich fast übergeben.

»Ich habe schon mit ihm gesprochen«, sagte Luc und reckte die Arme über den Kopf wie eine Katze ihre Vorderpfoten in der Sonne. »Wir treffen uns in Atlanta.«

»In Atlanta?« Kat war anzuhören, wie überrascht sie war. »Und wie sollen wir dort hinkommen?«

»Wahrscheinlich müssen wir fahren.« Er zuckte mit den Schultern. »Seit ET nach Hause telefoniert hat und eine Passagiermaschine vom Himmel geholt hat, fliegen keine Flugzeuge mehr.«

Kat wurde blass. Das war noch gar nicht zu uns durchgedrungen.

»Ja, deshalb würde ich nicht unbedingt vorschlagen den Weg durch den zurzeit eher ungemütlichen Himmel zu wählen. Ich habe es mir bereits angeschaut«, fuhr er fort. »Es sind ungefähr dreißig Stunden Fahrt, also wird das ein ordentlicher Roadtrip. Hunter wird trotzdem am Flughafen auf euch warten, bei den Inlandsflügen.« Dann lachte er, als wäre irgendetwas daran lustig.

Ich lehnte mich gegen die Kommode. »Und wie wird Hunter uns helfen die Arum zu finden? Ich wusste gar nicht, dass er so ein wichtiger Typ ist.«

»Hunter ist wichtig, aber so bedeutsam nun auch wieder

nicht.« Luc schwang die Beine gerade in die Höhe. Ich fragte mich, ob er jemals stillsitzen konnte. »Jedenfalls ist er eure Eintrittskarte zum Arum-Spielplatz. Er weiß, wo sie derzeit abhängen. Hunter dazu zu bringen, dich zu seinem Anführer, seinem Meister, was auch immer, zu bringen, wird kein Problem sein.«

Ich sah ihn skeptisch an.

»Es geht darum, den großen Guru für die Sache zu gewinnen. Die Arum sind da ähnlich gestrickt wie ihr. Alles, was sie brauchen, ist ein Anführer, und dem folgen sie dann notfalls auch bis über die Klippe.« Er hielt inne und rümpfte die Nase. »Ich habe ihn noch nie getroffen, aber schon einiges über ihn gehört.«

»Was denn zum Beispiel?«

Luc zuckte mit der Schulter. »Spielt hier keine Rolle.«

Kat runzelte die Stirn und ihre Augenbrauen zogen sich zusammen.

»Wie dem auch sei, ich muss jedenfalls hierbleiben. Ich habe das sichere Gefühl, hier gebraucht zu werden, um Nancy davon abzuhalten, etwas zu tun, was die Welt aus dem Gleichgewicht bringen würde. Archer wird euch begleiten. Euch beide, oder?« Er blickte zwischen uns hin und her. »Ich gehe nicht davon aus, dass einer von euch mit mir hierbleiben will.«

»Unwahrscheinlich.« Ich rieb mir mit der Hand übers Kinn. Dreißig Stunden mit Kat in einem Auto, das könnte durchaus interessant werden und richtig Spaß machen, aber mit Archer? Allein der Gedanke verursachte mir körperliche Schmerzen.

»Was Nancy angeht …« Kat blickte in Richtung der geschlossenen Tür, bevor sie weitersprach. »Du kannst ihr die kleinen Origins nicht wieder überlassen, egal was du ihr versprochen hast.«

Lucs Mundwinkel hoben sich zu einem so breiten Lächeln,

dass es fast unheimlich war. »Keine Sorge, sie wird uns null Probleme bereiten. Die Sache mit ihr wird sich ziemlich sicher von selbst lösen.«

Am nächsten Morgen saß ich an einem weißen rechteckigen Tisch, der mich an eine Schulkantine erinnerte. Ich wusste nicht, was ich davon halten sollte. Vermisste ich die Schule? Nicht wirklich. Vermisste ich das Leben vor diesem ganzen Mist, als es nur mich, meinen bewährten Stift und Kat in der Reihe vor mir gab?

Ja. Manchmal.

Aber man konnte die Zeit nicht zurückdrehen.

Dawson saß mir gegenüber und schaufelte sein Rührei auf Beths Teller, die eindeutig für zwei aß. Es war unglaublich, wie viel sie bereits verdrückt hatte, und sie war noch immer voll dabei.

Schwanger zu sein war schon etwas Eigenartiges.

Kat stibitzte den Bacon von meinem Teller.

Sie hatte keinen Grund, so viel zu essen, außer dass sie gern aß ... und Bacon liebte. Grinsend biss sie die Hälfte ab und ließ die andere Hälfte wieder auf meinen Teller fallen.

»Ich glaube wirklich, du musst hierbleiben«, sagte ich und wandte mich wieder Dawson zu, während ich den mickrigen Rest Bacon aufspießte, den Kat mir übrig gelassen hatte.

Stirnrunzelnd spielte Dawson mit seiner Flasche Schokomilch. Ich wusste, was er dachte. Ich konnte ihn lesen wie ein aufgeschlagenes Buch mit großen Buchstaben und Bildern.

»Du wirst hier gebraucht.« Mein Blick ging zu Beth, die einen riesigen Berg Rührei auf ihre Gabel getürmt hatte. »Ihr solltet hierbleiben. Draußen ist es viel zu gefährlich für Beth und dich.«

Beth blickte auf. »Und für Kat und dich ist es nicht gefährlich?«

»Doch.« Kat kaute auf ihrer Unterlippe und sah mich an. Wir hatten Beth und Dawson noch nicht erzählt, dass Nancy meinte, wir wären nicht so miteinander verbunden, wie sie es waren. Kat holte tief Luft und öffnete den Mund, als plötzlich Archer wie aus dem Nichts auftauchte.

Er ließ sich auf der anderen Seite neben Kat nieder. »Die beiden hier«, sagte er und deutete mit der Hand auf uns, »sind nicht miteinander verbunden – jedenfalls nicht so wie Beth und du.«

Wieder runzelte Dawson die Stirn und blickte zwischen Kat und mir hin und her. »Wie meinst du das? Er hat sie geheilt und sie ist ein Hybrid, genau wie Beth.«

»Ja, aber anscheinend hat Daedalus Beth ein anderes Serum gegeben als Kat. An Kat wurde das neue, das Prometheus-Serum, getestet«, erklärte Archer. »Und damit geht einher, dass sie nicht wie du und Beth miteinander verbunden sind.«

Dawson wollte davon natürlich zunächst nichts wissen, doch nachdem ich ihm erzählt hatte, was wir von Nancy erfahren hatten, setzte er sich sprachlos zurück.

»Also, das verstehst du doch, oder? Das Risiko für dich ist zu hoch«, sagte ich zu ihm. »Du hast Beth und du hast das Baby, für die du da sein musst.«

Leise fluchend ließ sich Dawson gegen die Stuhllehne fallen und rieb sich mit den Händen den Nacken. »Und ihr wollt euch wirklich auf die Suche nach den Arum machen?«

»Ja.« Es klang abwegig, aber es war besser, als nichts zu tun.

Er schüttelte den Kopf. »Ich hätte nie geglaubt, dass wir die Arum jemals um Hilfe bitten würden.«

Ich grinste. »Da hast du Recht.«

»Luc bleibt auch hier«, sagte Kat und schob die Reste ihres

Rühreis auf dem Teller umher. »Um sicherzustellen, dass Nancy sich benimmt. Wir werden in einigen Stunden aufbrechen. Wenn wir dann … sobald wir die Arum so weit haben, dass sie mitmachen, werden wir General Eaton benachrichtigen. Und dann werden wir uns sicher auf den Weg zurück hierher machen.«

»Aber müsst ihr wirklich schon so bald los?« Beth blickte unruhig zu Dawson.

»Uns bleibt nicht viel Zeit«, antwortete ich. »Aber ihr beide seid hier in Sicherheit.«

»Ich mache mir keine Sorgen um uns«, sagte Dawson und ich hätte ihm am liebsten einen Schlag auf den Kopf versetzt, weil er sich sehr wohl um sie beide sorgen sollte. »Aber euch ziehen zu lassen, um euch mit irgendwelchen dahergelaufenen Arum zu treffen und zu versuchen sie davon zu überzeugen, uns zu helfen? Das ist irre gewagt.«

Das war es.

Es ließ sich nicht leugnen, und da ich noch nie gelogen hatte, tat ich es auch jetzt nicht.

Archer legte die Ellbogen auf den Tisch, stützte sich auf seine Hände und sah Dawson eindringlich an. »Ich verstehe dich, auch wenn wir uns nicht besonders gut kennen und du keinen Grund hast, irgendetwas von dem zu glauben, was ich sage, aber ich verspreche dir, ich werde dafür sorgen, dass Daemon und Katy zurückkommen, und zwar *mit* Dee. Darauf geb ich dir mein Wort.«

Ich setzte mich zurück und betrachtete Archer.

Auch wenn ich es niemals zugeben würde, nie und nimmer, aber … ja, manchmal war er meiner Meinung nach ziemlich cool, und was er sagte, gefiel mir. Er war wild entschlossen sein Versprechen einzuhalten und nicht nur uns, sondern auch Dee zurückzubringen. Trotzdem brauchte er nicht zu wissen, dass ich so über ihn dachte.

Wir ließen uns beim Frühstück Zeit, als wäre dies ein Tag wie jeder andere, und versuchten zu vergessen, dass wir uns vielleicht zum letzten Mal sahen. Luc und Archer mochten uns noch so sehr versichern, es wäre nicht so.

Kat und ich packten Kleidung ein, die Archer uns besorgt hatte. Mein Herz klopfte wie wild, als ich sie dabei beobachtete, wie sie den letzten Pullover in eine Reisetasche stopfte, die wir im Schrank gefunden hatten. Sobald wir unterwegs wären, würden sich die Ereignisse überstürzen und ich hatte keine Ahnung, was uns auf der Reise oder beim Treffen mit Hunter erwartete.

Vielleicht waren Kat und ich zum letzten Mal allein.

Ich war nicht übertrieben pessimistisch, doch dass wir Archer am Hals haben würden, stand fest. Wir drei würden bis auf weiteres aneinandergekettet sein, und wenn alles schiefging, dann wären dies wirklich die letzten Minuten, die wir zu zweit hätten.

Kat schloss die Tasche und drehte sich um. Sie trug das Haar offen, was mir bei ihr am besten gefiel. Ihre Wangen waren leicht gerötet und ihre taubengrauen Augen schienen fast so groß wie ihr ganzes Gesicht.

Als sich ihre Mundwinkel hoben, war es ein nahezu magischer Moment: Sie konnte noch lächeln, wirklich lächeln, auch wenn um uns herum alles den Bach runterging. »Was ist?«, fragte sie.

»Nichts.« Ich trat einen Schritt vor und dann noch einen, bis ich so nah vor ihr stand, dass sie den Kopf in den Nacken legen musste.

Langsam ließ ich den Blick über ihr Gesicht wandern und

umschloss es mit den Händen, während ich mir den Schwung ihrer hohen Wangenknochen, die nach außen dichter werdenden Wimpern, ihre leichte Himmelfahrtsnase und die volle Unterlippe genauestens einprägte.

O Mann, ich wollte diese Minuten nicht verschwenden. Ich wollte sie damit verbringen, Kat anzubeten. Vor allem wünschte ich mir eine andere gemeinsame Vergangenheit. Natürlich wollte ich nicht, dass wir nicht zusammen wären, sicher nicht, aber zum ersten Mal wäre ich gern ein Mensch und wollte derselben Spezies angehören wie sie, ohne dass irgendwelche Aliens auf der Erde einfielen. Ich träumte davon, dass wir wie normale Teenager die Highschool abgeschlossen und uns gemeinsam fürs College eingeschrieben hätten, dass wir jetzt nicht unsere Sachen packten, um uns direkt in die Höhle von Psychopathen zu begeben, sondern für ein Wochenende am Strand oder was auch immer normale Menschen taten, wenn auf ihrem Planeten nicht Krieg geführt wurde. Doch Zeit damit zu verschwenden, auf Dinge zu hoffen, die niemals eintreten würden, hatte keinen Zweck. Und ich verschwendete gerade sehr wertvolle Zeit.

Ich legte meinen Mund auf ihren und küsste sie erst ganz zart, aber als ich ihre Hände auf den Schultern spürte und sie sie weiter in Richtung Nacken wandern ließ, küsste ich sie inniger. O Mann, allein von ihrem Duft könnte ich leben.

Ich nahm mir Zeit – Zeit, die wir eigentlich nicht hatten – und fuhr ihre Lippen ab, um in meinem Gedächtnis abzuspeichern, wie sie sich anfühlten. Als sich Kat vorbeugte und die Finger in meinem Haar vergrub, entwich ihr ein leises Stöhnen, was ein wildes Verlangen in mir auslöste.

Ich ließ die Hände an ihren Seiten hinabgleiten, verharrte einen Moment lang auf ihrer Taille und setzte den Weg dann über ihre sanft gerundeten Hüften fort. Ich wollte ihr näher sein, eins mit ihr sein. Ich war einfach liebesbedürftig, aber ihr gefiel es offenbar.

»Zwei Minuten?«, fragte sie.

Ich verzog die Lippen an ihrem Mund zu einem Grinsen und küsste mir dann einen Pfad bis zu ihrem Ohr frei. »Deine Einstellung gefällt mir.«

»Das überrascht mich nicht.«

»Du kennst mich gut.«

Kat löste sich von mir und trat einen Schritt zurück. Bevor sie mit einem verschmitzten Grinsen nach dem Bund ihres Pullovers griff und ihn sich über den Kopf zog, suchte sie meinen Blick. Augenblicklich breitete sich ein zarter Rosaton auf ihrem Körper aus. Doch sie senkte nicht den Kopf und versuchte sich vor mir zu verstecken.

Wahnsinn, Kat faszinierte mich mit all ihren Facetten immer wieder. Sie war schön, aber es war mehr als das. Sie war so unglaublich stark und ging mit den Narben ihrer Stärke wie ein professioneller Boxer um. Sie war clever und beharrlich, aber vor allem war sie gütig und hatte mir das größte Geschenk gemacht, das man sich vorstellen konnte, indem sie mich liebte, so wie ich sie liebte.

Das war das Wichtigste, das ich durch sie gelernt hatte.

Liebe war ein Geschenk.

Ich zog mich ebenfalls aus und schlang die Arme um sie. Ich brauchte ihr nicht zu versichern, dass ich sie liebte. Die Worte waren nichtssagend, weil sie so oft gesagt worden waren. Taten waren eindrucksvoller und wirksamer als Worte.

Und so zeigte ich es ihr.

Erst auf Knien und dann auf dem schmalen Bett, während ich ihre Brüste fest an meinem Oberkörper spürte. Dann bewegte ich mich weiter nach unten. Ich wollte mehr, viel mehr, doch ich hatte nicht daran gedacht, Kondome aus dem Haus des Bürgermeisters mitzunehmen, und das Letzte, was wir im Moment gebrauchen konnten, waren eine kleine Kat oder ein kleiner Daemon.

Doch wie zuvor gab es andere … Möglichkeiten. Und die nutzten wir aus, bis ich wie von Sinnen war und einfach nicht von ihr lassen konnte. Wir waren so gierig und trieben es so weit, dass wir uns fast vergaßen, weil wir uns so sehr liebten und erst im letzten Moment die Reißleine zogen, nur um im nächsten Moment, die Münder fest verschmolzen und die Hände überall, wieder übereinander herzufallen.

Es war perfekt.

Sie war perfekt.

Und ich war der glücklichste Kerl auf der Erde.

Als wir uns auf den Weg machten, um uns mit Archer zu treffen, wartete Dawson mit Beth im Arm am Ausgang. Ich wusste wirklich nicht, was ich zu ihm sagen sollte. ›Bis bald‹ kam mir falsch vor, zu optimistisch. Deshalb blieb ich einfach stehen und sah die beiden an. Ich konnte nur hoffen, dass mein Bruder und Beth eine Zukunft hätten, selbst wenn wir versagten. Sie waren in Sicherheit. Ihnen würde es gut gehen.

Kat ging als Erste auf die beiden zu. Sie umarmte erst Dawson und dann Beth, die etwas zu ihr sagte, worauf Kat lächelte.

Ich musste einmal tief durchatmen, bevor ich vor Dawson trat und ihm auf die Schulter klopfte. »Du wirst es schon machen.«

Er beugte sich vor, bis wir uns an der Stirn berührten. »Du auch.«

»Na klar.«

Dawson grinste und umarmte mich. Wir beide kannten die

Risiken und wussten, wie das alles enden konnte. Aber wir sprachen es beim Verabschieden nicht mehr aus. Dawson zurückzulassen, im selben Gebäude mit der Frau, die so gründlich in seinem Leben herumgepfuscht hatte, widersprach all meinen Prinzipien.

Aber ich musste es tun.

Dawson musste sich um Beth, sein Kind und sich selbst kümmern. Das war jetzt seine Aufgabe.

Auf dem Weg durch die Tür kribbelte es in meinem Körper, weil ich unbedingt umkehren wollte, doch ich zwang mich nach vorn zu schauen. General Eaton wartete neben einem schwarzen Ford Explorer auf uns, der ähnlich aussah wie die Wagen, in denen die Leute von Daedalus immer unterwegs gewesen waren.

Am liebsten hätte ich das Ding in die Luft geblasen, doch das wäre nicht gut angekommen. Selbstbeherrschung. Ich war stolz auf mich.

»Wir warten gespannt darauf, von Ihnen zu hören«, sagte er und sah uns eindringlich an. »Ich glaube nicht, dass ich Sie daran erinnern muss, wie wichtig die Sache ist und was davon abhängt, aber wenn es Ihnen gelingt, brauchen Sie sich für den Rest des Lebens keine Gedanken mehr um irgendjemanden von uns zu machen. Ich werde dafür sorgen, dass Sie, egal welche Vorsichtsmaßnahmen in der Zukunft getroffen werden, von jeglichen Gesetzen und Sanktionen ausgenommen sind. Sie werden davon frei sein.«

Es dauerte einen Moment, bis ich begriff, was er sagte, als ich die Verwunderung in Kats Blick bemerkte. Sobald mein Hirn wieder auf Touren war, wusste ich, was sie dachte. »Nicht nur wir.«

Der General beäugte mich misstrauisch.

»Das soll auch für meine Familie und Freunde gelten«, forderte ich und schaute zu Archer. Was er vorhatte, wenn all dies geregelt war, wusste ich nicht, aber es war mir auch egal. »Und Kats Familie – ihre Mom – soll genauso vor Problemen sicher sein, nur weil wir sind, was wir sind.«

Kats Lippen zitterten, als sie sie zusammenpresste. Ein leichter Schleier überzog ihre Augen.

»Haben Sie verstanden, was ich gesagt habe?«, fragte ich.

»Ja.« Er nickte kurz. »Das kann ich einrichten.«

»Ich nehme Sie beim Wort.«

Wieder nickte er kurz und dann war es wirklich Zeit zu gehen. Ich ging um General Eaton herum und öffnete für Kat die Beifahrertür. Ob Archer wollte oder nicht, er würde hinten sitzen.

»Was hat Beth zu dir gesagt?«, fragte ich und lehnte mich auf die Tür.

Matt lächelnd sah sie mich an. »Sie hat genau das Gleiche gesagt, was ich zu dir auch sagen möchte.«

»Dass ich umwerfend bin?«

Sie lachte, was auch mich zum Lächeln brachte. »Nein. Sie hat Danke gesagt.«

Kapitel 15
Katy

»Wusstest du?«, begann Archer und ich schloss die Augen, um nicht laut aufzuseufzen. Es war so weit. Nach zehn Stunden Fahrt begann mein Hintern wehzutun und sie zankten wie ein altes Ehepaar. »Dass es auf diesen Straßen ein Tempolimit gibt?«, beendete er den Satz.

»Jep«, lautete Daemons Antwort.

»Wollte nur sichergehen.« Archer saß hinter uns, aber er hätte ebenso gut bei uns auf dem Schoß sitzen können, da er sich direkt zwischen unseren Sitzen platziert und die Arme über die Lehnen gelegt hatte. »Ich glaube nämlich, dass auf dem Schild dort drüben 90 und nicht 136 steht.«

»Ach, du kannst lesen?« Daemon blickte in den Rückspiegel. »Heilige Scheiße. Das überrascht mich jetzt aber.«

Archer seufzte. »Ha, ha.« Und nach einer Pause. »Ich will nur nicht irgendwo gegenknallen und in einem Feuerball aufgehen.«

»Du bist ein Origin. Du wirst es schon überstehen.«

»Ich will aber kein Origin mit Bremsspuren oder Kruste sein.«

»Hmm«, murmelte Daemon. »Origin mit Kruste erinnert mich an frittiertes Hühnchen. So etwas könnte ich jetzt vertragen.«

»KFC?«, fragte Archer und ich war überrascht, dass er *Kentucky Fried Chicken* überhaupt kannte. »Oder *Popeye's*?«

Wow, er kannte auch *Popeye's*.

Daemon spitzte die Lippen. »Nein. Ich bin für hausgemachtes frittiertes Hühnchen. In Eier und Mehl gewälzt und dann in einer schweren Pfanne gebraten. Dee kann das perfekt.«

»Ich habe noch nie hausgemachtes frittiertes Hühnchen gegessen.«

Daemon verdrehte die Augen. »O Mann, du bist so ein Freak.«

»Vielleicht kann ich Dee dazu überreden, es mir zu machen«, sagte Archer lässig, ohne auf Daemon einzugehen. »Du weißt schon, wenn sie das Team Alles-Plattmachen erst einmal verlassen hat.«

»Sie wird dir kein Hühnchen machen«, erwiderte Daemon scharf.

»Und ob sie Hühnchen machen wird.« Archer lachte genüsslich. »Sie wird mir so viel machen, wie ich will.«

Daemon gab einen warnenden Laut von sich, während ich es kaum glauben konnte, dass sie sich allen Ernstes über die hypothetische Situation stritten, ob Dee Hühnchen machen würde oder nicht. Doch eigentlich hätte es mich nicht überraschen dürfen. Vor einer Stunde hatten sie hitzig darüber diskutiert, ob Shane oder Rick aus *The Walking Dead* der bessere Vater wäre. Geendet hatte es schließlich damit, dass Daemon meinte, eine noch bessere Vaterfigur sei trotz seiner soziopathischen Tendenzen der Governor. Aber die Tatsache, dass Archer noch nie in einem *Olive Garden* gegessen hatte, sich aber mit *The Walking Dead* auskannte, verwirrte mich noch immer.

Archer seufzte wie ein mürrischer Teenager auf einer allzu langen Autofahrt. Einen Moment lang war es still, bevor er fragte: »Sind wir bald da?«

»Ich nähe dir gleich die verdammten Lippen zusammen«, motzte Daemon.

Ich hielt mir lieber die Hand vor den Mund, damit man

mein Lächeln nicht sah, während ich aus dem Fenster schaute. Doch als ich die Landschaft draußen vorbeirauschen sah, war mir schnell nicht mehr nach Lächeln zu Mute. Ich hatte keine Ahnung, in welchem Bundesstaat wir uns befanden. Seit wir ungefähr 150 Kilometer gefahren waren, sah man nur noch das Gleiche.

Brachland.

Alles war zerstört.

Die letzten beiden Stunden hatten wir kein einziges anderes Auto auf dem Highway gesehen. Kein einziges fahrendes Auto. Zu sehen waren viele. In einigen waren noch persönliche Gegenstände zu erkennen, als hätten die Besitzer ihre Wagen eilig verlassen und wären zu Fuß ins große Unbekannte geflohen.

Alle anderen … alle anderen Fahrzeuge machten mir Angst.

Es waren nur noch ausgebrannte Hüllen. Ein makabrer Friedhof aus zerknautschtem und verkohltem Metall. Ich hatte so etwas noch nie gesehen. So etwas kam in Büchern vor und in Filmen, aber es Kilometer für Kilometer wirklich zu erleben war etwas anderes.

»Was glaubt ihr, was mit ihnen passiert ist?«, fragte ich, als sie beim Streiten eine Pause einlegten.

Archer setzte sich zurück und beugte sich zur Seite, um aus seinem Fenster zu schauen. »Sieht aus, als wären hier einige auf unfreundliche Aliens gestoßen. Ein paar konnten wohl abhauen.«

Wir kamen an einem Geländewagen vorbei, dessen Kofferraumklappe offen stand. Kleidung war davor verstreut. Dahinter lag ein kleiner, brauner Teddybär vergessen auf der Straße. Ich dachte an das kleine Mädchen in dem Supermarkt und war kurz davor, die Jungs zu fragen, ob sie glaubten, dass diejenigen, die weggelaufen waren, es wohl geschafft hätten, doch ich verzichtete darauf, weil ich mir sicher war die Antwort bereits zu kennen.

Menschen liefen nicht schneller als Lux.

»Während ihr in eurem Zimmer Dinge getrieben habt, über die ich gar nichts Genaueres wissen will, ist hier draußen einiges passiert.«

Daemon schien diese Aussage kaltzulassen, ich hingegen wurde rot wie eine Tomate. »Sag schon.«

»Ihr wisst ja, dass sie gesagt haben, gewisse Städte wären endgültig verloren und von den Lux kontrolliert? Na ja, aber diese Städte funktionieren – das Fernsehen läuft, das Internet geht und die Telefonverbindungen laufen einwandfrei. Man könnte meinen, dort wäre nichts passiert, wenn man davon absieht, dass mehr als die Hälfte der Bevölkerung aus menschenverachtenden Aliens besteht«, erklärte Archer und quetschte sich wieder zwischen unsere Sitze. »Viele andere Städte hingegen sind einfach … zerstört worden.«

»Warum tun sie das?« Ich lehnte mich zurück und rutschte unruhig auf dem Sitz herum. »Sollten sie die Städte nicht lieber ganz lassen, so dass man darin leben kann?«

»Doch.« Daemon blickte in den Rückspiegel. »Aber wenn die Menschen einen Weg fänden zurückzuschlagen, auch wenn es zwecklos wäre, dann …«

»Dann werden die Städte eine nach der anderen zunichtegemacht«, beendete Archer den Satz. »Es wird schwer werden, selbst wenn wir sie stoppen können. Vieles muss neu aufgebaut werden. Vieles wird anders sein.«

»Nicht *viel*«, sagte ich, während wir an einem ausgebrannten Schulbus vorbeikamen, der mehr schwarz als orange war. Ich wollte nicht einmal darüber nachdenken, ob der Bus voll besetzt gewesen war oder nicht, dennoch spürte ich einen gewissen Druck in den Augen. »*Alles* wird anders sein.«

Wir nahmen den langen Weg um Kansas City herum, weil wir unter keinen Umständen auch nur in die Nähe einer von den Lux kontrollierten Stadt fahren wollten. Schließlich hielten wir außerhalb einer kleinen unbekannten Ortschaft in Missouri an, damit Archer das Steuer übernehmen konnte.

In den nächsten Stunden versuchte ich zu schlafen, doch ich war unruhig und es lag nicht nur an dem unbequemen Sitz und an Archers fragwürdigem Musikgeschmack. Ich war ein einziges Nervenbündel. Wir waren auf direktem Weg in eine Hochburg der Arum und Luc mochte noch so lange schwören, Hunter sei in Ordnung, ich war noch keinem Arum begegnet, vor dem ich nicht hätte fliehen wollen. Aber es war noch mehr als das.

Ich vermisste meine Mom. Ich vermisste Dee und Lesa. Ich vermisste meine Bücher und meinen Blog und starrte, während Daemon auf dem Rücksitz selig entschlummert war, lange Zeit schlaflos aus dem Fenster, ohne mir vorstellen zu können, wie das Leben morgen oder in einem Monat aussehen würde.

»Alles in Ordnung?«, erkundigte sich Archer leise.

Ich hatte gar nicht gemerkt, dass ich wieder unruhig auf dem Sitz herumrutschte. »Ja.«

»Kannst du nicht schlafen?«

»Nee.«

»*Er* scheint damit ja keine Probleme zu haben.«

Ich blickte über die Schulter nach hinten und lächelte. Daemon lag ausgestreckt auf dem Rücken, einen Arm über dem Gesicht. Seine Brust hob und senkte sich im Rhythmus der tiefen, gleichmäßigen Atemzüge. Ich drehte mich wieder nach vorn. »Er kann es gebrauchen.«

»Du auch.«

Ich zuckte mit den Schultern. »Und was ist mit dir?«

Er sah mich vielsagend an. »Ich habe nicht meine gesamte freie Zeit damit verbracht herumzumachen, als würde morgen die Welt untergehen.«

Ich wurde feuerrot. »Du brauchst mich nicht dauernd daran zu erinnern, dass Privatsphäre für dich ein Fremdwort ist.«

Grinsend hielt er den Blick auf die dunkle Straße gerichtet, doch die selbstzufriedene Miene verschwand so schnell wie der Stern, den ich am Himmel gesehen hatte. Aus dem Augenwinkel betrachtete ich seine kantigen Züge.

»Hör auf mich anzustarren«, murrte er.

»Tut mir leid«, entschuldigte ich mich, nur um ihn jetzt offen zu betrachten und zu überlegen, ob –

»Ja.«

Ich sah ihn fragend an.

»Ich habe es dir doch schon gesagt, ich mache mir Sorgen um sie und denke an sie. Oft.« Er klopfte mit den Fingern aufs Lenkrad. »Ich mag sie. Dee ist … ja, sie ist etwas Besonderes.«

Wahrscheinlich war es gut, dass Daemon schlief, während wir dieses Gespräch führten. »Sie mag dich auch.«

»Ich weiß.« Er lachte leise in sich hinein. »Dee ist nicht gerade gut darin, ihre Gefühle zu verbergen. Ich glaube, sie versucht es nicht einmal. Auch das gefällt mir an ihr.«

»Und sie sieht super aus.« Ich grinste.

»Ja, das ist sicher auch nicht ganz unerheblich.« Er umfasste das Lenkrad fester.

Ich verschränkte die Arme, starrte wieder geradeaus und musste an den Garten denken, den Dee und ich vor unserem Haus gemeinsam gestaltet hatten. Es versetzte mir einen Stich.

»Wir holen sie zurück«, sagte er in einem Ton, der keinen Raum für irgendetwas anderes ließ.

Danach sprach eine Weile niemand von uns und ich musste doch kurz eingedöst sein, denn als ich die Augen öffnete, war Daemon wach und es wurde hell.

»Wo sind wir?«, fragte ich und meine Stimme klang rau. Ich griff nach einer Wasserflasche.

»Gerade haben wir Kentucky hinter uns gelassen.« Daemon gelang es, die Finger zwischen Kopfstütze und Sitz hindurchzuschieben und meine Schulter zu drücken, während ich aus dem Fenster schaute.

Auch hier waren überall verlassene Autos zu sehen, um die uns Archer im Schritttempo herumnavigieren musste. Jedes Mal, wenn wir uns wieder einer Ansammlung leerer Fahrzeuge näherten, klammerte ich mich instinktiv am Gurt fest. Je weiter wir fuhren, desto schlimmer wurde es

Plötzlich griff mir Daemon abermals auf die Schultern. »Nicht hingucken, Kätzchen.«

Aber es war zu spät. Wir fuhren um einen ausgebrannten Minivan herum und ich konnte nicht anders. Es war einfach eine angeborene menschliche Eigenschaft, doch hinzuschauen, auch wenn alles in dir schrie, es nicht zu tun.

Der Van war vollkommen verkohlt, höchstwahrscheinlich mit Hilfe der Quelle, aber anders als alle anderen Fahrzeuge, an denen wir vorbeigekommen waren, war dieses nicht leer. O nein, ganz und gar nicht leer.

Vier Gestalten waren darin zu erkennen. Zwei vorn und zwei hinten. Eine hing über dem Lenkrad, die nächste war an die Beifahrertür gepresst, als hätte sie verzweifelt – und vergeblich – versucht hinauszukommen. Die beiden leblosen Körper hinten … o Gott, sie waren so klein, so zart.

Alle waren bis zur Unkenntlichkeit verbrannt.

Und es blieb kein Einzelfall. Von nun an sahen wir ein verkohltes Fahrzeug nach dem anderen mit Leichen darin.

Entsetzt griff ich mir an die Kehle, als könnte ich damit den Mageninhalt aufhalten, der sich auf den Weg nach oben gemacht hatte. Ich hatte schon viel gesehen, aber das war mit Abstand das Schlimmste.

»Kätzchen«, sagte Daemon sanft von hinten und tätschelte meine Schultern. »Kat. Hör auf.«

Ich zwang mich den Blick abzuwenden und sah einen Muskel in Archers Kiefer pulsieren. Daemon warf ihm einen finsteren Blick zu und legte eine Hand an meine Wange. »Können wir hier nicht ein bisschen schneller vorbeifahren?«

»Ich fahre schon so schnell, wie es geht«, erwiderte Archer. »Es sei denn, wir verlassen die Straße, und ich bin mir nicht sicher, wie clever –«

»Mist.« Ruckartig zog Daemon die Hand zurück und blickte mit zusammengekniffenen Augen auf die Straße vor sich.

Auch Archer fluchte.

Ich wurde stocksteif. »Was ist?« Als mir niemand antwortete, war ich kurz davor, aus dem Sitz zu springen. »Was ist?«

»Ich spüre es auch«, sagte Archer.

Ich spürte nur, dass ich immer ratloser und ungeduldiger wurde. »Ich schwöre, wenn ihr mir jetzt nicht sofort sagt, was los ist, hau ich euch beiden eine runter.«

Daemon verzog die Lippen zu einem Lächeln. »Hier sind Lux in der Nähe.«

O nein.

Ich beugte mich vor und stützte die Hände am Armaturenbrett ab. Auf unserer Spur des breiten Highways hatten wir, so weit das Auge reichte, freie Fahrt. »Ich kann nichts sehen.«

»Du guckst in die falsche Richtung, Kätzchen.«

Als ich mich umdrehte und aus dem Heckfenster schaute, blieb mir fast das Herz stehen. »Oh, verdammte Alien-Scheiße.«

Ein riesiger Hummer kam hinter uns den Hang hinabgerauscht und pflügte rücksichtslos durch die stehenden Autos hindurch. »Ich vermute jetzt einfach mal, dass sie uns nicht freundlich gesinnt sind.« Mir drehte sich der Magen um.

»Wie kommst du denn darauf?«, fragte Archer und lenkte den Explorer um einen Truck herum.

»Sie hat Recht. Ich kann förmlich spüren, wie sie mir in den Kopf wollen. Sie rufen nach mir, aber ich antworte nicht.«

»Und das macht sie wütend?«, fragte Archer mit finsterer Miene, während er aufs Gaspedal trat, dass die Reifen quietschten.

»Jep.«

»Dieser ganze Funkkontakt zwischen euch Lux ist echt seltsam«, sagte ich, weil es jemand sagen musste.

»Du hast ja keine Ahnung.« Daemon streckte sich zwischen den Sitzen weit nach vorn. Archer protestierte wütend, aber Daemon ließ sich nicht aufhalten. Er legte die Hände um meine Wangen und küsste mich.

Es kam so plötzlich und unerwartet, das ich nur perplex dasaß, während er genüsslich mit meinen Lippen spielte.

»Ist das dein Ernst? Musst du sie gerade jetzt küssen, wenn uns megaangepisste Aliens auf den Fersen sind?«

»Sie zu küssen ist nie falsch.« Er ließ von mir ab und hielt sich an den Lehnen der Sitze fest. »Okay, hören wir auf. Lass uns überlegen, wie wir sie loswerden. Abhauen können wir nicht, aber wir müssen auf jeden Fall vermeiden, dass sie uns bis zu den Arum verfolgen.«

Archer seufzte. »Das wird nicht lustig.«

Ich saß noch immer mit prickelnden Lippen da, wie der letzte Schwachkopf.

»O doch, das wird superlustig.« Daemon sah mich an. »Bist du bereit, Kätzchen?«

»Ja, ja«, murmelte ich. »Klar. Sicher.«

Daemon grinste. »Dann los.«

Archer riss das Lenkrad nach rechts und brachte den Wagen dann abrupt am Rand des Highways zum Stehen. Wagentüren wurden aufgestoßen, und so ungern ich es zugab, ich war die Letzte, die den verdammten Gurt aufbekam und aus dem Explorer herauskroch.

»Haltet euch unten«, ordnete Daemon an.

Hä? Als er meinen Blick sah, bedeutete er mir mich niederzukauern. Ich verzog das Gesicht. »Was? Ich bin doch kein verdammter Ninja.«

»Ich habe dich kämpfen sehen.« Archer schlenderte um den Explorer herum, als befänden wir uns an einer Tankstelle. »Und ich finde, du hast sehr wohl etwas von einem Ninja.«

Ich lächelte ihn kurz an. »Danke.«

»Du wärst ein supersexy Ninja«, sagte Daemon zwinkernd, als ich zu ihm schaute. »Wartet mal kurz hier.«

Ich dachte gar nicht daran, aber Archer hielt mich am Arm zurück, bevor ich noch auf die Straße springen konnte. »Also wirklich«, sagte er und ließ mich nicht gehen. »Bleib hier.«

Ich versuchte mich loszureißen, doch in dem Moment bretterte der Hummer gegen ein stehendes Fahrzeug und der ohrenbetäubende Lärm von aufeinanderkrachendem Metall ließ mich alles andere vergessen.

Der Hummer hielt genau auf uns zu, als sich Daemon mitten auf die Straße stellte. Mit gesenktem Kopf streckte er den Arm aus und schien sich aufs Äußerste zu konzentrieren.

Er gab ein beeindruckendes Bild ab, wie er dort breitbeinig und -schultrig stand. Wie ein Titan, der sich einem Gott stellte.

Ein weißer Schimmer umgab ihn und von dort, wo ich stand, konnte ich seine Adern hell leuchten sehen, ein strahlend weißes Netz, das sich über seine Wangen und den Hals hinabzog, in seinem Hemdkragen verschwand und an seinem Arm wieder zum Vorschein kam.

Ich sah ihn so, in halber Lux-Form, nicht zum ersten Mal. Es war wie damals, als er den Lkw angehalten hatte, der mich fast umgebracht hätte.

Daemon hielt die Zeit an.

Ruckartig blieb der Hummer stehen und die Insassen wurden nach vorn geschleudert, während die Luft um das Fahrzeug herum vor Energie vibrierte. Er hatte den Wagen erstarren lassen, nur mit den Lux im Inneren war es leider nicht möglich. Jedes Mal war ich aufs Neue fasziniert, egal wie oft ich es miterlebte. Unglaublich viel Energie war notwendig, um die Zeit anzuhalten. Mir war es nur ein einziges Mal gelungen und das war aus Versehen gewesen.

Daemon zog seine Hand zurück und es war, als hinge der Hummer an einem unsichtbaren Faden. Der Stopp war aufgehoben und das Fahrzeug bewegte sich ruckartig nach vorn, allerdings mit so viel Schwung, dass die Schwerkraft nicht ganz mitkam.

Der Wagen machte einen perfekten Handstand auf den Vorderreifen und blieb einen Moment lang in dieser Position, bevor er mit der Wucht eines Elefanten vornüberkippte. Knirschend und krachend landete er auf dem Dach.

»Nehmt dies«, murmelte Archer.

Doch auch das schaltete die Lux nicht lange aus. Ächzend flogen die Türen mit einer rötlich weißen Lichtexplosion auf.

Fünf Lux kamen zum Vorschein und machten sich in menschlicher Erscheinungsform sofort auf den Weg zu uns.

»Ich mach das«, versicherte uns Daemon und kniete sich nieder, um sich für den Angriff der fünf Lux zu wappnen.

»Was zum Teufel?« Ich blickte zu Archer.

Er nickte. »Ja, wir werden hier sicher nicht rumstehen und ihm allein den Spaß gönnen.«

Dann ließ er mich los und ich rannte auf das Gemenge zu, als die Motorhaube von einem Auto abgerissen wurde und wie ein gigantisches Messer auf die Lux zusauste. Denjenigen, den sie traf, teilte sie geradewegs in zwei Hälften. Ob Alien oder nicht, nach so etwas stand man nicht mehr auf.

Wow.

Als ich Archers teuflisches Grinsen sah, blieb ich abrupt stehen. »Treffer.«

»Das war ziemlich cool«, gab auch Daemon zu und angelte sich einen Lux an der Taille. Er hob den Kerl hoch in die Luft und rammte ihn dann in den Boden wie ein Wrestler, so dass der Asphalt Risse bekam. Eine schimmernde blaue Flüssigkeit spritzte auf die Straße.

Igitt.

Ein weiblicher Lux drehte ab und kam auf mich zu. Ich hob einen Arm, um die Quelle aufzurufen, und konzentrierte mich darauf, was ich erreichen wollte. Als ich mit der Quelle noch nicht so gut hatte umgehen können, war mir dabei alles Mögliche ins Gesicht geflogen oder zu Boden geprasselt.

Und jetzt?

Jetzt nicht mehr.

Als sie nur noch ungefähr eineinhalb Meter von mir entfernt war, schleuderte ich sie gegen einen Sattelschlepper. Ein ekliges Knirschen war zu hören, das ich am liebsten gleich wieder vergessen hätte, doch ich musste dranbleiben. Bevor das Miststuck wieder auf den Beinen war, stürzte ich mich auf sie, während die Quelle durch mich hindurchrauschte. Wie ein Blitzschlag schlug sie in ihre Brust ein, direkt in ihr Herz, und sie schoss in die Luft wie ein Feuerwerkskörper, erlosch jedoch bald darauf.

Daemon war noch mit dem Kerl zugange, den er in den Boden gerammt hatte. Er hob das Knie und im nächsten Moment traf es die Brust des anderen. Knochen knackten und der Lux heulte auf. Als Daemon den Arm nach hinten zog und die Quelle daran hinunterpeitschte, drehte ich mich um.

Direkt vor mir stand Archer mit einer Pistole in der Hand. Unsere Blicke trafen sich und sofort schoss mir Panik in die Adern wie die Munition einer Schrotflinte. Mir stockte der Atem und ich erstarrte. Ich sah nichts als den Lauf der Pistole und als Nächstes den Funken. Er hatte abgedrückt. Ich wappnete mich für den Schmerz, wenn die Kugel mir Haut und Knochen zerfetzen würde.

Doch nichts dergleichen geschah.

Stattdessen sackte hinter mir ein Körper mit einem dumpfen Geräusch zu Boden. Ich fuhr herum und schnappte nach Luft, als ich den Lux mit dem Gesicht nach unten inmitten einer schimmernden Lache liegen sah.

»Kugel im Kopf«, sagte Archer. »Danach stehen selbst die nicht mehr auf.«

»Das ist geschummelt«, meinte Daemon und erledigte mit einer schnellen Drehung und einem Schuss aus der Quelle den letzten Lux, der gegen den nächstbesten Truck flog.

»Ist mir doch egal.« Archer schob sich die Waffe wieder in die Halterung auf dem Rücken. »Ich spare Energie, wo ich nur kann.«

Ich strich mir das Haar aus dem Gesicht und ließ den Blick über die düstere Umgebung wandern. »Waren das alle?«

Archer sah sich um. »Fürs Erste ja, glaube ich.«

Fürs Erste? Ich war mir nicht sicher, ob ich noch eine Runde durchhalten würde. Ich wandte mich Daemon zu und mir blieb fast das Herz stehen. Aus einem Mundwinkel rann ihm eine rötlich blaue Flüssigkeit. Bestürzt rannte ich zu ihm. Ich hatte gar nicht bemerkt, dass ihm etwas passiert war. »Du bist verletzt!«

»Alles in Ordnung«, versicherte er mir, doch sein Anblick – ein blutender Daemon – traf mich ins Mark. »Ich bin getroffen worden, aber es geht schon. In einigen Minuten ist wieder alles wie immer.«

Das half wenig gegen die Panik, die in mir aufstieg.

»Du brauchst dir wirklich keine Sorgen zu machen«, mischte sich Archer ein. »Er wird schnell heilen, besonders jetzt bei Tageslicht.«

Zuerst verstand ich nicht, was er sagte, doch dann fiel mir wieder ein, dass Daemon mir vor ewigen Zeiten einmal erklärt hatte, die Sonne würde bei den Lux Wunder bewirken, so wie den Hybriden eine ordentliche Menge Zucker half.

»Wir müssen uns beeilen.« Daemon griff nach meiner Hand und zog mich in Richtung des Explorers. »Es werden noch andere mitkriegen, dass wir unterwegs sind, und es ist nur eine Frage der Zeit, bis sie herausfinden, was wir vorhaben.«

Und das wäre schlecht – ganz schlecht.

Kapitel 16

Katy

Bis wir uns Atlanta näherten, hatte ich drei Schokoriegel verdrückt und durchlebte einen gewaltigen Zuckerrausch. Daemon, der behauptete, ihm gehe es nach dem Zwischenfall wieder super, saß am Steuer und so machten wir etwas von der Zeit wett, die wir mit den Lux auf der Straße in Kentucky verbracht und die Archer und mir womöglich einige Jahre unseres Lebens gekostet hatte.

Weitere Lux hatten wir nicht gesehen und wussten nach wie vor nicht genau, wie sie uns wahrgenommen oder ob sie an andere weitergegeben hatten, dass wir unterwegs waren. Vielleicht wussten sie auch gar nicht, wer wir waren. Doch um sicherzugehen, rechneten wir damit, weitere anzutreffen.

In Georgia durchquerten wir eine Landschaft, die aussah wie eine Filmkulisse. Die Bäume auf beiden Seiten des Highways waren gespalten, verkohlt und teilweise umgestürzt. Durch die dichte Vegetation hindurch waren Wrackteile eines Flugzeugs zu sehen. Ein Heck. Ein Mittelteil, bei dem die Scheiben aus den kleinen Fenstern geborsten waren.

Die sinnlose Gewalt und der Anblick der Zerstörung gingen mir so nahe, dass ich den Blick abwenden musste. Je mehr ich sah, desto mehr war ich davon überzeugt, dass es für uns – für die Welt – schwer werden würde weiterzumachen, egal was mit den Neuankömmlingen geschah. Jetzt, da die Menschen wussten, dass sie unter uns waren, wie konnten sie einfach weitermachen wie bisher? Wie sollten sie nach alldem je wieder einem Lux vertrauen?

Ich durfte jetzt nicht länger darüber nachdenken. Wir würden es noch früh genug tun müssen. Aber ich konnte mir einfach nicht vorstellen, wie das Leben für uns alle aussehen würde.

Überraschenderweise waren die Straßen hier größtenteils frei geräumt. Verlassene Fahrzeuge waren auf den Randstreifen geschoben worden und zumindest vom äußeren Ring des Highways aus sah die Stadt insgesamt ganz okay aus.

Wahrscheinlich lag es an der enormen Präsenz des Militärs und der Nationalgarde, doch auch sie würden die Lux nur für eine gewisse Zeit in Schach halten können. Es war kurz vor 19 Uhr, als wir den großen Flughafen erreichten, und man hätte glauben können, es gäbe eine Ausgangssperre, weil kaum jemand unterwegs war. Aber im Moment wollte wohl einfach niemand in ein Flugzeug steigen.

»Das ist er.« Archer zeigte auf einen schneidigen ausländischen Wagen mit getönten Scheiben. »Er hat gesagt, dass er so einen fährt. Cooler Schlitten.«

»Ich weiß, dass ich nicht von dir verlangen kann im Auto sitzen zu bleiben, aber bitte bleib in meiner Nähe.« Daemon bremste ab und rollte langsam über den Parkplatz auf den schicken schwarzen Wagen zu. »Luc mag diesem Kerl vertrauen, ich nicht.«

Nur mit Mühe konnte ich mich zurückhalten mit den Augen zu rollen. »Keine Sorge, ich werde schon nicht auf ihn zurennen und ihm in die Arme fallen.«

Ausdruckslos antwortete er: »Das will ich hoffen. Sonst werde ich noch eifersüchtig.«

»Du wirst eifersüchtig, wenn sie einen Baum umarmt«, kommentierte Archer spöttisch.

»Vielleicht.« Daemon parkte hinter dem Wagen ein. »Ich bin eben so.«

Mir verging die Lust am Augenrollen und ich stieß die Beifahrertür auf. »Ihr benehmt euch beide wie Idioten.«

Sobald wir ausgestiegen waren, öffneten sich auch drei Türen des schwarzen Wagens. Plötzlich war ich neugierig. Eigentlich war ich noch nie einem Arum begegnet, der nicht darauf aus war, mir die Energie aus dem Körper zu saugen. Mit jemandem zu tun zu haben, der hoffentlich nicht die Absicht hatte, uns zu töten, war in gewisser Hinsicht also etwas Neues für mich. Aufmerksam beobachtete ich die große Gestalt, die sich vom Fahrersitz erhob.

Heiliger Arum …

Der dunkelhaarige Mann war so groß wie Daemon, aber muskulöser. Sein schwarzes T-Shirt spannte sich über seinen Schultern und der breiten Brust. Seine Statur erinnerte an die eines Boxers. Allein deshalb sah er aus, als könnte er einigen Schaden anrichten. Sein Profil war kantig, ansonsten konnte ich von seinem Gesicht nur erkennen, dass es blass war, wie das aller Arum, gespenstisch bleich war es jedoch nicht. Eher wie Alabaster oder Porzellan. Seine Augen waren hinter einer schwarzen Sonnenbrille verborgen. Er trug eine dunkle Jeans und sah eher aus wie ein Typ aus einem GQ-Magazin als wie die seelenlose Alien-Version eines ziegentötenden Chupacabras.

Ein identisch aussehender Typ stieg hinten aus, nur dass er Stoffhose und Oberhemd trug, wobei er das Zuknöpfen des Hemdes offenbar nicht allzu ernst zu nehmen schien. Feste blasse Haut blitzte daraus hervor.

Die Arum sah man immer zu viert – drei männliche und ein weiblicher. Deshalb rechnete ich damit, dass als Nächstes ein weiterer Bruder oder eine Schwester zum Vorschein käme, doch was ich jetzt neben der Beifahrertür erblickte, war weder noch.

Es war ein Mensch, genauer gesagt eine Frau.

Ungläubig starrte ich auf die bunt zusammengewürfelte Truppe. Was zum Teufel hatte die Frau mit den Arum zu schaffen? Als sie sich in unsere Richtung wandte, konnte ich die Blondine genauer betrachten. Sie war hübsch – sehr hübsch – und ich konnte mir einfach keinen Reim darauf machen, warum sie hier war.

Dann sagte Daemon: »Was läuft, du Arsch?«

Mir fiel fast die Kinnlade runter.

»Du hast ja wirklich eine nette Art, Leute zu begrüßen«, murmelte Archer.

Der Arum, der am Steuer gesessen hatte, nickte seufzend. »Du schon wieder.«

»Du klingst genauso begeistert wie ich, dass wir uns sehen.« Daemon verzog den Mund zu einem spöttischen Lächeln und verschränkte die Arme. »Lass uns eins klarstellen, bevor wir hier weitermachen. Wenn du in irgendeiner Hinsicht vorhast uns zu bescheißen, dann wird es das Letzte sein, was du vorhast.«

Höhnisch grinsend wandte sich Hunter seinem Bruder zu. »Ich hab dir ja schon erzählt, wie knuddelig er ist.«

Der andere Arum legte den Arm aufs Wagendach und hob eine Augenbraue über die dunkle Brille, die natürlich auch er trug. »So knuddelig wie ein Stachelschwein.«

Daemon zeigte ihm den Finger.

Besser konnte es nicht laufen.

Trotz der Sonnenbrille merkte ich, dass Hunter den Blick plötzlich mir zuwandte. »Wie ich sehe, hast du dein Mädchen aus Daedalus' Fängen befreien können.«

Was zum Teufel?

»Und ich sehe, dass du unerklärlicherweise immer noch eine menschliche Begleiterin bei dir hast«, gab Daemon zurück.

»Mir liegt auf der Zunge sie zu fragen, ob sie aus freien Stücken hier ist.«

Hunter lachte bellend auf. »Und, Serena?«

Die Blondine verdrehte die Augen und schüttelte den Kopf. »Ja, bin ich.«

»Da hast du die Antwort«, fügte Hunter hinzu.

»Angesichts der Tatsache, dass unsere Begegnung bislang so super verläuft, sollten wir am besten zum Thema kommen«, meldete sich Archer zu Wort. »Uns wurde gesagt, du wärst bereit uns an jenen Ort zu bringen, an dem sich die Arum momentan aufhalten.«

»Das stimmt.« Hunter imitierte Daemon, indem er ebenfalls die Arme verschränkte. Einen Moment lang sagte niemand etwas, aber ich hätte schwören können, dass Hunter mich wieder anstarrte. »Seid ihr sicher, dass ihr es wollt?«

Oh, das klang nicht gut. Ich verlagerte mein Gewicht. »Wir müssen es tun.«

Die Sonne war jetzt endgültig hinter dicken Wolken verschwunden und schnell legte sich die Dämmerung über den Parkplatz. Hunter nahm seine Sonnenbrille ab. Seine hellen, eisblauen Augen waren mehr als beunruhigend. »Hat einer von euch schon mal von Lotho gehört?«

»Ich weiß nur, dass er für euch so eine Art kleiner Anführer ist«, antwortete Daemon. »Mehr nicht.«

»Kleiner Anführer?« Der zweite Arum senkte das Kinn und lachte. »Ein kleines bisschen verrückt, würde ich eher sagen.«

»Oder ein kleines bisschen total übergeschnappt, Lore.«

»Lore?«, hakte ich nach, obwohl ich mir sofort blöd vorkam. »Warte. Du heißt also Lore?«

Er zeigte seine strahlend weißen perfekten Zähne. »Warte erst, bis du meinen anderen Bruder, Sin, kennenlernst.«

Sin und Lore? Der Name Hunter stach dazwischen irgendwie hervor. Ich schüttelte den Kopf, denn eigentlich war es mir vollkommen egal. »Was meinst du damit, dass Lotho ein kleines bisschen verrückt ist?«

»Er ist total übergeschnappt, wirklich«, erwiderte Hunter und lehnte sich gegen den Wagen, während sich Serena zu ihm gesellte. »Ich persönlich halte ihn für nicht ganz dicht und, mit menschlichen Maßstäben gemessen, für einen Psychopathen. In Serenas Nähe lasse ich ihn jedenfalls nicht kommen. Ich würde ihn nicht einmal in die Nähe meiner Küchenschabe lassen, wenn ich eine als Haustier hätte.«

Oh. Wow.

Daemon runzelte die Stirn. »Das klingt ja äußerst spaßig.«

»Er ist unglaublich stark«, fuhr Hunter fort. »Er ernährt sich von Lux, als würden sie bald ausgehen, und strotzt nur so vor Opalen. Sie sind ihm in die Haut eingenäht.«

Ich riss die Augen auf. »Autsch.«

»Und er hasst Menschen«, schaltete sich Lore ein. »Aber Lux hasst er noch mehr. Und Origins und Hybride mag er auch nicht besonders.«

Die Sache wurde immer unangenehmer.

»Klingt, als könnten wir uns auf tolle Zeiten einstellen«, stellte Daemon trocken fest.

Hunter lachte, doch es klang frostig. »Die Arum sind ihm gegenüber loyal. Sie tun, was er will, selbst wenn es ihren Tod bedeutet.«

»Aber ihr nicht?«, fragte Daemon.

»Natürlich nicht«, antwortete Hunter, während er einen beschützerischen Arm um Serenas Schultern legte und sie an sich zog. »Ob du es glaubst oder nicht, ich hatte nie das Bedürfnis, mich mit einem Lux anzulegen, selbst bevor der ganze Mist hier angefangen hat. Im Moment scheint es unvermeidlich zu sein, aber sobald die Sache erledigt ist, wird es mir wieder sonst wo vorbeigehen, was du oder deine Leute treiben.« Er hielt inne und sah Serena an, die er im Arm hielt. »Ich habe Besseres zu tun. Und Lore ebenfalls.«

Der Schock war Daemon ins Gesicht geschrieben und spiegelte genau das wider, was ich empfand. Wie Hunter Serena anschaute? Wow. Er liebte diese Frau – einen Menschen – wirklich.

Einen Moment lang starrte Daemon ihn noch an, dann legte er den Kopf in den Nacken und lachte. »Okay, das kann ich nachvollziehen.«

Hunter reagierte erst eine halbe Ewigkeit später. »Wenn du ihn dazu bringen kannst, euch zu unterstützen, bekommt ihr eine Armee an Arum. Aber ich bin mir nicht sicher, ob Lotho demgegenüber aufgeschlossen ist.«

»Na ja, genau das ist unsere Befürchtung.« Daemon neigte den Kopf zur Seite, während ich mir ernsthaft Sorgen zu machen begann. »Wie viele Arum hat er?«

»Tausende«, antwortete Hunter und ich hatte das Gefühl, der Boden unter meinen Füßen würde schwanken. »Ein großer Teil davon ist immer unerkannt gebelieben, aber auch diejenigen, die bei Daedalus waren, bis die Lux auftauchten, sind dabei.«

»Sie alle sind jetzt bei ihm?« Archer kratzte sich mit der Hand über den langsam auswachsenden Stoppelschnitt.

»Jep«, bestätigte Lore und zog das Wort grinsend lang. »Es ist wie bei einer Sekte. Stellt euch darauf ein.«

»Es ist echt seltsam dort.« Serena drehte ihr Haar beim Sprechen auf und warf es über die Schulter zurück. »Sie starren dich alle an, als wollten sie dich zum Abendessen verspeisen. Ehrlich gesagt ist mir diese ganze Arum-Sache ziemlich unheimlich.« Sie sah erst zu Hunter und dann zu Lore. »Ist nicht persönlich gemeint.«

Lore nahm lächelnd den Arm vom Wagendach. »Schon gut.«

»Und? Seid ihr bereit dafür?«, wollte Hunter wissen.

Nicht wirklich, aber ich schrie nicht Nein, als Daemon nickte. Stattdessen beobachtete ich, wie sich Hunter Serena zuwandte und seine riesigen Hände an ihre Wangen legte. Er ging so unglaublich behutsam mit ihr um, dass ich überrascht war, wie ein Arum überhaupt dazu in der Lage sein konnte.

Er senkte den Kopf und küsste sie, worauf sie sich an ihn schmiegte, als wäre es das Natürlichste der Welt. Ich kam mir vor wie ein Monster, weil ich sie so anstarrte, aber ich konnte den Blick nicht abwenden. Ein Arum und ein Mensch. Wahnsinn. Dann fiel mir auf, dass es ihnen wahrscheinlich genauso ging, wenn sie einen Lux mit einem Menschen zusammen sahen.

»Ich bin bald zurück«, sagte Hunter und hob den Kopf.

Serena schaute ihn besorgt an. »Ich kann mit-«

»Du weißt, dass ich es nicht mag, wenn Lotho und Sin dir zu nahe kommen, und du weißt auch, dass ich es allein schaffe«, beruhigte er sie. »Lore hat versprochen dich so lange zu unterhalten.«

Lore nickte und spitzte die Lippen.

Serena sah noch immer nicht glücklich aus. Wenn sie sich um Hunter und das, was er vorhatte, Sorgen machte, sollten wir unsere Pläne vielleicht auch noch einmal überdenken.

Doch wir hatten keine Wahl.

Sie umarmte ihn innig und hielt ihn noch einen Moment lang fest, bevor sie schließlich um ihn herumging und ihm einen Klaps auf den Hintern gab. »Ich warte auf dich.«

Der Blick, den Hunter ihr zuwarf, ließ mich erröten, doch in dem Moment wandte sich Serena unvermittelt uns zu. »Ihr müsst verstehen, ich habe in der Vergangenheit einige schlechte Erfahrungen mit den Lux gemacht – und zwar mit denjenigen, die wussten, dass der Rest von ihnen kommen würde.«

Daemon und ich sahen uns an. »Könntest du das vielleicht etwas genauer ausführen?«, bat er.

Sie holte tief Luft. »Es gab da diesen Senator, der ein Lux war. Er hatte zwei Söhne. Meine beste Freundin … sie hat zufällig gesehen, wie sie ihr Glühwurm-Ding gemacht haben, und dann haben sie sie getötet, damit sie nicht redet. Mich haben sie auch versucht umzubringen.«

»O Gott«, flüsterte ich.

»Hunter wurde von der Regierung eingesetzt, um für meine Sicherheit zu sorgen. Nicht dass ich ihnen wirklich wichtig war, aber ihnen missfiel, dass die Lux glaubten, sie könnten einfach nach Belieben töten, ohne sich an Regeln zu halten.« Sie sah plötzlich niedergeschlagen aus. »Aber es war noch mehr. Meine Freundin hat mit angehört, wie sie über dieses Project Eagle geredet haben. Es hat irgendetwas mit Pennsylvania und Kindern zu tun.«

»Weißt du noch mehr?«, fragte Archer und wirkte plötzlich hellwach.

Nachdem sie kurz zu Hunter geblickt hatte, nickte sie. »Das Projekt ist als Gegenpol zu Daedalus entstanden – es ging darum, Kontakt zu den anderen Lux aufzunehmen, die dort draußen waren, wo auch immer *dort* war. Es ging um die Weltherrschaft. Sie haben geplant ihr Ziel mit Hilfe von Origins zu erreichen. Wir dachten, sie sprächen von Kindern.«

»Doch dem war nicht so«, mischte sich Hunter stirnrunzelnd ein. »Wir haben einige Nachforschungen angestellt. Sie meinten Origins wie ihn.«

Ein Muskel in Archers Kiefer zuckte. »Erwachsene Origins?«

Er nickte. »Jep.«

Heilige Scheiße, wir hatten genau richtiggelegen.

»Wir wussten, dass so etwas passieren würde, oder dass sie es zumindest versuchen würden, aber wir konnten nichts dagegen tun«, fuhr sie fort.

»Auf uns ist ein Kopfgeld ausgesetzt«, erklärte Hunter. »Nur so viel: Ich habe die Lux gegen mich aufgebracht, einen Teil der Arum und Daedalus. Wir stecken in einer gottverdammten Zwickmühle.«

»Wir wollten etwas tun, aber es war nicht möglich. Euch zu helfen ist … na ja, besser, als wieder nichts zu tun.« Und plötzlich wurde mir klar, dass Serena wahrscheinlich die treibende Kraft dahinter war, dass Hunter Luc den Gefallen tat, den er ihm schuldete. Ihr Blick ging zu Daemon. »Ich weiß, dass du Hunter nicht vertraust, aber wir vertrauen dir auch nicht. Wenn ihr nur irgendetwas tut, was ihn in Gefahr bringt, ich weiß, wie man einen Lux ausschaltet, und schrecke nicht davor zurück, es zu tun.«

Daemon holte tief Luft. »Verstanden.«

»Gut«, antwortete sie.

Ich mochte sie.

Hunter grinste. »Kommt, Leute. Es ist nicht weit.«

Wir drei folgten Hunter zu einer Straßenlaterne, die knapp zehn Meter von dem Wagen entfernt stand. Dort hielt er an. »Wir sind da.«

Fragend blickte ich ihn an und schaute mich um, konnte aber nichts erkennen. »Ist das eine Art magische Harry-Potter-Tür oder was?«

Er sah mich an.

»Was ist?«, fragte ich verlegen. »Du weißt schon, wie beim

Raum der Wünsche eben? Die Tür taucht einfach irgendwie auf … ach, ist ja egal.«

»Okay.« Er deutete auf unsere Füße. »Wir gehen runter.«

Ich konnte nur einen Gully entdecken, doch genau vor dem kniete er jetzt nieder und hob die schwere, metallene Abdeckung an. Mir rutschte das Herz in die Hose.

»Da runter?«, fragte Archer.

Hunter nickte und lächelte gequält. »Warum hätte ich wohl sonst den Flughafen vorgeschlagen? Es ist nicht so, dass ich gerne hier abhänge.«

»Woher sollten wir das wissen?«, antwortete Daemon und beäugte den Gully, als wäre er das Letzte, in das er hineinklettern wollte. Mir ging es nicht anders. »Du bist ein Arum, deshalb …«

»Ich hatte wirklich gehofft, dass du dieses blöde Gehabe jetzt endlich ablegen würdest.«

Daemon grinste schief. »Leck mich …«

»Nein, danke«, erwiderte Hunter, doch beide hatten halbherzig geklungen. Hunter blickte auf und sah erst zu mir und dann zu Daemon. »Ich nehme an, du gehst zuerst, vor ihr.«

Nur mit Mühe konnte ich mich zurückhalten die Augen zu verdrehen, während ich mir schnell das Haar zum Zopf zusammenband. Archer kletterte über den Rand, verabschiedete sich und kletterte als Erster die Leiter hinab. Wenige Sekunden später hörte man seine Stimme von weit unten. »Hier stinkt es höllisch.«

Großartig.

Schnell folgten wir ihm und Archer hatte nicht übertrieben. In dem schwach erleuchteten Tunnel stank es nach Schimmel und Scheiße – schimmeliger Scheiße.

Hunter kam als Letzter unten an. Ohne überhaupt die Leiter zu benutzen, landete er elegant neben uns in der Hocke. Anscheinend war er wirklich in allen möglichen Bereichen außergewöhnlich.

Er richtete sich auf, und während er sich in Bewegung setzte, blickte er sich über die Schulter hinweg zu uns um. »Wir müssen ein kleines Stück gehen.«

Es stellte sich heraus, dass »ein kleines Stück« für Hunter ungefähr hundertfünfzig Kilometer bedeutete. Trotz meiner mutierten Gene begannen meine Beine irgendwann zu schmerzen, weil wir seit einer halben Ewigkeit in dem leeren U-Bahn-Schacht unterwegs waren, in dem es abgesehen von unseren Schritten totenstill war. Während wir von einem Tunnel in den nächsten wanderten, kamen wir an verlassenen Zügen vorbei, die anscheinend der Grund für den Gestank waren. Ich betrachtete die schmutzigen, geborstenen Fenster eines Waggons, als plötzlich Hunter direkt vor mir auftauchte. Erschrocken stolperte ich einen Schritt zur Seite.

»Ich würde mir die Züge nicht allzu genau ansehen«, sagte er und sah mich aus seinen blassen Augen an. »Sie sind nicht leer. Einige Lux haben sie in ihre Gewalt gebracht und den Innenraum angezündet, obwohl Leute an Bord waren, und hier sind sie stehen geblieben. Du verstehst, was ich sagen will?«

Mir drehte sich der Magen um und ich nickte. So viele unnötige Tote – es war erschreckend und es dauerte lange, bis ich den Kopf wieder freibekam. Tief in dem Tunnellabyrinth gingen wir durch eine Stahltür, die aussah, als wäre sie zehn Jahre lang nicht mehr geöffnet worden. Dahinter lag ein breiter, mit Fackeln hell erleuchteter Tunnel, die in Spalten in der Wand befestigt waren. Wenig später blieb Hunter vor einer weiteren Tür stehen. Es handelte sich um eine runde Stahltür.

Ich biss mir auf die Lippen, weil ich merkte, dass etwas nicht stimmte. Es war plötzlich so stickig, dass man nur schwer atmen konnte. Ein nervöses Kribbeln wie von tausend Ameisen breitete sich in mir aus.

Daemon streckte einen Arm aus und neigte den Kopf zur Seite. Ich sah, wie sich seine Rückenmuskulatur anspannte. »Die Arum sind nicht mehr weit weg.«

Hunter sah uns grinsend an. »Ich habe es euch ja gesagt. Hier unten sind *Tausende.*«

Ich konnte es nicht glauben. »Wie können hier so viele sein? In einem U-Bahn-Schacht?«

Hunter legte seine große Hand an die Tür. »Sie haben sich hier eine ganze Welt geschaffen, Kleines.«

Wie hatte er mich genannt? »Klein« war das letzte Adjektiv, mit dem ich mich beschreiben würde.

»Lotho lebt seit Jahren mit vielen anderen Arum hier unten und baut mit seinen Getreuen an einer unterirdischen Stadt. Sie kommen und gehen, wie es ihnen gefällt, aber sie kommen immer zurück.« Er umfasste einen schweren Hebel. »Sie leben hier ein bisschen archaisch, was ihr also gleich sehen werdet –«

»Wird uns wahrscheinlich auf direktem Weg zum Psychiater führen?« Ich nickte seufzend. »Ich hab's verstanden.«

Einer von Hunters Mundwinkeln hob sich und er sah Daemon an. »Bereit?«

»Bringen wir es hinter uns.« Daemon nahm meine Hand und ich hatte nichts dagegen einzuwenden.

Ich wusste, dass das, was wir gleich zu sehen bekommen würden, wo wir hingehen würden, mehr als gefährlich war, und wir würden es zusammen durchstehen.

Hunter zögerte einen Moment, als wollte er die Tür nicht wirklich öffnen, und sein Bizeps zuckte, als er es schließlich doch tat. Dahinter lag ein weiterer breiter Tunnel, aber er unterschied sich von den vorherigen. Die Wände bestanden aus mit Gipskarton verfugten Holzbalken. Die Fackeln standen auf Pfählen, die aussahen wie Totems, mit seltsam geschwungenen, keltisch anmutenden Gravierungen. Am anderen Ende befand sich eine hölzerne Tür, die mich unwillkürlich an einen mittelalterlichen Markt denken ließ.

Wir traten ein, und bevor Hunter sie noch erreicht hatte, flog sie bereits auf, schlug gegen die Wand und ein weiterer Hunter erschien.

Ah, das war der dritte Drilling.

Auch wenn er Hunter sehr ähnlich sah, erinnerte er mit seinem längeren Haar, das im Nacken zusammengebunden war, vor allem an einen Piraten. Und zwar keinen aus einem Disney-Film.

Dieser Bruder verströmte Feindseligkeit und atmete Hass aus. Kurz blickte er zu Hunter, dann richtete er seine eisblauen Augen auf uns. Augenblicklich sank die Temperatur, ich begann zu frösteln und bekam eine Gänsehaut. Als ich das nächste Mal ausatmete, bildete sich vor meinem Mund ein weißes Wölkchen.

»Du hättest sie wirklich nicht herbringen dürfen«, sagte der dritte Bruder. Seine Stimme klang wie prasselnder Eisregen.

Hunter neigte den Kopf. »Und ich muss dich wirklich nicht um Erlaubnis fragen, Sin.«

Kurz starrte Sin Hunter an, bevor er mürrisch murmelte: »Mach, was du willst.«

Daemon war aufs Äußerste angespannt, als würde er sich für einen Kampf rüsten, um durch die nächste Tür zu kommen, und auch als Sin auf dem Absatz kehrtmachte und verschwand, entspannte er sich nicht. Ich mich auch nicht. Das schlechte Gefühl, das mich verfolgte, seit Hunter Lotho zum ersten Mal erwähnt hatte, war ins Unermessliche gewachsen.

Mit Archer und Daemon an meiner Seite folgte ich Hunter

schließlich durch die Holztür. Nichts hätte mich darauf vorbereiten können, was ich nun vor mir sah.

Eine unterirdische Stadt? Das war kein Scherz gewesen.

Es war, wie eine andere Welt zu betreten. Auch wenn wir tief unter der Erde waren, schien es keine Decke zu geben. So weit das Auge reichte, erhoben sich hohe Gerüste an den Wänden. Dadurch waren entlang der Hallenwände Dutzende Wege entstanden. Auf den unteren Ebenen waren Türen zu erkennen und an einigen Stellen hing dichter, pelziger Stoff vom Geländer. Das Ganze erinnerte an ein hölzernes Gefängnis.

Gott behüte, wenn hier jemand achtlos ein Streichholz fallen ließ.

Während wir uns in die Mitte des Raums begaben, wurden meine Augen immer größer. Am Rand standen überall handgefertigte, erstaunlich detailreiche Tische sowie Wiegen und dazwischen große Vorratsschränke. Einige standen offen und gaben den Blick auf einen ganz normalen Inhalt frei – Dosen mit Lebensmitteln, Küchentücher und Limonaden.

»Wie seltsam ist das denn?«, flüsterte ich Daemon zu.

Er nickte. »Ich hatte keinen Schimmer von alldem hier.«

»So muss es auch bleiben«, schaltete sich Hunter über die Schulter hinweg ein. »Auch wenn ich persönlich alles andere als ein Fan von Lotho bin, er hat hier für unsere Leute etwas geschaffen – eine Art Zufluchtsort. Egal was geschieht, ihr dürft niemandem davon erzählen.«

»Das werden wir auch nicht«, versprach Archer. »Dafür gibt es keinen Grund.«

»Gut.« Hunter griff nach der Tür. »Ich übernehme das Reden. Das heißt, du hältst den Mund, Daemon. Und das meine ich ernst.«

Daemons Miene verfinsterte sich. »Na, vielen Dank.« Ich

warf ihm einen vielsagenden Blick zu und er seufzte. »Okay, ich sag nichts.«

Wir durchquerten noch einen Tunnel, der zu einer weiteren Tür führte. Stimmen und Lachen, darunter auch Rufen und ein schlagendes Geräusch wurden hörbar. Ich hatte keine Ahnung, was wir dahinter zu sehen bekämen, und versuchte mich für alles zu wappnen, als Hunter sie öffnete und ein Saal sichtbar wurde, der noch größer war als der vorherige.

Heilige Arum-Babys, da waren sie! Sie drängelten sich an langen hölzernen Tischen oder standen überall herum. Ruckartig blieb ich stehen und Daemon umfasste meine Hand fester.

Alle Arum in dem Raum waren verstummt und schienen buchstäblich versteinert zu sein. Einige hatten mitten beim Aufstehen innegehalten. Andere hielten riesige Becher, die aussahen wie aus dem Mittelalter, reglos auf halbem Wege zum Mund. Sogar Frauen, die fest eingewickelte Kinder trugen, waren darunter. Einer war blasser als der andere. Die meisten hatten pechschwarzes Haar, was zu den hellblauen Augen echt schräg aussah. Ein paar hatten ihr Haar blond gebleicht oder knallrot gefärbt.

Alle starrten uns an.

O Mann, mir stellten sich die Nackenhaare auf und ein eiskalter Schauer lief mir über den Rücken.

»Was zum Teufel, Hunter?«, dröhnte eine tiefe Stimme hinter uns.

Ich wirbelte herum und holte tief Luft, während mir fast die Augen aus dem Kopf fielen. Vor mir befand sich ein breites hölzernes Podium. Nur wenige Stufen führten dort hinauf, aber sie waren so steil, dass ich mir beim Hinuntersteigen wahrscheinlich den Hals brechen würde.

Oben erblickte ich einen Arum, und obwohl er nicht stand, sondern saß, sah ich, dass er riesig war. Er hatte breite Schultern, eine gigantische Brust und kräftige Oberschenkel. Lässig hing er in seinem Sitz, als schliefe er fast, doch seinen blassblauen Augen entging nichts.

Auf eine kühle und unwirkliche Art war er … er war attraktiv. Seine Züge waren markant, wie aus Marmor gehauen. Er hatte volle, ausdrucksstarke Lippen und hohe Wangenknochen. Die Nase war gerade, das Haar blond gebleicht, die Farbe der Augenbrauen jedoch dunkel. Irgendwie funktionierte diese seltsame Kombination. Er hielt einen gläsernen Becher in der rechten Hand, der mit einer bernsteinfarbenen Flüssigkeit gefüllt war, und sah uns an.

Das war also der große Guru, wie Luc ihn genannt hatte? Wider Willen war ich beeindruckt.

Hunter trat vor und jetzt sah ich genau, worauf Lotho saß. Es war eine Art Thron aus …

Ach du Scheiße, waren das tatsächlich Knochen? Sie sahen seltsam aus, eindeutig nicht menschlich. Sie waren dünner und schienen biegsam zu sein, als würden sie sich immer wieder neu formen lassen. Außerdem leuchteten sie schwach bläulich –

O Gott.

Es waren die Knochen von Lux.

Das war übel, ziemlich übel.

»Du weißt ja, was dort oben vor sich geht«, begann Hunter, aber viel weiter kam er nicht. »Lux haben –«

»Blah, blah, blah. Ja, ich weiß, was dort oben vor sich geht«, unterbrach Lotho ihn und nippte an seinem Drink. Ich hatte eher damit gerechnet, dass er ihn in einem Zug hinunterstürzen würde. »Lux sind gekommen, haben einen Haufen Menschen getötet und noch mehr Mist angestellt, aber das ist mir so was von wumpe und erklärt nicht, warum du die hierhergebracht hast.«

Hunter öffnete den Mund.

»Es sei denn, du willst uns etwas zum Abendessen bringen.« Lotho lächelte und entblößte weiße, aber seltsam spitze Zähne. »Wenn es so ist, dann sei dir herzlich gedankt.«

»Wir sind nicht zum Essen gekommen«, meldete sich Daemon zu Wort und klang so kalt, wie es in dem Raum war. Ich zuckte zusammen. »Nicht einmal zum Dessert. Wir sind gekommen, um dich um deine Hilfe zu bitten, die einfallenden Lux zu bekämpfen.«

Ich sah Daemon an und war ein bisschen stolz auf ihn, weil er die Worte ohne einen Hauch Sarkasmus aussprach.

Doch Lotho wirkte, als hätte er sich an seinem Drink verschluckt. »Ich soll euch helfen?«

Dröhnendes Gelächter erschallte und hallte von den Wänden wider. Mein Herz begann zu rasen.

»Ja, genau.« Daemon hob das Kinn und lächelte. »Du sollst uns helfen. Ist doch eigentlich nicht so schwer zu verstehen oder muss ich dir erklären, was das Wort bedeutet?«

Tja, da war Daemons Sarkasmus auch schon wieder.

Das Glas in Lothos Hand zerbarst.

Stirnrunzelnd beobachtete Daemon, wie die Scherben auf den Boden regneten. »Immer machst du alles kaputt.«

Ich unterdrückte ein Grinsen, denn ich fürchtete, dass der Arum auf die Idee käme, uns als Snack für zwischendurch zu vertilgen, wenn ich lachte.

Lange war es totenstill und ich merkte, wie sich die Arum hinter uns von den Sitzen erhoben und näher kamen. Wieder lief mir ein eiskalter Schauer über den Rücken und ich hatte das Gefühl, mir würde die Luft abgeschnürt.

Sin blieb am Fuß der Stufen stehen. »Was soll mit ihnen passieren?« Der Eifer in seiner Stimme gab mir den Rest.

Lotho grinste. »Töte sie und überlass den Rest ihrem Gott.«

Kapitel 17

Daemon

O Mann, die Kacke war voll am Dampfen.

Diese Antwort hatte gerade das Worst-Case-Szenario eingeläutet.

Ich trat vor, so dass sich Kat zwischen Archer und mir befand. Und wenn ich den Raum in die Luft jagen musste, um sie hier rauszubekommen, dann sollte es so sein. Aber was dann? Diese Mission wäre auf ganzer Linie gescheitert, die Regierung würde anfangen die Städte mit E-Bomben plattzumachen, und die Welt würde zu einem Ort werden, in dem ich bestimmt nicht mehr leben wollte. Und was noch schlimmer war, ich würde meine Schwester verlieren. Für immer.

Vielleicht hätte ich einfach den Mund halten sollen?

Lotho baute sich zu voller Größe auf, was gut und gerne 2,10 Meter waren, und beäugte mich, als wollte er mich mit seinen spitzen Zähnen zermalmen und dann wieder ausspucken. »Hast du etwa eine andere Antwort von mir erwartet?« Er legte den Kopf in den Nacken und lachte. Mehrere Arum um uns herum fielen glucksend mit ein. »Dass jemand von uns einem Lux helfen würde? Oder einem Hybriden oder was auch immer der da ist?« Er deutete auf Archer. »Ihr müsst entweder unglaublich arrogant oder strohdoof sein.«

Ich war so zornig, dass es in meinem Nacken zu kribbeln begann; ich vibrierte von Energie. Ich wusste, dass ich cool bleiben musste, zumindest, bis sie tatsächlich über uns herfielen. So ätzend es war, wir brauchten sie.

»Was ist?« Lotho stieg eine Stufe hinab und in mir spannte

sich alles an. »Hast du nicht noch etwas Extraschlaues zu dem Thema beizutragen?«

Ich sah ihn scharf an. »Gib mir einen Moment, mir fällt bestimmt gleich etwas ein.«

Hunter stöhnte auf.

Ich spürte, wie sich kleine Hände warnend in meinen Rücken drückten. »Ich habe nicht erwartet, dass ihr uns an den Händen haltet und mit uns ›Kumbaya‹ singt«, sagte ich, worauf Lotho eine Augenbraue hob. »Ich habe auch nicht erwartet, dass ihr uns jubelnd willkommen heißt, aber ich habe erwartet, dass ich nicht auf einen Haufen Idioten treffen würde.«

»O Gott«, murmelte Kat hinter mir und vergrub die Fingernägel in meinem Rücken.

»Damit machst du dir sicher keine Freunde.« Hunter sah mich an, als wäre ich nicht ganz zurechnungsfähig.

Sein Bruder, Pinky oder Binky – keine Ahnung, ich hatte beide Namen vergessen –, sah aus, als würde er gleich anfangen zu sabbern.

Ich holte tief Luft. »Euch ist klar, was passiert, wenn die Lux die Macht auf der Erde übernehmen?«

Lotho war anzusehen, dass es ihm piepegal war. »Glaubst du, dass uns Menschen etwas bedeuten? Für uns sind sie … nutzlos.«

Ich begann ernsthaft an seinem Verstand zu zweifeln. »Sobald sie alle Menschen unterworfen und die Macht an sich gerissen haben, werden sie auch euch verfolgen. Im Moment seid ihr ihnen vielleicht noch egal, aber das wird sich ändern. Und nach meinen Informationen haben die Arum nicht die geringste Chance gegen die Lux.«

Lotho schnaubte. »Das stimmt nicht.«

»Ach nein?«, schaltete sich Archer ein. »Vielleicht weil ihr unter der Erde in einem U-Bahn-Schacht lebt, wenn ich dich darauf hinweisen darf.«

»Da hat er irgendwie Recht«, fügte ich grinsend hinzu. »Sie werden bald gelernt haben, wie man euch bekämpft«, fuhr ich fort und hoffte, dass zumindest einer der Arum hier unten in der Lage wäre, logisch zu denken. »Im Moment haben sie noch keine Ahnung. Es wäre wie ein Selbstbedienungsbuffet für euch. Aber sobald sie hin und wieder mit einem Arum zu tun gehabt haben? Dann wird genau das Gleiche geschehen wie damals.«

»Das wird niemals geschehen«, keifte ein weiblicher Arum. »Sie werden nie wieder die Kontrolle über uns erlangen.«

»Redet euch das nur hübsch ein, während ihr euch hier unten versteckt«, konterte ich.

Pinky – ich glaube, es war Pinky – begann langsam seine Form zu verändern. »Wir verstecken uns nicht.«

»Es sieht aber ganz danach aus.« Kat lugte hinter meiner Schulter hervor und Lotho glotzte sie so unverschämt an, dass ich ihm am liebsten den Kehlkopf rausgerissen und ihm ins Maul gestopft hätte. »Für eine außenstehenden Beobachterin sieht es auf jeden Fall so aus, als würdet ihr euch verstecken.«

Hunter kniff die Augen zusammen, als hätte er plötzlich Kopfschmerzen bekommen.

Mit dem nächsten schweren Schritt begab sich Lotho in Arschtrittweite meines Fußes. Doch er sah nicht mich an. Meine Hände ballten sich zu Fäusten.

Locker bleiben, mahnte Archer.

»Du bist aber nicht irgendeine dahergelaufene Beobachterin«, stellte Lotho fest und seine Stimme klang so dunkel wie die Schatten, die sich um ihn versammelten. »Du bist eine Hure der Lux, die sich hinter ihnen versteckt.«

In mir spannte sich alles an. »Was –«

»Moment mal. Entschuldige.« Kat schoss hinter mir hervor und hob eine Hand. »Erstens bin ich meines Wissens nach *niemandes* Hure. Zweitens habe ich mich nicht hinter ihm versteckt. Im Gegensatz zu einigen anderen Leuten.«

Lotho neigte den Kopf zur Seite.

»Und drittens … drittens war meines Wissens nach niemand von euch – nicht ein Einziger – an der Zerstörung eurer Planeten beteiligt. Ist irgendjemand von euch hier alt genug, um etwas mit dem Krieg zwischen den beiden Spezies zu tun zu haben?« Als sich keiner meldete, schüttelte sie den Kopf. »Ihr seid lächerlich! Ihr alle zusammen.«

Kalte Luft blies uns aus allen Richtungen entgegen. Das verhieß nichts Gutes. »Äh, Kätzchen …«

»Halt den Mund«, schnitt sie mir das Wort ab und ich sah sie ungläubig an. »Du bist genauso schlimm wie sie.«

»Hä?«

Pinky hob die Augenbrauen. »Ich würde gern wissen, worauf sie hinauswill.«

Aus dem Hintergrund war ein Kichern zu hören.

»Ihr beide hasst euch nur für das, was ihr seid!« Kat brüllte fast.

»Na ja, sie wurden sozusagen erschaffen, um uns zu zerstören, also …« Ich sprach den Satz nicht zu Ende.

»Und sie haben Völkermord an uns begangen und unsere Leute als *Sssklaven* gehalten«, sagte Lotho und zischte wie eine Schlange.

»Jammer, jammer, jammer. Das ist alles, was ihr könnt.« Kat fuchtelte mit den Armen in der Luft herum. »Ich gebe euch jetzt mal einen kurzen Abriss der Geschichte der Menschheit. Wir haben uns dauernd gegenseitig bekriegt, weil wir unterschiedlichen Religionen oder Rassen angehörten. Dabei haben wir uns viel schlimmere Dinge angetan als das, was ihr tut, und zwar so oft, dass die Geschichtslehrer nicht genug Zeit haben, alles im Unterricht zu behandeln. Von Anfang an haben wir uns wegen der dümmsten Dinge gegenseitig Schaden zugefügt.«

»Na, das ist ja mal eine glühende Hymne auf die Menschen«, stellte Pinky trocken fest.

»Ihr versteht es nicht.« Kurz glaubte ich wirklich, sie würde mit dem Fuß aufstampfen. »Obwohl es so viel böses Blut zwischen den Rassen gibt, wenn es hart auf hart kommt, halten wir zusammen. *Immer.* Und warum? Weil wir wissen, dass es Momente gibt, in denen wir gemeinsam kämpfen müssen, und deshalb tun wir es. Wenn dann alles vorbei ist, hassen wir uns wieder gegenseitig. Und alles auf der Welt ist wieder in Ordnung.«

Lothos Körper verfestigte sich, während er sie anstarrte.

»Mein Gott!« Jetzt stampfte Kat wirklich mit dem Fuß auf. »Warum könnt ihr euch nicht einmal wie Menschen benehmen?«

Es herrschte Schweigen und dann fragte Lotho: »Du willst, dass wir alles vergessen, was sie uns angetan haben und antun werden?«

»Nein, ich will, dass ihr euch erinnert«, sagte sie. »Ich will, dass ihr euch an alles erinnert, was euch angetan wurde, denn diese Lux – die gerade hier gelandet sind –, sie gehören zu denen, die euch erledigt haben. Nicht Daemon. Und ich auch nicht. Genauso wenig wie die meisten anderen Lux, die hier leben. Die Neuankömmlinge sind eure Feinde. Ich möchte, dass ihr euch das bewusst macht.«

Er kräuselte die Lippen. »Als würde es Unterschiede zwischen ihnen geben.«

Ungläubig schüttelte Kat den Kopf. »Die Dinge sind nicht immer schwarz oder weiß. Und wenn du wirklich glaubst, dass es nicht in eurem Interesse ist, die Lux-Invasion zu bekämpfen, dann … na ja, dann viel Glück damit.«

Lotho wandte sich ab und ließ den Blick über seine vielen Minions hinweg wandern. Einen Moment lang war er so still wie die Luft um uns herum. Ich bekam eine Gänsehaut und dann schoss er vor, direkt auf Kat zu.

Ich wirbelte herum und schlüpfte in meine wahre Erscheinungsform, als Lotho Kat bereits mit der Hand an ihrem Hals gegen die nächste Wand drückte.

Wut kochte in mir auf. Der Laut, der aus meiner Kehle entwich, klang wild und animalisch. Brüllend sprang ich vor, doch Pinky und ein weiterer Arum packten mich an den Armen. Im nächsten Moment fiel noch ein Arum von hinten über mich her und warf mich auf den kalten, glitschigen Boden. Ich brauchte gar nicht hochzuschauen, um zu wissen, dass auch Archer umzingelt war.

Ich versuchte mich zu befreien und die Quelle aufzurufen, doch die drei Arum waren keine zarten Jünglinge, sondern stämmige Kerle im Vollbesitz ihrer Kräfte, als hätten sie kürzlich einige Lux ausgesaugt. Licht leuchtete erst flackernd, dann lodernd auf. Ich hob den Kopf und sah die Welt in Rot-Weiß.

»Was, glaubst du, hält mich davon ab, dein Leben jetzt sofort zu beenden?«, knurrte Lotho, dessen Gesicht nur wenige Zentimeter von Kats Gesicht entfernt war.

»Nichts«, stieß sie hervor. »Aber was … was nützt es dir, mich zu töten?«

»Es wird mir Spaß machen.« Lotho drängte sich noch näher an sie heran, ohne jeglichen Diskretionsabstand. Er neigte den Kopf zur Seite und selbst von meiner Position am Boden liegend konnte ich sehen, wie er sie von oben bis unten musterte. »Da bin ich mir ziemlich sicher.«

Ich hatte endgültig die Schnauze voll.

Pure Energie rauschte durch mich hindurch und brach als Lichtstrahl aus mir heraus. Der Arum auf meinem Rücken wurde wie ein Sitzsack durch die Luft geschleudert. Ich kam hoch. Pinky und sein Gehilfe hingen noch an mir, als ich einen enormen Kraftschub verspürte, die Arme vor dem Körper zusammenzog und damit die Köpfe der beiden Arum gegeneinanderprallen ließ.

Sie gingen zu Boden.

Ich lief los, hielt aber noch einmal kurz an, um einen sich geschmeidig bewegenden Arum mit einem Dropkick ins Nirwana zu befördern und danach einen weiteren mit einem Tritt unters Kinn in die Menge zu katapultieren.

»Lass sie los«, forderte ich und nahm wieder meine menschliche Erscheinungsform an, während die Quelle knisternd meinen Arm hinabströmte. Mein Herz hämmerte wie verrückt und der Boden unter meinen Füßen begann zu schwanken. »Oder ich jage das alles hier in die Luft, verdammt noch mal.«

Lotho sah mich über die Schulter hinweg an. »Ui, was für ein gefährliches Raubtier du bist. Knurrrr.«

»Du hast mich noch nicht erlebt«, brummte ich. »Ich gebe dir fünf Sekunden, um sie verdammt noch mal loszulassen. Eins, vier, fü-«

Er ließ sie los und sah mich herausfordernd an. »Ich glaube, du kannst nicht zählen.«

»Und ich glaube, du willst nicht mehr leben.«

Einen Moment lang starrte Lotho nur, dann warf er den Kopf in den Nacken und lachte, während sich Pinky aufrappelte.

»Ähm …« Mit finsterer Miene beobachtete Hunter, wie sein Bruder zur Seite stolperte. »Damit habe ich jetzt nicht gerechnet.«

Ich auch nicht, dennoch ließ ich Lotho nicht aus den Augen und stieß ihn wie zufällig mit der Schulter an, als ich mir einen Weg zu Kat bahnte. »Alles in Ordnung?«

»Ja, geht schon«, sagte sie und musste schlucken, als sie zu Lotho blickte. »Er lacht …?«

Ich ging auf ihn zu. Mein Sichtfeld war nach wie vor rötlich weiß getönt. Gerade wollte ich meine Faust in seine Brust rammen, als Kat nach meinem Arm griff und mich zurückhielt.

»Irgendwie mag ich sie«, sagte Lotho zu Hunter, der genauso verwirrt zu sein schien wie wir anderen. »Was super für dich ist, weil ich dich nicht dafür umbringen werde, dass du sie hergebracht hast.«

Mürrisch verschränkte Hunter die Arme vor der Brust. »Gut zu wissen.«

»Lasst den Freak in Ruhe«, befahl er den Arum, die Archer umzingelten. Er stieg die Stufen zu dem Podest wieder hinauf und fläzte sich selbstgefällig breitbeinig in seinen provisorischen Thron. »Gut. Ihr wollt also eine Armee haben. Dann sollt ihr eure Armee bekommen.«

Die zahlreichen Arum um uns herum zogen sich zurück und ein Teil der Last, wenn auch nicht die ganze, fiel von mir ab. Ich hatte das Gefühl, ich sollte mich bedanken, doch meine Zunge mochte die Worte nicht bilden.

»Ich gebe euch mein Wort, aber unter einer Bedingung«, sagte er und hob das Kinn.

»Das war ja klar«, murmelte ich.

Lotho beäugte mich, als wäre ich ein Insekt unter einem Mikroskop. »Ich verlange nur eine winzige Kleinigkeit.«

Archer nickte, doch aus dem Augenwinkel sah ich, wie er die Augen zusammenkniff und leise fluchte, während Hunter zufrieden die Schultern durchdrückte.

»Ich darf an ihr saugen.«

Ich traute meinen Ohren kaum. »Ich glaube, ich habe mich verhört.«

»Nein, hast du nicht«, erwiderte Lotho kühl. »Du lässt mich an *ihr* saugen.« Er nickte in Richtung Kat, der das Blut aus dem Gesicht wich. Dafür rauschte es mir durch alle Glieder wie eine Flutwelle. »Ich werde sie nicht töten. Nur eine kleine Kostprobe. Oder vielleicht zwei. Eventuell drei.«

Eine lange Weile geschah gar nichts und ich starrte das Schwein, das nicht mehr lange zu leben hatte, nur an. Ein Teil von mir konnte sich einfach nicht vorstellen, dass er es gewagt hatte, diese Frage auch nur zu stellen. Ich kochte innerlich vor Zorn, was sich schnell zu einem Inferno ausbreitete. Vor meinen Augen verschwamm alles und die Welt änderte die Farben.

Hunter schüttelte den Kopf und rieb sich den Nacken. »O Mann, ist das abartig.«

»Ja, in der Beziehung mag ich eigen sein.« Lotho lächelte und ich war kurz davor zu explodieren. »Aber das ist meine Bedingung. Entweder ihr akzeptiert sie oder ihr seht zu, dass ihr hier wegkommt.«

Kapitel 18
Katy

Fast hätte ich auf meine Turnschuhe gekotzt.

Dieses … dieses Ding wollte an mir saugen? *Das* war seine Bedingung? Panik breitete sich in mir aus und vergiftete meine Blutbahnen.

Daemon explodierte. Er schoss vor und war bereits halb auf dem Podest, als Hunter und Archer ihn zu fassen bekamen. Die Worte, die aus seinem Mund kamen, waren ein verbaler Dauerbeschuss aus diversen Schimpfwortkombinationen, die ich nicht einmal für möglich gehalten hätte.

»Du hast sie wohl nicht mehr alle«, rief Daemon. Seine Augen blitzten weiß wie Diamanten, als er versuchte sich von den beiden Jungs zu befreien. »Du kranker Hurensohn!«

Lotho hob eine Augenbraue.

Daemons an den Rändern pulsierender Körper warf zuckendes Licht in die Düsternis der Unterwelt. »Vergiss es. Das kriegst du nicht, und wenn ich mit dir fertig bin, wirst du nicht mehr in der Lage sein, aufrecht zu gehen.«

Lotho zuckte mit der Schulter und blickte gleichgültig auf ihn herab. »Wie gesagt, entweder ihr akzeptiert meine Bedingung –«

Eine weitere Verbalattacke wurde auf ihn abgefeuert. »Wenn du glaubst, dass du auch nur in ihre Nähe kommen wirst, hast du dich gewaltig getäuscht.«

Mir drehte sich der Magen um, weil Lotho noch immer grinste. »Okay, wenn ihr nicht mitspielen wollt, dann seht zu, dass mein Fuß nicht Kontakt mit eurem Allerwertesten aufnimmt.«

Daemon riss Archer und Hunter fast zu Boden, als er abrupt vorsprang. Ein weiterer Wortschwall brach aus ihm heraus. Das Herz schlug mir bis zum Hals.

»Ist das wirklich deine Bedingung?« Meine Stimme klang heiser. »Wenn wir darauf nicht eingehen, wirst du uns auf keinen Fall helfen?«

Er nickte, und als er mich aus seinen leblosen Augen ansah, wusste ich, dass er nicht davon abrücken würde. Wir würden hier ohne die Unterstützung der Arum wieder abziehen. Das Militär würde weiter seine E-Bomben über den Vereinigten Staaten abwerfen. Unschuldige Menschen und Lux würden sterben, Hybride und Origins ebenso. Dee würde für immer verloren sein, wahrscheinlich würde sie ebenfalls sterben. Die Welt würde in die Vergangenheit zurückgeworfen werden und mehrere Hundert Jahre an Technologie und Fortschritt verlieren.

Das durften wir nicht zulassen.

Als mir unsere Situation mit der Wucht eines Schwerlasttransporters voller Dynamit bewusst wurde, war mir plötzlich kotzübel. Ich war … ich würde es zulassen. Ich musste es tun. Wir hatten keine Wahl.

Archer und Hunter war es gelungen, Daemon einige Schritte zurückzuziehen, doch der Blick, mit dem er Lotho anstarrte, war mörderisch. Wenn es ihm gelänge, sich zu befreien, würde er mit allem, was er hatte, auf ihn losgehen. Womöglich legte Lotho es sogar darauf an.

Vielleicht war er aber auch einfach nur ein total kranker Idiot.

Ich hatte keine Ahnung und letztendlich spielte es auch keine Rolle.

Meine Hände zitterten, als ich sie an meinem Körper hinabgleiten ließ. »Daemon.«

Es war, als würde er mich nicht hören. Er war nur auf Lotho fixiert und ihm war anzusehen, dass er zu allem bereit war. Jedes Mal, wenn er mühsam Luft holte, hob und senkte sich seine Brust. Er war wie eine Flasche, deren Deckel kurz davor war, in die Luft zu fliegen.

»Könntest du uns einen Moment Zeit geben?«, bat ich.

Lotho wedelte mit der Hand. »Ich habe alle Zeit der Welt. Ihr nicht.«

Daemon begann seine Erscheinungsform zu ändern. »Du hast weniger Zeit, als du denkst, du beschissener –«

»Daemon!« Ich legte meine Hand auf seinen Arm und er drehte ruckartig den Kopf zu mir. Seine Augen blitzten. »Wir müssen –«

»Wir müssen gar nichts«, brummte er. »Aber ich muss ihn jetzt erledigen –«

»Hör auf«, sagte ich und starrte in seine flackernden Augen. »Wir müssen das besprechen.«

»Es gibt nichts zu besprechen.« Er schaute wieder zu Lotho. »Es sei denn, du willst wissen, was ich im Einzelnen mit dem Bastard vorhabe. Das kann ich gern mit dir besprechen.«

Archer, der neben Daemon stand, suchte meinen Blick. *Wir haben keine andere Wahl.*

Ich weiß, gab ich zurück.

Dann musst du ihn ins Boot holen.

Was glaubte Archer, was ich die ganze Zeit versuchte? »Könnt ihr mir helfen ihn nach draußen zu kriegen?« Hier drinnen würde er doch nur weiter Lotho anpöbeln.

Hunter nickte. »Komm, Großer. Gehen wir ein Stück, damit du dich ein bisschen beruhigst.«

Es dauerte ziemlich lange, bis wir Daemon aus dem Raum befördert hatten. Beide Jungs zögerten ihn in dem Tunnel mit mir allein zu lassen, als wenn sie befürchteten, er würde postwendend mit dem Kopf durch die Wand rennen, um sich Lotho vorzuknöpfen.

So wie er die geschlossene Metalltür anstarrte, war es gar nicht so unwahrscheinlich, dass er ein Loch hineinschlagen und wie ein mit Steroiden vollgepumpter Rambo auf Lotho losgehen würde.

Ich betrachtete ihn, wie er nur gut einen Meter von mir entfernt stand und sich seine Brust beim Ein- und Ausatmen hob und senkte. Die Konturen seines Körpers waren noch immer verschwommen und ich konnte den bitteren, metallischen Geschmack seines Zorns förmlich schmecken.

»Ich fasse es nicht, dass er es überhaupt wagen konnte, das vorzubringen«, sagte er und seine Stimme klang so scharf wie die Kante einer Glasscherbe.

»Ich auch nicht, aber …« Ich holte tief Luft, als sich unsere Blicke trafen und er mich mit blitzenden Augen ansah. »Aber das ist nun mal seine Bedingung.«

Daemon öffnete den Mund, schloss ihn dann aber wieder, nur um ihn erneut zu öffnen. »Es ist mir egal, ob er nur mit der Nase wackeln müsste und die Lux würden verschwinden; dich wird er nicht kriegen.«

»Dann wird er uns aber auch nicht helfen«, versuchte ich es behutsam. »Keiner der Arum wird uns helfen.«

»Das. Ist. Mir. Egal.«

»Ist es nicht. Das weiß ich genau. Für dich steht zu viel auf dem Spiel, als dass es dir egal sein könnte.«

Er lachte schroff und sah mich an. »Dazu kennst du mich zu gut.«

»Genau. Ich kenne dich und weiß, dass du im Moment wütend bist –«

»Wütend ist ein zu schwaches Wort, um zu beschreiben, wie es in mir brodelt«, gab er zurück.

»Okay, okay.« Ich hob die Hände. »Aber wir müssen ihn dazu bringen, uns zu helfen.«

»Nicht, wenn es bedeutet, dass er das durchzieht.« Daemon begann auf und ab zu schreiten. »Das kann ich nicht zulassen. Niemals werde ich zulassen, dass er dich aussaugt. Nichts auf der Welt ist so viel wert. Du hast ja keine Ahnung –«

»Ich weiß, wie es sich anfühlt«, erinnerte ich ihn und er zuckte zusammen. Ich hätte schwören können, dass ich es zum ersten Mal bei ihm sah. »Als ich in Mount Weather gefangen war, habe ich es erlebt. Ich weiß, dass es nicht lustig ist und alles andere als angenehm und dass es wehtun wird, aber –«

»Nein!«, rief er und ballte die Hände zu Fäusten. Dann fluchte er abermals und fuhr sich mit den Fingern durchs Haar, während er den Oberkörper in meine Richtung drehte. »Es macht mich fertig, dass du überhaupt weißt, wie es sich anfühlt, dass du es am eigenen Leib erfahren musstest und ich dich nicht davor bewahren konnte.«

»Daemon –«

»Ich werde nicht erlauben, dass du so etwas noch einmal durchmachen musst. Niemals. Also glaub nicht, dass du mich überzeugen kannst.«

»Und was tun wir dann? Einfach alles in den Wind schreiben?«

»Klingt gut.«

Ich starrte ihn an.

»Was ist? Wir könnten in irgendeiner Höhle leben«, sagte er und begann wieder auf und ab zu schreiten. »Du weißt doch, dass ich egoistisch bin. Und ich will nicht, dass du das erleben musst, deshalb bin ich bereit die Idee in die Tonne zu treten und keine weiteren Risiken einzugehen.«

»Wirklich? Und was für ein Leben wäre das?«

»Hör auf, logisch zu argumentieren.«

Frustriert trat ich vor ihn und legte meine Hände an seine Wangen. Ich spürte die Bartstoppeln auf der Haut. »Daemon, wenn wir sie nicht dazu bringen, uns zu helfen, gibt es für uns kein Leben, für niemanden von uns.«

»Wir können es schaffen. Ich weiß es.«

»Daemon …«

Er löste sich von mir. »Ich fass es nicht, dass wir überhaupt über so etwas reden.«

»Ich weiß, dass die Vorstellung schrecklich ist.«

»Ach ja? Hört sich aber nicht so an.«

Ich stemmte die Hände in die Hüften und sah ihn scharf an. »Jetzt hör aber auf, du weißt genau, dass ich mich nicht darum reiße. Ich muss nur daran denken, wie es sich – wie es sich anfühlt, und mir wird schlecht, aber wenn er nur dann bereit ist uns zu helfen, muss ich da eben durch. Müssen wir da durch.«

»Musst du nicht«, widersprach er.

Ich holte mehrmals tief Luft. »Doch, müssen wir. Für deine Schwester.«

»Du zwingst mich also, mich zwischen dir und ihr zu entscheiden?«, rief er empört und seine Augen leuchteten gleißend weiß.

»Ich zwinge dich zu gar nichts.« Ich folgte ihm auf dem kleinen Kreis, den er abschritt. »So oder so triffst du die Entscheidung. Indem du versuchst mich zu beschützen, lässt du sie fallen.«

Er hielt inne und starrte mich an. Ich fürchtete schon, er würde wieder ausrasten, aber er schloss lediglich die Augen. Sein ebenmäßiges Gesicht war angespannt, so wie sein ganzer Körper.

Jetzt hatte ich ihn so weit: Er dachte nach, anstatt seinen Gefühlen zu folgen. Ich nutzte die Gelegenheit. »Bist du bereit dazu? In Kauf zu nehmen, dass sie wahrscheinlich stirbt? Ich sage es nicht gern, ich mag es nicht einmal denken, aber es ist die Wahrheit.«

Er presste die Lippen aufeinander und wandte sich mit gesenktem Kopf ab. Nach einer Weile begann er: »Er wird dich berühren. Er wird –«

»Es ist ja nicht so, als ob Lotho Sex mit mir wollte.«

Seine Nasenflügel bebten, als er mich wieder ansah. »O Mann, ich werde ihn umbringen. Allein seinen Namen und das Wort ›Sex‹ im selben Satz zu hören –«

»Daemon.«

»Was ist?« Er schaute wieder weg und fuhr sich mit beiden Händen durchs Haar. »Wie kannst du von mir verlangen, dass ich das in Ordnung finde?«

»Das tue ich doch gar nicht! Ich verlange nicht, dass du es in Ordnung findest, aber ich verlange, dass du verstehst, warum wir es tun müssen, dass du anerkennst, wie viel auf dem Spiel steht und *wer* auf dem Spiel steht. Ich verlange, dass du in diesem Fall nicht an mich oder an dich selbst denkst. Ich verlange –«

»Du verlangst das Unmögliche.«

Daemon stürzte sich auf mich und im nächsten Augenblick stand ich mit dem Rücken zur Wand, spürte seinen Mund auf meinem. Der Kuss … heilige Alien-Babys, der Kuss war eine wilde Mischung aus Lust und Revierabstecken. Auch Verzweiflung und Wut schmeckte ich hindurch, als unsere Zähne gegeneinanderschlugen. Gleichzeitig war seine Hand so wunderbar weich und zart auf meiner Wange und der Kuss enthielt so viel Gefühl, dass ich wusste: Unsere Liebe war stärker als alles andere.

Während sich seine Lippen auf meinen bewegten und ein tiefer Laut aus seiner Kehle durch meinen Schädel hallte, spürte ich weder die kalte feuchte Wand in meinem Rücken noch die Panik, die mich in dem Moment, als Lotho seine Bedingung formuliert hatte, ergriffen hatte.

Daemon küsste mich, als wollte er die Besitzverhältnisse klarstellen, dabei hatte er mich bereits – mit Haut und Haar. Mein Herz. Meine Seele. Alles von mir.

Als er den Kopf hob, spürte ich seinen warmen Atem auf den Lippen. »Ich kann dir nicht versprechen, dass ich es zulassen kann. Ich kann auch nicht versprechen, dass ich nicht versuche ihn umzubringen, wenn ich in den Raum zurückkehre. Aber du hast Recht. Wir brauchen sie.« Diese drei Worte auszusprechen schien ihm körperliche Schmerzen zu bereiten. »Ich kann nur versprechen, dass ich mein Bestes geben werde.«

Ich schloss die Augen und legte meine Stirn an seine. Was wir zu tun hatten – denn es ging nicht nur darum, was *ich* fühlte oder dachte, sondern um uns beide –, würde nicht leicht werden. Von allem, was wir durchgemacht hatten, würde es das Schlimmste sein und wahrscheinlich der härteste Test, den wir je zu bestehen hatten.

Meine Nerven lagen blank. Daran zu denken, gleich ausgesaugt zu werden – o Mann, ich mochte nicht daran denken –, und gleichzeitig zu sehen, wie Daemon das große Zimmer abschritt, in das wir geführt worden waren, nachdem wir Lothos Bedingung zugestimmt hatten, trieb mich an den Rand des Wahnsinns.

Aber Daemon hatte ebenfalls eine Bedingung gestellt – er hatte verlangt bei uns bleiben zu dürfen. Lotho hatte daraufhin ein wenig zu breit und strahlend gegrinst. Anstatt ihn abzuweisen, hatte er ihm geradezu den roten Teppich ausgerollt.

Archer war in dem großen Raum zurückgeblieben. Ich

wusste, dass er zurechtkäme, auch wenn ihn viele der Arum betrachtet hatten wie einen Aperitif.

Daemon blieb mitten im Raum stehen und mir rutschte das Herz in die Hose, als ich seinem wütenden Blick zu dem riesigen Bett folgte, auf dem Tierfelle oder Ähnliches lagen.

»Sein Schlafzimmer«, stellte er fest und hob die Schultern. »Muss das Schwein es ausgerechnet in seinem Schlafzimmer tun?«

Jep. Musste er.

Langsam glaubte ich, er tat das Ganze nur, um uns zu ärgern. Er hätte es an allen möglichen Orten tun können. Ich erschauderte und war mir plötzlich nicht mehr sicher, ob ich es schaffen würde.

Aber ich musste es schaffen.

Wir beide mussten es schaffen.

Mir kam die Galle hoch und ich wusste nicht, wie lange ich sie noch zurückhalten konnte. Ich schüttelte die Arme aus, schloss die Augen und versuchte die Spannung in meinen Muskeln ein wenig zu lockern.

Ich schaffe das. Ich schaffe das. Ich schaffe das.

»Was tust du?«

Ich hielt in der Bewegung inne, die wie ein spontaner Tanz ausgesehen haben musste. »Tut mir leid. Bin nervös.«

»Du brauchst dich nicht zu entschuldigen.« Er hob eine Augenbraue. »War interessant. Hat mich irgendwie an ein zappelndes Muppet-Baby erinnert.«

Mir entwich ein spöttisches Lachen. »Ach, wirklich?«

Daemon nickte. »Jep.« Abermals blickte er in Richtung des Bettes und fluchte. »Kat, das … das ist abartig.«

Mir schnürte es die Kehle zu und ich flüsterte. »Ich weiß.«

Er sah mich aus seinen smaragdgrünen Augen an. »Hättest du

jemals geglaubt, dass du hier landen würdest, als du vor meiner Tür gestanden und nach dem Weg gefragt hast?«

Ich schüttelte den Kopf und ging zu ihm. »Nein. Niemals, nicht einmal im Traum. Als ich vor deiner Tür stand, habe ich daran sicher nicht gedacht.« Ich hielt inne und zwang mich zu lächeln, während ich zu ihm aufblickte. »An dem Tag konnte ich eigentlich nur an deinen Waschbrettbauch denken.«

Daemon lachte auf.

»Und dass du ein riesengroßes Arschloch warst«, fügte ich hinzu.

Seine Lippen verzogen sich zu einem zynischen Lächeln. »Manchmal frage ich mich, ob du es je bereust.«

»Was denn?« Das Lachen war mir jetzt vollends vergangen.

»Das, das alles hier«, sagte er leise. »Uns.«

»Was?« Ich legte die flachen Hände auf seine Brust. »Nein. Nicht eine Sekunde.«

»Wirklich nicht?«, fragte er und klang sarkastisch. »Ich bin mir ziemlich sicher, dass es Momente gegeben hat, in denen du es bereut hast, je einen Fuß nach West Virginia gesetzt zu haben.«

»Es hat beschissene Momente gegeben – megabeschissene Momente –, die ich nicht noch einmal erleben möchte, aber das mit uns bereue ich nicht.« Ich krallte mich in dem Stoff seines Shirts fest. »Das könnte ich gar nicht, denn ich liebe dich. Ich liebe dich wirklich und in der Liebe … gibt es gute und schlechte Zeiten. Stimmt's? Ich meine, natürlich wollte meine Mom das, was sie mit meinem Dad durchgemacht hat, bis sie ihn schließlich verloren hat, nie erleben, aber bereut hat sie es nicht, ihn geliebt zu haben. Trotz des Schmerzes und des Kummers, und ich kann auch nicht –«

Daemon fing meine Worte mit dem sanften Druck seiner Lippen ab und küsste mich. »Ich weiß, es hat Zeiten gegeben, in denen ich dich nicht verdient hätte, besonders wenn ich daran zurückdenke, wie ich dich am Anfang behandelt habe, aber ich habe fest vor, jede Sekunde darauf zu verwenden, das wiedergutzumachen.«

»Das hast du bereits.« Ich küsste ihn zurück. »Viele Male.«

Als wir uns voneinander lösten, schwang die schwere Tür auf und schlug krachend gegen die Wand. Ich drehte mich in Daemons Armen um, und was ich sah, war ein ziemlich unerfreulicher Anblick.

In einer tief – sehr tief – auf den schmalen Hüften sitzenden Lederhose kam Lotho hereinmarschiert. Viel blasse Haut war zu sehen. Brust und Bauch. Doch das war noch nicht alles. Als er an uns vorbeiging, sah ich, worüber Hunter und Lore gesprochen hatten, bevor wir hierhergekommen waren.

Opal.

Die Edelsteine glitzerten in einer geraden Linie entlang seiner Wirbelsäule. Und sie waren tatsächlich in seine Haut eingelassen … Wahnsinn.

Ich kniff die Augen zu. »O Gott.«

»Ist dir dein Shirt vom Leib gefallen?«, fragte Daemon und drückte mich fester an sich.

Lotho lachte. »Nein.«

»Und warum hast du dir dann für diese Aktion das Hemd ausgezogen?« Auch wenn Daemon vollkommen ruhig klang, wusste ich, dass er kurz davor war, zu einem Alien-Terminator auf Badesalz zu werden.

»Manchmal ist das Aussaugen keine ganz saubere Angelegenheit«, antwortete er lässig. »Und ich will nicht mein Lieblingsshirt ruinieren.«

Daemon strahlte eine Hitze wie nach einem Nuklearunfall ab. Fassungslos beobachtete ich, wie Lotho sich mit großen

Schritten auf das Bett zubewegte und sich daraufwarf, genau in die Mitte. Er rollte auf die Seite.

Zwinkernd klopfte er auf die Stelle vor sich. »Na, dann los.«

Ich stand wie angewurzelt da. »Ich …«

Daemons Arme waren wie Stahlbänder. »Nein. So nicht.«

»Ich will es aber so«, gurrte Lotho und stützte den Kopf auf die geschlossene Faust. »Das wird richtig gemütlich.«

Ich war kurz davor zu kotzen.

»Du treibst es zu weit«, warnte Daemon.

»Ich habe nicht einmal damit angefangen, es zu treiben.« Lothos helle Augen blitzten auf. »Aber es geht hier gar nicht um mich, oder? Es geht darum, wie weit ihr zu gehen bereit seid, damit ich euch helfe.«

Ein fremdartig klingender Ton, der aus seinem Innersten zu kommen schien, entwich Daemon, während ich versuchte Luft zu holen, doch der Sauerstoff gelangte nicht durch meine Kehle.

»Muss ich euch daran erinnern, das ich von niemandem von euch auch nur irgendetwas brauche?«, sagte er mit einem leichten, fast verspielten Lächeln. »Ich bin nicht derjenige, der hier jemanden um ein Gefallen bittet. Wenn ihr es nicht so machen wollt, wie ich will, auch gut. Aber anders mache ich es nicht. Dann könnt ihr den verdammt-«

»Nein«, platzte es aus mir heraus. »Wir machen es.«

»Tun wir nicht«, widersprach Daemon.

Lotho hob die Augenbrauen. »Jetzt weiß ich gar nichts mehr.«

Ich drehte mich in Daemons Armen um, bis ich ihm ins Gesicht sehen konnte. »Du hast versprochen es zu versuchen.«

»Ich habe es versucht.« Er starrte über mich hinweg. Seine Pupillen waren wieder weiß. »Ich habe es wirklich versucht. Aber er ist so ein –«

»Bislang ist gar nichts passiert«, versuchte ich zu argumentieren. »Wir haben es also noch gar nicht versucht.« Ich wünschte, Lotho würde nicht grinsend hinter uns auf dem Bett liegen. Das war wirklich nicht hilfreich.

»Bitte.« Ich legte meine Hände an Daemons Wangen und zwang ihn mich anzusehen. Mir war anzuhören, dass es um viel ging. »Wir müssen es tun.«

Daemon schloss die Augen und es dauerte eine Weile, bis ich wieder etwas von ihm hörte. »Geh.« Der Ton seiner Stimme zerriss mir das Herz.

Ich atmete die Luft aus, die ich angehalten hatte, ohne es gemerkt zu haben, und atmete dann wieder ein, obwohl es nicht nötig war. Ich versuchte mich von ihm zu lösen, aber er hielt mich entschlossen fest. Sanft umfasste ich seine Arme und musste all meine Kräfte aufwenden, um mich zu befreien.

Schließlich gelang es mir, aber an der Hitze, die er verströmte, merkte ich, dass es ihn fast umbrachte. Und mich zerriss es ebenso. Meine Augen brannten von den Tränen, die ich nicht weinen konnte, als ich mich umdrehte und zu Lotho ging.

Ich musste es tun.

Es würde schmerzhaft werden – sehr schmerzhaft. Es würde eklig werden – extrem eklig. Ich zwang mich an das Bett heranzutreten. Die Wände reflektieren weißes Licht. Daemon hatte sich in seine wahre Erscheinungsform verwandelt.

Kätzchen …

Mühsam holte ich noch einmal Luft, bevor ich mich auf dem Bett niederließ. Meine Hände zitterten so sehr, dass ich die Fingerspitzen nicht mehr spürte. Es war falsch, total falsch.

Lotho streckte den Arm aus und ich musste mich zwingen still sitzenzubleiben, als er eine Hand an meine Wange legte. Seine Finger waren eiskalt und ich zuckte zurück, während er sich aufrechter hinsetzte und die zweite Hand neben meiner

Hüfte auf dem Bett abstützte. Er beugte sich vor und ließ die Hand an meiner Kehle hinabgleiten, was eine Welle aus Angst und Ekel durch meinen Körper schickte. Dabei sah Lotho mich nicht einmal an. Sein Blick war stur auf Daemon gerichtet, den er höhnisch angrinste.

Tut mir leid. Die drei Worte zuckten durch mein Bewusstsein. *Aber ich kann es nicht zulassen.*

Ich verkrampfte und stellte mich darauf ein, im nächsten Moment etwas ziemlich Unangenehmes zu erleben, und dann geschah es. Als heller Lichtfleck stürzte sich Daemon auf uns.

Alles ging ganz schnell.

Ich wurde vom Bett gerissen, fort von der markdurchdringenden Kälte, als sich Daemon auch schon über Lotho befand. Mit Schrecken stellte ich fest, dass es Lotho war, der ihn dort hielt, und zwar ohne ihn auch nur zu berühren. Heftiger Wind kam auf und blies mir von hinten das Haar ins Gesicht. Es war, als wäre Lotho eine Art Vakuum, das alles zu sich hinzog.

Plötzlich wurde Daemon gegen die Wand geschleudert und blieb dort hängen, einen guten Meter über dem Boden. Lotho stand am Fußende des Bettes.

Ich konnte nicht zulassen, was er da mit Daemon tat, aber ohne Lothos Hilfe kamen wir hier nicht wieder raus.

»Hör auf!«, rief ich und lief auf ihn zu, ohne die Sache wirklich zu Ende zu denken.

»Bitte! Mach's schon.«

Lotho sah mich fragend an, grinste dann aber breit. Ich stellte mich gerade hin.

Doch er tat nichts. Lotho … er ließ sich auf den Rücken fallen und begann schallend zu lachen, während er die Knie anzog und die Füße samt Stiefeln aufs Bett stellte. Die Kraft, die Daemon gegen die Wand gedrückt hatte, ließ nach und er fiel zu Boden.

Was war das denn jetzt?

Ich drehte mich zu Daemon um, der in seiner wahren Erscheinungsform nicht einmal einen Meter vom Bett entfernt stand. Sah er es auch?

Lotho lachte noch immer, tief aus dem Bauch, so laut, dass es von den Betonwänden widerhallte. Ich wich vom Bett zurück und ging zu Daemon, der sich gerade in seine menschliche Erscheinungsform zurückverwandelte. Ich verstand nur noch Bahnhof. Das ergab alles keinen Sinn.

Irgendwann, nachdem sich Lotho eine gefühlte Ewigkeit halb totgelacht hatte, beruhigte er sich und setzte sich mit einer erstaunlich eleganten Bewegung auf. »O Mann, ihr seid großartig.« Er schlug sich mit den Händen auf die kräftigen Oberschenkel. »Echt, Mann.«

»Jaaa. Ich komm da jetzt irgendwie nicht mit. Aber wirklich gar nicht.«

Abermals lächelte Lotho breit und sah fast … normal aus. Noch immer ein kleines bisschen unheimlich, aber ansonsten normal. »Ihr beide hättet es wirklich durchgezogen, stimmt's?«

Ich blinzelte.

»Verdammt, du hättest mich wirklich von dir lecker, lecker naschen lassen?« Er sprang auf, hob die Arme über den Kopf und streckte sich. Dann beugte er sich vor und fragte grinsend: »Glaubst du wirklich, dass ich an einem Hybriden saugen würde? Klar, vielleicht seid ihr als kleiner Snack ganz nett, aber normalerweise ernähre ich mich nur von erstklassigem Bio-Lux. Und auch nur von einer bestimmten Sorte. Am liebsten von den unwilligen.«

Ich blinzelte abermals.

»Was zum Teufel?« Daemon explodierte wie eine Kanonenkugel.

Lotho warf den Kopf in den Nacken und lachte wieder und wir warteten … wieder. »Ich wollte wirklich einfach nur sehen, wie weit ihr gehen würdet.«

Ich blinzelte zum dritten Mal. »Warte mal kurz. Du hast nie vorgehabt mich auszusaugen?«

»Versteh mich nicht falsch, Schätzchen. Du bist süß, aber leider nicht mein Typ.«

Sollte ich jetzt beleidigt sein? »Und hätten wir nicht zugestimmt, hättest du uns dann tatsächlich gehen lassen, ohne uns zu helfen?«

»Ja.« Schulterzuckend trat er an einen hohen Tisch und griff nach einer Flasche Whisky. Nachdem er einen Schluck getrunken hatte, sah er uns an.

O Mann, wir waren gerade emotional völlig in die Mangel genommen worden, und wofür? Weil er uns ein bisschen Angst einjagen wollte? Ich fühlte mich plötzlich total ausgelaugt und wollte nur noch den Kopf unter einem der Tierfelle vergraben.

»Ich würde dir jetzt am liebsten in die Fresse schlagen«, sagte Daemon. »Mitten rein. Und nicht nur dahin.«

Wieder zuckte Lotho mit den Schultern. »Das wollen fast alle. Das Gute ist, ich weiß jetzt, dass ihr beide wirklich zu allem bereit seid. Davor habe ich Respekt und dafür bekommt ihr eure Arum-Armee.«

Ich wusste wirklich nicht, was ich sagen sollte. Ich sank in mich zusammen und empfand zu viel gleichzeitig, um sprechen zu können.

Lotho nahm zwei Gläser vom Tisch, füllte sie und reichte sie uns. Geschockt, wie ich war, nahm ich eins an.

»Lasst uns anstoßen«, sagte er mit Augen so kalt wie ein Januarmorgen. »Auf eine sehr unerwartete und sehr kurzlebige Partnerschaft.«

Kapitel 19

Daemon

Ich musste all meine Kraft aufwenden, um zu vermeiden, dass Lothos Gesicht mit meinem Stiefel Bekanntschaft machte. Er war verrückt. Total neben der Spur, man sollte ihn in einem gepolsterten Raum einsperren. Oder besser noch, in einem Raum mit Metallspitzen an den Wänden, in dem er dann herumgeschleudert würde.

Ich wollte ihn ja so was von zusammenstauchen.

Aber ich war nicht blöd. Es war kein Spaß gewesen, als Hunter und Lore gemeint hatten, Lotho wäre unglaublich stark. Allein wie er sich gerade aufgeführt hatte, ließ darauf schließen, dass er zu noch viel mehr in der Lage war, und wenn er wirklich Ernst machte, würde es ziemlich unschön werden.

Inzwischen saßen wir in einem kleinen Raum, der aussah, als hätte ihn jemand aus Stein und Erde herausgemeißelt. Es roch moderig und die Fackeln, die in der Wand steckten, spendeten nicht viel Licht.

Kat saß genau da, wo ich sie haben wollte: auf meinem Schoß, und ich massierte ihr die verspannte Schulterpartie. Seit wir Lothos Zimmer verlassen hatten, schwieg sie, aber ich wusste, dass sie nur noch hier rauswollte.

Genau wie ich.

»Ein oder zwei Tage werde ich brauchen, bis ich sie alle zusammenhabe.« Lotho war zu Wodka übergegangen und hatte, seit wir vor ungefähr einer halben Stunde diesen Raum betreten hatten, ungefähr eine halbe Flasche vernichtet. Ich fragte mich, ob man als Arum wohl eine Alkoholvergiftung bekommen konnte. »Einige meiner Jungs sind unterwegs auf Erkundungstour.«

Hunter stand neben der Tür an die Wand gelehnt. Er wirkte vollkommen entspannt, nur sein stechender Blick wies darauf hin, dass er jederzeit zu handeln bereit war. »Wie viel Zeit geben sie euch?«

Wir hatten von den Plänen der Regierung berichtet, sich mit den E-Bomben nicht zurückzuhalten. »Wir haben Zeit«, antwortete Archer, der nicht weit von uns entfernt auf einem Hocker saß. »Ungefähr vier Tage, aber je eher wir gegen sie vorgehen können, desto besser.«

»Okay …« Lotho gönnte sich einen weiteren großzügigen Schluck. »Ihr habt wohl Angst, dass es ihnen schon in den Fingern juckt?«

Archer nickte und beäugte Lotho misstrauisch.

»Wie gesagt, ich brauche nur einen oder zwei Tage. Sagt euren Menschenmeistern, dass wir kommen.«

Menschenmeister? Ich verdrehte die Augen und schlang die Arme um Kats Taille.

Als Lotho bemerkte, dass die Wodkaflasche leer war, verfinsterte sich sein Blick. »Wohin sollen wir noch mal anrücken?«

Kat seufzte.

»Im Moment sieht es so aus, als würdet ihr in Mount Weather, Virginia, gebraucht«, erklärte Archer. Zum wiederholten Mal. »Wenn es sich ändert –«

»Meldet ihr euch.« Lotho klopfte sich auf die hintere Tasche seiner Lederhose. Der blöde Kerl hatte sein Shirt noch immer nicht wiedergefunden. »Hab's verstanden.« Er warf die Flasche links von sich auf den Boden. Klirrend zersprang sie. Er lächelte. »Ich gebe euch mein Wort, wir werden da sein. Das nehm ich nicht auf die leichte Schulter.«

Mein Blick ging zu Hunter und er nickte.

»Wir werden uns doch nicht die Gelegenheit entgehen lassen, es ihnen ein wenig heimzuzahlen und gleichzeitig ordentlich zu schlemmen.« Lotho deutete auf die geschlossene Tür. »War wirklich nett mit euch zu plaudern und wir sehen uns, aber jetzt müsst ihr alle gehen. Ich will euch hier nicht mehr sehen, das gilt auch für dich«, sagte er zu Hunter.

O ja, und der schien das sehr zu bedauern. Er stieß sich von der Wand ab und versuchte nicht einmal sein Grinsen zu verbergen. »Wir hören uns.«

Kat erhob sich und ich folgte ihr. Ich konnte es kaum erwarten, aus diesem Loch rauszukommen, doch als wir bei Lotho vorbeikamen, verstellte er Kat plötzlich den Weg. Ich zog sie weiter, aber er war schnell.

»Du hast mehr Mumm als alle Männer hier im Raum«, sagte Lotho zu ihr und kam ganz nahe an sie heran. »Ich mag dich. Und ich würde dich behalten, wenn du nicht halb Lux wärst. Für dich ist das wahrscheinlich eine gute Nachricht, für mich ist es sauschade.«

Und dann küsste er sie. Mitten auf den Mund, verdammt. Bevor irgendjemand von uns reagieren und ich meiner Wut freien Lauf lassen konnte, löste sich Lotho in Schatten und Rauch auf und war im nächsten Moment ganz verschwunden.

»Ich werde ihn umbringen«, fluchte ich und spürte die Quelle auf der Haut knistern.

Kat riss sich von mir los und wandte sich Hunter und Archer zu. Sie war aschfahl und hatte blaue Lippen, als hätte sie an einem Wassereis gelutscht. »Ich möchte jetzt gehen.«

Hunter sah Archer an. »Ja, ich glaube, das ist eine gute Idee, bevor doch noch alles für die Katz war.«

Eine Stunde später waren wir endlich wieder an der Oberfläche. Es dammerte bereits, weil der nächste Tag anbrach, und ich war noch immer so wütend, dass ich mit jedem Atemzug den metallischen Geschmack im Mund wahrnahm.

»Ihr könnt euch gern noch ein paar Stunden bei Lore ausruhen, bevor ihr euch wieder auf den Weg macht«, bot Hunter an. »Erholt euch ein bisschen. Esst was. Wonach auch immer euch gerade der Sinn steht.«

Kat stieg bereits hinten in den Explorer ein und ich sah Archer an. Ausruhen war wirklich keine schlechte Idee. Während wir durch das elende unterirdische Labyrinth gewandert waren, hatte Kat die ganze Zeit kaum geredet, und ich wusste, dass sie erschöpft war. Und wahrscheinlich auch verstört.

Was meinst du? Die Frage war an Archer gerichtet.

Er öffnete die Fahrertür. *Ich denke, wir könnten ein bisschen Erholung gut gebrauchen, und ich halte Lore und Hunter für gute, äh, Leute, aber nur so zur Info, Kat will auf keinen Fall zurück zum Stützpunkt.*

Ich hob die Augenbrauen und blickte auf die Rücksitzbank, wo Kat mit dem Gurt beschäftigt war. Lächelnd beugte ich mich vor, schob sanft ihre Hand zur Seite und schnallte sie an. *Ach ja?*

Sie will nach Hause. Sie will zu ihrer Mom. In der letzten Stunde hat sie an nichts anderes gedacht.

Ich seufzte. Ich brachte es nicht über mich, das Thema Kat gegenüber anzuschneiden. Ihre Mom zu besuchen wäre riskant – zu riskant.

»Danke für das Angebot«, sagte Archer und wandte sich Hunter zu. »Wir nehmen es gern an.«

Hunter beschrieb ihm kurz den Weg, bevor er zum Schatten wurde und sich in dieser unglaublich schnellen Arum-Manier verdünnisierte. Nachdem sich Archer hinters Steuer gesetzt und ich hinten anstatt auf dem Beifahrersitz eingestiegen war, zog er sein Handy aus dem Fach in der Mittelkonsole und wischte darauf herum. Seine Miene verfinsterte sich.

»Was ist los?«, fragte ich.

Er schüttelte den Kopf. »Luc hat angerufen. Ich check nur mal schnell, was los ist, wahrscheinlich ist er einfach ungeduldig und will wissen, wie es mit den Arum lief.« Er setzte sich zurecht und hörte die Mailbox ab. Als er aufblickte und sich unsere Blicke trafen, wusste ich sofort, dass er nichts Gutes hörte. Er ließ das Telefon sinken und um seinen Mund bildeten sich Falten. »Luc sagt … er hat gesagt, dass Nancy weg ist.«

»Was?« Kat hob unwillkürlich das Kinn.

»Ich weiß auch nicht. Ich muss ihn anrufen«, antwortete Archer. Als ich dem Gespräch lauschte, von dem ich nur eine Seite mitbekam, wurde mir immer unbehaglicher zu Mute. Während Archer kurz skizzierte, was wir mit Lotho erlebt hatten und dass dieser bereit war seine Leute zu schicken, blieb die Sorge, was Nancy im Schilde führte, ungebrochen.

Nachdem Archer zu Ende telefoniert hatte, ließ er das Handy in den Schoß fallen und drehte sich zu uns um. »Also, so wie es aussieht, ist Nancy verschwunden. Kurz nachdem wir losgefahren sind, wurde sie das letzte Mal auf dem Stützpunkt gesehen. Luc und General Eaton haben beide keine Ahnung, wo sie ist.«

Kat sah mich an. »Was bedeutet das?«

»Ich weiß es nicht«, gab er zu. »Luc glaubt wohl, dass sie auf dem Weg zu den kleinen Origins ist, wo auch immer sie versteckt gehalten werden. Jedenfalls hat er Leute losgeschickt, um nach ihr zu suchen, aber bei Nancy … bei ihr weiß man echt nie so genau.«

Wie wahr. Ich wusste nicht, was ich davon halten sollte. Selbst wenn mit den Arum alles nach Plan lief und wir gegen die Lux erfolgreich wären, blieb das Problem, dass Nancy wie vom Erdboden verschluckt war, was nichts Gutes verhieß. Nie und nimmer würde ich damit leben können, mich bis in alle Ewigkeit zu fragen, wo zum Teufel sie steckte und ob sie nicht doch eines Tages, wenn wir am wenigsten damit rechneten, wieder auftauchen könnte.

»Das ist im Moment nicht unser größtes Problem.« Archer suchte meinen Blick und schaute dann kurz zu Kat. »Bei weitem nicht.«

Auch das war wahr. »Luc wird sie finden«, sagte ich und konnte nur darauf vertrauen. Doch nachdem ich Kat näher an mich herangezogen und ihren erstaunlich fügsamen Körper so gedreht hatte, dass sie sich mit dem Kopf auf meinem Schoß ausstrecken konnte, musste ich wieder an Nancy Husher denken. Hatte sie sich wirklich auf die Suche nach den Origins gemacht? Oder führte sie etwas anderes im Schilde? Wenn ich eins über sie gelernt hatte, dann, dass es nichts gab, was einen bei der Frau überraschen konnte.

Ich beugte mich hinab und berührte mit den Lippen ganz zart Kats Wange. »Ruh dich ein bisschen aus, okay?«

Sie lächelte matt. »Ich lass mich nicht herumkommandieren.«

»Schon gut.« Während Archer den Motor startete, versuchte ich es noch einmal. »Mach ein Nickerchen.«

Sie hob eine Augenbraue. »Du kommandierst immer noch.«

Ich lachte leise, strich ihr eine Haarsträhne aus dem Gesicht und klemmte sie ihr hinters Ohr. »Schlaf jetzt!«

»Du bist echt widerspenstig, wenn es darum geht zu verstehen, was Herumkommandieren bedeutet.« Dennoch schloss sie die Augen und ich war mir sicher, dass sie eingeschlafen war, bis

Archer endlich die Ausfahrt aus diesem verdammten Flughafen gefunden hatte.

Lore lebte am Stadtrand von Atlanta und trotz des geringen Verkehrs in und um die Stadt dauerte es eine Weile, bis man dort war. Ich lehnte den Kopf gegen den Sitz, und da Archer den Mund hielt, schloss ich die Augen und begann in Kats Haar zu spielen.

Irgendwo dort draußen war Nancy und trieb wer weiß was, und Kat … sie wollte nach Hause und ihre Mom sehen.

Verdammt.

Ich konnte sie verstehen und ihr sagen zu müssen, dass es viel zu riskant war, nach Hause zu fahren, brach mir das Herz. Für uns wäre es das Schlaueste, unseren Hintern zu dem Stützpunkt zurückzubewegen und die Arum ihr Ding machen zu lassen, besonders seit wir wussten, dass Nancy weg war.

Doch die Vorstellung war mir unangenehm. Von dort hätte ich keinerlei Kontrollmöglichkeit mehr, abgesehen davon, dass es bedeutete, Dee … ja, sie ihrem Schicksal zu überlassen, und das konnte durchaus aus tausend hungrigen Arum bestehen.

Mann, ich war mir nicht sicher, ob ich das konnte.

Aber wie sollte ich sie finden? Dazu müsste ich mich mitten in die Gefahrenzone begeben, und das war mehr als nur riskant. Das war lebensmüde. Und wie konnte ich es auch nur wagen, so etwas vorzuschlagen, wenn ich nicht wollte, dass Kat nach Petersburg zurückkehrte?

Verdammt, verdammt, verdammt.

Als Archer abbremste und den Wagen in eine schmale Einfahrt lenkte, die von der Straße aus kaum zu sehen war, zuckte ich zusammen und wurde aus den Gedanken gerissen. Wir fuhren einen langen Weg hinauf, an dessen Ende ein gigantisches Haus sichtbar wurde.

Vor der Garage parkte Hunters Porsche und es gab eine riesige Veranda mit unzähligen Grünpflanzen und bunten Blumen.

Wow.

Das Haus war zwar monströs, was die Größe anging, wirkte aber dennoch erstaunlich freundlich. Ich hatte etwas Ungemütliches, Heruntergekommenes – eine Bruchbude – erwartet. Doch weit gefehlt.

Kat setzte sich auf und strich sich die Haare aus dem Gesicht, während Archer den Motor abstellte. Sie schaute aus dem Fenster und ihr Gesicht nahm eine ungläubige Miene an. Offenbar hatte auch sie etwas weniger Ansehnliches erwartet.

Wir stiegen die Stufen zur Veranda hinauf und ich legte einen Arm um sie. Hier duftete es, als befänden wir uns mitten in einer gigantischen Blüte. Meine Verblüffung wurde immer größer.

Die Tür wurde geöffnet, bevor wir sie erreicht hatten, und Lore trat heraus. Er blinzelte und mir wurde bewusst, dass es wegen der Sonnenstrahlen war, die schwach auf die Veranda schienen. »Kommt rein.«

Kurz zögerte ich, denn indem wir das Haus eines Arum betraten, das aussah wie aus *Schöner Wohnen*, begaben wir uns, nachdem wir schon gemeinsame Sache mit ihnen machten, noch tiefer ins Arum-Territorium.

Aber ich hatte es inzwischen aufgegeben, irgendwelche vorgefassten Meinungen zu haben.

Archer trat zuerst ein, Kat schob ich hinterher. Lore schloss hinter uns die Tür und tappte barfuß durch den Flur in ein Wohnzimmer, in dem die Jalousien zugezogen waren.

Mitten im Raum stand Serena und blickte auf ein Stück Papier. »Ist das alles, was wir brauchen?«

Lore überflog den Zettel und nickte. »Sieht gut aus.«

»Wir fahren kurz los, um ein paar Lebensmittel zu besorgen«, teilte uns Serena lächelnd mit. »Lore hat Lust zu kochen und glaubt mir, es wird euch schmecken.«

Ich hob eine Augenbraue. »Er kann … kochen?«

Lore schlenderte an uns vorbei und warf Hunter die Schlüssel zu, der aus dem Nichts aufgetaucht war. »Ich kann auch backen. Ich bin ein wahrer Meisterkoch, müsst ihr wissen – wenn ich nicht gerade dabei bin, irgendwo dort draußen unschuldige Lux-Babys zu töten.«

Ich hatte keine Ahnung, wie ich auf so viel Sarkasmus reagieren sollte.

Als Serena näher kam, bewegte sich auch Hunter immer weiter auf uns zu, als wäre ihm unwohl, *uns* zu dicht bei seiner Freundin zu sehen. Die Umkehr der Rollen war … komisch. »Oben gibt es zwei Badezimmer, die niemand benutzt. Ich habe euch Shampoo, Seife und frische Handtücher bereitgelegt.«

»Danke«, sagte Kat lächelnd und sah erst Hunter und dann Lore an. »Danke dafür, dass wir hierherkommen durften, und für alles andere.«

Lore zuckte mit den Schultern.

Hunter zuckte mit den Schultern.

Alle zuckten mit den Schultern.

Serena lächelte strahlend. »Schon gut. Ich bin froh, dass wir irgendwie helfen konnten. Und es wurde auch Zeit, dass wir endlich an einem Strang ziehen.«

Hunter blickte an die Decke.

Lore begann an einer palmenähnlichen Topfpflanze zu spielen.

»Okay.« Als die Stille unangenehm zu werden drohte, klatschte Serena in die Hände. »Dann machen wir uns mal auf den Weg.«

»Es sollte nicht länger als eine Stunde dauern«, sagte Lore

und aus irgendeinem Grund klang es wie eine Warnung. Was, glaubte er, würden wir tun? Alle Grünpflanzen und Blumen vertauschen, die bei ihm aus den Wänden zu wachsen schienen?

Sie verschwanden durch die Tür und ließen uns drei im Haus zurück. Archer war der Erste, der aussprach, was wir wohl alle dachten.

»Ich kann gar nicht glauben, dass sie uns hier alleine lassen«, stellte er verwundert fest.

Ich grinste. »Wahrscheinlich sollten wir alle Zimmer umräumen oder etwas in der Art.« Dann musterte ich ausführlich den geschickt eingerichteten Raum und das angrenzende Arbeitszimmer. »Ich glaube, Lore würde sich darüber freuen.«

»Bitte nicht«, sagte Kat und sah mich warnend an. »Ich weiß, dass die Arum und die Lux beste Feinde sind, aber jetzt mal im Ernst, ist doch supercool von ihnen, uns hier bei sich aufzunehmen.«

»Beste Feinde?« Ich sah sie fragend an.

»Feind und Freund gleichzeitig«, antwortete sie schulterzuckend. »Lasst uns einfach nett zueinander sein. Das wäre mal eine willkommene Verschnaufpause.«

»Genau, besonders wenn dich am Ende nicht doch noch einer von denen küsst«, gab Archer seinen Senf dazu.

Kat nahm ihr Haar im Nacken zusammen und warf ihm einen vorwurfsvollen Blick zu, während ich sofort wieder Hitze produzierte. »Musstest du mich unbedingt daran erinnern?«

Er grinste und ich hätte ihm am liebsten die Faust ins Gesicht gerammt. Der blöde Kerl schien sich nicht einmal dafür zu schämen, dass ich jetzt wieder voll unter Strom stand.

»Ich hole unser Gepäck«, bot er an.

Wütend funkelte ich ihn an. »Ja, tu das.«

Als er sich umdrehte und den Raum verließ, kam Kat zu mir.

Wortlos legte sie die Hände auf meine Brust, stellte sich auf Zehenspitzen und küsste mich sanft. Sofort verwandelte sich meine rasende Wut in etwas wesentlich Angenehmeres.

Ich schlang einen Arm um sie und drückte unsere Körper so eng aneinander, wie es im Stehen möglich war. Während ich die andere Hand tief in ihr Haar schob, hob ich den Kuss auf eine ganz neue Ebene. Sie zu schmecken warf mich jedes Mal aufs Neue um und dieser Ton, den sie von sich gab, wenn ich an ihrer Unterlippe knabberte, tat sein Übriges.

Archer räusperte sich. »Muss das sein?«

Langsam löste ich die Lippen von Kats Mund, die daraufhin den Kopf in meiner Brust vergrub, und sah ihn scharf an. »Kannst du nicht irgendwo anders hingehen?«

»Ach, ich weiß nicht. Aber was ist mit euch? Wie wär's mit einem der Zimmer da oben mit Türen und allem Drum und Dran. Hey, das wäre doch eine gute –«

Ich spürte es im selben Moment wie Archer und war sofort alarmiert. Wie ein allzu warmer Umhang hüllte mich das Gefühl ein. Leise fluchend schob ich Kat zurück.

»Was ist?«, fragte sie.

Archer wandte sich in Richtung der Tür, durch die er gerade mit unserem Gepäck gekommen war, und stellte die Taschen ab. »Es sind Lux in der Nähe.«

»Nein«, erwiderte sie und holte tief Luft. »Glaubt ihr, es sind friedliche, die uns nicht –?«

Das große Wohnzimmerfenster explodierte. Plastik- und Glasscherben verwandelten sich in fiese kleine Geschosse. Kat duckte sich und riss die Arme vors Gesicht, während ich die Quelle aufrief und damit die schmerzhaften Splitter stoppte.

Nur wenige Zentimeter von uns entfernt regneten sie zu Boden.

»Ich glaube, das war die Antwort, Kätzchen.«

Die Hände zu Fäusten geballt richtete sie sich auf. »Verdammt. Alles, was ich wollte, war duschen, ein bisschen schlafen und Bacon essen!«

Archer sah sie von der Seite an. »Tja, ich glaube, das wird –«

Ein Lux sprang durchs Fenster. Als ich das helle weiße Licht sah, schoss ich vor, nahm meine wahre Erscheinungsform an und stürzte mich auf ihn. Gemeinsam landeten wir auf einem antik aussehenden Stuhl, dessen Beine unter dem plötzlichen Gewicht nachgaben. Wir krachten durch die Lehne. Füllmaterial flog in die Luft. Auch die Palme fiel uns zum Opfer.

Kaum dass ich auf dem harten Boden gelandet war, holte ich aus und stieß dem Lux die Faust in die Brust. Ich ließ der Quelle freien Lauf und schickte sie dem Kerl direkt ins Herz, was ihn von innen nach außen erstarren ließ.

Als das Licht schwächer wurde, rappelte ich mich hoch und wirbelte herum. *Wie viele sind es?*

Ich weiß es nicht. Kat eilte in Richtung Eingang.

Ich wechselte wieder in die menschliche Erscheinungsform und schloss zu ihr und Archer auf, buchstäblich eine Sekunde bevor die Haustür aus den Angeln barst und durch den Raum segelte, bis sie mit Vollkaracho in die gegenüberliegende Wand krachte.

Ich wusste Bescheid, bevor ich sie sah.

Ich spürte es in den Knochen, in jeder einzelnen Zelle, ich wusste es, ohne hinzusehen.

Im Eingang stand meine Schwester in ihrer menschlichen Erscheinungsform, und während sie uns musterte, war ihr Lächeln so fremd, dass es unerträglich war.

»Hab ich euch endlich«, gurrte sie.

Dee sah aus wie eine Rachegöttin aus den Büchern, die ich früher gelesen und geliebt hatte. Breitbeinig und schlank stand sie mit durchgedrückten Schultern da. Die Sonne in ihrem Rücken bildete eine Aura um ihren Körper, ihre Augen glühten weiß und sie sah mehr als unheimlich, geradezu Angst einflößend aus.

Gut. Vielleicht hatte ich zu viele Bücher gelesen, aber dies hier war real und sie sah aus, als wollte sie uns töten. Wirklich umbringen.

Archer begann auf sie zuzugehen. »Dee –«

Sie hob eine Hand und eigentlich hätte er in der Lage sein müssen, rechtzeitig auszuweichen, doch genau wie Daemon war er plötzlich wie versteinert. Die Quelle traf Archer in der Schulter und er wurde zurückgeschleudert.

Oha, sie kam direkt zum Punkt.

Dee drehte sich zu uns um und betrat dann lässig, als wäre alles in bester Ordnung, das Haus. Ich erblickte weitere Lux hinter ihr.

Es würde übel werden.

»Ihr macht mit den Arum gemeinsame Sache?«, höhnte Dee und blickte kurz zu Archer, der sich gerade aufrappelte. »Wie weit bist du nur gefallen, Bruder?«

Jetzt kam Bewegung in Daemon. »Dee –«

Sie stürzte sich auf ihn, den Meter, der sie trennte, flog sie förmlich. Mir blieb das Herz stehen. Daemon hielt sie lediglich an der Schulter fest. Mehr nicht, und das nutzte sie schamlos aus.

Dee rammte ihre Hand in seine Brust und er wich erst in letzter Sekunde aus, um nicht direkt ins Herz getroffen zu werden. Dennoch bekam er den Schlag voll ab. Er ging zu Boden und ich schrie auf. Seine Schwester war sofort über ihm.

In dem Moment wusste ich, dass sie ihm entweder sehr wehtun oder ihn sogar töten würde, es sei denn, er würde sie genauso behandeln wie den Lux, den er gerade ausgelöscht hatte.

Ich sah noch, dass Archer mit einem anderen Lux zugange war, als mir plötzlich klar wurde, was zu tun war, und ich losjagte.

Es war gut möglich, dass Daemon mich hassen würde, wenn ich Dee am Ende töten musste, doch das war mir lieber, als wenn er sich selbst hasste, weil er sie schwer verletzt hatte.

Ich zog an ihrem langen Haar, um sie von Daemon zu lösen. Alle Gliedmaße von sich gestreckt landete sie wie ein Krebs hart auf dem Rücken. Als sie aufblickte, blitzten ihre Augen wie Diamanten.

»Das willst du nicht wirklich«, sagte ich. »Du –«

Plötzlich war Dee auf den Beinen. Ohne auch nur die Knie angewinkelt zu haben, war sie plötzlich aufgesprungen und stand direkt vor mir. »Du hast ja keine Ahnung, wie sehr ich es tun will.«

Sie holte aus und schlug mir mit voller Wucht ins Gesicht.

So kräftig, dass ich auf dem Hintern landete. Schmerzen schossen mir durch den Kiefer und den Hals hinab. Ich blinzelte mir die Tränen aus den Augen und blickte zu ihr auf.

»Das hat sich so gut angefühlt«, sagte sie und neigte den Kopf zur Seite. »Ich glaube, ich muss es gleich noch einmal versuchen.«

O Mann, jetzt reichte es mir aber.

Ich rappelte mich hoch, wenn auch lange nicht so elegant wie Dee. Hinter ihr glitt ein Lux in den Raum, als Daemon gerade dabei war, sich aufzurichten. Die beiden fielen genau in dem Moment übereinander her, als meine Faust Dees Kiefer traf.

Ihr Kopf wurde nach hinten geschleudert und schwarze Strähnen, die aussahen wie Medusas Schlangen, wirbelten durch die Luft. Ich nahm einen dumpfen Schmerz in den Fingerknöcheln wahr, doch mir blieb keine Zeit, um länger darüber nachzudenken.

Dee warf sich auf mich und zerrte an meinem Pferdeschwanz, bis ich ein Stechen in der Wirbelsäule spürte. Ich bohrte die Finger in ihre Arme. Doch sie ließ nicht locker und ich hätte mich nicht gewundert, wenn sie mir den Kopf abgerissen hätte.

Okay, Schluss mit dem Fair Play.

Ich versuchte mich in ihrem Griff zu drehen und packte sie an den Armen, während ich gleichzeitig ein Knie hob und es ihr zwischen die Beine jagte.

Dee stieß einen heiseren Schrei aus, ließ mich los und krümmte sich. Die Zeit nutzte ich, um mich aufzurichten, sie an den Haaren zu packen und mein Knie dieses Mal mit ihrem Gesicht Kontakt aufnehmen zu lassen. Sie stürzte zu Boden und ich taumelte keuchend rückwärts.

»Bitte«, japste ich. »Das bist nicht du, Dee. Wer auch immer das ist, du nicht –«

Sie war bereits wieder auf den Beinen und ihre Hand auf meiner Wange, während gleichzeitig ein dröhnendes Klatschen an meine Ohren drang und ich eine kleine Pirouette drehte. Heilige Scheiße, das zwiebelte.

Dee stieß mich von hinten auf die Knie, schob ihren schlanken Arm um meinen Hals und drückte zu.

Ich schnappte nach Luft, rang nach Atem.

Doch jetzt zahlte sich das Training aus, das ich bei Daedalus bekommen hatte – so wenig es auch gewesen sein mochte. Ich griff nach ihrer Hand und warf mich mit all meinem Gewicht nach vorn. Dee flog über meine Schulter und kam hart auf dem Rücken auf.

Sie rief etwas, war aber so fuchsteufelswild, dass man kein Wort verstand. Es fiel mir schwer, ihr nicht den nächstbesten scharfen Gegenstand in den Augapfel zu rammen. »Wir sind beste Freundinnen«, sagte ich zu ihr und stand schnell auf, als sie begann sich zu erheben. »Erinnerst du dich denn nicht mehr? Wir sind beste Freundinnen, Dee.«

»Du bist doch nur ein dummer Mensch.« Bläulich rotes Blut tropfte ihr von der Lippe. »Letztendlich bist du nicht mehr als ein schwacher, nutzloser Mensch, der bei jeder Kleinigkeit zu bluten anfängt.«

»Aha, als wäre ich im Vergleich zu euch Reinblütern ein Muggel.«

Sie starrte mich nur wütend an.

Langsam entfernte ich mich von ihr, ohne sie jedoch aus den Augen zu lassen. Es war echt nicht die richtige Zeit für Anspielungen auf Harry Potter. »Wir haben zusammen Blumen gepflanzt und du hast dir viele Bücher von mir ausgeliehen und sie mir nie zurückgegeben. Du hast Daemon dazu gebracht, überhaupt mit mir zu sprechen und nett zu mir zu sein – du hast seinen Autoschlüssel versteckt. Und du –«

Sie warf mich zu Boden und krallte sich in meinem Haar fest.

Es war ein waschechter Mädchenkampf.

Wir wälzten uns auf dem Boden und zogen uns an den Haaren. Kurz gewann ich die Oberhand. »Halloween haben wir zusammen alberne Filme geguckt. Und wir haben gemeinsam Baruck bekämpft –«

Dee riss am Kragen meines Pullovers und warf mich auf den Rücken. »Das hat alles nichts zu bedeuten.« Sie packte mich an den Schultern und drückte mich mit so viel Wucht zu Boden, dass ich einen Moment lang einfach nur benommen war.

Lange genug, als dass sie mich hochzerren konnte.

Mit einem Schrei wirbelte sie mich herum – *wirbelte mich herum* – und im nächsten Moment segelte ich durch die Luft und knallte gegen die Wand. Erst begann der Putz zu bröckeln, dann sah ich überall nur noch weißen Staub und im nächsten Moment befand ich mich im Arbeitszimmer, wo ich die Lehne eines Sofas streifte, bevor ich auf dem Boden landete.

Dieses – blöde Miststück! Sie hatte mich *durch die Wand* katapultiert!

Unfähig mich zu bewegen lag ich auf dem Boden und blickte zur Decke auf. Winzige Sterne verschleierten mir die Sicht. Als ich mich mühsam auf die Seite drehte, hatte ich plötzlich ein Surren im Ohr.

Dee erschien in dem Katy-großen Loch in der Wand und kroch hindurch. O Mann, sie war noch immer nicht fertig.

Mit zitternden Händen rappelte ich mich hoch und versuchte um das irrsinnige Brennen an meinen Rippen und an meiner Wirbelsäule herumzuatmen. Wahrscheinlich war alles Mögliche – Entscheidendes – gebrochen.

Sie sprang aufs Sofa und hechtete mit tödlicher Miene auf mich. In letzter Sekunde wich ich ihr aus und sie krachte in den Glastisch hinter mir. Scherben flogen und sie schaute verblüfft an die Decke, während sich ihre Brust schwerfällig hob und senkte. Ich ließ ihr keine Zeit zum Erholen.

Rittlings schwang ich mich über sie, auch wenn sich Scherben in meine Knie bohrten, und drückte sie brutal an den Schultern hinunter. »Wir sind beste Freundinnen«, versuchte ich es abermals, weil ich nicht wusste, was ich sonst tun sollte. »Du hast einen falschen Namen für mich ausgesucht – du hast ihn aus einem meiner Lieblingsbücher. Du hast auch Daemons neuen Namen ausgesucht.« Ihr Kopf wackelte vor und zurück, weil ich sie so sehr schüttelte. »Vor nicht allzu langer Zeit hast du dir Archer noch nackt vorgestellt und davon geträumt, eine perfekte Nacht mit ihm zu verbringen.« Wieder spürte ich ihre Hand auf meine Wange klatschen und mir entwich ein schmerzerfülltes Wimmern. »Wir haben einige üble Dinge erlebt, aber letztendlich haben wir immer wieder zueinandergefunden, sogar nachdem das mit Adam passiert ist.«

Sie wurde rasend wild, wie ein Dämon aus einem Albtraum. Sie schlug und bockte, trat und kratzte.

»Adam und du, ihr habt versucht mir zu helfen«, schrie ich ihr ins Gesicht und drückte sie mit meinem gesamten Gewicht hinunter. Dabei versuchte ich ihren fuchtelnden Händen auszuweichen. »Erinnerst du dich überhaupt noch an Adam?«

»Ja!«, kreischte sie. »Natürlich erinnere ich mich an ihn! Und ich erinnere mich daran –«

»Dass er meinetwegen sterben musste?« Mein ganzer Körper schmerzte und ich spürte an allen möglichen Stellen Blut, auch an sehr unangenehmen, aber ich musste zu ihr durchdringen. Es musste einfach sein. »Es war meine Schuld. Das weiß ich! Und ich werde mir nie ganz dafür vergeben, wie sehr du und unsere Freundschaft darunter leiden mussten. Aber wir sind damit fertig geworden, denn du bist wie eine Schwester für mich.«

Dee erstarrte. Ihre Finger verkrallten sich im abgerissenen Saum meines Pullovers, als wollte sie ihn mir vom Leib reißen, und wir waren an einem Punkt angelangt, an dem es mich nicht mehr überrascht hätte, wenn sie es getan hätte.

»Glaubst du, dass er sich jetzt so verhalten würde wie du? Adam mochte jeden und hätte unter diesem Krieg – darunter, was seine Spezies unschuldigen Leuten antut – schrecklich gelitten.« Ich sah, wie das weiße Licht aus ihren grünen Augen verschwand. »Aber er hätte auch schrecklich darunter gelitten, was aus dir geworden ist. Merkst du es denn nicht? Du kannst so viel besser sein. Du bist –«

Dee warf den Kopf in den Nacken und schrie – schrie, als würde ich versuchen sie umzubringen, und ich ließ von ihr ab und hob die Hände.

Sie wimmerte wie ein verwundetes Tier, es klang nach einem Todeskampf. Sie zuckte unter mir und kniff fest die Augen zusammen. Kurz waren wir beide still, dann schrie sie weiter, bis sie nur noch gequälte Laute von sich gab und ich schon befürchtete, sie würde sterben.

»Es tut mir leid«, flüsterte Dee und wieder durchfuhr ein Schauer ihren zarten Körper. Als ich nach Atem ringend auf sie hinabstarrte und zu begreifen versuchte, was sie gesagt hatte, verzog sich ihr wunderschönes Gesicht und dicke, fette Tränen liefen ihr über die Wangen. »Es tut mir so leid.«

Kapitel 20
Daemon

Sobald der letzte Lux als schlaffe Hülle auf dem Boden lag, drehte ich mich zu der Stelle um, wo ich Kat und Dee zum letzten Mal gesehen hatte. Ein riesiges Loch prangte in der Wand und der hölzerne, ziemlich lädierte Rahmen war zu sehen.

Sie waren durch die Wand gebrochen.

»O Gott.« Mir wurde ganz anders, als ich über den toten Lux stieg und auf den offenen Durchgang zu dem angrenzenden Raum zuhastete.

Dabei versuchte ich mich mit dem Gedanken zu beruhigen, dass sie am Leben sein mussten – beide –, denn ich hätte es fühlen müssen, wenn eine von ihnen tödlich verletzt worden wäre. Das änderte jedoch nichts daran, dass mein Herz raste, und auch das ungute Gefühl in meinem Magen konnte es nicht lindern.

Am Eingang des Raums stand Archer, dessen Schultern sich beim Atmen sichtbar hoben und senkten. Er schwieg, während ich mich an ihm vorbeidrängte und dann abrupt stehen blieb. Das Zimmer war komplett zerstört – das Sofa zertrümmert, der Fernseher eingeschlagen und auf dem Boden lagen Scherben diverser Blumentöpfe. Erde und Blütenreste hatten sich im Teppich festgesetzt.

Panisch ging mein Blick in dem Raum herum, und als ich ihn auf die Mitte richtete, hätten fast meine Knie nachgegeben.

Beide lagen auf dem niedrigen Tisch, Kat über meiner Schwester. Sie kämpften nicht, sondern waren wie erstarrt. Ich erstarrte ebenfalls. Dann hörte ich sie. Dunkle, verstörende Laute einer schwer Verwundeten.

Kat, deren Haar zur Hälfte aus dem Zopf hing, hob den Kopf und erschauderte, bevor sie von meiner Schwester herunterrollte und sich langsam aufrappelte. Sie taumelte rückwärts und fuhr sich dabei mit zitternden Händen durch das wirre Haar. Mit großen Augen sah sie mich an. Blut tropfte ihr aus Nase und Mund und jeder Atemzug schien ihr schwerzufallen.

Ich begann auf sie zuzugehen, hielt dann aber inne. Mein Blick ging zurück zu Dee. Nachdem Kat nun nicht mehr auf ihr lag, hatte sie sich auf die Seite gedreht und zu einem kleinen Ball zusammengerollt. Die Laute – die Laute kamen von ihr.

»Dee?« Mir versagte die Stimme.

»Es tut mir leid«, stammelte sie und hielt sich die Arme vor den Kopf. »Es tut mir so leid. So sehr leid.« Immer wieder gab sie nur diese Worte von sich und schluchzte zwischendurch.

Glas knirschte unter meinen Füßen, während ich mich ihr näherte, und als ich bei ihr ankam, gaben meine Knie endgültig nach. Ich fiel neben sie und legte behutsam eine Hand auf ihre zitternde Schulter. »Bist du es wirklich, Dee?«

Ihr Schluchzen klang jetzt abgehackter und ich hörte ihre Stimme in meinem Kopf widerhallen. Das meiste war unzusammenhängend, ein einziger langer Gedankenstrom, aber was er bedeutete, war eindeutig.

Aus irgendeinem Grund war die Verbindung zu den anderen Lux abgebrochen. Ich hatte keine Ahnung, warum, aber es spielte auch keine Rolle.

Ich hob sie von dem zerschmetterten Glastisch und setzte mich mit ihr im Arm an eine Wand. Sie kuschelte sich an mich, wie sie es als kleines, ängstliches Mädchen immer gemacht hatte. Ich hielt sie fest und zupfte ihr winzige Scherben aus Haar und Kleidung.

»O Gott, Dee …« Ich drückte sie an meine Schulter. »Du hast mich echt fertiggemacht, weißt du das?«

Mit zitternden Fingern umfasste sie meine Arme. »Ich weiß nicht, was passiert ist. Sie kamen und plötzlich war nur noch das, was sie wollten, in meinem Kopf.«

»Ich weiß.« Ich schloss die Augen und strich ihr mit der Hand über den Rücken. »Es ist okay. Jetzt ist alles gut.«

Dee schien mich nicht zu hören. »Du hast keine Ahnung, was ich getan oder gedacht habe. Was für Sachen sie gemacht haben, die ich vollkommen okay fand.«

O doch. Zumindest einiges hatte ich in der kurzen Zeit mitbekommen, in der ich sie erlebt hatte, während sie mit ihnen verbunden gewesen war. Ich zwang mich auszublenden, was ich von ihr gesehen und gehört hatte, weil es nicht ihre Schuld war.

Und das erzählte ich ihr auch, wieder und wieder. Alles war in Ordnung. Es war nicht ihre Schuld. Sie begann davon zu faseln, wie böse und schlecht sie sei, und es brach mir das Herz. Ich litt mit ihr.

»*Sie* waren schuld an dem, was du getan hast. Nicht du. Wenn du von all dem, was ich dir je gesagt habe, nur eins glaubst, dann dies.« Ich legte die Hand um ihren Hinterkopf, als könnte ich sie so dazu bringen, meinen Worten zu trauen. »Du bist nicht böse. Niemals, Dee. Auf gar keinen Fall.«

Ich merkte, dass sie nicht mehr ganz so stark zitterte, während ich sie weiter im Arm hielt. Wie lange wir in dem Chaos sitzen blieben, wusste ich nicht, aber als ich schließlich die Augen öffnete, war alles um mich herum ein wenig verschwommen.

»Kat war's«, sagte sie und atmete etwas ruhiger als zuvor. »Sie hat mich dazu gebracht. Ich wollte sie töten. O Mann, Daemon, ich wollte sie wirklich töten, aber …«

»Aber was?«

»Die ganze Zeit, während wir miteinander kämpften, hat sie mit mir geredet und mich gezwungen daran zu denken, wie es gewesen ist … bevor sie gekommen sind.« Dee löste sich von mir. Sie hatte Tränen in den Augen. »Und sie hat Adam erwähnt.« Bei seinem Namen stockte sie. »Sie hat über ihn gesprochen und dabei Erinnerungen an so viel mehr als Wut und Schmerz wachgerufen. Ich weiß nicht, aber plötzlich habe ich Kat angesehen, es hat Klick gemacht und von dem Moment an habe ich niemanden von ihnen mehr gehört. Meine Gedanken … waren wieder meine eigenen.«

Kurz schloss ich die Augen und schwor mir, Kat millionenfach zurückzugeben, was sie getan hatte, sobald ich die Gelegenheit hätte.

Als ich das Gefühl hatte, dass es Dee einigermaßen gut ging und sie nicht ernsthaft verletzt war, sah ich mich in dem Raum um. Ich hatte gar nicht gemerkt, dass Archer und Kat gegangen waren. Sofort begann ich mir wieder Sorgen um Kat zu machen, jetzt, da ich wusste, dass wir Dee zurückgewonnen hatten.

Ich half ihr auf. »Geht's?«

Dee wischte sich Tränen und Blut – leuchtend rotes Blut, das nicht ihres sein konnte – mit den Ärmeln ihres dunklen Pullovers von den Wangen. Mein Herz schlug wie wild, während sie tief Luft holte. »Mir geht es gut, aber Kat … Wir sind ziemlich grob miteinander umgegangen. O Mann, wahrscheinlich hasst sie mich jetzt. Wirklich –«

»Nein, sie hasst dich nicht. Wenn sie es täte, hätte sie nicht versucht dich zurückzuholen. Kat liebt dich wie eine Schwester. Eigentlich *ist* sie mittlerweile eine Art Schwester für dich.«

Diese Aussage riss Dee aus den düsteren Gedanken. Sie rümpfte die Nase. »Was meinst du damit? Es klingt nämlich ein bisschen … seltsam, wenn man bedenkt, was du und sie miteinander habt.«

Ich lachte und es fühlte sich verdammt gut an, wieder vor meiner Schwester zu stehen und zu lachen. »Kat und ich sind verheiratet.«

Dee starrte mich ungläubig an und dann blinzelte sie. »Was?«

»Na ja, nicht wirklich, wirklich verheiratet, weil wir es mit unseren gefälschten Ausweisen getan haben, als wir in Las Vegas waren – autsch!« Ich trat zurück und rieb mir den Arm an der Stelle, an der Dee zugeschlagen hatte. »Wofür war das denn?«

»Ihr beide habt geheiratet und mir kein Wort davon gesagt?« Sie stampfte mit dem Fuß auf und ihre Augen funkelten. »Das ist ja unfassbar! Ich hätte dabei sein müssen.« Sie wirbelte herum. »Wo ist sie? Dafür muss ich ihr sofort noch eine runterhauen.«

»Hey!« Grinsend hielt ich sie am Arm fest. »Kannst du damit vielleicht warten, bis wir sichergestellt haben, dass es ihr gut geht?«

»Stimmt, das ist wahrscheinlich eine gute Idee.« Dee drehte sich wieder zurück und schlang ihre langen Arme mit so viel Schwung um meinen Hals, dass ich einen Schritt nach hinten taumelte. »Ihr beide habt es wirklich getan?«

Ein Lächeln umspielte ihre Lippen und es war ein anderes Lächeln als das, was sie in letzter Zeit aufgesetzt hatte. Nicht kalt. Ganz sie selbst. »Das ist so toll«, flüsterte sie, während sie sich von mir löste. »Ich freue mich für dich – und für sie. Trotzdem haue ich ihr gleich noch eine rein. Wenn wir wissen, dass es ihr gut geht. O Gott.« Sie wurde plötzlich ernst. »Was ist, wenn sie –?«

»Es wird schon alles in Ordnung sein.« Ich legte eine Hand auf ihren Rücken und führte sie aus dem Raum.

Als Erstes sahen wir Archer. Wie sollte es auch anders sein. Und er schaute nicht mich an. Kein bisschen. Er war blass und die Pupillen in seinen weit aufgerissenen Augen waren riesig. Er wirkte erschüttert. So hatte ich ihn noch nie erlebt und ich wollte auf keinen Fall wahrhaben, was der Grund dafür war.

»Sie ist draußen«, murmelte er, ohne den Blick von Dee abzuwenden, die ihn ebenfalls ansah, und es war, als hätten sie noch nie jemand anderen gesehen. Verdammt. »Es geht ihr gut.«

Dee hatte nur noch Augen für Archer und ich musste mir auf die Lippen beißen, um nicht zu fluchen. »Geh schon«, hauchte sie.

Zumindest hatte sie vergessen, dass sie Kat eine runterhauen wollte. Ich widerstand dem Bedürfnis, Archer zu ermahnen … ja, nichts zu tun, doch als ich an der Schwelle zum Flur noch einmal stehen blieb und über die Schulter zurückblickte, hätte das, was ich zu sehen bekam, mich eigentlich wie eine Rakete in die Luft gehen lassen müssen.

Ohne dass ich mitbekommen hatte, wie sich einer von ihnen bewegt hatte, standen sie jetzt Fußspitze an Fußspitze, schauten sich in die Augen und Archer berührte mit den Fingerspitzen ganz leicht ihre Wangen. Ihr Anblick hatte etwas Ergreifendes. Ja, wahrscheinlich würde ich als Nächstes schwülstige Sonette schreiben, jedenfalls war ich in dem Moment verständnisvoll und reif genug, um nicht die Kontrolle zu verlieren. Auch wenn ich nie geglaubt hätte, dass ich in der Lage wäre, so zu reagieren.

Sie brauchte es – sie brauchte Archer, und wie zum Teufel sollte ich es ihr nicht gönnen, wenn ich meine Kat hatte?

Ich atmete einmal kräftig aus und entfernte mich in Richtung Haustür. Als ich sie auf dem Boden an der gegenüberliegenden Seite des Raums liegen sah, zog sich alles in mir zusammen. O Mann, Lore und Hunter würden stinksauer sein.

Kat saß leicht vornübergebeugt auf der Verandatreppe. Ich ging um sie herum und stieg einige Stufen hinab, bis ich vor ihr stand. Ihr Blick traf mich ins Mark, als sie den Kopf hob und mich aus ihren grauen Augen ansah.

»Alles in Ordnung mit ihr.« Das war keine Frage, sondern eine Feststellung.

Nickend kniete ich vor ihr nieder. »Deinetwegen.«

Sie schüttelte den Kopf.

»Doch. Sie hat mir erzählt, was du getan hast. Sie hätte dich umbringen können, Kat.«

»Ich weiß, aber … ich wollte nicht, dass du gegen deine Schwester kämpfen musst, ihr wehtun musst. Ich wollte nicht, dass du diese Entscheidung treffen und dann damit leben musst, was passiert ist.«

Als ich diese Sätze hörte, liebte ich sie mehr, als ich es je für möglich gehalten hätte. Ich legte die Hände auf ihre Knie, beugte mich vor und küsste sie auf die Stirn. »Danke. Das ist nicht genug, aber Danke ist alles, was ich im Moment sagen kann.«

»Du musst gar nichts sagen.« Kat legte die Stirn gegen meine und flüsterte: »Ich liebe dich.«

Ich stieg die Stufen hinauf, weil ich mich neben sie setzen und sie in den Arm nehmen wollte, was ich schließlich aber doch nicht tat, weil ich sah, dass sie Schmerzen hatte. »Wo?«

Sie wusste, was ich meinte. »Es ist wirklich alles okay.«

»Man sieht dir an, dass dir etwas wehtut. Komm schon. Du weißt, dass ich dich heilen werde. Hör auf dich dagegen zu wehren.«

Einen Moment lang sah sie mich an, dann streckte sie mir die Zunge heraus. Ich musste grinsen. »Eigentlich überall, besonders an den Rippen. Sie hat mich durch eine Wand gefeuert.«

Ich schluckte den Ärger hinunter und sagte mir wieder, dass

Dee es nicht besser gewusst hatte, um nicht meine »Zornesmiene« aufzusetzen, wie Kat es formulieren würde. Vorsichtig legte ich meine Hände auf ihren Brustkorb und begann sie zu heilen. »Du musst wieder im besten Zustand sein. Dee will dir nämlich noch eine reinhauen.«

Kat zuckte zusammen. »Ich glaube, ich will lieber nicht wissen, warum.«

»Bleib still sitzen«, befahl ich. »Ich habe ihr erzählt, dass wir geheiratet haben. Sie freut sich mit uns, will dir aber trotzdem eine reinhauen, weil sie nicht dabei war.«

»Ach so.« Kurz lachte Kat, zuckte dann aber zusammen. »Hat sie sich wirklich gefreut? Ich meine, ist es in Ordnung für sie?«

»Natürlich.« Als meine heilende Wärme Kat zu durchfluten begann, fielen ihr die Augen zu und ihr Kopf sank an meine Schulter. Ich genoss es, wie sie sich an mich schmiegte. Ein wohliges Gefühl breitete sich in mir aus und ich spürte ein Prickeln im ganzen Körper. »Sie ist begeistert. Und warte erst einmal ab, bis ich ihr erzählt habe, dass wir noch ein richtig großes Fest planen. Vielleicht haut sie dir dann doch keine rein.«

Sie lachte leise und dieses Mal endete es nicht damit, dass sie sich vor Schmerzen krümmte. Ich legte eine Hand auf ihre Wange, um auch dort die Blessuren verschwinden zu lassen. »Sie ist jetzt bei Archer«, sagte ich.

Kat seufzte. »Er ist doch in Ordnung.«

»Er ist ein Origin.«

Sie verdrehte die Augen. »Archer mag ein Origin sein, aber er ist trotzdem ein guter Kerl und er mag sie, Daemon. Er mag sie wirklich und er hat sich die ganze Zeit um sie Sorgen gemacht.«

Würg!

»Du weißt, dass er sie beschützen kann. Und er wird ihr guttun, deshalb –«

»Ich lasse sie ja auch. Ich weiß, dass sie ihn braucht, ganz besonders jetzt, da sie … na ja, sie hat gerade viel zu verarbeiten.«

Kat sah mich an und lächelte breit. Das Blut an ihrem Kinn ließ sie nicht weniger schön aussehen, dennoch wischte ich es mit dem Daumen fort. »Wow. Ich bin irgendwie stolz auf dich, Daemon.«

»Na ja, sei nicht zu stolz. Ich mag ihn immer noch nicht.«

»Weißt du, was ich glaube?« Sie senkte die Stimme, als ob sie mir ein Geheimnis verraten wollte. »Ich glaube, du magst Archer sehr wohl und willst nur nicht zugeben, dass ihr am Anfang einer einzigartigen und alles übertreffenden Männerfreundschaft steht.«

Ich schnaubte verächtlich. »Ach, hör doch auf.«

Kat lachte abermals, bevor ich den Blick über ihr Gesicht wandern ließ und wir beide schwiegen. Gerade wollte ich mich zu ihr vorbeugen, als mich ein näher kommendes Motorengeräusch davon abhielt. Es war Lores Wagen, der in die Einfahrt eingebogen war.

»Oh, oh«, murmelte ich.

Kat wurde unruhig. »Wir haben sein Haus demoliert.«

»Wir haben es nicht gewollt«, erwiderte ich, während ich mich erhob und eine Stufe hinabstieg, für den Fall, dass Lore ausrasten würde, was man ihm nicht verdenken könnte. »Er wird es verstehen.«

Sollte heißen, ich würde dafür sorgen, dass er es verstand.

Lore parkte neben dem Explorer. Hunter und Serena stiegen als Erste aus. Mit Tüten beladen gingen sie um die Veranda herum und blieben abrupt stehen, als die den Eingang erblickten … ohne die Tür.

Hunter sah mich an. »Will ich es überhaupt wissen?«

»Na ja«, begann ich langsam.

Seufzend drehte sich Hunter um und griff nach Lores Arm. Dieser hatte bereits einen ersten Eindruck vom Ausmaß der Zerstörung gewonnen – die fehlende Tür, die zerborstenen Fensterscheiben – und stand einfach nur ungläubig da.

»Wir hatten ein kleines Problem«, sagte Kat.

»Was habt ihr mit meinem Haus gemacht?«, fragte Lore. »Wir haben euch höchstens eine Stunde allein gelassen. Nicht mehr als eine Stunde. Jetzt mal ernsthaft.«

Wenn er, was er im Moment sah, schon schlimm fand, sollte er sich besser wappnen für das, was ihn drinnen erwartete. Doch er stürmte bereits die Stufen hinauf und würde es sehen, sobald er das Haus betrat. Ich legte einen Arm um Kats Taille und wir folgten ihm.

»Heilige …« Lore sprach nicht weiter, so fassungslos war er.

Hunter stieß einen leisen Pfiff aus, während er sich umsah. »Wow, das muss man erst mal schaffen.«

Meine Mundwinkel zuckten, aber ich war schlau genug mir das Lächeln zu verkneifen, als Lore sich zu uns umdrehte. »Das hier wird wieder in Ordnung gebracht, und zwar nicht von mir.«

Er nahm es erstaunlich locker, aber ich nahm an, dass es bei ihm als Arum nicht das erste Mal war, dass sein Haus aussah, als wäre eine Abrissbirne hindurchgerauscht.

Ich schaute an Hunter vorbei in den Raum, in dem ich Dee zurückgelassen hatte. Als ich weder sie noch Archer darin entdecken konnte, blickte ich in Richtung der Wendeltreppe.

Meine Augen verengten sich. Ich gab mir wirklich Mühe, offen und verständnisvoll zu sein und ihnen keine Szene zu machen, dennoch konnte ich für sie nur hoffen, dass sie nicht nach oben gegangen waren. Mein plötzlicher Sinneswandel war für mich selbst noch neu und auf keinen Fall grenzenlos.

Hunter gab auf die Glasscherben acht, bevor er die Tüten abstellte und sein Blick auf einen der Toten fiel. »Das wird keine schöne Arbeit.«

Serena hielt sich dicht an seiner Seite, während sie das Chaos betrachtete. »Am meisten beunruhigt mich ehrlich gesagt, dass mich das Ganze gar nicht so sehr beunruhigt.«

Zögerlich grinsend wandte sich Kat Serena zu. »Das Gefühl kenne ich.«

Bevor sie sich weiter anfreunden konnten, kamen Dee und Archer aus der Richtung, in der die Küche lag. Meine Erleichterung, dass sie nicht oben gewesen waren und es wie die Kaninchen getrieben hatten, war nur von kurzer Dauer.

Dee war aschfahl. Sie öffnete den Mund, als sie Hunter und Lore erblickte.

Archer legte einen Arm um ihre Schulter. »Ich habe dir doch gesagt, die Arum helfen uns.«

»Ich weiß, aber es ist etwas anderes, es gesagt zu bekommen, als es mit eigenen Augen zu sehen«, erwiderte sie.

Lore verschränkte die Arme und blickte finster drein. »Ihr habt mein Haus ruiniert.«

Dee errötete. »Es tut mir leid. Wirklich! Es ist ein wunderschönes Haus, ich liebe all die Grünpflanzen und –«

»Er hat's verstanden«, unterbrach ich Dees Faselattacke. »Was wolltest du eigentlich sagen?«

Sie sah Archer an und dann platzte es in einem langen Atemzug aus ihr heraus. »Es geht um Ethan – er ist ein Origin und die ganze Kolonie hat es gewusst. Er hat mit einem Senator und einer Gruppe Lux in Pennsylvania zusammengearbeitet. Er glaubt, wenn sie Washington unter ihre Kontrolle bringen, haben sie alles. Er will Dawson und dich, entweder lebend oder tot.«

Ethan Smith.

Der etwas andere Ältere.

Ich musste daran danken, wie er Kat zum ersten Mal begegnet war – wie er sie mit kaum verborgener Abscheu angesehen hatte. Er war noch nie ein großer Freund der Menschen gewesen und hatte immer so wenig Kontakt wie möglich zu ihnen gehabt. Auch wenn ich bereits vermutet hatte, dass Ethan ein Origin war, ließ mich die Nachricht nicht kalt. Wie lange arbeitete der Lux, mit dem wir aufgewachsen waren, schon daran, die Menschheit zu vernichten? Hatte er es von Anfang an direkt vor unseren Augen getan?

»Wetten, dass wir wissen, wer dieser Senator ist?«, sagte Serena, die ebenfalls sichtbar blass geworden war.

»Das spielt keine Rolle mehr.« Hunter klang barsch. »Ich habe dafür gesorgt, dass dieser Senator uns nicht mehr dazwischenfunken kann.«

»Warum nur?«, fragte Kat. »Wisst ihr, warum Ethan das getan hat?«

Hunter schnaubte verächtlich. »Weil er die Weltherrschaft wollte vielleicht? Immerhin haben es die Lux im Blut, dominieren und regieren zu wollen.«

Ich warf ihm einen finsteren Blick zu.

»Ich weiß nicht«, sagte Dee und drehte eine dicke Haarsträhne ein. »Irgendwie habe ich das Gefühl, dass mehr dahintersteckte.«

»Verdammt …« Ich ließ eine Hand sinken und blickte an die Decke.

»Archer hat mir von den Arum erzählt.« Sie klang jetzt ganz aufgeregt. »Du hast Recht, Daemon. Keiner dieser Lux hat jemals gegen einen Arum gekämpft. Es wird für sie ein Kinderspiel sein, diese Arschlöcher auszuschalten.«

Archer hob wegen ihrer Wortwahl eine Augenbraue.

»Aber Ethan schon, oder?« Kat starrte angespannt auf ihre Turnschuhe. »Und auch die Kolonien bei uns zu Hause und in Pennsylvania werden wissen, wie man gegen die Arum kämpft – sie werden sie spüren, wenn sie sich nähern, und sie –«

»Sie werden abhauen«, beendete Lore den Satz für sie.

Sie schloss die Augen und ließ die Schultern hängen, als sie verstand. »Sie werden sich verstecken.«

Mit anderen Worten, unser brillanter Plan, die Arum einzusetzen, war alles andere als brillant. Er hatte einen kilometerlangen Riss.

Hunter blickte von einem zum anderen. »Wenn ihr mich fragt – was ihr nicht getan habt, aber ich sage euch meine Meinung trotzdem –, dann würde ich nicht warten, bis Lotho da ist. Erledigt den Kerl, bevor sie euch kommen sehen. Denn wenn dieser Ethan wirklich so clever und geschickt ist, wie ihr alle meint, haut er ab, sobald die Kacke am Dampfen ist. Und was dann? Lotho und seine Truppe erledigen vielleicht die meisten Lux, aber wenn Ethan noch am Leben ist, habt ihr ein riesiges Problem.«

Archer nickte zustimmend. »Das wäre wie ein Pflaster über eine Schusswunde zu kleben und dann das Beste zu hoffen.«

Er hatte Recht – sie beide hatten Recht. Ich sah Kat an und sie mich. »Das mit Ethan war nicht abgemacht«, sagte ich zu ihr und es war mir scheißegal, was die anderen dachten. Mir war wichtig, was *sie* dachte. »Wir hatten den Auftrag, die Arum ins Boot zu holen und dann zurückzufahren – oder wohin wir auch immer wollen. Du weißt, was uns General Eaton versprochen hat. Wir müssen das nicht machen.«

Sie öffnete den Mund. »Ich weiß.«

»Aber …«

Kat holte tief Luft und straffte die Schultern. »Wir *müssen* es nicht tun. Aber wenn sich Ethan auf den Weg macht, bevor jemand dort ist, oder wenn er entwischt, was ist dann? Dann sind wir erledigt. Weißt du, was ich deshalb sagen würde? Lass uns die Sache bis zum Ende durchziehen.«

Kapitel 21

Katy

Frisch geduscht und ausgeruht spürte ich die Blessuren meines epochalen Kampfes mit Dee kaum noch, als ich zu den anderen ins Wohnzimmer zurückkehrte. Bevor ich sie verlassen hatte, um mir Blut und Dreck abzuwaschen, hatten wir Wohn- und Arbeitszimmer wieder in Ordnung gebracht.

Abgesehen von der fehlenden Tür, den zerborstenen Fensterscheiben, den demolierten Möbelstücken, den zersprungenen Blumentöpfen – und natürlich dem Loch in der Wand.

Ich fühlte mich wirklich schlecht. Lore war nett. Und sein Haus *hatte* auch nett ausgesehen. Wenn man bedachte, dass er uns weder angebrüllt noch versucht hatte uns auszusaugen, nachdem er gesehen hatte, was damit geschehen war, fand ich ihn sogar *sehr* nett.

Ich begann die Arum zu mögen.

Na ja, diese beiden Arum zumindest. Die anderen, besonders Lotho, machten mir nach wie vor Angst.

Dee hatte sich bereits eine Million Mal entschuldigt, von dem Moment an, in dem wir beschlossen hatten, dass wir Ethan aufsuchen würden, bis zu dem Augenblick, in dem ich gegangen war, um zu duschen und ein Nickerchen zu machen. Deshalb war ich nicht überrascht, dass sie mich sofort wieder mit ihren großen, grünen Augen ansah, kaum dass ich den Raum betreten hatte.

»Katy«, begann sie und erhob sich. Ich wusste, was als Nächstes passieren würde. Sie würde wieder anfangen zu weinen und sich dann erneut entschuldigen.

Ich ging zu ihr – sie saß auf dem einzigen nicht demolierten Möbelstück, einem gepolsterten Hocker – und nahm sie in den Arm. »Alles gut«, flüsterte ich ihr ins Ohr. »Zwischen uns ist alles in Ordnung.«

Und genau so meinte ich es.

Das Leben war wirklich zu kurz und unvorhersehbar, um nachtragend zu sein, besonders wenn es um etwas ging, was sie wirklich nicht hatte beeinflussen können.

Sie drückte meinen Arm und flüsterte zurück: »Danke. Und ich werde dir keine dafür runterhauen, dass du einfach meinen Bruder geheiratet hast, ohne es mir zu sagen.« Dees Lächeln wurde breiter, was sie fast überirdisch schön aussehen ließ. O Mann, wie ich dieses warme Lächeln vermisst hatte.

»Wir haben gerade mal unseren Plan durchgesprochen.« Daemon kam auf mich zugeschlendert und streifte kurz mit dem Mund über meine Wange, bevor er den Kopf hob und mich ansah. »Wir machen uns demnächst auf den Weg und werden damit knapp einen Tag, vielleicht nicht einmal, vor dem Zeitpunkt da sein, zu dem uns Lotho seine Arum-Armee versprochen hat.«

Ich sah mich in dem Raum um und erwartete, mehr über diesen sogenannten Plan zu hören. »Okay?«

»Aber das ist noch nicht alles.« Archer verschränkte die Arme.

»Der Plan ist ganz einfach«, erklärte Daemon und seine Finger blieben in meinem feuchten Haar hängen, als er sie von meiner Schulter gleiten ließ. »Wir fahren nach Hause … und sie kommen zu uns.«

Ich hob eine Augenbraue. »Das ist ein bisschen *zu* einfach.«

»Er war nur zu faul es genauer zu erklären«, sagte Hunter.

»Oder zu abgelenkt«, meinte Lore.

Wieder errötete ich, denn als er seine Finger aus meinem

Haar befreit hatte und damit behutsam über meine Wirbelsäule strich, beschlich mich das Gefühl, dass Lore Recht hatte.

»Wir müssen so tun, als wären wir wie sie.« Dee drehte sich zu uns um. »Auch wenn ihr es nicht gerne hört, aber dazu sind wir in der Lage. Wir können es ihnen vorspielen und sie werden uns glauben.«

Das hörte ich in der Tat gar nicht gern und versuchte außerdem, nicht auf die Hand auf meinem Rücken zu achten.

Dee fuhr sich mit der Zunge über die Lippen. »Sie wissen nicht, dass ich abtrünnig geworden bin und dass die anderen … ja, dass es sie nicht mehr gibt.«

»Wie kann das sein?«

»Dee sollte sich erst wieder melden, wenn sie das Problem mit Daemon gelöst hatte – sie sollte ihn töten oder zu ihnen bringen«, erklärte Archer, doch so wie sie hier ins Haus geplatzt war, konnte man nicht davon ausgehen, dass sie an irgendetwas anderem interessiert war, als ihn ins Jenseits zu befördern. »Sie rechnen damit, bald von ihr zu hören, aber es ist sehr gut möglich, dass sie zurzeit noch völlig ahnungslos sind.«

»Sehr gut möglich«, wiederholte ich stumpfsinnig.

Daemon hatte die Hand unter den Bund meiner Jeans geschoben. »Es ist die beste Chance, die wir haben, Baby.«

»Wir gehen jetzt also einfach nach Hause, tun so, als ob ihr abgrundtief böse seid, und hoffen dann das Beste?«

»Mit Dees und Daemons Hilfe kommen wir an Ethan ran. Bevor das Militär oder die Arum anrücken«, erklärte Archer und seine amethystfarbenen Augen funkelten. »Und bevor er abhauen kann.«

Der Teil leuchtete mir ein, aber es … es war ein riskanter und unsicherer Plan – ein unausgegorener, notdürftig mit Klebeband zusammengehaltener Plan, bei dem man sehr viel Glück brauchte. Das einzig Gute daran war die Tatsache, dass wir nach Hause kamen und ich meine Mom sehen würde. Wenn sie überhaupt da war.

»Aber was ist mit Nancy?«, fragte Daemon.

Dee ließ den Blick durch den Raum schweifen. »Was soll …«

»Sie ist weg«, klärte ich sie auf. »Niemand weiß, wo sie ist, aber ehrlich gesagt glaube ich nicht, dass sie ausgerechnet da hingeht, wo es heiß wird. Das ergibt keinen Sinn, von daher halte ich es für sehr unwahrscheinlich, dass sie dort ist.«

Daemon spielte an meinem Hosenbund, doch ich reagierte nicht.

»Katy hat Recht. Nach ihr wird gesucht, aber auch ich glaube nicht, dass sie auf dem Weg nach Petersburg ist. Ich werde mich mit Luc in Verbindung setzen und ihm erzählen, wo wir stehen. Dass die Lux, die hinter alldem stecken, genau wie Ethan, in Petersburg zu finden sind«, fuhr Archer fort. »Und dann werden wir mit Lotho Kontakt aufnehmen, um ihm zu sagen, wo seine Leute zuerst gebraucht werden.«

Das ergab Sinn. Wenn Dee alles richtig mitbekommen hatte, mussten wir die Lux mitsamt ihrer Kolonie auslöschen, aber darüber hinaus gab es noch wer weiß wie viele Origins, mit denen wir fertig werden mussten.

Ich erschrak.

Auslöschen. Fertig werden. Ich klang schon wie ein Gangster.

Oder wie Luc.

»Gut«, sagte ich schließlich. »Das ist doch ein Plan.«

Daemon tätschelte meinen Hintern.

»Ihr werdet einige Dinge brauchen«, sagte Hunter und blickte auf Serenas Blondschopf hinab. »Aber für uns ist der Weg hier zu Ende.«

Ich nickte. Wir konnten ihre Hilfe brauchen, wir konnten

jede Hilfe brauchen, die wir bekommen konnten, aber wenn wir mit zwei Arum in der Stadt auftauchten, würden wir uns wahrscheinlich selbst das Ass aus dem Ärmel ziehen.

»Versteht uns nicht falsch«, meldete sich Serena zu Wort und suchte unsere Blicke. »Wir würden gern mehr tun, aber –«

»Wie gesagt, ich habe viele Feinde in der Regierung. Auch wenn es Daedalus nicht mehr gibt, ich traue niemandem, der etwas damit zu tun hatte.« Hunter zog Serena fester an sich. »Und ich werde auf keinen Fall zulassen, dass irgendjemand von ihnen sie noch einmal ins Visier nehmen kann.«

»Das verstehe ich sehr gut«, sagte Daemon und überraschte mich, weil er keinen klugscheißerischen Kommentar folgen ließ.

Lore richtete sich auf und ging zu einem Schrank, dessen Tür noch intakt war. Als er ihn öffnete, kam ein kleines Waffenarsenal zum Vorschein. An den Seiten- und Rückwänden waren Pistolen an Haken befestigt und darunter lehnten diverse Gewehre der Größe nach sortiert, vom größten bis zum kleinsten. Außerdem sah ich noch eine andere Sorte Pistolen, die ich aber nicht kannte. Sie sahen ähnlich aus wie die restlichen … waren aber irgendwie modifiziert.

»Wow«, murmelte ich.

»Wahrscheinlich hätte ich euch das vorher zeigen sollen«, sagte Lore und griff hinein. »Im Laufe der Jahre habe ich einiges angesammelt.« Er nahm eine der mir unbekannten Waffen heraus und reichte sie Archer. »Was alle zu vergessen scheinen, ist, dass den Lux und selbst uns bestimmte Verletzungen sehr wohl etwas anhaben können.«

»Ein Schuss in den Kopf oder ins Herz ist immer fatal, egal welcher Spezies man angehört.« Hunter grinste und sah dabei ziemlich unheimlich aus. »Das Problem ist nur, dass sich sowohl unsere als auch eure Spezies ziemlich schnell bewegt, so dass es recht schwer ist, uns in den Kopf oder ins Herz zu treffen.«

»Aber nicht mehr.« Lore grinste genauso unheimlich.

»Verdammte Scheiße«, murmelte Archer und betrachtete die Waffe. »Wie bist du denn an die rangekommen?«

Lore grinste verschlagen. »Ich habe eben meine Quellen.«

Archer schüttelte den Kopf. »Diese Dinger sind nie für den allgemeinen Gebrauch zugelassen worden. Daedalus besaß sie ebenfalls, aber ich hätte nie geglaubt so eine Waffe jemals woanders zu sehen.«

Daemon ließ von mir ab. »Was ist so besonders daran?«

»Sie ist speziell für Lux gemacht. Es ist nicht direkt eine PEP-Waffe.« Archer lachte jetzt genauso unheimlich wie die anderen beiden. »Mit dieser Waffe kann man Kugeln abfeuern, die dasselbe Zeug beinhalten wie die PEPs. Es ist aber keine PT-Waffe.«

»PT? Was ist das denn nun wieder?«, hakte Dee nach.

»Plötzlicher Tod«, erklärte er. »Doch wenn man Lux, Hybride oder Origins damit irgendwo trifft, gehen sie zu Boden. Und meistens sterben sie dann früher oder später auch, besonders wenn die Kugel im Körper steckenbleibt und sie nicht schnell genug herausgeholt wird. Sie tötet langsam, deshalb sind die Waffen nie zugelassen worden.«

»Weil die Leute damit gequält werden.« Mir wurde schlecht.

»Ja, aber damit muss man nicht einmal genau zielen können. Als Schütze muss man immer noch schnell sein, aber trotzdem ist die Waffe eine gute Alternative zum Energiesammeln und Die-Quelle-Aufrufen.« Archer sah aus wie ein Kind, das gerade seinen Lieblingskuchen zum Geburtstag bekommen hatte. »Eine sehr gute Alternative.«

»Ich gebe euch allen so eine«, verkündete Lore. »Damit ihr

später nicht behaupten könnt, ich hätte euch im Regen stehenlassen. Aber dafür erwarte ich dieses Jahr auch eine Karte zu Weihnachten.«

Verhalten lächelnd nahm ich die Pistole an und versuchte mich daran zu gewöhnen, wie sich das Gewicht der brandgefährlichen Waffe und die kühlen Kunststoff- und Metalloberflächen anfühlten.

Ich hielt eine Waffe in der Hand. Wieder einmal.

Jetzt kam ich mir wirklich wie ein Gangster vor.

Wir saßen wieder auf der Veranda, nur in leicht veränderter Position. Daemon saß breitbeinig auf der obersten Stufe und ich hockte ein wenig zur Seite gedreht vor ihm, genau in dem Winkel, dass ich ihn in dem schwindenden Licht gut sehen konnte.

Zuerst redeten wir nicht viel. Er spielte in meinem Haar, drehte es um seine Finger und strich mir mit den Spitzen über die Wange. Offensichtlich fummelte Daemon gern mit allen möglichen Dingen an mir herum – meinem Haar, Stiften, was und warum auch immer, doch es störte mich nicht. Im Moment war es sogar ziemlich entspannend, auch wenn es mich früher immer schrecklich genervt hatte. Ich lehnte mich gegen sein linkes Bein und ließ ihn gewähren. Wir würden bald aufbrechen müssen, wenn wir am Morgen ankommen wollten.

Archer hatte Luc über die Planänderung informiert und er wollte General Eaton & Co. Bescheid geben. Im Norden von Virginia, nicht allzu weit von Petersburg entfernt, gab es wohl militärische Stützpunkte, doch wenn wir es von Archers Gesprächen richtig mitbekommen hatten, konnten wir nicht auf ihre Unterstützung zählen, da sie sich um Washington kümmern mussten. Wir würden auf Militär aus anderen Teilen der USA warten müssen, vor allem aus Montana – und von dort waren es gut dreißig Stunden Fahrt bis nach Petersburg. Ungefähr zur selben Zeit *müssten* die Arum eintreffen. Archer würde auch Lotho kontaktieren – sofern Lotho sich mit uns keinen Spaß erlaubte und tatsächlich käme.

Wenn es also schiefging, wären wir in jeder Hinsicht geliefert. Aber wenigstens wäre ich zu Hause in Petersburg, wo eigentlich meine Mom sein sollte –

Ich zog die Notbremse, bevor meine Gedanken mit Vollkaracho gegen die Wand fuhren. Mit meiner Mom musste alles in Ordnung sein. Sie musste dort auf mich warten, weil sie mich niemals aufgeben würde, egal wie lange ich fort war oder was auf der Welt auch los sein mochte.

Doch jetzt durfte ich nicht an meine Mom denken. Ich musste mich auf das konzentrieren, was vor uns lag.

»Woran denkst du?«

»Das ist ein ziemlich schlechter Plan«, sagte ich nach einer Weile und blickte zu Daemon auf.

»Stimmt.«

Ich sah ihm in die Augen. »Das ist nicht sehr beruhigend.«

Einer seiner Mundwinkel hob sich. »Hast du eine bessere Idee?«

Einen Moment lang dachte ich darüber nach und seufzte dann. »Nein, nicht wirklich. Solange sie nicht wissen, dass Dee von Bord gegangen ist, werden sie sie wohl weiterhin für eine fröhliche Killerin halten.«

Er neigte den Kopf vor und hauchte einen Kuss auf meine Lippen. »Du machst dir Sorgen.«

»Äh, ja.«

»Du weißt, dass ich auf dich aufpassen werde.«

»Darum mache ich mir keine Sorgen.«

»Nicht?« Bevor ich darauf antworten konnte, küsste er mich

so zärtlich, dass mir der Atem stockte. »Worum denn?«, fragte er.

»Um dich. Dee. Archer. Dawson und Beth, selbst wenn sie für den Moment sicher sind. Ich mache mir sogar um Luc Sorgen.« Stirnrunzelnd hielt ich inne. »Dabei ist Luc wahrscheinlich der Letzte, um den ich mir Sorgen machen sollte. Er ist schließlich *Luc*, aber ich habe trotzdem Angst um ihn und sogar um Hunter und Lore und Serena. Ich fürchte, dass –«

Daemon schnitt mir mit einem Kuss das Wort ab, der einmal mehr neue Sphären erreichte. »Du hast ein großes Herz, Kätzchen.« Ich spürte, wie sich seine Lippen beim Sprechen auf meinen bewegten. »Und genau das liebe ich am meisten an dir. Ja, abgesehen davon, dass ich ein Riesenfan von deinem Wahnsinnskörper bin, aber dein Herz? Ja, das macht die Sache komplett, das ist das Sahnehäubchen an dir. Für mich macht es dich perfekt.«

»Manchmal …« Ich sah ihn an und versuchte die Tränen fortzublinzeln. »Manchmal sagst du echt unglaubliche Dinge.«

»Und der Anblick von meinen Händen auf deinem Hintern, den mag ich auch.«

Ich musste lachen. »O Mann, und dann gibst du wieder so etwas von dir.«

»Man muss sich schließlich selbst treu bleiben.« Er küsste mich abermals. »Kätzchen, es ist in Ordnung, sich um alle Sorgen zu machen, aber jeder Einzelne von uns kann allein auf sich aufpassen.« Er legte seine Stirn an meine. »Und ich weiß auch, egal wie schlecht dieser Plan sein mag und wie gefährlich, wir werden es gemeinsam überstehen. Wir alle. Dafür werde ich sorgen.«

»Versprochen?«, flüsterte ich.

»Versprochen.« Er hob das Kinn und küsste mich auf die Nase. »Und ein Versprechen habe ich noch nie gebrochen, oder?«

»Nein, hast du nicht.«

Kapitel 22
Katy

Die Fahrt nach Petersburg war deutlich ereignisloser als der Trip nach Atlanta, abgesehen vom Zustand einiger Highways, auf denen wir unterwegs waren, und davon, dass Daemon und Archer sich pausenlos gegenseitig triezten.

Dieses Mal war ich schlau genug, nicht in die anderen Fahrzeuge zu schauen, Dee anscheinend jedoch nicht. Immer wieder sah ich, wie sie vom Beifahrersitz aus auf die Zerstörung starrte. Dabei gab sie leise Geräusche von sich, die wie ein ersticktes Weinen klangen. Hatte sie ihren Anteil daran gehabt? Vielleicht nicht direkt, aber womöglich hatte etwas, das sie getan hatte, einen Dominoeffekt gehabt, was am Ende viele Leben gekostet hatte? Ich hatte Mitleid mit ihr und war froh zu sehen, wie sich Archers Hand wiederholt in ihre Richtung bewegte, wenn sie beim Aus-dem-Fenster-Starren allzu abwesend wirkte. Doch je mehr wir uns West Virginia, unserem Zuhause, näherten, desto weniger konnte ich mich mit Dee beschäftigen.

Sobald wir vom Highway in Richtung Petersburg abbogen, begann mein Herz in der Brust zu schlagen, als wollte es herausspringen und einen Freudentanz aufführen. Auf den ersten Blick wirkte alles normal, als wäre dieses kleine Fleckchen Erde, der kleine Ort mit den wenigen Ampeln, auf wundersame Weise von den Ereignissen verschont geblieben, mit denen sich der Rest der Welt auseinandersetzen musste. Der einzige Unterschied zu früher schien zu sein, dass jetzt selbst die Hauptstraße gähnend leer war. Auf den Gehsteigen war niemand zu sehen. Einige wenige Autos waren unterwegs, ansonsten hatte man den Eindruck, alle hätten sich in ihren Häusern verkrochen. Doch es war nicht der einzige Unterschied.

»O Gott«, stammelte Archer und umfasste das Lenkrad so fest, dass seine Knöchel weiß hervortraten, während er schnell in die nächstbeste Straße einbog, die in unsere Richtung führte. »Sie sind überall.«

Ich brauchte keine Erklärung. Er sprach von den Lux.

Daemon beugte sich zwischen den beiden Sitzen vor und legte eine Hand auf die Schulter seiner Schwester. Er sprach es nicht laut aus, aber als ich sah, wie sich Dee zu ihm umdrehte, waren ihre Lippen fest aufeinandergepresst und sie war blass.

Mein Magen ging auf Talfahrt, genauso wie mein rasendes Herz.

Dee nickte und sagte dann: »Ich kann ihn hören, aber es ist okay. Ich bleibe bei euch.« Sie sah Archer mit einem Blick an, der mich fast in Verzückung geraten und vergessen ließ, was los war. »Ich werde es schaffen.«

Das konnte man nur hoffen. Wir befanden uns offensichtlich tief in feindlichem Gebiet und es würde nicht lange dauern, bis sie wussten, dass wir hier waren. Vielleicht wussten sie es sogar bereits.

Und Rückendeckung in Form von Arum und Militär würde erst in vielen Stunden eintreffen. Das konnte alles ziemlich schnell und ziemlich übel enden, denn wir liefen bewusst in eine Falle. Dee und Daemon würden wirklich überzeugend sein müssen, wenn sie sich vermeintlich auf die feindliche Seite stellten, um an Ethan heranzukommen.

So überzeugend, dass ich insgeheim fürchtete, sie würden nicht wirklich die Seiten wechseln.

Vielleicht war die Angst unbegründet, denn ich glaubte, dass das, was Daemon für mich empfand, stärker war, dennoch blieb die Sorge. Sie war wie eine Trübung in meinem Blut, ein ständiger Gedanke in meinem Hinterkopf, ein winziger Stein in meinem Magen, der nicht verschwinden wollte.

Das alles konnte wirklich nach hinten losgehen.

Wir näherten uns der Abzweigung, die ich so lange nicht gesehen hatte, und ich beugte mich vor, um mich an der Lehne von Dees Sitz festzuhalten. Als der Explorer die Einfahrt hinauffuhr, konnte ich kaum noch atmen. Das Gras auf den Grundstücken war lang und Unkraut wucherte auf die Straße; es war nicht zu übersehen, dass sich niemand um die Pflege der Gärten gekümmert hatte, das fand ich aber nachvollziehbar, wenn man bedachte, dass der Welt eine Alien-Apokalypse bevorstand. Anderes war ich nicht bereit auch nur in Erwägung zu ziehen. Mit meiner Mom musste einfach alles in Ordnung sein, sie musste auf mich warten.

Sie war zu Hause, denn ihr Auto stand in der Einfahrt, vor der Veranda, wo die hölzerne Hollywoodschaukel wie immer im Wind vor und zurück schwang.

Archer stellte den Motor ab und zog den Schlüssel aus dem Zündschloss, während ich auf das Beet vor unserem Haus starrte. Was dort wuchs, war mehr Unkraut als Blumen, aber auch das war in Ordnung, denn meine Mutter sorgte sich um ihre vermisste Tochter und die Alien-Apokalypse. Außerdem hatte sie kein Händchen für Pflanzen.

Mit zitternden Fingern löste ich den Gurt.

Meine Mom musste einfach im Haus sein. Hatte sie uns bereits gesehen? Würde sich die Tür jeden Moment öffnen und sie heraustreten? Eine hübschere, stilvollere, intelligentere und nettere Version meiner selbst – so wie ich später, als Erwachsene, auch gern sein würde.

Ich konnte kaum genug atmen, um meine Lungen zu füllen.

Ich wusste, unser Plan sah vor, dass Daemon von jetzt an die Führung übernahm, und es wäre mehr als dumm, wenn ich einfach zu meiner Mom rannte. Aber ich wollte sie sehen. Ich musste sie sehen, denn ich vermisste sie so sehr und musste sicherstellen, dass mit ihr alles in Ordnung war.

Ich war alles, was ihr geblieben war, und sie musste wissen, dass es mich noch gab.

Daemon griff nach meinem Arm und hielt mich auf dem Rücksitz fest, während Dee und Archer ausstiegen und besorgt auf das Haus der Blacks blickten.

»Irgendwo sind hier Lux in der Nähe«, sagte er und strich mit dem Daumen über das Bündchen meines Pullovers und mein Handgelenk. »Ich weiß nicht, ob sie sich in einem der Häuser befinden.«

»Warum sollten sie in unseren Häusern sein?« Sobald ich die Frage ausgesprochen hatte, wusste ich, wie blöd sie klang, weil es eine Vielzahl von Gründen gab, warum sie in meinem oder Daemons Haus sein konnten.

Er lächelte angespannt, doch die Besorgnis in seinen Augen ließ den Stein in meinem Magen nur noch größer werden. »Ich weiß, dass du nach deiner Mom sehen willst. Das verstehe ich, aber ich kann nicht zulassen, dass du einfach losrennst. Wir werden gemeinsam rübergehen, aber wenn irgendetwas nicht stimmt und ich dir sage, dass du rennen sollst –«

»Warum sollte etwas nicht stimmen?«

Daemon neigte den Kopf zur Seite. »Kat …«

»Ich weiß«, flüsterte ich. Was für eine blöde Frage.

»Vergiss die Waffe nicht.« Sie steckte hinten in meiner Jeans, wie bei einem Gangster. Er suchte meinen Blick und dann nickte er. »Ich steige nach dir aus, und Kat …« Sein Blick wurde dringlicher. »Wenn ich mit dir auf bestimmte Weise reden oder mich so verhalten muss wie damals in Idaho, dann tut es mir leid.«

»Ich werde es verstehen. Ich kann damit umgehen.«

Daemon sah mich noch einen Moment lang an und nickte dann abermals. Schnell holte ich Luft und wandte mich ab, um die Wagentür zu öffnen. Er stieg direkt nach mir aus und legte sofort eine Hand um meinen Nacken. Wahrscheinlich sah es so aus, als würde er mich kontrollieren und dominieren, doch mich beruhigte die Schwere seiner Hand. So wusste ich, dass er da war.

Dee hielt Archer am Arm fest, als sie ihn zu den Stufen zur Veranda ihres Hauses lenkte. Kurz blieb sie stehen und warf einen Blick zurück zu Daemon. Ich hatte keine Ahnung, ob sie miteinander kommunizierten, immerhin war es gut möglich, dass ein anderer Lux es aufschnappte.

Daemon ging mit mir um den Geländewagen herum, und als wir uns meinem Haus näherten, fiel mir abermals das Unkraut ins Auge. Die Ranken waren dick und zahlreich und begannen bereits sich um das Geländer der Veranda zu schlingen.

Ich schaute zur Tür.

Sie stand offen, lediglich die Fliegentür war geschlossen. Mein Herz hämmerte in der Brust und ich musste mich zwingen langsam zu gehen, als würde Daemon mich führen und nicht ich ihn.

Unter unseren Füßen knackte es und das vertraute Knarren einer losen Diele auf der Veranda ließ mich ein wenig zusammenzucken.

»Es sind eindeutig Lux in der Nähe«, sagte Daemon leise.

Sie konnten überall sein, in den Wäldern ringsherum oder im Haus. So stark, wie ihre Anwesenheit offenbar zu spüren war, saßen sie womöglich sogar im Wohnzimmer. Ein kalter Schauer lief mir über den Rücken, als er mit der freien Hand um mich herumgriff und die Fliegentür öffnete. Auf leisen Sohlen betraten wir das Haus. Drinnen wurden wir von leicht wärmerer Luft empfangen und einem Duft, den ich sehr vermisst hatte – dem Geruch nach frischer Wäsche.

Tränen stiegen mir in die Augen, während ich mich hektisch im Flur umsah. Alles sah aus wie immer. An der Tür lagen Päckchen und Büchersendungen, die wahrscheinlich verschickt worden waren, bis die Presseabteilungen der Verlage irgendwann gemerkt hatten, dass ich meinen Blog viele Monate lang nicht aktualisiert hatte.

Neben dem Stapel wunderbarer ungeöffneter Post standen mein Schulrucksack und meine Sandalen. Mom hatte sie dort stehengelassen, als hätte sie gewusst, dass ich zurückkommen würde. Als wollte sie, dass alles dort für mich bereitstand. Meine Unterlippe begann zu zittern und ich blinzelte wie verrückt, um die Tränen zurückzuhalten.

Lautlos gingen wir weiter ins Haus, vorbei am Durchgang zu dem verlassenen Wohnzimmer. Ich blickte das Treppenhaus hinauf und dann den Flur hinab in Richtung Waschküche. Plötzlich musste ich daran denken, wie ich in Socken getanzt und auf dem Hintern gelandet war, als Daemon hereingekommen war und mich überrascht hatte. Ich rang nach Atem. So viele Erinnerungen. Sie taten gut und weh zugleich – eine bittersüße Erfahrung. Daemon umfasste sanft meinen Nacken, als wir das Esszimmer betraten, von wo man die Küche einsehen konnte.

Kurz blieb mir das Herz stehen, bevor es zu rasen begann.

Daemon drückte fester zu.

Ich sah sie – ich sah meine Mom.

Mit dem Rücken zu uns stand sie an der Spüle und sie war

es, o mein Gott – das glänzende blonde Haar hatte sie im Nacken zu einem festen Knoten zusammengebunden. Sie trug keinen Kittel, sondern dunkle Jeans und einen hellen Pullover. Die Tränen schossen mir jetzt aus den Augen. Ich konnte sie nicht länger zurückhalten.

»Mom?« Meine Stimme klang brüchig.

Ich sah, wie sich ihr Oberkörper anspannte, und begann auf sie zuzugehen, allen guten Absichten zum Trotz. Daemon versuchte mich zurückzuhalten, doch im entscheidenden Moment war ich schneller und befreite mich.

Meine Mom drehte sich um.

Sie war *da*. Sie war *unversehrt*. Sie war *am Leben*.

»Kat!«, rief Daemon.

Ich konnte kaum durch den Tränenschleier vor meinen Augen hindurchsehen. Ich war ein emotionales Wrack, als ich in die Küche stürmte, um den Tisch herumrannte und im nächsten Moment auch schon gierig die Arme um sie geschlungen hatte. »Mom!«

Ich presste sie fest an mich und atmete den Duft ihres Parfums ein. Ich ließ mich berauschen, bis der Stein in meinem Magen anfing sich aufzulösen –

Plötzlich nahm ich Arme um meine Taille wahr, die mich zurückzerrten und mich mit dem Rücken gegen einen festen Oberkörper drückten. Meine Gedanken rasten. Ich verstand nicht, was gerade geschah, als ich auch schon mit den Füßen über den Boden geschleift und hinter Daemon geschoben wurde. Mit ausgestrecktem Arm hielt er mich zurück.

»Daemon, hör auf.« Ich versuchte wieder vor ihn zu gelangen, auch wenn ich wusste, wie wichtig es war, einen kühlen Kopf zu behalten, aber dies war etwas anderes. Hier war niemand außer uns. Alles war okay und ich wollte zu meiner Mom.

»Katy.« Die Art, wie Daemon heiser meinen Namen aussprach, fast ausstieß, ließ mich innehalten.

Ich hob den Kopf und atmete schwer, während ich an Daemon vorbei … meine Mom ansah, sie genauer ansah.

Für mich brach eine Welt zusammen – sie zersprang in kleine, scharfkantige Scherben, die sich bis in mein Innerstes bohrten, mich aufschlitzten und zerrissen.

Ihre Augen – sie strahlten in einem hellen, unnatürlichen Blau.

So blau, dass sie aussahen wie zwei polierte Saphire, während Moms Augen … sie hätten haselnussbraun sein müssen, eher grün als braun, je nach Stimmung.

»Nein«, stieß ich kopfschüttelnd hervor. »Nein, bitte nicht.«

Meine Mom neigte den Kopf zur Seite und blickte von mir zu Daemon. Dann verzog sie die Lippen zu einem Lächeln, dem jegliche Wärme fehlte. »Wir haben auf euch gewartet.«

Nein. Nein. Nein.

Ich befreite mich von Daemon und wich zurück. Dabei starrte ich meine Mom an – nein, *nicht* meine Mom. Sie war nicht meine Mutter. *Sie* war es nicht. Die kalten blauen Augen folgten meinen Bewegungen und ihr Mund kräuselte sich, während sie mich mit so viel Abscheu betrachtete, dass ich es schmecken konnte.

»Nein.« Ich war wie eine kaputte Schallplatte. Mehr brachte ich vor Entsetzen nicht hervor und es zerriss mir das Herz, als mir vollends bewusst wurde, was geschehen war.

Meine Mom war nicht hier.

Sie würde auch nicht mehr wiederkommen. Nie mehr.

Sie war einem Lux zum Opfer gefallen, der sich ihre DNA einverleibt hatte. Meine Mom war fort. Für immer.

DAEMON

Ich hätte es wissen müssen.

Nichts anderes konnte ich denken. Ich hätte wissen müssen, dass es dazu kommen könnte. Dass die Neuankömmlinge Kats Mom aufsuchen und das Schrecklichste, was man sich vorstellen konnte, wirklich tun würden, in der Hoffnung, dass Kat oder ich oder irgendjemand sonst wieder herkäme. Vielleicht hatten sie auch nicht wirklich auf uns gewartet und es einfach aus Grausamkeit getan, denn Ethan musste Kats Mom gekannt haben und hatte damit gewusst, was er anrichtete.

In dem Moment, in dem Kat verstanden hatte, was geschehen war, zerriss es mich genauso wie sie. Ich hatte diesen entsetzlichen Schmerz selbst schon einmal erlebt, als man mir gesagt hatte, dass Dawson gestorben wäre. Wie gern hätte ich verhindert, dass sie das erleben musste, doch jetzt gab es kein Zurück mehr.

Mit großen Augen stolperte sie rückwärts und stieß gegen die Wand, als hätte sie nicht damit gerechnet. Dabei wiederholte sie ständig nur dasselbe Wort.

Nein.

Tränen liefen ihr über die Wangen und sie hob die Hände, als wollte sie die Wirklichkeit abwehren, von sich abhalten. Plötzlich krümmte sie sich und hielt sich den Bauch.

Mein Blick ging zu der Frau, die vor der Spüle stand und frostig lächelnd beobachtete, wie Kat innerlich zusammenbrach. Sie und ihre miese Truppe hatten ihr das angetan.

Ich begann innerlich zu kochen und der Zorn drang in jede Zelle meines Körpers. Die Waffe zog ich nicht – ein Schuss, allein der Knall, kam mir in dieser Situation falsch vor, denn auch wenn die Person nicht ihre Mutter war, so sah sie doch aus wie sie. Eine Sekunde zu spät merkte sie, was geschehen würde. Gerade wollte sie ausweichen, als ich meiner Wut freien Lauf ließ und sie mit so viel Wucht von der Quelle in die Brust getroffen wurde, dass sie gegen den Küchentresen geschleudert wurde. Mit Mühe hielt sie sich an der Kante fest, doch ich feuerte ein weiteres Mal ab und traf sie in den Hinterkopf.

Die Frau leuchtete einmal hell, fast weiß auf und dann noch ein zweites Mal, bevor ihr Licht, wie bei einer Glühlampe, immer schwächer wurde. Sie stolperte über einen Sack Kartoffeln und kam mit einem lauten *Rums* hart auf dem Boden auf. Als das letzte Licht aus dem Geflecht von Adern in ihrer wahren Erscheinungsform gewichen war, blieb nur noch eine menschlich aussehende Hülle übrig.

Kat fiel schluchzend auf die Knie, das Kinn an die Brust gedrückt.

Ich drehte mich zu ihr um. »Katy … Kätzchen, es, es …« Es gab keine Worte dafür außer: »Es tut mir so … so leid.«

Unvermittelt klatschte sie mit den flachen Händen auf den Küchenfußboden, warf den Kopf in den Nacken und schrie – schrie voller Kummer und Schmerz.

Es begann als leichtes Zittern unter den Füßen, das immer stärker wurde, bis der Küchentisch wackelte und Teller und Tassen in den Schränken klapperten. Bald bebte das Haus so stark, dass es knarrte und der Putz in Staubwolken von der Decke rieselte. Der Tisch rutschte über den Boden. Stühle fielen um. Irgendwo im Wohnzimmer zerbarst ein Fenster.

Kat war dabei, das Haus zu zerstören.

»Scheiße.«

Ich kniete mich neben sie, nahm sie in den Arm und drückte sie fest an mich. Sie zitterte am ganzen Körper, als ich mich auf den Hintern fallen ließ und sie auf meinen Schoß zog. Ich fuhr ihr mit der Hand ins Haar und presste ihr Gesicht gegen meine Brust. Das mächtige Schluchzen, von dem sie heimgesucht war, wurde dadurch nicht gelindert.

O Mann, ich wusste nicht, was ich tun sollte. Ich hatte keine Ahnung, wie ich sie beruhigen sollte, und nur darum ging es im Moment.

»Kat, alles wird gut«, sagte ich in ihr Haar. »Ich bin da, Kätzchen. Ich passe auf dich auf. Ich bin da.«

Ich war mir nicht sicher, ob sie mich hörte, während sie sich förmlich in mir vergrub. Ihre Brust hob und senkte sich hektisch und ihr Puls schlug viel zu schnell. Sie rollte sich zusammen und es zerriss mir das Herz, wie sie abgehackt schluchzte und klagte.

Ich hätte es wissen müssen.

Doch ich hatte keine Möglichkeit gehabt, die Anwesenheit eines Lux hier drinnen oder draußen genau zu lokalisieren. Es würden weitere kommen, aber ich konnte nichts tun, als sie so fest wie möglich zu halten, während ich an die Decke schaute. Dort hatte sich in der Mitte ein langer Riss gebildet, aber das Beben hatte inzwischen nachgelassen und bis auf ein leichtes Wackeln alle paar Sekunden war nichts mehr zu spüren.

Ich strich mit der Hand über ihren Rücken und drückte ihr einen Kuss auf den Kopf, obwohl ich spürte, dass ein weiterer Lux sich näherte. Die Eingangstür wurde zugeschlagen und ich hörte Dee meinen Namen rufen.

»Ich bin hier.«

Kat zitterte noch immer in meinen Armen, und auch wenn sie nicht mehr so laut schluchzte, war sie noch weit davon entfernt, sich zu beruhigen.

»Was ist los …?« Abrupt blieb Dee vor der Küche stehen. Ihr Blick wanderte von der toten Frau zu uns. »Kat?«

Archer stand hinter ihr und drückte ihre Schulter. Als ich sah, dass er erkannt hatte, was geschehen war, wandte ich meine Aufmerksamkeit wieder Kat zu. Ich hielt ihren Kopf, vergrub die Stirn in ihrem Haar und verharrte in dieser Position.

Es war nicht zu überhören, wann Archer Dee darüber aufgeklärt hatte, was passiert war, denn sie schrie auf und war plötzlich neben uns, legte die Hände auf Kat und versuchte sich zwischen uns zu drängen, aber ich konnte Kat nicht loslassen.

»Wir haben gespürt, wie das Haus gewackelt hat«, sagte Dee, während sich unsere Blicke über Kats Kopf hinweg trafen. »Ich weiß, dass ich nicht hätte herkommen sollen. Das ist gegen den Plan, aber ich habe mir solche Sorgen gemacht.«

Den Plan konnte man jetzt sowieso in den Wind schießen. Nichts davon würde ich nach all dem, was gerade geschehen war, noch umsetzen können. Ich konnte sie nicht so behandeln, wie es nötig wäre. Ich musste sie hier rausbekommen.

»Vergiss den Plan«, sagte Archer barsch und fasste damit meine Gedanken in Worte. »Wir müssen zusehen, dass wir hier weg und an einen sicheren Ort kommen, um uns zu sammeln. Wir können nicht …«

Wir konnten es Kat nicht zumuten, egal wie es ausging. Ich wollte sie nur noch in den Wagen verfrachten und abhauen. Nicht nur der Plan, sondern auch alles, was dazugehörte, waren mir total egal geworden. Wir hatten unseren Teil getan. Die Arum würden kommen und alles, was wir erreicht hatten – alles, was ich erreicht hatte –, war Kat einem der schrecklichsten Erlebnisse auszusetzen, die man sich vorstellen konnte, und das war, jemanden zu verlieren, den sie liebte, und das vor ihren eigenen Augen.

Als sich Dee langsam zurückzog, legte ich die Hände an Kats

Arme. »Wir müssen gehen«, sagte ich zu ihr, während ich mich langsam erhob und sie mit mir hochzog.

Doch ihre Beine schienen sie nicht zu tragen. Ihr Gesicht war vom Weinen gerötet und ihre Lippen zitterten, als ich ihren Kopf anhob. Die wunderschönen Augen waren glasig.

»Gehen?«, krächzte sie mit brüchiger Stimme.

Gerade wollte ich nicken, als sich Kat plötzlich losriss. Ich hielt sie zurück, worauf sie herumwirbelte und mir in den Magen schlug. Ich spürte es kaum. »Kat …«

»Nein«, sagte sie und holte abermals aus. Ihre Hand traf meinen Arm. »Nein!« Noch einmal setzte sie zum Schlag an und verpasste mir eine schallende Ohrfeige.

Mit großen Augen stürzte Dee auf sie zu, aber ich hob die Hand und stoppte sie. Dee reagierte darauf mit Kopfschütteln, während mich ein weiterer von Kats größtenteils wirkungslosen Schlägen an einem anderen Körperteil traf.

»Alles okay«, sagte ich zu Dee und Archer. »Wir treffen uns draußen.«

Dee sah mich skeptisch an. »Aber –«

»Geht jetzt!«

Dee zögerte, aber Archer trat zu ihr, nahm ihre Hand und zog sie in Richtung Haustür. Ich konzentrierte mich unterdessen wieder auf Kat. Ich war mir nicht einmal sicher, ob sie mich sah. Ihre Pupillen glänzten weiß. Sie schlug mich noch einmal und ich ließ es zu.

»Tu, was du tun musst«, sagte ich und meinte es genau so.

Kat hämmerte mit den Fäusten gegen meine Brust und zunächst war ganz schön viel Pfeffer dahinter, doch ich ließ es zu, damit sie sich auspowern konnte. So große Schmerzen, wie sie empfand, konnte sie mir gar nicht zufügen. Schließlich wurde sie langsamer und ihr Oberkörper begann zu zittern.

»O Gott«, flüsterte sie und ließ die Stirn gegen meine Brust sinken. »O Gott, sie ist tot. Sie ist wirklich tot.« Sie ließ die Schultern hängen. »Sie, *sie* haben … ihr das angetan. Warum?«

Ich nahm sie in den Arm. »Ich weiß es nicht, aber es tut mir leid – es tut mir so leid.«

Sie erschauderte und ich fand es schrecklich, dass ich ihr nicht die Zeit geben konnte, damit fertig zu werden und zu trauern. »Wir müssen –«

Plötzlich hatte ich ein seltsames Gefühl und das ewige Summen in meinem Kopf wurde lauter. Mist. Ich fuhr herum und stellte mich schützend vor Kat, als die Eingangstür abermals aufschlug.

Schwere Schritte näherten sich durch Flur und Esszimmer. In mir spannte sich alles an. Ich wusste, dass es weder Dee noch Archer war. Der Plan, nach Hause zu fahren und sie zu uns kommen zu lassen, hatte allzu gut funktioniert.

Ethan Smith betrat die Küche.

Kapitel 23

Daemon

Das Arschloch kam seelenruhig hereingeschlendert, als wäre er hier zu Hause. Er schien sich pudelwohl zu fühlen und vor nichts Angst zu haben. Seine schwarze Hose und das weiße Hemd, das er trug, waren sogar frisch gebügelt.

Die Waffe brannte mir hinten in der Jeans, doch er hatte bereits zu sprechen begonnen, bevor ich danach greifen konnte.

»Denk nicht einmal darüber nach, irgendetwas zu tun. Ich weiß, dass weder du noch deine Schwester sich uns anschließen werden. Dass *du* ein harter Brocken sein würdest, war mir klar, aber deine Schwester hat mich überrascht. Das Spiel ist aus.« Ohne uns richtig anzusehen, ging er zum Küchentisch, zog einen Stuhl zurück und setzte sich drauf. »Wir schlachten deine Schwester und ihren Begleiter ab, bevor du auch nur blinzeln kannst, wenn du mir irgendwie komisch kommst. Merk dir das.«

Ein dumpfes Grollen stieg aus meiner Kehle auf.

Kurz blickte er auf die tote Frau, dann richteten sich seine violetten Augen wieder auf uns. »Tss, tss, tss, ich habe große Hoffnungen in dich gesetzt.«

Ich musste mich sehr zusammenreißen, um ihn nicht mit Vollkaracho an den Rand des Universums zu befördern.

»Komisch. Du klingst genau wie jemand anders, den ich kenne. Sie habe ich auch enttäuscht.«

Er hob eine dunkle Augenbraue. »Hmmm. Lass mich raten. Nancy Husher?«

Ich mahlte mit den Zähnen. »Du hast also Kontakt zu ihr?«

Langsam fuhr sich Ethan mit den Fingerknöcheln über die Hose und schlug dann die Beine übereinander. »Nicht wirklich. Daemon, bitte.« Er streckte eine Hand aus, worauf sich zwei der umgekippten Stühle wieder aufstellten. »Setz dich doch.«

»Nein danke«, lehnte ich ab, als Kat näher an mich heranrückte. Ich hatte keine Ahnung, in welchem Gemütszustand sie sich befand.

Ethan lächelte verkniffen. »So war das nicht gemeint. Ihr habt gar keine andere Wahl. Wenn ihr euch nicht setzt, weise ich die anderen draußen an deine Schwester umzubringen. Schön langsam.«

Wie beißende Säure schoss mir der Zorn durchs Blut, während ich den Älteren – oder was auch immer er für uns sein mochte – mit Blicken niederzuzwingen versuchte.

Schließlich war es Kat, die das Wort ergriff, und sie klang erstaunlich gefasst, wenn man bedachte, was sie gerade durchgemacht hatte. »Wir setzen uns.«

Ich sah sie an. Sie war blass und ihre Augen waren leicht geschwollen, aber ihr Blick war klar. Ich nahm ihre Hand.

Ethan betrachtete uns und gab einen glucksenden Laut von sich. »Sag mal, Daemon, wie bist du eigentlich darauf gekommen, dich in einen Menschen zu verlieben?«

Was sollte ich darauf sagen? Ich setzte mich auf den Stuhl, der näher bei Ethan stand, so dass Kat den weiter entfernten nehmen musste. »Warum willst du das überhaupt wissen?«

»Ich bin neugierig.« Er legte den Kopf schräg. »Antworte mir.«

Meine Zähne drohten zu zerspringen. »Wie könnte man sie nicht lieben?«

»Na ja, sie ist ein Mensch.« Er musterte sie und kräuselte die Oberlippe. »Sie ist mutiert, aber darunter ist sie letztendlich noch immer ein Mensch.«

»Und?«, hakte Kat provozierend nach.

Er ging nicht auf sie ein. »Sie ist ein Mensch, Daemon.«

»Das macht mir nichts aus.«

»Wirklich nicht? Ich erinnere mich nämlich an einen Daemon, der Menschen gehasst hat, der es schrecklich fand, was sie seinem Bruder und damit seiner Familie angetan haben«, entgegnete Ethan. »Ich erinnere mich an einen Daemon, in den ich so große Hoffnungen gesetzt habe.«

»Es war falsch, die Menschen wegen Dawson und was ihm widerfahren ist zu hassen. Dafür kann man weder Beth noch die Tatsache, dass er sich in sie verliebt hat, verantwortlich machen. Daedalus war schuld.«

»Eine Organisation, die ausschließlich von Menschen geführt wird.«

Ich kniff die Augen zusammen. Alles, was ich tun konnte, war dafür zu sorgen, dass er weiterredete und sich in meinem Kopf kein Gedanke an das, was wir vorhatten, finden ließ. »Ja, danke für die Klarstellung.«

Er wirkte ungerührt. »Du kannst mir nicht erzählen, dass die Dinge nicht anders verlaufen wären, wenn dein Bruder dieses Menschenmädchen nicht getroffen hätte. Genauso ist es mit dir. Vielleicht wäre die ganze Welt eine andere. Immerhin hat eure Aktion in Las Vegas uns die perfekte Gelegenheit geboten.«

Ein Muskel in meinem Kiefer zuckte. *Dieses Menschenmädchen.* Ich erinnerte mich daran, dass er sich über Kat auch schon ähnlich geäußert hatte. Damals hatte ich nicht den Hass dahinter gespürt, nur eine gewisse Abneigung, doch jetzt verstand ich es. O ja, jetzt wurde mir einiges klar. »Und weißt du was, Ethan?« Ich spürte Kats Blick auf mir. »Ich würde nichts anders machen. Und Dawson auch nicht. Was sagst du dazu?«

Hinter Ethans violetter Iris flackerte weißes Licht auf. »Was wäre, wenn ich dir sagen würde, dass deine Eltern noch am Leben waren, als sie hier ankamen?«

Einen Moment lang dachte ich gar nichts – konnte gar nichts denken. Seine Worte ergaben keinen Sinn.

»Was?«, hakte Kat nach.

Ethan sah nicht einmal zu ihr. Sein Blick war auf mich gerichtet, als würde er mich später zum Essen ausführen. »Deine Eltern, Daemon. Was wäre, wenn sie mit auf die Erde kamen, aber von Menschen getötet wurden? Wie würdest du dann über dein geliebtes Menschenmädchen denken? Oder über die Menschen allgemein?«

Das konnte mich nicht kaltlassen. Ich setzte mich zurück und sah ihn ungläubig an. Wieder spürte ich Kats Blick auf mir und musste nicht lange nach einer Antwort suchen. »Ja, ich würde genauso über sie denken.«

Er sah mich forschend an.

»Waren … waren sie am Leben?«, fragte Kat.

»Das spielt keine Rolle«, fauchte ich. Und so war es auch. Nichts von dem spielte mehr eine Rolle. »Das ist Bullshit. Alles.« Ich ballte die Hände auf dem Küchentisch zu Fäusten. »Was willst du, Ethan? Was soll das? Willst du die Weltherrschaft an dich reißen oder was?«

»Die Weltherrschaft?« Ethan lachte glucksend. »Das ist so ein Klischee. So verdammt albern. Ich habe überhaupt kein Interesse daran zu herrschen, weder hier noch auf irgendeinem anderen Planeten.«

Erstaunt sah ich ihn an.

»Meine Eltern wurden umgebracht. Aber das hast du dir wahrscheinlich bereits gedacht, da du ja genau weißt, was ich bin, und Nancy hat dir bestimmt auch erzählt … na ja, sie hat dir wohl die halbe Wahrheit erzählt.« Ethan faltete die Hände im Schoß. »Ich gehörte zu der ersten Gruppe Origins, bevor Nancy als sehr junge Frau zu Daedalus' Speerspitze geworden ist.«

Zur ersten Gruppe Origins? Ja, wenn es stimmte, was Nancy behauptete, war es der ersten Gruppe nicht besonders gut ergangen.

»Als sie mitbekommen haben, dass mein Vater meine Mutter mutiert hatte, haben sie ihn gefangen genommen. Und angefangen zu experimentieren. Was für eine Liebe die beiden auch füreinander empfunden haben mochten, wurde zerstört durch das, was sie anschließend mit ihnen gemacht haben und wozu sie gezwungen wurden, mich selbst eingeschlossen«, berichtete er, ohne auch nur einen Hauch an Emotionen. »Ich war Teil einer kleinen Gruppe Origins und wuchs in einem Labor auf.«

»Das ist nicht schön.«

Wieder lächelte er verkniffen. »Ihr habt ja keine Ahnung. Ich habe jahrelang mit dem Wissen gelebt, dass sie mein Leben wegen einer Kleinigkeit, die ich falsch gemacht hatte, beenden konnten. Immer wieder habe ich erlebt, wie andere Origins, die zu jung waren, um wirklich zu verstehen, was sie waren, weggebracht und nie mehr wiedergesehen wurden. Sie wurden umgebracht. Und dann war ich dabei, wie sie meine Eltern ermordet haben, für einen Regelverstoß, den ich begangen hatte.«

Mir juckte es in den Händen, verdammt, mein ganzes Wesen sehnte sich danach, das hier zu beenden. »Wie gesagt, das ist nicht schön, aber ich verstehe immer noch nicht, warum du uns das erzählst.«

»Ach nein?« Ethan lachte und zum ersten Mal sah man in seinem Gesicht eine echte Gefühlsregung. »Ich habe in dem Daedalus-Labor gelebt, bis ich alt genug war, um draußen eine vorgegebene Position zu übernehmen. Aber ich wurde nicht wie einige andere als Senator oder Arzt eingesetzt. Nein, ich wurde der Lux-Gemeinschaft zugeteilt und angewiesen ein Auge auf sie zu haben.« Einmal mehr lachte er glucksend. »Als wenn ich ihnen bei irgendetwas helfen würde. Kein Origin aus meiner Klasse täte das.«

»Aus deiner Klasse?«

»Ja, es gibt ungefähr fünf Klassen. Ich war in der ersten. Euer Freund dort draußen in der zweiten und danach gab es drei weitere.«

Ich nahm an, dass Luc und die freakigen Kleinen in einer der letzten Klassen waren. »Sind alle Origins aus deiner Gruppe wie du?«

»Wie ich«, wiederholte er kopfschüttelnd. »Du meinst, ob sie wollen, was ich will, oder ob sie sich Daedalus' Kontrolle entzogen haben? Darauf gibt es zwei Antworten. Ein Origin kann von niemandem wirklich kontrolliert werden. Man könnte auch sagen, näher an Gott kommt niemand heran.«

Wow, raunte Kat lautlos.

»Und diejenigen, die aus unserer Klasse noch übrig sind, viele sind es nicht, wollen das Gleiche wie ich.«

Kat setzte sich auf und ließ die Hände vom Tisch gleiten. »Nicht viele? Aus deiner … äh, Klasse sind nicht mehr viele übrig?«

Ethan wandte sich von mir ab und schaute sie an, was mir überhaupt nicht gefiel. Rein gar nicht. »Als ihr beide Daedalus entwischt seid und euch in Las Vegas ausgetobt habt, haben sie mit der Säuberung begonnen – und die Origins eliminiert.«

Kat zog die Augenbrauen zusammen. »Sie haben behauptet, sie hätten damit angefangen, als die Lux kamen.«

»Und du glaubst alles, was ein Mensch sagt? Natürlich, du bist ja selbst einer.« Er schnaubte verächtlich, machte aus seinem Ekel keinen Hehl. Langsam begann er, mir *wirklich* auf den Geist zu gehen. »Sie haben damit angefangen, als ihr beschlossen habt, Las Vegas in Schutt und Asche zu legen. Im ganzen Land sind wir umgefallen wie die Fliegen und es wurde einfach Zeit, das zu beenden.«

»Zu beenden.« Ich wusste, worauf es hinauslaufen würde. »Ihr habt einen Weg gefunden, mit den Lux außerhalb der Erde Kontakt aufzunehmen.«

»Wir hatten schon länger an einem Weg gearbeitet und vielleicht sollte man besser sagen, wir haben die Türen für sie geöffnet. Das Timing war perfekt.« Er breitete die Hände aus. »Und da stehen wir nun. Die meisten Lux, sowohl die von hier als auch die kürzlich angekommenen, hören auf das, was ich sage.« Er lächelte ein wenig breiter. »Ich kann sehr überzeugend sein.«

Kat starrte ihn ungläubig an und stellte nach kurzer Zeit fest: »Aber du hasst doch Menschen.«

»Ich kann sie nicht ausstehen«, bestätigte er. »Sie widern mich an. Sie sind schwach und gebrechlich. Sie sind unbeständig und gefährlich. Sie verdienen genau das, was ihnen jetzt bevorsteht. Die Lux wollen sie beherrschen und sie werden es tun. Sie tun es bereits und das ist mir nur recht. Mir ist egal, was sie tun, solange Menschen leiden und all das durchmachen müssen, was ich erlebt habe.«

»Und das alles … das alles nur wegen dem, was dir widerfahren ist?«, fragte Kat ungläubig und schüttelte langsam den Kopf. Ihr war anzuhören, dass sie es kaum fassen konnte, was ich ihr nicht verdenken konnte. Auch ich war schockiert.

Die Weltherrschaft an sich zu reißen war zumindest etwas, was man anstreben konnte. Aber dies? Dies war nichts als niederträchtiger Hass und Rache und … ja, Wahnsinn. Wie es ihm gelungen war, so viele Lux um sich zu scharen, war mir unbegreiflich. Wie konnten sie nicht durchschaut haben, was er war? Aber verdammt, auch *ich* hatte ihn nie als das gesehen, was er war.

»Du tust es also nur wegen all dem, was dir selbst angetan wurde«, wiederholte Kat.

»Und was sie anderen meiner Spezies angetan haben.« Seine Augen blitzten. »Und was sie uns weiter angetan hätten, selbst nach der Enttarnung von Daedalus und ihren Projekten.«

»Aber es gibt Leute, die so etwas nie getan hätten. Sie hätten die Lux willkommen geheißen«, argumentierte Kat. »Du kannst nicht eine gesamte Spezies daran messen, was ein kleiner Prozentsatz von ihnen getan hat.«

»Schon passiert«, antwortete er.

O Mann. Da fehlten einem die Worte.

»Das ist krank!« Kats Wangen glühten vor Zorn und sie hatte verdammt noch mal Recht. »Das ist schlimmer als die Haltung der Lux gegenüber den Arum und umgekehrt. Das ist absolut –«

Ethan bewegte sich so schnell, dass ich ihm einen Moment lang nicht folgen konnte. Nachdem er gerade noch gesessen hatte, stand er jetzt neben Kat und hatte ihre Finger um ihre Kehle gelegt.

Ich sprang so ruckartig auf, dass der Stuhl umfiel. Meine Erscheinungsform begann sich zu verändern. *Lass sie los.*

Er drückte fester zu. »Wenn du dich auch nur einen Schritt näherst, dich bewegst oder die Quelle aufrufst, werde ich ihr das Genick brechen. Dann werden wir sehen, ob du auch das heilen kannst.«

Mein Herz – verdammt – mir blieb das Herz stehen, während ich sie anstarrte. Er nahm *mir* die Luft zum Atmen, weil er in den Händen hielt, was für mich die Welt bedeutete. Nur mit Mühe gelang es mir, mich nicht zu verwandeln, und ich sprach ein Wort aus, das ich nie geglaubt hätte Ethan gegenüber je wieder zu verwenden.

»Bitte.« Ich musste schlucken, aber das Wort kam mir leichter über die Lippen als gedacht. »Bitte tu ihr nicht weh.«

Ethan grinste ihr hämisch ins Gesicht. »Du bettelst mich für ein Menschenmädchen an, das für dich nicht das Gleiche tun würde?«

»Ich würde alles für sie tun.«

»Und ich … für ihn«, presste Kat hervor und ballte die Hände im Schoß zu Fäusten. »Und ich könnte … nie so wahnsinnig sein wie du.«

»Kat«, warnte ich.

Ethan drückte noch fester zu und sie zuckte zusammen. »Wie bitte?«

»Du bist … schlimmer als die Lux. Du hast Milliarden von Menschen an etwas gemessen, was sie nicht getan haben.« Ihre Stimme brach. »Du hast meine Mutter auf dem Gewissen. Sie hat dir nie etwas getan und du kennst wahrscheinlich nicht einmal ihren Namen.«

»Ach, die Schlampe«, ätzte Ethan. »Sie ist es doch gar nicht wert, dass man ihren Namen kennt.«

Plötzlich geschahen mehrere Dinge auf einmal. Blaues Licht flackerte draußen auf, erhellte alle Fenster und tanzte an den Wänden. Ein Peitschen wie von riesigen Flügeln schallte durchs Dach. Und aus fast allen Richtungen waren Rufe zu hören.

Ethan hob stirnrunzelnd den Kopf. Er schien verwirrt.

Ruckartig stieß Kat mit dem Fuß ihren Stuhl zurück. Dann schwang sie ein Bein hoch und trat Ethan in den Magen Sie riss sich los und er hielt sich schwankend am Tisch fest. Ich stürzte auf sie zu und fing sie auf, bevor sie gefallen wäre. Nachdem ich sie aufgerichtet hatte, zog ich sie fort von Ethan und verwandelte mich gleichzeitig.

Die zur Straße hinausgehenden Fenster über der Spüle zerbarsten. Schnell schob ich Kat hinter mich, damit sie keine Splitter abbekam.

Männer mit schwarzen Visieren vor dem Gesicht landeten in der Küche wie in einem Actionfilm. Ihre Stiefel knirschten auf den Scherben. Offenbar war das Militär eingetroffen, ansonsten konnte es sich nur um ein Sondereinsatzkommando handeln, das das falsche Haus gestürmt hatte. Die schussbereiten schweren Waffen – PEP-Waffen – bestätigten die erste Vermutung.

Ich wich mit Kat zurück, weil ich nicht wollte, dass sie in den Mist, der jetzt unweigerlich folgte, verwickelt würde, doch ich war nicht der Einzige, der darum besorgt war, aus der Schusslinie zu kommen.

Ethan, das Arschloch, drehte sich um und rannte.

katy

Die Gefühle gingen mit mir durch. Wie ein Tornado war ich bereit alles um mich herum auszulöschen. Es brauchte mir nur jemand in die Quere zu kommen. Sinneseindrücke strömten auf mich ein und ich war unfähig zu verarbeiten, was alles geschehen war – und noch geschah.

Gerade hatten sich Männer ins Haus abgeseilt. Durch die Fenster.

Meine Mom war tot.

Die ganze Welt war aus den Angeln gehoben worden. Und das einzig und allein aus Rache. Nur deshalb. Mehr war es nicht.

Nichts als irrationale Rache, doch es hatte die ganze Welt verändert – meine Welt. Es stand nichts dahinter. Es gab keinen guten Grund.

Als sich Ethan umdrehte und losrannte, dachte ich nicht eine Sekunde nach. Ohne zu zögern, griff ich hinter mich und zog die Pistole hervor – die modifizierte Pistole. Im nächsten Moment schrien die Männer Ethan an und ich zielte.

Er war bereits an der Spüle und im Begriff, sich aus dem Fenster zu schwingen. Wenn er erst einmal draußen war, würden wir ihn nie mehr wiederfinden, das wusste ich. Wir müssten ganz von vorn beginnen und er würde niemals bezahlen für das, was er getan hatte.

Ich zielte auf seinen Kopf und drückte ab.

Alles geschah innerhalb von einer, höchstens zwei Sekunden. Nur ein Herzschlag, und die Monate und Jahre, die zu diesem Moment geführt haben, waren vorbei.

Ethan stürzte bäuchlings auf den Küchenboden.

Erledigt.

Tot.

Man konnte kaum den Finger heben, so schnell war es für ihn vorbei. Was mit meiner Mom geschehen war, hatte sicher länger gedauert und war schmerzhafter gewesen. *Ethan hatte Glück*, dachte ich wie betäubt. Gerade war er noch da gewesen und beim nächsten Augenaufschlag war er weg.

Meine Hand zitterte, als ich die Waffe sinken ließ und im Unterbewusstsein wahrnahm, wie nicht nur Daemon mich ansah, sondern auch die fremden Männer, deren Blicke ich trotz der dunklen Visiere spürte.

Ethan war tot.

Und es war ganz anders als bei den Lux. Es gab keine Lichtshow, bevor er starb. Ironischerweise verließ er diese Erde genau wie die Menschen, die er so sehr hasste – wie die Menschen, zu denen er gehörte. Wie pervers war das? Seine Mutter war ein Hybrid gewesen – halb Mensch. Hasste er sich deshalb selbst? Warum dachte ich überhaupt darüber nach? Es spielte keine Rolle mehr.

Ich versuchte Luft zu holen, doch sie blieb mir im Halse stecken und mir wurde erst eiskalt und dann heiß, zu heiß.

Einer der Männer drehte sich um und hob eine Hand, die von einem Handschuh geschützt war, an seinen Helm. Ein Rauschen und Knacken wurde hörbar. »Sie sind hier«, sagte er.

Zuerst dachte ich, er meinte die Arum, doch die plötzlich draußen aufleuchtenden Lichter verrieten mir, dass es nicht sie waren.

»Los! Los!«, befahl einer der Typen im SEK-Look.

Die Männer – es waren fünf – verließen das Haus auf demselben Weg, den sie gekommen waren: durch die Fenster. Stumm wollte ich gerade auf die Tür zeigen, die sich nur wenige Meter von ihnen entfernt befand, doch in dem Moment streckte Daemon den Arm nach der Waffe aus, die ich noch immer festhielt.

Schnell wich ich ihm aus und umfasste die Pistole fester.

»Kat …«

Mein Blick wanderte von Ethan zu dem toten Lux, der sich des Körpers meiner Mom bemächtigt hatte, und während ich dort stand, wurden von draußen Rufe hörbar. Obwohl es mitten am Tag war, schienen horizontale Blitze einzuschlagen. Daemon fluchte und schaute zwischen dem Eingang, durch den Dee verschwunden war, und mir hin und her, bis ich die Entscheidung für ihn traf.

»Das hier ist noch *nicht* vorbei«, rief ich ihm mit schriller Stimme zu.

Er machte einen vorsichtigen Schritt auf mich zu und senkte

das Kinn, als sich unsere Blicke trafen. »Für uns schon, Kat. Für uns schon.«

»Nein.« Es war noch nicht vorbei. Zu viel kochte in mir hoch, eine nicht beherrschbare Menge an Energie und Zorn und tausend anderen Gefühle. »Nein.«

»Kat –«

Ich wirbelte herum und rannte aus der Küche, auf die Eingangstür zu. Daemon war mir dicht auf den Fersen, als ich die Tür aufriss.

Chaos.

Ungefähr ein Dutzend Lux war aus den Bäumen herausgetreten, die unsere Häuser umstanden, und auch mindestens drei Origins waren bei ihnen. Ich konnte weder Dee noch Archer sehen, aber auf dem Boden lagen Tote – sowohl Menschen als auch Lux. Schüsse aus PEP-Waffen zischten durch den Vorgarten. Mehr Lux als Menschen standen noch. Sie befanden sich in ihrer wahren Erscheinungsform und leuchteten so hell wie die Sonne, die durch die Wolken am Himmel drang.

Es war eine ausgewachsene Kriegsszene, die sehr an Las Vegas erinnerte. Die nächststehenden Bäume wurden angesengt und einige kahle Äste hatten Feuer gefangen. Rauch stieg aus ihnen auf. Ein unverkennbarer Brandgeruch hing in der Luft und drehte mir den Magen um.

Die Lux schleuderten ein Lichtgeschoss nach dem anderen in Richtung der schwarz gekleideten Männer. Einer von ihnen wurde in die Brust getroffen und unweit der Veranda zu Boden geschleudert. Als seine PEP-Waffe auf die harte Erde knallte, feuerte sie einen tödlichen Energiestoß in unsere Richtung.

Daemon hatte mich gerade noch rechtzeitig zur Seite geschoben, als die Fliegentür hinter uns auch schon scheppernd zerbarst.

Aus dem Augenwinkel sah ich Archer quer durch die Einfahrt rennen und mit der Pistole, die er in der Hand hielt, um sich schießen. Es war die gleiche Waffe, mit der ich Ethan getötet hatte. Archer schoss wie ein Irrer. Ein Lux nach dem anderen ging zu Boden. Eine Weile flackerten sie noch zwischen den Erscheinungsformen hin und her, bevor ihr Licht erlosch und nur eine menschlich aussehende Hülle zurückblieb.

Dann erblickte ich Dee hinter dem Wagen meiner Mom. Immer wieder richtete sie sich auf und feuerte mit Hilfe der Quelle in Richtung der Lux.

Daemon bewegte sich um mich herum, als ein Origin auf die Veranda zuhastete, dann aber rückwärtstaumelte, da sich weißes Licht mit alarmierender Geschwindigkeit über seinen Arm ausbreitete. Daemon schwang sich übers Geländer der Veranda und übermannte den Origin, bevor dieser noch etwas tun konnte.

Daemon war wie ein Ninja, genauso krass drauf wie Archer.

In der Situation konnte ich nicht einfach zusehen und nichts tun, deshalb hob ich die Pistole und zielte weiter auf die Lux, bis das Magazin leer war. Zwei, vielleicht drei Mal hatte ich getroffen. Es waren keine tödlichen Schüsse gewesen, aber Archer nahm sich der Sache an und bereitete den Lux mit der Quelle ein Ende.

Ich hastete die Stufen hinab und warf die Waffe beiseite, als ich bemerkte, dass ein weiterer Origin auf Daemon und den mit ihm ringenden Gegner zustürmte. Daemon saß breitbeinig auf ihm und hielt ihn am Boden. Er holte abermals aus, um einen Energiestoß abzufeuern.

Doch als ich rötliches weißes Licht aus der Nähe von Daemons Haus aufblitzen sah, blieb mir fast das Herz stehen. Ich rief seinen Namen, doch es war zu spät. Der Energiestoß traf ihn in die Schulter und warf ihn auf den Rücken. Er verzog das Gesicht vor Schmerzen und griff sich an den Arm. Seine Lippen formten eine ganze Kette von Flüchen, bevor er in seiner wahren Erscheinungsform aufsprang. Sein strahlendes Weiß war von feuerroten Streifen durchzogen. Er war kurz davor, mit einer bis dato nicht gekannten Wucht zurückzuschlagen, doch gleichzeitig stieg auch in mir noch immer etwas Wildes und nicht zu Bändigendes auf.

Ich richtete den Blick auf den Origin im Nachbargarten. Meine Haut knisterte vor Energie. Blinde Wut verschmolz mit meinem Schmerz und brach aus mir heraus wie eine gewaltige Schockwelle.

Der Wagen meiner Mom schwankte so sehr, dass Dee zurückspringen musste. Mit großen Augen sah sie mich an, während ihr die Locken um den Kopf geblasen wurden. Sie öffnete den Mund, doch die eigenen Worte schlugen ihr ins Gesicht.

Mit der Kraft eines Hurrikans traf die Energiewelle den Geländewagen, hob ihn erst auf zwei Räder und warf ihn dann ganz um. Das Fahrzeug rutschte auf dem Dach auf den Origin zu, der auf dem Absatz kehrtmachte und rannte.

Er rannte.

Mein Verstand hatte ausgesetzt, als ich mich vom Boden abdrückte und die Verfolgung aufnahm. Ich hörte, wie mein Name gerufen wurde, konnte aber nicht anhalten oder darauf reagieren. Meine Füße wurden immer schneller und ich spürte einen weiteren Energieschub.

Als ich den Waldrand erreichte, schallte mein Name abermals durch meinen Kopf, doch ich reagierte noch immer nicht. Ich rannte weiter, nahm nur noch mehr Geschwindigkeit auf. Mein Herz hämmerte wie ein Presslufthammer im Asphalt und mein Puls schlug so schnell wie die Flügel eines gefangenen Vogels.

Mein Haar wehte hinter mir her und mein Gesicht glühte.

Äste schlugen mir gegen Wangen und Arme wie Peitschen und blieben in meiner Kleidung hängen. Doch auch sie konnten mich nicht aufhalten. Ich sprang über Felsen und umgestürzte Baumstämme, ohne auf meine schmerzenden Muskeln zu achten. Stattdessen trieb ich mich nur noch härter an.

Ich jagte dem Origin durch den Wald hinterher, der die ganze Zeit einen oder zwei Meter vor mir blieb und geschickt um Bäume und Felsblöcke herumraste. Insgeheim wunderte ich mich über den gewaltigen Energieschub, der meinen Körper erfasst hatte, und fragte mich, ob ich wirklich ausreichend getestet worden war oder ob doch das Risiko bestand, dass ich mich selbst zerstören würde wie einige andere Hybride, zum Beispiel Carissa. Und wenn nicht? Wenn es sich genauso anfühlte, sich selbst zu zerstören?

Ich war so randvoll mit zerstörerischer Wut, Enttäuschung und Kummer, dass das Feuer in mir immer weiterbrannte. Und mir war unbegreiflich, wie mein Herz so schnell schlagen konnte, ohne zu versagen.

Kat!

Wieder hörte ich die Stimme, aber meine alleinige Aufmerksamkeit galt dem Origin, dem Verlangen, ihn zu erledigen, das alles hier zu beenden, ohne dass jemand von ihnen davonkam.

Ich hatte keine Ahnung, wie weit ich gerannt war, aber die Bäume begannen bereits spärlicher zu werden, als sich der Origin über die Schulter hinweg umsah. Etwas in seinem Blick brachte mich ein kleines bisschen aus dem Tritt.

Aber es war zu spät.

Vor mir erhoben sich die Seneca Rocks. Der Quarzit glitzerte in der Sonne und die Berge ragten wie zerklüftete Finger in den Himmel. Plötzlich wurde mir bewusst, wie *meilenweit* ich gerannt war.

Der Origin hatte die Bäume bereits hinter sich gelassen und ich war nur wenige Sekunden hinter ihm, als ich am Waldrand abrupt stehen blieb oder es zumindest versuchte. Ich rutschte über den Boden und Gras und Erde flogen auf, während ich auf die Dächer der Häuser am Fuße der Berge starrte. Dann senkte ich den Blick und ließ ihn panisch über die Masse an Menschen vor mir wandern.

Es waren Hunderte, wenn nicht Tausende, und es waren keine Menschen. Nein. Es waren Lux. Vielleicht sogar ein paar Origins, aber das war jetzt auch egal. Als mir bewusst wurde, was das zu bedeuten hatte, war ich so entsetzt, dass mein Herz mir fast den Brustkorb sprengte.

»Oh Scheiße«, stieß ich hervor, wich zurück und versuchte mir die Panik nicht anmerken zu lassen, was ein weiblicher Lux mit einem überheblichen Lächeln kommentierte. *Dumm. Dumm. Dumm.* Ich war so unglaublich dumm und gedankenlos, einfach nur dumm –

Ich war direkt *in* die Lux-Kolonie gelaufen.

Und mir blieb keine Zeit, um zu fliehen. Ich wurde von rötlich weißem Licht geblendet und im nächsten Moment spürte ich einen stechenden Schmerz in der Schulter. Der Treffer hatte so viel Wucht, dass es mir den Boden unter den Füßen wegzog und ich über mir nur noch blauen Himmel sah.

O Gott.

Doch ich landete nicht auf dem Boden.

Hitze umgab mich. Starke Arme schlangen sich um mich. Einen Moment lang hing ich in der Luft, dann wurde ich gegen Daemon gedrückt, der in seiner wahren Erscheinungsform vor der Kolonie stand.

Er beschützte mich vor seinen eigenen Leuten.

Sie begannen ihr Erscheinungsbild zu ändern, einer nach

dem anderen, wie eine Lichterkette an Weihnachten. Es waren viele, zu viele. Niemals wären wir in der Lage, sie zu überwältigen, von Fliehen ganz zu schweigen. Und das alles war meine Schuld.

Es tut mir leid, sagte ich zu Daemon. Entkommen konnte höchstens einer von uns, wenn der andere für Ablenkung sorgte. Mehr fiel mir nicht ein. Er hatte es nicht verdient. Mit schmerzender Schulter und wahrscheinlich qualmend begann ich, mich von ihm zu entfernen. *Es tut mir leid.*

Doch Daemon hielt mich fest und ich kam nicht weit. *Nein.* Seine Stimme nahm mich ein. *Das darfst du nicht einmal denken. Wenn dies das Ende sein sollte, dann stellen wir uns ihm gemeinsam.* Sein Licht wurde schwächer und der Körper, in den ich mich einst verliebt hatte, kam wieder zum Vorschein – der mit dem zerzausten dunklen Haar, den hohen Wangenknochen und den leuchtenden grünen Augen.

»Gemeinsam«, wiederholte er laut.

Mir stockte der Atem und ich spürte, wie sich die Luft um uns herum elektrisch auflud. Mein Körper zitterte vor Energie und dem Wissen, dass es kein Entrinnen aus dieser Lage gab.

»Gemeinsam«, flüsterte ich.

Daemon senkte den Kopf und wollte mich gerade küssen, als ein plötzlicher Lärm mir das Blut in den Adern gefrieren ließ. Ich fürchtete, das war es – das Ende.

Die riesigen Eichen und Tannen um uns herum begannen zu schwanken, Äste knarrten und Vögel nahmen zu Tausenden Reißaus. Ihre Flügel schlugen hektisch in der Luft, während sie sich hoch über die Kolonie erhoben und hastig in die Richtung abdrehten, aus der wir gekommen waren.

Was zum …?

Dann geschah etwas noch Sonderbareres. Dicke dunkle, fast

schwarze Wolken sanken vom Himmel über den Seneca Rocks herab – immer mehr, immer schneller und bis auf den Boden.

Doch es handelte sich nicht um Wolken.

»O Gott«, wisperte ich.

Daemon zerrte uns zurück, fort von der Front der Lux, deren Erscheinungsbild unstet zu flackern begonnen hatte.

Irgendjemand – wahrscheinlich ein Lux, der schon länger auf der Erde lebte, oder ein Origin – rief: »Arum!«

Kapitel 24

Katy

In Scharen sanken die Arum zu Boden, türmten sich wie dichte, ölige Schatten über den Häusern auf und überdeckten schließlich alles wie schwarzer Schnee. Von hinten blies ein arktischer Wind.

Wir drehten uns um und sahen noch mehr von ihnen zwischen den Bäumen herabrauschen. Als sie an uns vorbeidrängten und wie ein Ameisenvolk ausschwärmten, berührten sie uns fast.

»Sie sind da«, sagte Daemon. »Er ist da.«

O Mann, und wie sie da waren. Sie waren überall.

Man hatte den Eindruck, hundert Bowlingkugeln würden tausend Pins umlegen. Zielstrebig bahnten sich die Arum ihren Weg bis zu den Lux und schienen sie als Ganzes zu verschlucken.

Sie fielen vom Himmel, schnappten sich die Lux und wirbelten sie hoch in die Luft. Ein Kollege fing sie dann im Flug wieder auf, wobei sie zum Teil eine merkwürdige halbfeste Erscheinungsform annahmen.

Strauchelnd wich ich zurück, als ein Lux an mir vorbeisegelte und gegen einen Baum prallte. Bevor er zu Boden fallen konnte, erschien ein Arum als dunkler Schatten, fing den Lux auf und schleuderte ihn mit so viel Wucht noch einmal gegen den Baum, dass die Rinde brach. Es regnete kleine Splitter.

Der Arum nahm die Form einer großen Frau mit pechschwarzem Haar an, die mit einem Arm ausholte und ihre Faust tief in die Brust des Lux rammte. Der gellende Schrei durchschnitt das Dröhnen in meinen Ohren, während sich der Arum in öligen Rauch zurückverwandelte.

Ein Origin landete auf dem Boden – keine Ahnung, wo er auf einmal herkam. Er schlug mit so viel Wucht auf, dass die Bäume bis in die Kronen erschüttert wurden und Blätter herabregneten, während er selbst rutschend Erde und Steine aufwirbelte. Nachdem er sich hochgerappelt hatte, stieß er Energie aus, die jedoch ihr Ziel verfehlte, da der Arum den Lux bereits zu Boden gerissen hatte. Der helle Blitz schlug in eine dicke Ulme ein und spaltete den Stamm in zwei Hälften, die die Arum und Lux am Boden unter sich begruben. Einige konnten sich auf die Seiten flüchten, aber als eine weitere Arum-Welle auf das Kampfgebiet niederrauschte, erloschen die nächsten leuchtenden Lux-Lichter.

»Heilige …«, hauchte ich mit zitternden Händen.

Ich drehte mich um und sah, wie ein weiterer Lux aus der Luft geschnappt wurde. Die Völlerei hatte begonnen und ich … ich hatte so etwas noch nie gesehen. So viel offene Brutalität und dennoch war der Anblick der Lichtblitze inmitten der dunklen Schatten verstörend beeindruckend. Welch ein Kontrast.

Eine dunkle Silhouette löste sich aus der Masse und wurde vor uns zu einer großen Gestalt mit einer Haut wie polierter Obsidian, bevor sie ihr menschliches Erscheinungsbild annahm. Hohe Wangenknochen. Volle Lippen. Gerade Nase. Nackter Oberkörper und Lederhose. Blond gebleichtes Haar.

Vor uns stand Lotho. Er hatte den Kopf in den Nacken gelegt und eine bläuliche Flüssigkeit schimmerte auf seinem alabasterfarbenen Oberkörper. Er grinste verklärt. »Essenszeit.«

Bevor einer von uns darauf reagieren konnte, war er bereits auf dem Weg zurück in die … O Mann, ich wusste gar nicht, wie ich es nennen sollte. So stellte ich es mir vor, als die Indianer zu dem Entschluss gekommen waren, dass sie genug von den Einwanderern hatten, und gekonnt einen nach dem anderen aufspießten – ein wohlverdientes Massaker zwar, aber dennoch.

Schimmerndes blaues Blut spritzte in alle Richtungen, über das Gras und die Gehsteige der kleinen Siedlung. Die Lichter erloschen wie zerquetschte Leuchtkäfer. Das Kampfgeschehen verlagerte sich in Richtung der Häuser, die einst vom im Gestein des Gebirges enthaltenen Beta-Quarz geschützt gewesen waren.

Lux und Arum krachten in Dächer, die ihnen nicht standhielten. Funken stoben, als Strommasten umfielen. Flammen loderten aus den Häusern auf. In der Ferne explodierte ein Gebäude und ich zuckte zusammen. Hitze wallte durch die Lichtung, doch die glühend rote Welle kühlte schnell ab.

Ein weiteres Haus explodierte – Holzplatten flogen durch die Luft und Glas zerbarst. Ich erschrak, weil ich zu hören glaubte, dass Daemon meinen Namen rief, aber ich konnte mich nicht von der Zerstörung abwenden. Feuer züngelte bis in den Himmel. Die Schreie … sie kamen von überall her, aus allen Richtungen, und hallten in meinem Kopf wider. Ich spürte sie auf meiner Haut, die mir plötzlich zu eng vorkam.

Mein Magen rebellierte.

Wie albern und feige von mir, denn ich hatte nicht zum ersten Mal getötet.

Der Gedanke traf mich wie eine zweite eisige Böe. Vor mir verschwamm alles. Wie oft hatte ich es bereits getan? O Gott, ich hatte aufgehört zu zählen.

»Kat, dein Herz …«, begann Daemon und legte eine Hand an meine Wange. Die andere Hand ließ er langsam von meiner

Hüfte gleiten, und als sich unsere Blicke trafen und wir uns ansahen, war mir unbegreiflich, wie es inmitten dieses Gemetzels so etwas Schönes geben konnte. »Beruhige dich, Katy, es ist vorbei.«

Wirklich? Ich spürte die Energie in mir, als ich meinen Blick wieder dem … Horror zuwandte und mich dann losriss.

Ich musste auf einmal unbedingt … ja, was eigentlich? Meine Haut fühlte sich noch immer zu eng an und kribbelte. Jetzt spürte ich wieder diese Hitze in mir, die mich innerlich versengte. Ich musste fort von hier, fort von Daemon, fort von allem.

Kopflos begann ich wieder zu rennen, doch dieses Mal jagte ich niemanden. Höchstens mich selbst. Ich wusste und verstand gar nichts mehr. Ich lief einfach, und erst als ich die Kolonie hinter mir gelassen hatte und mich am Fuß eines steilen Anstiegs befand, merkte ich, dass ich dabei war, die Seneca Rocks hinaufzurennen.

Die Steigung war brutal und immer wieder rutschte ich auf dem unebenen Untergrund aus. Je weiter es hinaufging, desto schlechter bekam ich Luft, bis mir jeder Atemzug schwerfiel und ich kaum noch in der Lage war, darüber nachzudenken, was zum Teufel ich gerade tat. Allerdings wollte ich auch nicht darüber nachdenken, denn es war Wahnsinn.

Ich war mir inzwischen ziemlich sicher, dass ich mich nicht selbst zerstören würde. Ich glaube, ich war mir so sicher, weil ich mich daran erinnerte, wie es bei Carissa gewesen war, während ich mich einen holprigen Pfad hinaufquälte, über kleine Büsche stolperte und auf Steinen ausrutschte. Sie war wie etwas gewesen, das man in die Mikrowelle gestellt hatte, ohne dass es dafür geeignet war.

Als ich den ersten Gipfel erreichte, der kaum mehr als ein

kleiner Sattel war, hinter dem es wieder steil bergab ging, trugen mich meine Beine kaum noch. Ich hielt inne – hörte auf zu gehen, zu denken und zu klettern.

Mehrfach holte ich tief Luft, hob das Kinn, blickte auf und hätte schwören können, Dawson und Bethany auf mich herabschauen zu sehen. Mein Blick wanderte vom nächsten Gipfel vor mir bis zu meinen Füßen.

Ich sah keine Geister.

Es war eine Erinnerung, ein Gespräch darüber, was ihnen widerfahren war. Hier hatte alles begonnen. Hier hatte Dawson Beth geheilt, nachdem sie von einem Felsen gestürzt war, was wiederum ihren Onkel dazu veranlasst hatte, Daedalus zu kontaktieren, und von dem Moment an hatte alles seinen Lauf genommen – bis zu diesem Punkt.

Mit Dawson und Beth hatte alles angefangen.

»Kat?«

Mir stockte der Atem, als ich seine Stimme hörte. Ich senkte den Kopf und drehte mich langsam um.

Und mit Daemon und mir endete es.

Er starrte von dem Pfad aus mit glänzenden Augen zu mir herauf. Seine Brust hob und senkte sich genauso schnell wie meine. »Kat«, wiederholte er.

Ich war noch immer nicht wieder ganz klar im Kopf, als er neben mich trat. Schwer atmend wich ich auf dem glatten Fels zurück. Ich schloss die Augen und sah meine Mom vor mir – nicht mit den blauen Augen, sondern mit den wunderschönen haselnussfarbenen, und als ich das nächste Mal Luft holte, entwich mir ein Schluchzen. Ich sah auch Ethan, zuerst, wie er in unserer Küche gesessen, und dann, wie er bei unserer ersten Begegnung auf Daemons Terrasse gestanden hatte. Ich sah Blake vor mir mit seinem sorglosen, charmanten Lächeln, hinter dem so viele Geheimnisse verborgen gewesen waren. Ich sah Carissa vor mir, deren Geschichte nie geklärt werden würde, und schließlich sah ich noch zahllose namenlose Gesichter.

»Kätzchen«, versuchte Daemon es abermals und ich öffnete die Augen. Ich sah ihn an. »Was tun wir hier?«

Wir. Nicht du. *Wir.*

»Ich weiß es nicht«, bekannte ich heiser flüsternd. »Ich dachte … ich musste einfach weg von dort.«

»Das ist verständlich.«

Ja, oder? Ich trat einen weiteren Schritt zurück, ohne ihn aus den Augen zu lassen. Es war eindeutig. Ich zerstörte mich nicht selbst. Ich setzte mich. Vielleicht fiel ich auch auf den Hintern. Ich konnte es nicht genau sagen. Einen Moment lang geschah gar nichts und plötzlich erinnerte ich mich an etwas höchst Seltsames.

»Das … das ist wie bei Schneevogel.«

Er sah mich an, als befürchtete er, ich könnte wirklich den Verstand verloren haben. Vielleicht war es auch so. »Was?«

»Die Legende, von der du mir erzählt hast.« Ich drehte mich um und ließ den Blick über den Höhenzug schweifen. Jeder Muskel meines Körpers tat mir weh. Es war gut möglich, dass ich ein Loch in der Schulter hatte, und ich war unglaublich müde. »Das ist wie bei Prinzessin Schneevogel.«

Daemon antwortete nicht.

»Sie ist auf einen hohen Berg geklettert und nur ein tapferer Krieger war in der Lage, ihr bis zum Ende zu folgen.« Ich fuhr mir mit der Zunge über die trockenen Lippen und holte so tief Luft, dass meine Lungenflügel nicht anders konnten, als sich zu öffnen. »Du hast mir die Geschichte erzählt, als wir damals die Wanderung gemacht haben, bevor wir dem Bären begegnet sind.« Ich betrachtete ihn, er wirkte jetzt entspannter. »Du hast mir … du hast mir von den erstaunlichsten Leuten erzählt und von ihrer inneren Schönheit.« Ich hielt inne und sah ihn skeptisch an. »Was du über sie gesagt hast, klang einfach wunderbar.«

Er trat näher und blieb direkt vor mir stehen. Mit glänzenden Augen kniete er sich nieder. »Ich erinnere mich. Ich habe gesagt, die Schönsten – und ich meine wahrhaft schön von innen und außen – seien diejenigen, die sich dessen gar nicht bewusst sind. Oder etwas in der Art.«

»Genau so.« Ich nickte.

Er neigte den Kopf zur Seite. »Damals habe ich von dir gesprochen. Damit warst du gemeint.«

Einmal mehr trafen sich unsere Blicke und ich musste schlucken.

»Du wusstest gar nicht, wie schön du warst. Auch jetzt weißt du es wahrscheinlich nicht, aber es ist das, was in dir ist.« Langsam streckte er eine Hand aus und legte sie zwischen meine Brüste. »Das ist das Schönste auf der Welt. Was *in* dir ist.«

Tränen stiegen in mir auf und ich atmete unsicher aus. Diese Worte … ja, sie bewirkten etwas in mir. Ich war keine Mörderin. Ich war nicht verrückt. Ich war müde und tausend andere Dinge, und für Daemon war ich außerdem von innen und außen schön.

»Danke.«

Er gab einen kehligen Laut von sich, während er noch näher an mich heranrückte und die Arme um meine Schultern legte. »Für die Wahrheit brauchst du mir nicht zu danken.«

Ich krallte mich in seinem Shirt fest. »Zumindest habe ich dieses Mal nicht über dich gelacht.«

»Das ist immerhin etwas.« Er klang amüsiert. »O Kätzchen …«

Von unserer Position aus hätte man glauben können, dass dicke, dunkle Wolken vorbeizogen, die winzige Sterne auspusteten, nur dass es sich nicht um Wolken und auch nicht um Sterne handelte. Daemon legte das Kinn auf meinen Kopf, und als er eine Hand über meinen Rücken gleiten ließ, spürte ich die vertraute Wärme. »Es ist vorbei.«

Ich lehnte mich an ihn und schloss die Augen. Es war vorbei.

Daemon

Ich konnte nicht sagen, ob ich in jener Nacht überhaupt geschlafen hatte. Ein bisschen vielleicht, aber sicher war ich mir nicht. Das Erste und das Letzte, woran ich mich erinnerte, war jedenfalls Kat nicht aus den Augen gelassen zu haben.

Zusammengerollt lag sie mit der Wange auf meinem mittlerweile tauben Arm und hatte sich an mich gekuschelt. Wir waren zu mir gegangen, und bevor sie eingeschlafen war, hatte sie noch eins meiner Shirts übergezogen, das wir im Schrank gefunden hatten. Da es ihr viel zu groß war, rutschte es ihr von der Schulter und gab den Blick auf verlockend viel Haut frei.

Und dieses Stückchen Haut faszinierte mich ziemlich. Mit den Fingern der Hand, die nicht taub war, strich ich ihr über Schulter und Schlüsselbein. Die halbe Nacht tat ich es nun schon. Ab und zu rührte sie sich, nur um sich noch dichter an mich zu schmiegen, indem sie ein Bein über meins schob oder ihren Körper fest an meinen drückte.

Ich machte mir Sorgen um sie.

Verdammt große Sorgen.

Selbst nachdem sie erfahren hatte, was mit ihrer Mutter geschehen war, hatte sie die Fassung bewahrt, Ethan beseitigt und mit angesehen, wie die Arum gekommen waren. Ja, irgendwann war sie ausgetickt und abgehauen. Doch später, nachdem die Arum durch die Kolonie gepflügt waren, hatte sie sich wieder im Griff gehabt. Die Arum hatten nur wenige Verluste zu verzeichnen gehabt, bevor sie schließlich in den Norden von Virginia weitergezogen waren, um ihren Auftrag zu beenden.

Als spät am Abend bekannt geworden war, dass die Neuankömmlinge zu einem Festmahl für die Arum geworden waren, hatte sie gelächelt, während um uns herum der Sieg, das Ende des Irrsinns gefeiert worden war. Doch es war noch nicht viel Zeit gewesen, um sie zu trösten oder wirklich mit ihr darüber zu reden. Alles, was ich bislang hatte tun können, war, sie beim Einschlafen im Arm zu halten, doch war das wirklich genug?

Konnte es jemals genug sein? Wahrscheinlich nicht.

Ich fühlte mit ihr wegen des schmerzhaften Verlustes, unter dem sie noch lange würde leiden müssen. Was für ein grausamer und sinnloser Tod. Ihr war die Familie genommen worden. Den Vater hatte sie durch Krebs verloren und ihre Mutter durch jemanden von meiner Spezies.

Dennoch waren ihre letzten Worte, bevor sie eingeschlafen war, wie durch ein Wunder *Ich liebe dich* gewesen. Ich war überwältigt, dass sie noch immer in der Lage war, so etwas zu empfinden.

Alles hätte ich getan, um ihr den Schmerz zu nehmen, aber wie bei so vielen anderen Dingen, die ich am liebsten ungeschehen machen würde, war auch dies etwas, mit dem wir umzugehen lernen mussten, dem wir uns gemeinsam stellen mussten.

Kat bewegte und streckte sich in einer Art, die dem Spitznamen, den ich ihr gegeben hatte, alle Ehre machte. Als sie blinzelnd die Augen öffnete, verzogen sich ihre Mundwinkel zu einem Lächeln.

Mit noch ein wenig verschlafenen Augen blickte sie zu mir auf. »Hi.«

»Selber hi.«

Sie legte eine Hand auf meine nackte Brust und ließ den Blick über mein Gesicht schweifen. »Bist du schon lange wach?«

»Ich bin mir nicht einmal sicher, ob ich überhaupt geschlafen habe.«

»Du hast mich also beim Schlafen beobachtet?«

Einer meiner Mundwinkel zuckte. »Vielleicht.«

»Ach, sieh mal einer an, wer jetzt der Spanner ist.«

»Nenn mich, wie du willst, ist mir doch egal.« Ich strich ihr mit dem Daumen über die Unterlippe. »Dafür habe ich stundenlang den schönsten Anblick überhaupt genossen.«

Ihre Wangen begannen zu glühen. »Du alter Schmeichler.«

»Stimmt aber.«

»Wie lieb von dir.« Sie tätschelte meine Brust wie die eines braven Kindes. Sofort reagierten bestimmte Regionen meines Körpers darauf, doch ich schenkte ihnen keine Beachtung. Sie ließ den Blick durch den Raum schweifen, bevor sie wieder mich ansah. »Es ist wirklich vorbei, oder?«

Ich legte den Arm um sie und versuchte das Prickeln, das sich in mir ausbreitete, zu ignorieren. »Ich glaube schon. Größtenteils zumindest. Es wird anders sein. Das Leben wird ein anderes sein, aber es ist vorbei.«

Kat senkte die Lider und nagte an ihrer Unterlippe – auf eine Art und Weise, dass ich das Prickeln nicht mehr ignorieren konnte. »Was werden wir jetzt nur tun?«, flüsterte sie.

»Was wir wollen.«

Sie rollte sich auf den Rücken, kam aber nicht sehr weit. »Das klingt wirklich gut.«

Das Klappern der Töpfe in der Küche unten zauberte ein unwiderstehliches Lächeln in ihr Gesicht. »Dee und Archer sind offensichtlich auch schon wach?«

»Ja, ich glaube, ich habe sie schon vor einer Weile gehört. Wahrscheinlich freuen sie sich gerade darüber, dass, wer auch immer hier in der Zwischenzeit gewohnt hat, Vorratskammer und Kühlschrank gut gefüllt hat.« Ich zog die Augenbrauen zusammen. »Angeblich hat Archer letzte Nacht in Dawsons Zimmer geschlafen, aber ich habe eine Tür –«

»Daemon.« Sie lachte.

Ich seufzte. »Ich weiß. Jetzt beginnt ein neues Kapitel, bla, bla, bla.« Ich begann aufzustehen. »Ich seh lieber mal nach –«

Doch sie hatte den Arm langsam nach oben bewegt, um meinen Hals geschlungen und zog mich jetzt herunter. Zugegebenermaßen wehrte ich mich nicht gerade. So etwas wie Willenskraft hatte ich bei Kat nicht, schon gar nicht, als sie den Kopf hob und mich auch noch küsste.

Kat war so warm und weich unter mir, dass aus dem Kuss schnell mehr wurde. Sie zog das Bein unter meiner Wade an und ließ die Hände über meinen Rücken bis zum Bund meiner Pyjamahose gleiten und auch dort machte sie nicht halt.

Wow.

Zu überprüfen, was in den anderen Zimmern los war und wer wohl unten rumorte, war vergessen, wie fast alles andere. Als sie dann auch noch dieses sanfte Stöhnen von sich gab, spannte sich alles bei mir an. Ihre Nägel zogen Furchen in meine Haut und ich schob die Hände unter das geborgte T-Shirt und streichelte sie. Sie drückte sich an mich und ich wollte sie. Ich wollte sie *immer.* Verdammt, ich würde sie für den Rest meines Lebens brauchen, aber wir hatten Zeit. Später am Tag. Heute Abend. Morgen.

Wir würden eine Woche, einen Monat, ein Jahr Zeit haben.

Endlich hatten wir eine Zukunft mit vielen weiteren Momenten wie diesem.

Doch sie brauchte mich genau jetzt.

Sie bewegte ihre Hände von meinem Rücken nach vorn und mir blieb ein unkontrollierter Laut in der Kehle stecken. Okay, stellte ich insgeheim fest. Sie brauchte mehr als *das*.

Mit einer Willenskraft, die ich bisher nicht zu haben geglaubt hatte, aber offenbar doch aufbringen konnte, wenn es wirklich darauf ankam, löste ich mich von ihr, nur ein ganz kleines bisschen, und schob ihre Hände an eine Stelle, wo ich sie sehen konnte.

Skeptisch sah sie mich aus ihren dunkelgrauen Augen an. Ich küsste sie sanft und länger, als ich sollte. »Wie geht es dir?«, fragte ich und meine Stimme klang kratzig in meinen Ohren.

»Ähm, gut, *bisher zumindest* –«

»Das meine ich nicht.« Ich setzte mich auf und sorgte für ein wenig Abstand zwischen uns, damit ich meine Meinung nicht doch wieder ändern und schwach werden würde. »Wie fühlst du dich nach … nach gestern?«

Einen Moment lang war sie still, dann holte sie tief Luft und kniff die Augen zu. »Ich will darüber jetzt nicht reden.«

»Kat –«

»Nein, ich will nicht.« Sie kniete sich vor mich, legte die Hände an meine Wangen und sah mir direkt in die Augen. Als sie zu sprechen begann, brach es mir fast das Herz, weil ihr bei jedem Wort anzuhören war, wie sehr sie litt. »Ich weiß, was du gerade versuchst, und mein Gott, genau deshalb liebe ich dich, aber ich bin noch nicht bereit dafür, Daemon. Denn ich kann nicht einmal daran denken, ohne das Haus zum Einsturz bringen oder mich zu einem Ball zusammenrollen zu wollen. Ich will das alles nicht fühlen. Als ich meinen Dad verloren habe, tat es weh – sehr weh, und das will ich nicht noch einmal erleben. Das Einzige, was ich jetzt fühlen will, bist du. Das Einzige, worüber ich nachdenken will, ist, was du für *Gefühle in mir auslöst.* Das brauche ich jetzt von dir.«

Ungefähr fünf Sekunden lang blieb ich reglos sitzen, dann sprang ich vom Bett, ging zu meinem zum Glück unentdeckten Versteck, zog das Tütchen daraus hervor und war im nächsten Moment wieder bei ihr auf dem Bett. »Das lässt sich einrichten.«

Wir sahen uns eine weitere Sekunde an, dann richtete sie sich ein wenig auf und zog sich das Shirt über den Kopf.

Ich vergaß zu atmen.

Nur mit den Fingerspitzen fuhr ich ihre Konturen nach. »Du bist so schön.« Ich küsste die kleine Senke zwischen ihren Schlüsselbeinen. »Du bist stärker, als du glaubst.« Ich küsste sie hinter dem Ohr. »Für mich bist du perfekt.«

Ich legte all meine Gefühle in die Geste, die ich bei ihr nie als selbstverständlich hinnehmen würde.

Behutsam legte ich sie auf den Rücken und ließ mich zwischen ihren Beinen nieder. Ich half ihr, die dunklen Gedanken von ihr fernzuhalten, so dass sie nichts als meine Hände fühlte, meine Haut und alles, was ich für sie empfand.

Geduscht und frisch angezogen kamen wir gerade noch rechtzeitig nach unten, um etwas von dem Rührei mit Schinken abzubekommen. Das Essen war kalt und Archer und Dee sahen uns an, als wüssten sie genau, warum wir so lange gebraucht hatten, doch es war mir gleichgültig. Eine gewisse Traurigkeit lag in dem Lächeln, mit dem Kat sie ansah, aber sie *lächelte* und ich hatte ihr gegeben, was sie wollte, als sie es brauchte.

Nachdem sie zu Ende gegessen hatte, stand sie auf. Als sie

hinter meinem Stuhl stand, beugte sie sich noch einmal vor und küsste mich auf die Wange. »Ich geh mir ein bisschen die Beine vertreten. Okay?«

Ich wollte mich ebenfalls erheben, doch dann wurde mir klar, dass sie wahrscheinlich einige Minuten allein sein wollte, und zwang mich sitzen zu bleiben. Allerdings nicht ohne sie noch einmal zu mir herabzuziehen, bis ich ihren Mund erreichen und sie so innig und leidenschaftlich küssen konnte, dass sie wahrscheinlich an vorhin denken musste.

Archer hüstelte. »Ähm, wir sind zufällig auch hier.«

»Ist mir doch egal«, murmelte ich, während ich Kat losließ und sie mit hochrotem Kopf aufblickte. Schließlich wandte sie sich mit einem verlegenen Winken ab und eilte aus der Küche. Ich lehnte mich auf meinem Stuhl zurück und warf Archer einen Halt-die-Klappe-Blick zu.

Er hob abwehrend die Hände, sammelte dann den Müll vom Tisch und ging damit zielstrebig zu dem Schrank unter der Spüle, wo der Mülleimer stand. Ich runzelte die Stirn. »Du kennst dich ja verdammt gut aus in meiner Küche.«

Archer schnaubte.

»Wie geht es ihr?«, fragte Dee und setzte sich neben mich.

Ich seufzte. »So, wie es zu erwarten war.«

Mitfühlend sah sie mich an. »Ich habe nicht gewusst, dass Ethan ihre Mom hat töten lassen. Das schwöre ich. Sonst hätte ich etwas gesagt.«

»Ich weiß.« Ich tätschelte ihren Arm. »Kat weiß es auch.«

»Das ist echt beschissen«, mischte sich Archer ein, während er die Schranktür schloss und sich aufrichtete. »Wahrscheinlich wäre es gut, von hier wegzukommen.«

»Ja«, murmelte ich und konnte nur hoffen, dass sie sich mir gegenüber bald öffnen würde. Ich wusste aus persönlicher Erfahrung, wie sehr Schmerz und Trauer einen in Stücke reißen konnten. »Ich werde mal sehen –«

In Archers Hosentasche begann sein Handy zu klingeln. Stirnrunzelnd zog er es hervor und ging dann schnell ran. »Luc, was gibt's?«, fragte er und drehte sich wieder zu der Spüle um, wo er nach einem Geschirrhandtuch griff.

Wer hätte gedacht, dass Archer so häuslich war? Ich blickte zu Dee, die ihn anstrahlte wie einen wiedergeborenen Superhelden.

»Was?« Mit finsterer Miene drehte sich Archer zu uns um. »Nein, überhaupt nicht.«

Hellhörig geworden richtete ich mich auf meinem Stuhl auf.

Unsere Blicke trafen sich. »Ja, ich weiß, was du geplant hast. Wir werden es auch durchziehen.« Eine Pause entstand und mir wurde ziemlich unbehaglich zu Mute. »Ich ruf dich an, wenn hier was passiert.«

Bis Archer das Gespräch beendet hatte, waren sowohl Dee als auch ich aufgestanden. »Was ist los?«

Er schob das Handy in die Hosentasche zurück. »Man hat Nancy gesichtet.«

»Was?«, platzte es aus mir heraus. »Geht's bitte etwas genauer?«

Archer ging zum Tisch und griff nach einer Stuhllehne. »Luc weiß nicht genau, wann. Aber irgendwann gestern Abend. Weil im Moment so viel los ist, hat er es gerade erst erfahren. Es war irgendwo an der nördlichen Grenze von Georgia. Vielleicht hat sie nach uns gesucht.«

»Mist«, sagte ich. Das gefiel mir genauso wenig wie die Tatsache, dass … dass der Mist anscheinend doch noch nicht vorbei war. Nicht der mit ihr jedenfalls …

»Er ist stinksauer. Er hatte vor sie umzubringen.«

»Was?«

»Du hast richtig gehört. Sobald alles vorbei war, wollte er sie eigenhändig ausschalten. Er hat nie vorgehabt ihr die Origins wieder zu überlassen.«

Darüber war ich kein bisschen unglücklich und es war mir total egal, in was für ein schlechtes Licht mich das rückte.

Archer rieb sich das Kinn. »O Mann, diese Frau könnte überall sein und ich sag euch was, sie ist eine tickende Zeitbombe –« Er sprach nicht weiter, sondern drehte sich ruckartig um und schaute auf die Uhr an der Wand. »In Georgia ... wir sind von dort nicht besonders lange unterwegs gewesen – scheiße.« Hastig drehte er sich wieder zurück.

Ich war bereits auf dem Weg zur Tür. Nancy hätte mehr als genug Zeit gehabt, um herzukommen, aber ich konnte mir nicht vorstellen, dass die Frau so blöd war, sich an uns rächen zu wollen. Hastig lief ich auf die Veranda und schaute mich um. Als ich Kat vor ihrem Haus sah, seufzte ich unwillkürlich. Das Haar zu einem Knoten zusammengebunden kniete sie vor dem Beet und zupfte Unkraut. Oder vielmehr *riss* sie es heraus.

Als ich zu ihr lief, blickte sie auf. Ohne ein Wort zu sagen, streckte ich eine Hand nach ihr aus und zog sie hoch. Ich nahm sie in den Arm und zerquetschte sie fast, so fest drückte ich sie an mich.

»He.« Ihre Stimme klang gedämpft. »Alles in Ordnung?«

Ich hob sie hoch. »Ja«, murmelte ich in ihr Haar. »Ich habe dich nur vermisst.«

»Ich bin doch erst seit ein paar Minuten weg.«

Ich stellte sie wieder auf den Boden und wusste nicht, wie ich ihr die Sache mit Nancy sagen sollte und ob ich es ihr überhaupt sagen sollte. Vielleicht war es total falsch, aber ich mochte ihr die schlechte Botschaft nicht überbringen. Nicht nach all dem, was sie gerade durchgemacht hatte, und mit dem Wissen, dass sie versuchte nach vorn zu schauen auf ein Leben, das sie vor einigen Tagen noch nicht für möglich gehalten hätte.

»Manchmal bist du seltsam«, stellte sie grinsend fest, während sie zu mir aufblickte. »Aber trotzdem liebe ich –« Was auch immer sie sagen wollte, wurde durch ein warnendes Rufen unterbrochen.

Ich hatte das Gefühl, die Zeit verlangsamte sich, als ich mich umdrehte und, wie sollte es anders sein, Nancy vor mir stand. Sie sah beschissen aus, ein dunkler Ansatz war in dem zerzausten Haar zu sehen und der grässliche Hosenanzug war zerknittert. Sie hielt eine Pistole in der Hand, aber es war keine normale Pistole. Das Ding sah aus wie eine der modifizierten Pistolen.

Tödlich.

Es dauerte einen Moment, bis ich begriff, was gerade geschah, was geschehen würde, und dieser Moment fühlte sich an wie eine Ewigkeit. Der Hass in Nancys Augen verriet mir alles, was ich wissen musste. Sie würde mich nicht töten.

Nein.

Sie wollte, dass ich – eins ihrer ehemals besten Pferde im Stall – litt.

Die Waffe war auf Katy gerichtet.

Nancy lächelte. »Du hast alles ruiniert.«

Um die Quelle aufzurufen, würde ich eine Handvoll Sekunden brauchen, und das Risiko wollte ich nicht eingehen. Bevor ich den Gedanken zu Ende gedacht hatte, griff ich nach Kats Arm, weil sie die Hand gehoben hatte, um ihrerseits das Gleiche zu tun. Blaues Licht, gefolgt von einem leisen Ploppen, flackerte auf, als ich sie zu Boden warf.

Unsere Blicke trafen sich.

Aus meinem Haus drangen Rufe und ich hörte Dee schreien – eine Mischung aus Panik und wilder Wut. Es gab einen Energiestoß, ein kurzes Aufheulen und im nächsten Moment den dumpfen Aufprall von Nancy auf dem Boden – tot.

Dann herrschte Stille.

Ich blickte hinab, zwischen uns. Irgendetwas war seltsam an ihrem cremefarbenen Pullover, der aussah, als wäre er vorne mit einem Pinsel roter Farbe bespritzt worden und …

»Kätzchen?«, stammelte ich.

Es war nicht ihr Blut.

Gott sei Dank, es war nicht ihr Blut.

Dennoch verstand ich nicht, was geschehen war. Ich hatte es nicht einmal gespürt. Wie seltsam. Noch nie zuvor war auf mich geschossen worden, aber ich hätte gedacht, dass es wehtäte, wenn die Kugel eindringt, doch so war es nicht gewesen.

Erst jetzt begann es in meinem Oberkörper höllisch zu brennen.

»Daemon?«, flüsterte Kat.

Verdammter Mist.

Meine Lungen versuchten Luft aufzunehmen, doch sie funktionierten offenbar nicht. Ohne den Blick von Kat abzuwenden, löste ich mich von ihr und wollte aufstehen, doch zwischen meinem Gehirn und meinen Beinen schien keine Verbindung mehr zu bestehen. Ich stützte mich auf eine Hand und merkte, wie es feucht und warm über meinen Bauch lief. Mein Arm gab nach und ich fiel auf die Seite.

Plötzlich war Kat über mir und ich lag auf dem Rücken. Ich sah nichts als ihre wunderschönen grauen Augen – Augen, die mir alles bedeuteten, schon lange bevor es mir überhaupt bewusst geworden war.

Allerdings waren diese Augen vor Angst weit aufgerissen und

glänzten feucht, so dass ich Kat unbedingt berühren musste, um festzustellen, ob es ihr gut ging. Es gelang mir, den Arm zu heben und mit den Fingern über ihre Wange zu streichen, aber oben halten konnte ich ihn nicht. Er war vollkommen taub.

»Daemon!«

Ich versuchte zu antworten, doch ich war zu nicht mehr in der Lage, als mich auf ihre Augen zu konzentrieren. Als sie sich über mich beugte, waren ihre Lippen mit meinem Namen auf ihrer Zunge so nah an meinen, dass ich dachte, wenn ich wirklich sterben musste, wenn es an dieser Stelle zu Ende war, dann sah ich zumindest sie und sonst nichts.

Kapitel 25
katy

»Daemon?« Ich spürte, wie mein Herz gegen die Rippen pochte, aber es fühlte sich falsch an – matt und träge. Mein Rücken brannte wie Feuer, aber ich wusste, dass nicht ich verletzt war. Es war Daemon.

O Gott, *er* war verletzt.

Ich strich mit der Hand über seine Brust, und als ich sah, dass sie blutrot war, schrie ich auf. »O nein …«

Jemand rief nach mir. Und nach Daemon, doch ich schaute nicht auf, um zu sehen, was los war. Stattdessen suchte ich Daemons Blick. Seine fahlen Lippen bewegten sich, doch kein Ton kam heraus.

Das durfte nicht sein!

Das konnte nicht sein!

Wir hatten nicht so viel gemeinsam überstanden, eine Alien-Invasion noch dazu, damit Daemon jetzt so starb.

»Nein! Nein! Nein!« Ich suchte nach der Quelle der Wunde, bis ich feststellte, dass ihn der Schuss in den Rücken getroffen hatte.

Es war keine normale Waffe gewesen.

Daemons Körper begann zu flackern und die Panik drohte mich zu überwältigen. Ich nahm seinen Kopf zwischen die Hände und schnappte verzweifelt nach Luft. Seine Augen waren geschlossen. »Mach die Augen auf! Verdammt, mach die Augen auf!«

Meine Beine zitterten vor Anstrengung, weil ich mich in der knienden Position halten wollte, und dann waren Archer und

Dee da und ich musste unwillkürlich an die schreckliche Situation bei mir zu Hause denken, als es genau umgekehrt gewesen war und ich am Boden gelegen hatte. Damals waren wir davon ausgegangen, dass wir auf Grund unserer Verbindung beide sterben würden, wenn es einen von uns erwischte, doch inzwischen kannten wir die Wahrheit.

Ich schenkte dem Schmerz, der in meinem Körper tobte, meine Muskeln schwächte und mein ganzes Wesen einnahm, keine Beachtung, auch nicht, als das Gefühl von Kälte einsetzte wie ein Hauch des Todes. Mein rasendes Herz überschlug sich.

»Nein!«, schrie Dee, hastete an Daemons Seite und ließ sich neben seinem Kopf nieder. Sie legte die Hände auf seine Schultern und verwandelte sich auf der Stelle in ihre wahre Erscheinungsform. Sie leuchtete wie der Heiligenschein eines Engels.

»Bitte heile ihn.« Vor meinen Augen verschwamm alles und ich sank zu Boden. »Bitte, bitte heile ihn.«

Archer fing mich auf, aber ich schüttelte ihn ab und umklammerte Daemon. Tränen liefen mir über die Wangen. »Was ... was sollen wir tun?« Ich konnte den Blick nicht von Daemon abwenden, während er immer wieder flackerte, sein wunderschönes, strahlendes Licht schwächer wurde und sich die Kälte wie eine Krankheit in mir ausbreitete. »Es war keine ... normale Waffe. Es war eine dieser ... Pistolen, die wir auch bekommen haben. Bitte ... tut etwas ...«

»Es war eine modifizierte PEP-Waffe.« Archer legte seine Hände auf meine. Er wirkte extrem angespannt und konzentriert. »Verdammt. Wir müssen sichergehen, dass die Kugel draußen ist. Wenn nicht, dann ...«

Ich hörte die Worte, konnte mich abermals nicht mehr halten und sackte seitlich weg. Meine Hand glitt von Daemons Wange. Ich konnte nicht mehr sprechen und kaum noch atmen. Dennoch nahm ich all meine Kraft zusammen, um Daemon zu erreichen. *Verlass … mich nicht. Bitte verlass … mich nicht. Ich liebe dich doch. Daemon, ich liebe dich. Bitte lass nicht los. Bitte!*

Leise fluchend blickte Archer zwischen Dee und mir hin und her. »Kat, ich …«

Ich konnte nicht sagen, wie es dazu gekommen war, aber plötzlich lag ich flach auf dem Rücken und starrte in den wolkenlosen, endlos blauen Himmel hinauf. Der Himmel war wunderschön, aber mein Herz schmerzte wie verrückt. Meine Brust zog sich zusammen und mein ganzer Körper verkrampfte.

Nein. Nein. Nein.

Wir sollten den Abend und morgen und noch viele Wochen und Monate zusammen haben, stattdessen blieb uns nicht einmal mehr eine Minute. Mein Gesicht war nass und mein Herz schlug immer langsamer. Die Welt begann mir zu entgleiten.

Ich liebe dich. Ich liebe dich. Ich liebe dich.

Dann blieb Daemon und mir … nichts mehr. Um uns herum war nichts mehr.

Langsam kam mein Körper wieder online, auch wenn es nach wie vor überall kribbelte und zog, als wäre ich einen Zombie-Marathon gelaufen und dabei durchgekaut worden. Ich hörte einen seltsamen Piepton, der mich ärgerte, da ich nur wieder ins Vergessen, ins Nichts abtauchen wollte. Ich mochte mich gar nicht daran erinnern, warum ich nicht die Augen öffnen wollte.

Nur ganz am Rande nahm ich die Wirklichkeit wahr, eine Wirklichkeit, die kalt, erschütternd und schmerzhaft sein würde. Ich wollte sie nicht erleben. Ich wollte im Nichts bleiben.

Doch das Piepen ließ mich nicht entkommen. Es war leise und jeder Ton wurde von einem weiteren begleitet, der meinen zu jagen schien oder umgekehrt. Also blieb mir nichts anderes übrig, als zuzuhören. Meine Finger zuckten, dann begann mein Arm zu vibrieren und bald bebte mein ganzer Körper.

»Katy?«

Ich erkannte die Stimme und sie tat weh, denn sie erinnerte mich an …

Nein.

Ich konnte nicht darauf eingehen. Ich wollte nicht.

Eine warme Hand legte sich auf meine und drückte sie behutsam. »Katy?«

Der Piepton wurde schneller. Der andere ebenfalls.

Der andere.

Ein Funke entzündete sich in meiner Brust, eine winzige Flamme flackerte auf. Meine Sinne waren plötzlich hellwach. Ich spürte etwas Kühles auf der Brust – es saß dort fest. Der Piepton wurde immer schneller. Und dann wusste ich, was es war.

Ein Herzmonitor.

Und es gab zwei getrennte Pieptöne, die fast gleichzeitig zu hören waren. Zwei. Das musste bedeuten … Gestärkt von einem vertrauten erdigen Geruch zwang ich mich die Augen zu öffnen und holte tief Luft.

Ich sah Dee über mir. Ihre grünen Augen leuchteten erleichtert auf. »Da bist du ja. Ich habe mich schon gefragt, ob du überhaupt noch mal aufwachst.«

Mein Mund war trocken vor Angst, als ich sie anschaute. Sie sah ganz in Ordnung aus – vielleicht ein wenig gestresst. Ihr Haar war ein bisschen wirr und sie war recht blass, aber sie lächelte. Wieder drückte sie meine Hand.

Nachdem ich noch einmal Luft geholt hatte, drehte ich den Kopf langsam nach links.

Mir zersprang fast das Herz und ich rang nach Atem.

Dort lag *er*, seine normalerweise gebräunte Haut war eine Spur oder vielleicht zwei blasser. Ich konnte nur die Hälfte seines Gesichts sehen, aber es war sein markantes, einzigartiges Profil – die ausgeprägten Kieferknochen und die gerade Nase.

Verwirrt blickte ich kurz zu Dee, bevor ich schnell wieder zum Nachbarbett schaute. Ich traute mich nicht einmal zu blinzeln, aus Angst, er könnte verschwinden. Zitternd stemmte ich mich hoch. »Bin ich … bin ich wach?«

»Ja.«

Mir stockte der Atem, aber dieses Mal nicht, weil ich in irgendeiner Weise litt. »Ich verstehe das alles nicht.«

Dee trat einen Schritt zurück, damit ich die Beine vom Bett schwingen konnte. »Du solltest es langsam angehen.«

Ohne darauf zu reagieren, zog ich mir die aufgeklebten Dinger von der Brust und stellte die nackten Füße auf den kalten Boden. Erst jetzt merkte ich, dass ich einen Kittel trug und wir uns in einem Krankenhauszimmer befanden. »Ich verstehe das nicht«, wiederholte ich.

Dee begab sich ans Fußende *seines* Betts und lächelte matt. »Es war an sich eine normale Kugel, die aber mit elektrischem Strom geladen war, wie eine Ummantelung. Wenn sie noch länger in seinem Körper geblieben wäre, hätte sie ihn getötet …« Sie schüttelte den Kopf. »Eigentlich hätte sie ihn töten *müssen*, aber er hat durchgehalten.«

Er hat durchgehalten.

Auf wackeligen Beinen stolperte ich zu dem anderen Bett und starrte auf seine Brust, die sich gleichmäßig hob und senkte. *Er* lebte. *Er* atmete. Mein Herz klopfte wie verrückt.

Unfähig zu sprechen legte ich eine Hand auf seinen Arm. Die Haut war warm und trocken. Abermals stockte mir der Atem.

»Archer hat General Eaton angerufen und ihm berichtet, was passiert ist. Da noch immer viel Militär in der Gegend war, konnte er einen Hubschrauber schicken, um euch zu holen.«

Meine Hand zitterte, als ich ihm über den Arm strich.

»Ihr wurdet ausgeflogen und jetzt befinden wir uns auf einem Militärstützpunkt in Maryland. Den Ärzten hier ist es gelungen, die Kugel zu entfernen«, erklärte sie. »Sie sagen … dass er wieder gesund wird, Katy.«

Ich legte ein Ohr an seine Brust und hörte es – Daemons Herz schlug genauso schnell wie meins. »O Gott …« Ich setzte mich auf die Bettkante, ohne mein Ohr von seiner Brust zu entfernen. »Bitte … sag mir, dass das wahr ist«, flüsterte ich und meine Augen füllten sich mit Tränen. »Dass ich nicht aufwache und merke, dass es ein grausamer Traum war. *Bitte.*«

»Es ist kein Traum. Das verspreche ich dir.« Dee kam zu mir, beugte sich herab und umarmte mich sanft. »Es ist wahr. Er wird wieder gesund, Katy.«

»Danke«, sagte ich mit vor Rührung belegter Stimme. »Auch an Archer.«

Dee antwortete etwas, aber ich war voll auf Daemons Herztöne konzentriert. Nur im Unterbewusstsein nahm ich wahr, dass sie nach einer Weile den Raum verließ. Ich blieb, wo ich war, und konnte die Tränen nicht länger zurückhalten. Unaufhaltsam strömten sie über mein Gesicht und auf die dünne blaue Decke, die unter seinen Achseln eingeschlagen war.

Minuten vergingen, vielleicht auch Stunden, ohne dass ich mich rührte – ich war nicht dazu in der Lage und wollte es auch gar nicht. Irgendwann wurde mein Herz langsamer. Genau wie seins, doch dann machte es unvermittelt einen Sprung, als sich ein schwerer Arm um meine Taille legte. Erschrocken, aber hoffnungsvoll hob ich den Kopf.

Ich blickte in ein Paar leuchtend grüne Augen.

»Daemon«, flüsterte ich. Wieder schossen mir Tränen in die Augen, so dass ich sein wunderschönes Gesicht nur noch verschwommen wahrnahm.

Langsam öffnete er die Lippen. »Nicht weinen, Kätzchen.« Offensichtlich kostete es ihn viel Mühe, aber er hob den zweiten Arm und wischte mir mit dem Handrücken die Tränen von der Wange. »Komm schon.«

Meine Brust zog sich zusammen. »Nie hätte ich geglaubt … dass ich dich das noch einmal sagen höre. Ich dachte, du wärst verloren und …« Mir versagte die Stimme, stattdessen nahm ich seine Hand und führte sie an meinen Mund. Ich küsste seine Fingerknöchel.

Er gab einen kehligen Laut von sich. »Hast du geglaubt, ich würde dich verlassen?«

Ich erschauderte.

»Ich habe dich gehört«, sagte er und versuchte sich aufzusetzen.

»Lass das«, sagte ich und sah ihn mit großen Augen an.

Wieder gab er den Laut von sich, dieses Mal energischer. »Ich habe dich im Garten gehört. Ich würde dich nicht verlassen, Kat. Das würde ich nie tun. Und jetzt … komm her und küss mich.«

»Aber du … hast dich für mich in die Schusslinie geworfen, Daemon.« Wieder versagte mir die Stimme. »Sie wollte mich treffen und du … du hättest sterben können. Ich dachte, du *wärst* gestorben.«

Eine Weile starrte er mich an, als wäre mir ein zweiter Kopf gewachsen. »Was hätte ich denn sonst tun sollen?«

Durch neue Tränen hindurch starrte ich ihn an.

»Ich liebe dich«, sagte er und seine Augen strahlten dabei unfassbar hell. »Wenn dein Leben in Gefahr ist, tue ich alles, was in meiner Macht steht, um dich in Sicherheit zu bringen. Wenn man jemanden liebt, tut man so etwas, stimmt's?«

»Stimmt«, flüsterte ich noch immer überwältigt. Bei ihm klang es, als wäre es keine große Sache.

»Ich würde es wieder tun.«

O Mann. »Daemon, ich … danke.«

Stirnrunzelnd sah er mich an. »Du brauchst mir nicht zu danken.«

»Doch.«

Er hob die Mundwinkel. »Gut, dann bedank dich bei mir, indem du endlich herkommst und mich küsst.«

Und genau das tat ich. Ich legte den Mund auf seinen und genoss, während ich ihn behutsam küsste, den Geschmack und die Wärme seiner Lippen. »Ich liebe dich so sehr und ich werde jede wache Minute damit verbringen, es dir zu beweisen.«

»Klingt gut.« Sanft zog er mir am Haar und ich hob den Kopf. »Wo … sind wir eigentlich?«

Ich fasste zusammen, was Dee mir erzählt hatte. »Sie wissen nicht genau, wie du überlebt hast.« Schniefend wischte ich mir mit der Schulter die Tränen von der Wange. »Aber du bist so ein Sturkopf.«

Daemon lachte trocken und drückte meine Hand fester. »Du weißt doch, dass ich Herausforderungen liebe.«

Bei diesen Worten begann mein Herz schneller zu schlagen, da sie mich an den Tag erinnerten, an dem wir erfahren hatten, dass wir miteinander verbunden waren. Damals hatte er mich gefragt, ob wir zusammen sein wollten, und ich hatte ihm einen Korb gegeben. Ich beugte mich vor und strich ihm mit den Lippen über die Stirn. Dann schloss ich die Augen und bedankte mich leise bei allen Göttern, Gottheiten und Propheten, die mir in den Sinn kamen. »Ich auch, Daemon, ich auch.«

epilog

11 monate später

katy

Helles Sonnenlicht schien durch das Schlafzimmerfenster des Reihenhauses in den Ausläufern der Flatirons. Früher Oktoberschnee war oben in den Bergen gefallen und hatte die Gipfel weiß gefärbt.

Es war wirklich wunderschön hier in Colorado – die frische Luft und überall Bäume. Es erinnerte mich an zu Hause, mein altes Zuhause, nur dass man hier Zugang zu allen möglichen coolen Dingen hatte.

Wie zum Beispiel Starbucks.

Der zwei Monate zuvor wieder aufgemacht hatte, gerade rechtzeitig zur Saison des Milchkaffees mit Kürbissirup – ein sicheres Zeichen dafür, dass die Menschheit sich nicht unterkriegen ließ. Menschen waren wahrscheinlich die widerstandsfähigsten und hartnäckigsten Lebewesen aller Universen.

Das hatten jene Neuankömmlinge, denen es gelungen war, den Arum zu entkommen, schnell gelernt. Nur wenige Tage nach dem Kampf, während sich unsere kleine Gruppe noch im Norden von Virginia versteckt gehalten und überlegt hatte, wie und wo es weitergehen sollte, waren sie abgehauen.

Es war wie eine Evasion nach der Invasion.

Mehrere Stunden lang schossen überall auf der Welt unzählige Lichtblitze in den Himmel auf. Ein wahres Spektakel, genau wie an dem Tag, als sie gekommen waren. Etwas, was ich nie vergessen würde.

Doch wir alle wussten, dass sich möglicherweise noch immer einige auf der Erde aufhielten und man sie auch nicht davon abhalten konnte wiederzukommen. Vielleicht würden sie es eines Tages tun, doch wenn ich in den letzten zwei Jahren eins gelernt hatte, dann, dass ich nicht nach vorn schauen konnte, wenn ich in der Vergangenheit lebte.

So schwer es auch war.

Kein Tag verging, an dem ich nicht an meine Mom dachte. Genau wie bei meinem Vater wurde es mit der Zeit ein wenig leichter, aber es gab Momente, wenn irgendetwas geschah oder ich mich einfach langweilte und mit ihr reden wollte, in denen ich instinktiv nach dem Telefon griff, um sie anzurufen, und mir erst in letzter Sekunde bewusst wurde, dass sie nicht mehr da war und auch nicht mehr zurückkäme.

Diese Tage waren hart, voller Tränen und Wut. Am liebsten hätte ich Ethan dann wieder auferstehen lassen, um ihm einen Tritt in die Kronjuwelen zu versetzen und ihn gleich noch einmal zu töten. Die Wut und die Hilflosigkeit und, ja, auch der Schmerz konnten manchmal echt bitter sein. Wenn es Daemon und meine Freunde – meine neue Familie – nicht gäbe, wären sie unerträglich.

Ich blickte über die Schulter zurück.

Daemon lehnte mit dem Rücken am Kopfteil des riesigen Doppelbetts – ein Bett, das groß genug für meinen halben VWL-Kurs wäre. Die Arme hatte er hinter dem Kopf verschränkt und ein Knie angewinkelt und aufgestellt. Er trug kein Shirt. Nur verwaschene Jeans – und ich konnte mit Sicherheit sagen, dass das alles war. Sein muskulöser Bizeps zog meinen Blick magisch an. Genauso wenig konnte ich mich an seiner gebräunten, festen Brust und an seinen Bauchmuskeln sattsehen. Bis heute hatte ich keine Ahnung, wie diese Senke auf jeder

Seite seiner Hüfte entstand. Welche Sit-ups musste man dafür machen? Ich hatte keine Ahnung, denn ich machte höchstens mal einen Sit-up, wenn ich mich aufsetzte, um das Bett zu verlassen.

Um Schokolade zu holen.

Oder ein Buch.

Aber ja, Daemon Black … dank ihm war es ziemlich gut erträglich.

Er zwinkerte mir mit einem Auge zu, was bei den meisten Typen albern aussehen würde, bei ihm aber war es sexy. »Na, gefällt dir, was du siehst?«

Dafür bekam er von mir keine Antwort. Stattdessen wandte ich mich meinem Laptop zu. Die Finger schwebten über den Tasten – der Enter-Taste, um genau zu sein. Mein Herz raste wie an dem Tag, als man sich endlich an der University of Colorado für das neue Studienjahr einschreiben konnte und Daemon und ich unsere Bewerbungen eingereicht hatten.

Das war riesig gewesen.

Es fühlte sich noch immer super an.

Wir taten beide etwas, was wir nie mehr für möglich gehalten hätten. Aufs College zu gehen war wie ein unerreichbarer Traum gewesen, der jetzt wahr geworden war.

Wir waren Studenten – Daemon und ich.

Bislang hatte sich keiner von uns für ein Hauptfach entschieden. Wir hatten keine Ahnung, was wir machen wollten, aber das war in Ordnung. Irgendwann würden wir es herausfinden.

»Tu's einfach«, sagte Daemon und ich zuckte zusammen, weil seine Stimme näher war als erwartet. Durch sein leises Lachen flogen einige lose Strähnen an meiner Stirn auf. Dann zog er meinen Kopf am Pferdeschwanz zurück und küsste mich so sanft, dass ich fast vergaß, was ich eigentlich tun wollte. Als er sich von mir löste, grinste er von oben auf mich herab. »Seit Wochen redest du davon. Jetzt tu's auch.«

Ich biss mir auf die Lippe und konnte ihn noch schmecken.

»Komm schon.« Er nahm einen Stift vom Schreibtisch und klopfte mir damit auf die Nase. Ich schlug ihm auf die Hand und er lachte wieder. »Das wird den Bücher-Nerd in dir zum Nerdgasmus bringen.«

Ich zog die Augenbrauen zusammen. »Das … klingt einfach nur ziemlich verkorkst und abartig.«

Grinsend ließ er meinen Pferdeschwanz los und blickte auf den Bildschirm meines brandneuen MacBooks, das ich bis zum letzten Atemzug verteidigen würde. Ich hatte ihm sogar einen Namen gegeben. Es hieß Brittany. Es musste ein Mädchenname sein, und es war glänzend und rot und einfach nur perfekt. Auch wenn es keine zehn Finger und Zehen hatte, es war mein Baby.

Und ich liebte Brittany.

Ich holte tief Luft und krümmte die Finger. Daemon stützte sich mit den Händen auf die Armlehnen des Stuhls, auf dem ich saß, und beugte sich über mich. Angesichts der Hitze, die er ausstrahlte und die meinen Rücken erwärmte, musste ich plötzlich lächeln.

Ich drückte auf »Veröffentlichen« und holte dann tief Luft, als auf dem Bildschirm mein nagelneuer Blog erschien.

»›Katys kreative Obsession‹ lebt wieder.« Er küsste mich auf die Wange. »Du Nerd.«

Ich lachte und fühlte mich plötzlich, als wäre mir eine Last von den Schultern gefallen. »Ich finde das Rosa und das Braun zusammen hier richtig gut.«

Er murmelte etwas Unverständliches und mein Lächeln wurde so breit, dass es fast unheimlich war. *Beinahe* hätte ich in die

Hände geklatscht, wäre aufgesprungen, hätte Daemon umgerannt und wäre in das Zimmer gelaufen, wo ich all meine Bücher – meine Schätze – hortete.

Daemon und ich waren, nachdem die Sache überstanden war, zu meinem Haus zurückgekehrt. Archer und Dee waren auch gekommen und zu viert hatten wir alles eingepackt. Meine Bücher hatten wir direkt nach Colorado verschickt, sobald wir uns entschieden hatten dort ein neues Zuhause zu suchen.

Der Blog war eine große Sache für mich. Er bedeutete, nicht nur so zu tun, als wäre wieder alles in Ordnung und normal, sondern die Gelegenheit zu ergreifen und mein Ding auch wirklich durchzuziehen. Über Bücher zu bloggen hatte ich immer geliebt und schmerzlich vermisst. Bücher waren ein Teil von mir, den ich mir zurückholen würde. Und nun hatte ich gerade damit begonnen.

»He.« Daemon zeigte auf den Bildschirm. »Du hast schon einen Follower.« Er hob eine dunkle Augenbraue. »*The YA Sisterhood?* Aha. Klingt irgendwie interessant.«

Ich rollte die Augen, dass es wehtat. »Ha, ha, dein Gehirn kann aber auch nur in eine Richtung denken.«

Er knabberte an meinem Ohr und ich begann, unwillkürlich auf dem Stuhl hin und her zu rutschen. Dann beugte ich mich vor und klappte den Laptop zu, um nicht wie besessen allen erdenklichen Buchblogs zu folgen. Das würde ich ein anderes Mal nachholen, wenn ich mehr Zeit hatte.

Als Daemon sich zurückzog, schob ich den Stuhl nach hinten und mein Blick blieb an einem Stapel Zeitschriften in der Ecke des Schreibtischs hängen. Brautkleider über Brautkleider waren darauf zu sehen, was mir fast ein wenig Angst machte.

Ich schaute auf meine linke Hand.

Der schimmernde Diamant an meinem Ringfinger zog einiges an Aufmerksamkeit auf sich. Manchmal, wenn das Licht richtig darauf fiel, wurde mein Blick geradezu magisch von ihm angezogen und ich konnte ihn minutenlang nicht abwenden.

Wir würden heiraten, mit allem, was dazugehörte: weißes Kleid, Trauung, Brautjungfern und Trauzeugen, Feier, DJ und – am allerwichtigsten – eine Hochzeitstorte. Und dieses Mal wirklich, mit unseren echten Namen. Die falschen Ausweise lagen in der Vergangenheit, auch wenn ich sie irgendwie ein wenig vermisste.

Kaidan Rowe war nun einmal eine heiße Nummer.

Aber General Eaton hatte sein Versprechen gehalten. Das ARP – Alien-Registrierungsprogramm – galt für uns nicht und bis heute waren wir von niemandem erkannt worden, nachdem die Videos aus Las Vegas kurz im Internet zu sehen gewesen waren.

Das ARP war die Maßnahme, die General Eaton und die Regierung ergriffen hatten, um Lux und Origins mit womöglich feindliche Absichten aus dem Verkehr zu ziehen. Alle Lux, Hybride, Origins und Arum mussten sich registrieren lassen – außer uns. Bisweilen fragte ich mich, ob das für immer so bleiben würde, und dann wurde mir jedes Mal sofort unbehaglich zu Mute.

Aliens waren, nachdem jetzt jeder von ihnen wusste und die Lux-Invasion so viel Schaden angerichtet hatte, in der Gesellschaft nicht sonderlich … beliebt. Jeden Tag kam in den Nachrichten etwas über einen Angriff auf einen vermeintlichen Lux oder eine ganze Kolonie. Viele unschuldige Lux waren in den letzten Monaten verletzt worden und einige … nur auf Grund dessen, was sie waren, sogar getötet worden.

Es war beängstigend zu wissen, dass jemand, den man jeden

Tag sah, den man für einen normalen, netten Menschen gehalten hatte, sich so schnell gegen einen wenden könnte, wenn er erführe, wer man war. Und Gott bewahre, was wäre, wenn die breite Öffentlichkeit wüsste, was Onyx und Diamant und sogar ein schwacher Taser bei uns anrichten konnten.

Es war sicher nicht alles perfekt und auch nicht leicht. Die Zukunft war nach wie vor ungewiss, aber das Leben war eben kein hübsch verpacktes Geschenk.

Ich fuhr mit den Fingern über die bunten Post-its, die aus den Zeitschriften herausragten und mit denen die Kleider, die Dekoration und die Torten markiert waren, die mir gefielen.

Die ganze Planerei war nicht gerade Daemons Leidenschaft, auch wenn die Hochzeit auf seine Idee zurückging. Dennoch stöhnte und jammerte er nie, wenn ich in einer der Zeitschriften blätterte.

Nur die Seiten mit den Strapsen schien er auf beunruhigende Weise interessant zu finden.

Als ich aufblickte, sah ich, dass er mich betrachtete, auf diese verzehrende Art, die mich fast wie ausgezogen fühlen ließ.

Wärme wogte durch mich hindurch. Ich biss mir auf die Lippen und schaute zu der Uhr an der Wand.

»Wir haben Zeit«, sagte Daemon und seine Stimme war so rau wie Sandpapier.

Fragend schaute ich ihn an und mein Herz setzte einen Schlag aus. »Zeit wofür?«

»Ha, ha. Jetzt tu nicht so.« Er ging um den Stuhl herum, auf dem ich eben noch gesessen hatte, und ich spürte ein Flattern im Magen, als er auf mich zukam. »Ich weiß genau, woran du denkst.«

»Tust du nicht.« Ich wich einen Schritt zurück und krallte mich mit den Zehen im Teppich fest.

»Tu ich doch«, murmelte er und ein Mundwinkel ging nach oben.

»Das wünschst du dir vielleicht. Dein hyperaktives Ego ist wahrscheinlich mal wieder in Topform.«

Er hob die Augenbrauen. »Ach wirklich, Kätzchen?«

Nur mit Mühe konnte ich ein Grinsen unterdrücken, als ich abermals auf die Uhr schaute. Wir hatten wirklich Zeit. Ich zuckte mit den Schultern.

Herausfordernd sah er mich aus seinen jetzt dunkelgrünen Augen an und in mir prickelte und knisterte es wie ein Feuerwerkskörper. »Ich glaube, ich kann dir beweisen, dass es nicht so ist.«

»Von mir aus.«

Ich konnte kaum blinzeln, schon stand Daemon vor mir. Ich wollte ihn gerade zurechtstutzen, weil ich es noch immer hasste, wenn er sich so schnell bewegte, doch er stellte mich mit einem Kuss ruhig, von dem ich weiche Knie bekam.

»Ich brauche nur zehn Minuten«, sagte er mit rauer Stimme.

»Waren es nicht früher mal zwei?«

Daemon grinste, während er nach meinem T-Shirt griff und es mir über den Kopf zog. »Nun ja, was ich vorhabe, dauert ein bisschen länger.«

Er stellte sich erstaunlich geschickt dabei an, mich in Rekordzeit auszuziehen. Bevor ich wusste, wie mir geschah, stand ich nackt da und fühlte mich doch ein kleines bisschen verletzlich.

Daemon trat zurück, als bewunderte er sein Werk. »Für den Fall, dass ich es dir noch nie gesagt habe …« Er hob den Blick und blieb damit an meiner Brust hängen, bis es sich anfühlte, als würde er sie wirklich berühren. »Ich will dich. Und zwar für immer.«

»Für immer?«, flüsterte ich.

Er trat wieder vor und umschloss mit den Händen meine Arme, während er den Kopf wieder senkte und die Lippen über meine Wange streifen ließ. »Für immer.«

Beim Einatmen berührte meine Brust seinen Oberkörper. Ein Gefühl, das einen wohligen Schauer durch meinen ganzen Körper schickte. Und auch er gab einen tiefen, kehligen Laut von sich, der bei mir wiederum nicht ohne Wirkung blieb. Langsam bewegten sich seine Hände an meinen Armen entlang nach unten und blieben schließlich auf meiner Hüfte liegen, als er mich abermals küsste. Noch einmal erschauderte ich. Mittlerweile war ich mir ziemlich sicher, dass es nicht einmal zwei Minuten dauern würde, wenn er so weitermachte.

Daemon hob mich hoch und ich schlang die Beine um seine Taille. Keinen Moment hörte er auf mich zu küssen. Ich sank mit dem Rücken auf die Matratze und war atemlos vor Verlangen.

»Wie viele Minuten haben wir noch?«, fragte er und entledigte sich seiner Jeans.

Ich lächelte, während er sich auf mich legte, und seine Haarspitzen kitzelten mich an der Wange, als er sich hinabbeugte. »Das mit den Minuten hatte ich schon total vergessen«, antwortete ich.

»Echt, so schnell?«, murmelte er mit dem Mund an meinen Lippen und schob einen Arm unter meine Taille, um mich hochzuheben, wodurch unsere Körper an genau den richtigen Stellen gegeneinandergepresst wurden. »Ich bin beeindruckt, wozu ich fähig bin.«

Ich musste laut lachen und er fing es mit einem Grinsen und einem Kuss auf, so dass schon bald kein Raum mehr fürs Lachen blieb. Mit kleinen, heißen Küssen bewegte er sich über meine Stirn und dann hinunter, weit hinunter, wo er innehielt, bis mir jeder Gedanke an Zeit und das, was wir eigentlich zu tun hatten, abhandengekommen war.

Dann bewegte er sich wieder hinauf, und als sich Hüfte auf Hüfte schob, begann mein Körper zu beben. »Oh, Kat, wow … ich liebe dich.«

Niemals würde ich von diesen Worten genug bekommen oder zu oft tatsächlich erleben, wie sehr er mich liebte. Ich schlang die Arme um seine Schultern, ließ Küsse auf seine Wange, seine Lippen prasseln, und als es bei ihm mit der Kontrolle vorbei war, ließ ich ebenfalls los.

Ich weiß nicht, wie lange es so ging und ich in dieser Sinnesflut trieb, aber als ich die Augen öffnete und seine Wange an meinem Hals spürte, flackerte sein helles Licht über die Decke.

Daemon hob den Kopf und küsste mich auf die feuchte Schläfe. Ich lächelte träge und zufrieden und war verliebt wie am ersten Tag. Er rollte auf die Seite und zog mich mit sich. Ich legte den Kopf auf seine Brust und lauschte dem schnellen Pochen seines Herzens, das genauso schnell schlug wie meins.

Irgendwann blickte Daemon über die Schulter und fluchte leise. »In zehn Minuten sind sie da.«

»Heilige Scheiße!« Ich schlug ihm auf die Brust und fuhr hoch.

»Wo willst du hin?«, fragte er lachend, während ich hastig vom Bett kroch.

»Ich muss duschen.« Ich löste meinen Pferdeschwanz und drehte das Haar auf. Dabei lief ich um das Bett herum und warf ihm einen vorwurfsvollen Blick zu.

Er sah mich ebenfalls an, allerdings auf eine Stelle deutlich unterhalb meines Gesichts. »Du musst nicht duschen.«

»O doch!« Ich riss die Badezimmertür auf. »Ich rieche nach – nach dir!«

Daemons tiefes Lachen begleitete mich ins Bad, wo ich so kurz duschte wie nie zuvor, was ziemlich bemerkenswert war, wenn man bedachte, dass er ebenfalls hereinkam. Allerdings wusch er sich wie der hinterletzte Bauer. Hier ein bisschen Seife, da ein bisschen Seife. Das war alles.

Typisch Jungs eben.

In letzter Minute schnappte ich mir noch die Geschenktüte aus meinem improvisierten Lieblingsbücherregal und rannte die Treppe hinunter, bevor es klingelte.

Daemon schob sich an mir vorbei und stand schon an der Tür, während ich die rosafarbene Tüte auf dem Sofa abstellte. Er drehte sich zu mir um. »Du riechst immer noch nach mir.«

Mir klappte die Kinnlade runter.

Bevor ich kreischend nach oben flüchten konnte, hatte er bereits die Tür aufgerissen. Ich musste ziemlich sonderbar ausgesehen haben, denn unsere Gäste starrten mich leicht befremdet an.

Vielleicht war Archer aber auch schon wieder in meinem Kopf unterwegs.

Seine amethystfarbenen Augen blitzten amüsiert auf. »Vielleicht.« Er dehnte das Wort genüsslich und ich sah ihn warnend an.

»Damit musst du wirklich aufhören.« Dee drängte sich an ihm vorbei. Ihr dickes, welliges Haar wehte hinter ihr her wie ein edler, glänzender Umhang. »Wisst ihr, was er gestern getan hat?«

»Wollen wir das überhaupt wissen?«, murmelte Daemon.

»Nein«, mischte sich Archer selbst ein.

»Na super.«

»Wir waren in einem *Olive Garden*. Danke übrigens für den Tipp mit diesem bescheuerten Brot, ich glaube, wir haben im letzten Monat mindestens zehnmal dort gegessen und ich rieche inzwischen wahrscheinlich permanent nach Knoblauch«, plapperte Dee weiter, ließ sich in den Fernsehsessel fallen und tappte mit ihren Ballerinas auf den Boden.

»Ich mag die Suppe und den Salat dort«, sagte er schulterzuckend, ging zu einem Sessel und setzte sich ebenfalls.

Daemon runzelte die Stirn.

»Wie dem auch sei«, fuhr Dee fort. »Die Kellnerin hat ein Auge auf ihn geworfen. Die ganze Zeit hat sie ihn angeschmachtet. Als wäre ich gar nicht da.«

Es war für mich schwer vorstellbar, dass man Dee behandeln konnte, als wäre sie nicht da.

»Deshalb habe ich, na ja, nichts Besonderes gemacht«, sagte sie.

»Nichts Besonderes?« Archer lachte kurz auf. »Sie hat sich ausgemalt die arme Kellnerin mit dem Auto zu überfahren. Jede blutige Einzelheit.«

Dee zuckte mit der schmalen Schulter. »Wie gesagt, wenn du dich immer in anderer Leute Köpfen herumtreibst, kannst du dich nicht darüber beschweren, was du mitbekommst.«

»Ich habe mich ja nicht wirklich beschwert«, erwiderte er und beugte sich hinab, um sie sanft aufs Ohr zu küssen. »Wenn ich mich recht erinnere, habe ich dir gesagt, dass es mich irgendwie anmacht und ich am liebsten –«

»Schon gut«, rief Daemon. »An diese Dinge will ich nicht einmal denken.«

Dee sah ihren Bruder stirnrunzelnd an. »Was? Glaubst du etwa, wir hätten keinen wilden –«

»Hör auf«, warnte er und machte eine ablehnende Handbewegung. »Im Ernst. Ich mag ihn sowieso nicht besonders, also bring mich nicht so weit, dass ich ihm eine reinhauen möchte.«

»Ich mag dich aber«, erwiderte Archer.

Daemon warf ihm einen finsteren Blick zu, bei dem die meisten schreiend die Flucht ergriffen hätten. »Ich bereue es wirklich, vorgeschlagen zu haben, dass sich Dee hier eine Wohnung sucht. Wenn ich gewusst hätte, dass du es ebenfalls als Einladung verstehen würdest, hätte ich es nie getan.«

»Wo ich hingehe«, flötete Dee, »geht auch er. Uns gibt's nur im Doppelpack. Akzeptier's einfach oder reg dich ab.«

Als ich Dee ansah, in ihre Augen blickte, die denen ihres Bruders so sehr ähnelten, und sie meinen Blick erwiderte, wurde mein Lächeln breiter. Auch darüber dachte ich im Moment viel nach, über das »was wäre, wenn«. Was wäre zum Beispiel gewesen, wenn sich Dee nicht aus den Fängen der Lux hätte lösen können? Wäre sie im Kampf gestorben oder hätte sie überlebt und die Erde verlassen oder wäre sie gefasst worden?

Dee zusätzlich zu meiner Mutter zu verlieren hätte ich wahrscheinlich nie verwunden. Und Daemon? Ich mochte nicht einmal daran denken, wie es ihm ergangen wäre. Er wäre daran zerbrochen. In der Zeit, in der sich seine Schwester gegen uns gestellt hatte, war es fast schon so weit gewesen.

Dee warf ihr Haar über die Schulter und blickte auf die kleine rosafarbene Tüte auf dem Sofa. »Was ist da drinnen?«

»Ach!« Ich nahm die Tüte. »Etwas, was ich bestellt habe.« Archer blickte fragend zu Daemon, der mit den Schultern zuckte. »Ich habe keine Ahnung. Mir hat sie nichts erzählt.«

Begeistert von meinem Fund griff ich in die Tasche und zog einen Strampelanzug hervor. »Wie findet ihr den?«

Daemon hob die Augenbrauen, als er die Worte las, die in

schwarzen Blockbuchstaben darauf gedruckt waren. »Book Boyfriends sind die besten.«

Kichernd legte ich ihn über die Sessellehne. »Ich glaube, Dawson und Beth finden das witzig.«

Archer wirkte irritiert. »Versteh ich nicht.«

»Das überrascht mich nicht«, meinte Dee trocken. »Ich finde ihn supersüß.«

»Ich auch.« Ich faltete ihn wieder und schob ihn zurück in die Tüte. »Ich werde, sobald es geht, dafür sorgen, dass sie auch süchtig nach Book Boyfriends wird.«

»Sie.« Archer schüttelte den Kopf und atmete hörbar aus. »Ich weiß nicht, wann ich mich daran gewöhnen werde.«

»Schnell hoffentlich, denn ich glaube nicht, dass es sich so bald ändern wird«, erwiderte Daemon.

»Woher willst du das wissen?« Archer zuckte mit den Schultern. »Sie ist eine der ersten weiblichen Origins überhaupt. Wer weiß, wozu sie in der Lage sein wird?«

»Das Geschlecht wird sie wohl nicht wechseln können.« Dee rümpfte die Nase. »Das hoffe ich jedenfalls, denn das wäre doch ein bisschen seltsam.«

Dawsons und Beths ultimative Überraschung, die alles schlug, war gewesen, dass Beth ein Mädchen zur Welt gebracht hatte. Ich war so perplex gewesen, dass mir als Erstes *Nessie* in den Sinn gekommen war und ich danach eine Viertelstunde nicht mehr hatte aufhören können zu kichern.

»Seid ihr fertig?«, erkundigte sich Archer. Er hielt uns bereits die Tür auf. »Rate mal, von wem ich heute Morgen gehört habe.« Archers Miene verzog sich, während Daemon an ihm vorbeiging. »Nein, du Idiot, es war nicht Justin Bieber und ich bin auch nicht in ihn verknallt. Was soll das?«

Daemon grinste.

»Von wem denn?«, fragte ich, bevor die Stimmung vollends den Bach runterging.

Er lächelte und ließ die Tür hinter mir ins Schloss fallen. Dee hatte bereits wieder auf dem Beifahrersitz des Jeeps Platz genommen, den Archer fuhr. »Hunter hat sich gemeldet. Er wollte wissen, wie es uns allen so geht.«

Ich sah Daemon an und er griff nach meiner Hand. Zum letzten Mal hatten wir vor einigen Monaten von ihm und Serena gehört. Sie hatten vorgehabt bei seinem Bruder auszuziehen und sich nach Westen zu orientieren. »Ist er inzwischen umgezogen?«

»Ja, und zwar wohnt er nicht allzu weit von hier entfernt. Ich glaube, in Boulder oder irgendwo dort in der Nähe, weil Serena aus der Gegend kommt.« Archer zog seinen Autoschlüssel hervor, und nachdem Daemon und ich hinten eingestiegen waren, redeten wir weiter. »Ich kann mir vorstellen, dass sie früher oder später mal bei euch vorbeikommen.«

»Na super«, murmelte Daemon.

Wir fuhren jeden Samstag zu Beth und Dawson. Auch wenn ihr Baby inzwischen alt genug war, um mit ihm aus dem Haus zu gehen, wäre es wahrscheinlich … ähm, keine gute Idee gewesen. Die Kleine hatte die dumme Angewohnheit, Dinge zu bewegen, ohne sie zu berühren, und sie konnte ihre Augen auf diese unheimliche Art zum Leuchten bringen. Letzte Woche war sie außerdem geschwebt.

Sie hatte einfach vom Boden abgehoben.

Das Haus lag auf einem großen Grundstück und war gut von dicken Bäumen geschützt, was sehr wichtig war. Dawson öffnete die Tür und bat uns lächelnd hinein. Ich musterte ihn, irgendwie sah er anders aus.

Dee streckte sich und wuschelte ihm über den Kopf. »Ist das eine Dad-Frisur?«

Ah. Genau. Er trug das Haar kürzer, besonders an den Seiten, oben war es ein bisschen länger geblieben. Es stand ihm gut. Allerdings würden Dawson und Daemon auch mit Glatze noch gut aussehen.

»Mir gefällt es«, sagte Archer grinsend, weil der Schnitt fast identisch mit seinem war.

Beth kam aus dem Wohnzimmer. Auf ihren Hüften saß ein fröhliches Baby mit einem dunklen Lockenkopf. »Ich habe uns etwas beim Chinesen bestellt«, teilte sie uns kleinlaut mit. »Eigentlich wollte ich Lasagne machen, aber …«

»Ach, chinesisch ist wunderbar!« Dee warf mir einen kurzen Blick zu, während sie sofort auf das Baby zustürmte.

Wir hatten alle schnell mitbekommen, dass Beth nicht einmal Wasser kochen konnte. Essen zu bestellen war eindeutig eine gute Entscheidung.

Wir gingen ins Wohnzimmer und ich war einfach nur begeistert, wie viel besser Beth inzwischen aussah. Ihr Haar war zu einem hohen Pferdeschwanz zusammengebunden, sie hatte eine frische Gesichtsfarbe und ihre Augen leuchteten. Nach wie vor hatte sie … dunkle Momente, in denen sie sehr entrückt wirkte, aber insgesamt ging es ihr viel, viel besser.

Daemon stellte das Geschenk in dem zur Spielecke gewordenen Bereich des Wohnzimmers auf einem Tischchen ab. Zwischen Stofftieren und Puppen lagen Bauklötze mit Buchstaben darauf, die einen Namen ergaben.

Ashley.

Es war wirklich schön und mehr als passend, dass Dawson und Beth ihre Tochter nach Ash benannt hatten. Wenn sie nicht gewesen wäre, würden die drei heute nicht hier sein.

»Seht ihr das?« Dawson war meinem Blick gefolgt und das

stolze Grinsen in seinem Gesicht war nicht zu übersehen. »Das hat sie heute Morgen gemacht.«

Erstaunt öffnete ich den Mund. »Sie hat ihren eigenen Namen geschrieben?«

»Jep.« Beth sah Dawson an. »Ash hat auf ihrer Decke gespielt und plötzlich ist uns aufgefallen, dass sie ihren Namen geschrieben hatte.«

Dee machte einen Schmollmund und ließ sich neben Archer auf ein Zweiersofa fallen. »Ich konnte meinen Namen erst in der ersten Klasse schreiben, glaube ich, was wirklich jämmerlich ist, weil er ja nur drei Buchstaben hat.«

Ich lachte.

»Willst du sie mal halten?«, fragte Beth.

Nein zu sagen wäre unhöflich gewesen, deshalb nickte ich und hob ungelenk beide Arme. Ich stellte mich beim Tragen von Babys nicht gerade geschickt an, selbst wenn sie keine Neugeborenen mehr waren und den Kopf problemlos selbst halten konnten. Aber ich wusste einfach nicht, was ich mit ihnen anfangen sollte, wenn ich sie hielt. Hin und her wiegen? Rauf und runter federn lassen? Und über was sollte ich bitte schön mit ihnen reden?

Im nächsten Augenblick hatte ich den Wonne-Origin bereits im Arm. Aus großen amethystfarbenen Augen sah die Kleine mich an und ich hoffte inständig, dass sie nicht meine Gedanken las und etwas von dem verstand, was ich dachte.

Denn ich machte mir Sorgen, dass ich sie aus Versehen fallen lassen könnte.

Als ich Ashley fester an mich drückte, umfasste sie sofort zwei meiner Finger und drückte sie. Kräftig. Ich lachte. »Wow, was für ein Händedruck.«

»Ja, sie ist ziemlich stark.« Dawson lächelte, während sich

Beth neben ihm aufs Sofa setzte. »Neulich hat sie ihren Teddy vom Wohnzimmer bis in die Küche geworfen.«

»Verdammte Axt«, murmelte Archer.

»Vielleicht sollte sie Softball-Spielerin werden«, schlug Dee vor.

Beth lachte fröhlich und erstaunlich unbekümmert. »Ich habe Angst, dass sie etwas durch die Wand drischt, wenn sie noch kräftiger wird.«

»Das wäre ungünstig«, sagte ich zu Ashley, die darauf zu kichern anfing. Sie blickte über meine Schulter hinweg und ich spürte, wie sich Daemon näherte. Ernst, aber neugierig sah sie ihn an. »Ich bin mir nicht sicher, ob sie dich mag.«

Er lachte. »Alle mögen mich.«

Archer schnaubte verächtlich.

Daemon fuhr zärtlich mit den Lippen über meine Wange und legte dann die Arme um meine Taille, während ich Dawsons und Beths Kind hielt. Ashley streckte den kurzen Arm aus und grapschte ihm mit ihren dicken Fingerchen ins Gesicht.

Wie immer konnte sie gar nicht genug davon bekommen, ihn anzufassen.

Vielleicht würde ich eines Tages unser Kind im Arm halten. Wer konnte das schon sagen? Doch es würde noch lange dauern, *Jahrzehnte*, und ich war nicht einmal sicher, ob dieser Tag jemals kommen würde. Die Vorstellung, ein Kind großzuziehen, war uns beiden immer noch fremd und so, wie es im Moment war, fühlten wir uns ganz wohl. Daemon zog mich fester an sich und ich wusste, dass wir zu zweit glücklich sein würden, aber auch zu dritt. Doch ich hoffte eher, dass unser drittes Familienmitglied ein Welpe oder ein Kätzchen wäre. Babys schienen eine Menge Arbeit zu machen.

Ashley sah jetzt wieder mich an, und als ich anfing Babygeräusche zu machen und lächelte, verzogen sich ihre geschwungenen Lippen zu einem breiten Grinsen und die dunklen Pupillen begannen plötzlich hell zu leuchten, bis sie ganz weiß waren.

»Sie ist etwas Besonderes«, murmelte Daemon.

Das war eindeutig so.

»Du bist aber etwas noch Besondereres«, flüsterte er mir ins Ohr und ich schmiegte mich lachend an ihn.

Dann schaute ich auf und ließ den Blick über die Anwesenden wandern. Dee. Archer. Dawson. Beth. Zu guter Letzt blickte ich in Ashleys leuchtende Augen. Sie hatte aufgehört in Daemons Gesicht herumzugrapschen und den Kopf an meinen Hals gelegt. Leise vor sich hin murmelnd schien sie alles in sich aufzusaugen wie ein Schwamm.

Dee und Beth begannen über die Hochzeit zu reden – meine Hochzeit – und über die Farben, für die ich mich hoffentlich entscheiden würde. Dee war wohl für Rosa. Archer und Dawson saßen sichtbar ratlos dazwischen, während ich nicht mehr aufhören konnte zu lächeln.

Egal wie schwer die Zukunft werden würde, dies war meine Familie und ich würde alles tun, damit es ihnen gut ging, auch wenn ein Mitglied davon mir gerade aufs Shirt sabberte.

Ein Klopfen an der Tür riss mich aus den Gedanken, und als ich aufblickte, blieb ich bei Archer hängen. Er grinste wie ein Idiot.

»Wer kann das sein?«, fragte Daemon. »Wir sind doch alle hier.«

Dawson erhob sich. »Keine Ahnung. Ich geh mal nachschauen.«

Ich sah weiter Archer an und mein Magen machte einen Satz. *Ist es …?*

Archers Grinsen wurde breiter.

Ich wandte mich zum Eingang des Wohnzimmers und mir stockte der Atem. Hinter Dawson kam jemand hereingeschlendert, den ich nicht mehr gesehen hatte, seit wir den Militärstützpunkt in Montana verlassen hatten.

Mit langen geschmeidigen Schritten betrat Luc den Raum und er war noch größer geworden, seit ich ihn zum letzten Mal gesehen hatte. »Wie könnt ihr es wagen, euch zu treffen, ohne mich einzuladen?«

Jetzt musste ich ebenfalls grinsen und fast – fast – wäre ich zu ihm gerannt und hätte ihn umarmt. Dafür hätte es alle möglichen Gründe gegeben. Doch ich tat es nicht, weil ich wusste, dass Luc nicht der Typ für Umarmungen war.

Dee war das allerdings anscheinend noch nicht aufgefallen. Sie sprang von ihrem Platz auf, als hätte sie eine Sprungfeder unterm Hintern, und drückte Luc in ihrer legendären Art an sich. Leicht überfordert sah er mich über Dees Schulter hinweg an.

Luc ließ sich nur schwerlich als Freund bezeichnen, auch wenn mir der Gedanke gefiel und ich mit ihm fühlte. Soweit wir wussten, hatte das Serum – das Prometheus-Serum – bei Nadia nicht die erhoffte Wirkung gehabt. Das Blöde an Daedalus war, dass sie gute Absichten gehabt hatten und vielleicht, wenn sie mehr Zeit gehabt hätten, in der Lage gewesen wären, eine Medizin zu finden, die die meisten Krankheiten hätte ausrotten können.

Doch nicht jeder bekam sein Happy End.

Als er sich schließlich von Dee befreien konnte, trat er vor Daemon und mich. Allerdings sah er nicht uns an, sondern Ashley. Er betrachtete sie, als ob ich eine neue Spezies im Arm hielte.

Was wahrscheinlich der Fall war.

Leise fragte ich: »Wie geht es dir?«

Luc zuckte mit den Schultern. »Ich mache mein eigenes Ding und manchmal Dong.«

Ungläubig sah ich ihn an.

»Hast du das ernsthaft gerade gesagt?« Daemon klang, als hätte er sich verschluckt.

»Das habe ich, cool, wie ich bin.«

Lächelnd beobachtete ich, wie er den Kopf zur Seite neigte. »Bist du noch bei den Origins?«

Er nickte, ohne Ashley aus den Augen zu lassen. »Im Moment ja. Ich glaube, es ist gut für sie, denn wie gesagt, ich bin cool und ein super Vorbild.«

Darauf sagte niemand im Raum etwas, weil Luc … ja, weil er eben Luc war. Die Origin-Kids waren ohne Nancy und Daedalus sicher besser dran, aber was um alles in der Welt brachte Luc ihnen nun wohl bei?

Ich war mir ziemlich sicher, dass ich es lieber nicht wissen wollte. Genauso wenig wollte ich wissen, wer sie im Moment beaufsichtigte, während er hier war.

»Darf ich?«, fragte Luc und streckte die Arme aus.

Ich schaute zu Beth und sie nickte. »Klar.«

Luc nahm mir Ashley ab wie jemand, der Erfahrung mit Babys hatte. Er hob sie hoch und sie sah ihn an, als würde *sie ihn* mustern.

»Hallihallo«, grüßte Luc sie.

Ashley reagierte darauf, indem sie eine Patschhand auf seine Wange drückte und sich mit der anderen in seinem Haar festkrallte.

»Das bedeutet, dass sie dich mag«, erklärte Dawson, der besorgt zwischen Beth und Luc stand.

»Interessant«, murmelte Luc.

Ashley johlte oder gab jedenfalls einen seltsam klingenden Babylaut von sich, der Luc zum Grinsen brachte. »Du bist etwas Besonderes«, sagte er und wiederholte damit, was Daemon zuvor gesagt hatte.

Dann drehte sich Luc mit Ashley zu Dawson und Beth um und ich hörte nur halb zu, worüber sie sprachen. Irgendetwas über Chips, Mayo und unpassende Orte dafür, und mehr wollte ich auch gar nicht wissen.

»Kätzchen?«, murmelte Daemon.

Ich drehte den Kopf ein wenig und war wie immer einfach nur hingerissen, genau wie beim ersten Mal, als ich vor seiner Tür gestanden hatte und ihm am liebsten die Faust ins Gesicht gerammt hätte. Er war mein, mit Haut und Haar, mit der kratzbürstigen und der verspielten, liebenswürdigen Seite.

»Was ist?«

Er berührte mit den Lippen mein Ohr und hauchte mir Worte zu, von denen ich große Augen und glühende Wangen bekam. Vor allem aber erkannte ich sie wieder.

Sie standen auf dem Zettel, den er mir vor langer Zeit im Unterricht zugesteckt hatte.

»Bist du dafür zu haben?«, fragte er und seine Augen leuchteten in einem unglaublichen Grün. »Ich kann es nur hoffen. Seit, ja, seit zwei Jahren denke ich darüber nach. Bitte enttäusch mich jetzt nicht, Kätzchen.«

Wie Donner schlug das Herz in meiner Brust, als ich die ehrlichsten Worte aussprach, die mir je über die Lippen gekommen waren. »Wenn es um dich geht, bin ich für alles zu haben, Daemon Black.«

Danksagung

Eine Serie zu beenden ist nie leicht. So wunderbar der Moment auch ist, gleichzeitig ist er bittersüß. Und so weit wäre es auch nie gekommen, wenn es nicht einen Haufen Leute im Hintergrund gegeben hätte, die daran gearbeitet haben, dass Katy und Daemon den Weg zu euch fanden.

Zuallererst sei hier Liz Pelletier erwähnt, ohne die die Serie nie entstanden wäre. Wirklich! Sie war es, die mich eines Tages gefragt hat, ob ich schon einmal daran gedacht hätte, über Aliens auf der Highschool zu schreiben. Ich habe gelacht und verneint, denn jetzt mal im Ernst, Aliens auf der Highschool? Aber dann habe ich angefangen darüber nachzudenken und nach einer Weile waren Katy und Daemon da und der Rest ist Lux-Geschichte. Vielen Dank also an Liz.

Außerdem möchte ich mich bei dem Team von Entangled Teen und Macmillan bedanken – bei den Lektorinnen, Presseleuten, Assistenten und allen anderen, die im Laufe der Jahre Hand an die Serie gelegt haben. Mein Dank gilt auch meiner großartigen Agentin Kevan Lyon und meinen Agentinnen für Auslandslizenzen, Rebecca Mancini und Taryn Fagerness, meiner Filmagentin Brandy Rivers und meinen Presseagentinnen KP Simmons, Deb Shapiro und Heather Riccio.

Ein weiteres dickes Dankeschön geht an Nancy Holder und Wendy Higgins für die wundervollen Sätze über *Opal*. An Laura Kaye, Molly McAdams und Sophie Jordan, die mir erfolgreich dabei geholfen haben, das Arbeiten immer wieder stundenlang aufzuschieben. Und an Tiffany Snow, Jen Fisher, Damaris

Cardinali, Lesa Rodrigues, Dawn Ransom und Tiffany King, die immer ans Telefon gegangen sind, auch wenn sie wahrscheinlich nicht immer Lust darauf hatten. Nicht vergessen werden dürfen Vi, deren Kind ich mir für Veranstaltungen ausleihen durfte, sowie Jena Freeth, die auf Events für mich herumgelaufen ist, um mir Bücher zu besorgen.

Stacey Morgan – du bist der Hammer und das weißt du, auch wenn Technik nie dein Ding sein wird.

Und es gibt noch sehr viele weitere Menschen, denen ich danken möchte: den Bloggern/Rezensenten, die die Serie von Anfang an unterstützt haben. Ihr werdet immer einen Platz in meinem Herzen haben. Und jeder Leserin und jedem Leser, die eins meiner Bücher in die Hand genommen haben, danke.

Danke, dass ihr diese Reise mit mir unternommen habt.

Cinderella der Zukunft

Marissa Meyer
Die Luna-Chroniken, Band 1:
Wie Monde so silbern
384 Seiten
Taschenbuch
ISBN 978-3-551-31528-1

Cinder lebt mit ihren Stiefschwestern bei ihrer schrecklichen Stiefmutter und versucht verzweifelt, sich nicht unterkriegen zu lassen. Doch als eines Tages niemand anderes als Prinz Kai in ihrer Werkstatt auftaucht, steht Cinders Welt Kopf: Warum braucht der Prinz ihre Hilfe? Und was hat es mit dem plötzlichen Besuch der Königin von Luna auf sich? Die Ereignisse überschlagen sich, bis sie auf dem großen Schlossball ihren Höhepunkt finden. Cinder schmuggelt sich dort ein und verliert mehr als nur ihren Schuh …

CARLSEN

www.carlsen.de

Ein Sommer in der Wildnis Kanadas

Nica Stevens
Hüter der fünf Leben
320 Seiten
Klappenbroschur
ISBN 978-3-551-31604-2

Für die 17-jährige Vivien zählen die Sommertage, die sie bei ihrem Vater in einem kanadischen Nationalpark verbringt, zu den schönsten im Jahr.
Doch dann begegnet sie dem gut aussehenden Liam, ihrem Freund aus Kindertagen, und nichts ist mehr wie zuvor. Scheinbar ohne Grund verhält er sich ihr gegenüber kühl und distanziert. Als sie durch Zufall das seltsame Brandmal auf seiner Brust entdeckt, wendet er sich ganz von ihr ab. Vivien beschließt, Liams Geheimnis zu lüften – und kommt ihm dabei gefährlich nahe …

www.carlsen.de

CARLSEN